## Fredrik Backman

Né à Stockholm en 1981, Fredrik Backman enchaîne les petits boulots avant de devenir journaliste. En 2012, il publie son premier roman, *Vieux, râleur et suicidaire – La Vie selon Ove* (Presses de la Cité, 2014), qui remporte un succès retentissant en Suède. Cette nouvelle comédie qui vient du froid a été traduite dans une quinzaine de langues, et adaptée au cinéma en 2016 sous le titre *Mr. Ove*. Son deuxième roman, *Ma grand-mère vous passe le bonjour*, a paru en 2015 chez le même éditeur. Tous deux sont repris chez Pocket.

# MA GRAND-MÈRE VOUS PASSE LE BONJOUR

DU MÊME AUTEUR
*CHEZ POCKET*

VIEUX, RÂLEUR ET SUICIDAIRE

MA GRAND-MÈRE VOUS PASSE LE BONJOUR

FREDRIK BACKMAN

# MA GRAND-MÈRE VOUS PASSE LE BONJOUR

*Traduit du suédois*
*par Laurence Mennerich*

PRESSES DE LA CITÉ

Titre original :
*MIN MORMOR HÄLSAR OCH SÄGER FÖRLÅT*

MIXTE
Papier issu de sources responsables
FSC® C003309

Pocket, une marque d'Univers Poche,
est un éditeur qui s'engage pour la préservation
de son environnement et qui utilise du papier fabriqué
à partir de bois provenant de forêts gérées
de manière responsable.


ISBN 978-2-266-26892-9

*Pour le singe et la grenouille.*
*Dans dix mille éternités de fables.*

# 1

# Tabac

A sept ans, les enfants ont tous besoin de super-héros. C'est comme ça et pas autrement. Il n'y a que les idiots qui ne soient pas de cet avis.

C'est ce que dit souvent la mamie d'Elsa.

Elsa a sept ans, presque huit. Cet âge ne lui réussit pas très bien, elle le sait. Elle a conscience d'être différente. Le directeur de l'école estime qu'elle doit « changer d'attitude » pour « mieux s'entendre avec les enfants de son âge », et les gens de la génération des parents d'Elsa trouvent toujours qu'elle est « très mature pour une petite fille ». Elsa devine que ce n'est qu'une manière de dire « drôlement énervante, cette gosse », parce qu'ils répondent généralement ça quand elle corrige leur prononciation de « thriller » ou les reprend quand ils confondent « notre » et « nôtre ». Comme la plupart des gros futés dans leur genre. C'est là qu'ils disent « mature pour une petite fille », les gros futés, avec un sourire forcé à ses parents. A croire que c'est une maladie et qu'Elsa les a offensés en n'étant pas complètement idiote juste parce qu'elle a sept ans. Voilà pourquoi elle n'a pas d'autres amis que mamie. Parce que tous les enfants de sept ans de son école sont bêtes comme des enfants de sept ans. Et Elsa est différente.

Elle peut leur dire merde, affirme mamie. Car tous les super-héros sont différents. Si les super-pouvoirs étaient normaux, tout le monde en aurait.

Mamie a soixante-dix-sept ans, presque soixante-dix-huit. Ce qui ne lui réussit pas très bien non plus. On voit qu'elle est vieille, son visage ressemble à du papier journal fourré dans des chaussures mouillées, mais personne ne trouve jamais que mamie est mature pour son âge. « En forme », voilà ce que les gens disent parfois à la maman d'Elsa. Ensuite, ils prennent un air soit très inquiet, soit très en colère, et maman demande en soupirant combien vont coûter les dédommagements. Par exemple, quand mamie déclare que les gens ne peuvent s'en prendre qu'à eux-mêmes s'ils ont le foutu égoïsme de serrer le frein à main de leur voiture alors qu'elle veut garer Renault en créneau. Ou lorsqu'elle déclenche une alarme incendie en fumant à l'hôpital et crie ensuite que « c'est foutu bon Dieu pas possible d'être aussi politiquement correct aujourd'hui » quand les vigiles l'obligent à éteindre sa cigarette. Ou la fois où elle a habillé un bonhomme de neige de vrais vêtements et l'a étendu sous le balcon des voisins, Britt-Marie et Kent, pour faire croire que quelqu'un était tombé du toit. Et le jour où des hommes à lunettes et propres sur eux ont sonné à toutes les portes du quartier pour parler de Dieu, de Jésus et du paradis, et où mamie, dans sa robe de chambre dénouée, leur a tiré dessus du haut de son balcon avec un lanceur de paintball. Britt-Marie, ne sachant pas si elle devait être plus offensée par le lanceur ou par le constat que mamie ne portait rien sous sa robe de chambre, avait porté plainte pour ces deux causes, par précaution.

Alors, les gens trouvent que mamie est rudement en forme pour son âge. C'est le moins qu'on puisse dire.

Ils disent qu'elle est folle maintenant, mamie. Mais en réalité, c'est un génie. Elle est juste un petit peu cinglée en même temps. Autrefois, elle était médecin, elle a reçu des prix, des journalistes ont écrit sur elle et elle s'est rendue dans les pires endroits de la planète quand les autres fuyaient. Elle a sauvé des vies et lutté contre le mal sur la terre entière. Comme les super-héros. Mais un jour, quelqu'un lui a dit qu'elle était trop vieille pour sauver des vies, même si Elsa soupçonne fortement que cela signifiait « trop folle », alors elle n'est plus médecin. Mamie appelle ce quelqu'un « la société » et affirme que c'est seulement à cause de cette foutue tendance au politiquement correct qu'elle n'a plus le droit d'opérer des gens. Et qu'en fait la société s'est tout bonnement mise à faire des manières à cause de l'interdiction de fumer dans la salle d'opération, et qui accepte encore de travailler dans des conditions pareilles ? Hein ?

Alors à présent, elle reste à la maison la plupart du temps et s'occupe en rendant Britt-Marie et maman chèvres. Britt-Marie est la voisine de mamie, maman est la maman d'Elsa. Britt-Marie est aussi la voisine de maman, puisque maman habite en face de chez la mamie d'Elsa. Et évidemment Elsa habite aussi à côté de chez mamie, puisque Elsa vit avec sa maman. Sauf un week-end sur deux, quand elle va chez papa et Lisette. Et George est aussi le voisin de mamie. Vu que c'est le compagnon de maman. C'est un peu embrouillé.

Mais ne nous égarons pas : sauver des vies et rendre les gens chèvres sont les super-pouvoirs de mamie. Ce qui fait d'elle un super-héros plutôt dysfonctionnel, si l'on peut dire. Elsa le sait parce qu'elle a cherché « dysfonctionnel » sur Wikipédia. Wikipédia est ce que les gens de l'âge de mamie décrivent comme « une encyclopédie, mais sur le Net ». Une encyclopédie est ce qu'Elsa décrit comme « Wikipédia, mais sur papier ». Elsa a vérifié « dysfonctionnel » dans les deux : cela signifie qu'une chose ne marche pas tout à fait comme prévu. C'est l'un des traits de caractère qu'Elsa préfère chez mamie.

Excepté aujourd'hui, bien sûr. Car il est une heure et demie du matin, Elsa est très fatiguée et voudrait juste aller se coucher, mais c'est impossible, parce que mamie a de nouveau lancé des crottes sur un policier.

C'est très compliqué, on peut le dire. Comme un statut Facebook.

Elsa observe la petite pièce rectangulaire où elle se trouve et bâille en essayant de retourner son crâne comme une chaussette.

— Tu vois, je t'avais bien dit qu'on n'a pas le droit d'escalader la grille, marmonne-t-elle en jetant un coup d'œil à l'horloge.

Mamie ne répond pas. Elsa enlève son écharpe Gryffondor et la pose sur ses genoux. Elle est née le lendemain de Noël il y a sept ans, presque huit. Ce jour-là, des chercheurs allemands ont enregistré l'explosion de rayons gamma la plus forte de tous les temps sur un magnétar au-dessus de la Terre. Elsa ne sait pas exactement ce qu'est un « magnétar », mis à part que c'est une sorte d'étoile à neutrons. Et ça ressemble un peu à

« Mégatron », le nom du méchant dans *Transformers*, ce que les gens qui ne lisent pas assez de littérature de qualité appelleraient, dans leur naïveté, une « série pour les enfants ». Les Transformers sont en réalité des robots même si, d'un point de vue purement théorique, on peut les considérer comme des super-héros. Elsa adore *Transformers* et les étoiles à neutrons, et se représente une « explosion de rayons gamma » un peu comme la fois où son iPhone a fini dans le grille-pain – mamie avait renversé du Fanta dessus et tentait de le sécher en le toastant. Selon cette dernière, être née un tel jour rend Elsa spéciale.

Etre spécial est la meilleure façon d'être différent.

Mais pour l'instant, mamie est bien entendu occupée à répartir son tabac en petits tas sur la table en bois et à les rouler dans du papier à cigarettes bruissant.

— J'ai dit : « Tu vois ! Je t'avais dit de ne pas escalader la grille ! » répète Elsa.

Elle ne cherche pas à être désagréable. Elle est juste un peu en colère. Comme seuls peuvent l'être les enfants de sept ans fatigués dans un poste de police et les hommes d'âge moyen qui attendent en vain des informations sur un avion en retard.

Mamie renifle de dédain et se met en quête d'un briquet dans les poches de son manteau beaucoup trop large. Elle n'a pas l'air de trop s'en faire, mais c'est parce qu'elle ne prend jamais rien très au sérieux. Sauf quand elle ne trouve pas son briquet alors qu'elle a envie de fumer. Les cigarettes, c'est très sérieux pour mamie.

— C'était juste une petite grille de rien du tout, pas la peine d'en faire tout un plat, Seigneur, répond-elle avec insouciance.

— Ne me dis pas « Seigneur » ! C'est toi qui as lancé des crottes sur le policier ! lui rappelle Elsa.

— Ne fais pas tant d'histoires, on dirait ta maman. Tu as un briquet ?

— J'ai sept ans ! réplique Elsa.

— Combien de temps tu vas te défiler avec cette excuse ?

— Tant que j'aurai sept ans !

Mamie gémit et marmonne quelque chose comme « Oui, oui, oui, je ne faisais que demander » avant de reprendre ses recherches.

— Et d'ailleurs je ne crois vraiment pas qu'on ait le droit de fumer ici, l'informe Elsa, un peu calmée, en frôlant du bout des doigts la longue déchirure de l'écharpe Gryffondor.

Mamie lance une exclamation de dérision.

— Evidemment qu'on a le droit de fumer. Il suffit d'aérer.

Elsa examine la fenêtre, sceptique.

— Ce genre de fenêtre ne s'ouvre pas, à mon avis.

— Foutaises. Qu'est-ce qui nous en empêcherait ?

— Il y a des barreaux après.

Mamie fixe la grille, contrariée. Elle se tourne vers Elsa.

— Alors maintenant, on ne peut plus fumer au poste de police non plus ? Qu'est-ce que c'est que cette fichue société qui se mêle de tout ? Hein ?

Elsa bâille à nouveau.

— Tu me prêtes ton téléphone ?

— Qu'est-ce que tu veux faire ? l'interroge mamie.

— Surfer, répond Elsa.

— Qu'est-ce que tu cherches ?

— Un truc.

— Tu dépenses beaucoup trop de temps sur tes trucs en ligne.

— On dit « passer ».

— Oui, oui.

Elsa regarde mamie en secouant la tête.

— On dépense de l'argent, pas du temps. Tu ne dis quand même pas : « J'ai passé deux cents couronnes dans un nouveau pantalon. » Ou bien tu parles vraiment comme ça ? Hein ?

— Tu connais l'histoire de la fille qui s'est tuée à trop réfléchir ? se moque mamie.

— Et toi, tu connais l'histoire de celle qui ne se tuait pas à réfléchir ? rétorque Elsa.

Le policier qui entre dans la petite pièce a l'air très, très, très fatigué. Il s'assied en face d'elles avec un regard de profonde résignation.

— Je veux téléphoner à mon avocat, exige mamie sur-le-champ.

— Je veux téléphoner à ma maman, renchérit vite Elsa.

— En tout cas, je veux téléphoner à mon avocat en premier, insiste mamie.

Le policier rassemble une petite pile de papiers.

— Ta maman va arriver, annonce-t-il à Elsa dans un soupir.

Mamie laisse échapper un hoquet de surprise en arborant cette expression dramatique dont elle a le secret.

— Pourquoi vous l'avez appelée, elle ? Vous êtes fou ? Elle va être vachement en colère ! proteste-t-elle, comme si le policier venait de déclarer qu'il allait emmener Elsa dans la forêt et la confier à une famille de loups.

— Nous avons le devoir de contacter le gardien de l'enfant, explique posément le policier.

— Je suis aussi le gardien de l'enfant. Je suis sa grand-mère, profère mamie en se levant à demi de sa chaise et en le menaçant de sa cigarette intacte.

— Il est une heure et demie du matin. Quelqu'un doit s'occuper de la petite, répond le policier, impassible, en indiquant sa montre avant de regarder la cigarette avec méfiance.

— Oui, moi ! Moi, je m'occupe de la petite ! crache mamie.

Le policier désigne la salle d'interrogatoire d'un geste ample du bras en s'efforçant de rester courtois.

— Et vous trouvez que vous avez fait du bon travail, jusqu'ici ?

Mamie prend un air légèrement offensé, mais finit par se rasseoir et se racle la gorge.

— Si vous… alors… eh bien. Sans doute. Si on s'arrête sur le moindre détail, ça ne fonctionne peut-être pas très bien. Peut-être pas. Mais tout allait comme sur des roulettes jusqu'à ce que vous me preniez en chasse ! objecte-t-elle, boudeuse.

— Vous êtes entrée par effraction dans un zoo, lui rappelle-t-il.

— C'était une petite grille de rien du tout, se défend mamie.

— Il n'y a pas de petites effractions de rien du tout, tranche le policier.

Mamie hausse les épaules et balaie la table de la main, comme si elle trouvait qu'il était grand temps de tourner la page sur l'incident.

— Mais, euh, enfin. On a bien le droit de fumer ici ? Hein ?

Le policier secoue gravement la tête. Mamie se penche vers lui, le regarde droit dans les yeux et sourit.

— Vous ne feriez pas une exception pour une toute petite chose comme moi ?

Elsa pousse mamie du coude et la rabroue dans leur langue secrète. Car mamie et Elsa ont une langue secrète, ce que toutes les grand-mères devraient partager avec leurs petits-enfants, car c'est la loi, dit mamie. Ou du moins devrait-il y avoir une loi pour ça.

— Mais arrête, mamie ! C'est illégal de draguer les policiers ! la sermonne Elsa.

— Qui est-ce qui a décrété ça ? demande mamie, également dans leur langue secrète.

— La police ! réplique Elsa.

— La police est au service des citoyens ! Et je paie mes impôts ! la rembarre mamie.

Le policier les observe avec cette expression réservée aux occasions où une fillette de sept ans et une dame de soixante-dix-sept ans commencent à se chamailler dans leur langue secrète dans un poste de police en pleine nuit. Ensuite, mamie lui lance un regard un chouïa aguicheur en indiquant sa cigarette d'un geste implorant. Mais lorsque le policier secoue de nouveau la tête, mamie se rejette en arrière, offensée, et s'écrie dans la langue courante :

— Cette foutue bien-pensance, vraiment ! Pire qu'un apartheid contre les fumeurs dans ce fichu pays, de nos jours !

Le visage du policier se fait un peu plus sévère.

— A votre place, je serais plus prudent avec les mots que j'emploie.

Mamie lève les yeux au ciel. Elsa plisse les paupières.

— Comment ça s'écrit ?

— Quoi ? soupire mamie comme si le monde entier s'était ligué contre elle alors qu'elle paie ses impôts.

— Ton histoire d'aparteï, dit Elsa.

— A-p-p-a-r-t-è-d-e, épelle mamie.

Ça ne s'écrit pas du tout de cette façon, Elsa le constate dès qu'elle attrape le téléphone de mamie pour faire une recherche sur Google. Mamie est nulle en orthographe. Le policier feuillette ses documents.

— Nous vous autorisons à rentrer chez vous pour le moment, mais vous serez convoquée pour répondre de l'effraction et des infractions au code de la route, déclare-t-il froidement.

— J'ai horreur d'Android, gémit Elsa en martelant les touches du téléphone de mamie avec frustration.

C'est un Android parce que c'est le vieux portable de maman, et maman n'utilise qu'Android alors qu'Elsa lui explique sans arrêt que quand on a un cerveau entre les oreilles on prend un iPhone. Bien sûr, mamie n'en voulait pas du tout, mais Elsa l'a forcée à garder le vieux portable de maman, parce que le sien finit régulièrement cassé dans divers incidents impliquant sa grand-mère et le grille-pain. Et Elsa a alors besoin d'emprunter celui de mamie. Même si c'est un Android.

— Quelles infractions au code de la route ? s'exclame mamie avec surprise.

— Conduite non autorisée, pour commencer, dit le policier.

— Comment ça, « non autorisée » ? C'est ma voiture. Je n'ai tout de même pas besoin d'autorisation pour conduire ma propre voiture, bon sang !

Le policier hoche la tête, patient.

— Non, mais vous avez besoin de votre permis de conduire.

Mamie lève les bras au plafond.

— Vraiment, cette société qui se mêle de tout…

Un instant plus tard, un bruit assourdissant retentit dans la pièce quand Elsa abat le téléphone Android sur la table.

— Qu'est-ce qui te prend maintenant ? demande mamie.

— C'est pas la même chose que l'apartheid !!! Tu as comparé l'interdiction de fumer avec l'apartheid et c'est absolument pas la même chose. Ça n'a carrément rien à voir du tout !

Mamie agite la main avec résignation.

— J'ai dit que c'était… tu vois, un peu comme…

— C'est pas du tout « un peu comme » ! crie Elsa.

— C'était juste une comparaison, Seigneur…

— Ta comparaison, elle était nuuuuulle !

— Qu'est-ce que tu en sais ?

— WIKIPÉDIA ! beugle Elsa en désignant le téléphone.

Mamie se tourne vers le policier, le regard las.

— Vos enfants se conduisent aussi comme ça ?

Le policier semble mal à l'aise.

— On… on ne laisse pas les enfants surfer tout seuls sur le Net, chez nous…

Mamie tend immédiatement les mains vers Elsa comme pour signifier « Tu entends ça ? ». Elsa se contente de secouer la tête, bras fermement croisés.

— Demande juste pardon d'avoir jeté des crottes sur le policier, pour qu'on puisse rentrer à la maison, mamie ! grogne-t-elle dans leur langue secrète, toujours assez révoltée par la comparaison avec l'apartheid.

— Pardon, dit mamie dans la langue secrète.

— Au policier, pas à moi, idiote ! lance Elsa.

— Je ne présente pas d'excuses aux fachos. Je paie mes impôts. Idiote toi-même ! riposte mamie.

— Toi-même ! assène Elsa.

Puis elles croisent les bras et se tournent ostensiblement le dos, jusqu'à ce que mamie fasse un signe de tête au policier.

— Pourriez-vous, s'il vous plaît, informer ma petite-fille gâtée qu'elle rentrera à la maison à pied si elle continue sur ce ton ?

— Peuh ! Dites-lui que je vais rentrer en voiture avec maman et que c'est elle qui fera le chemin à pied ! réplique vivement Elsa.

— Dites-lui que… commence mamie.

A cet instant, le policier sort sans un mot et ferme la porte derrière lui avec l'air d'un homme qui meurt d'envie de plaquer un oreiller rebondi contre son visage et de hurler à pleins poumons.

— Regarde un peu ce que tu as fait, dit mamie.

— Regarde ce que toi tu as fait ! rétorque Elsa.

Un instant plus tard, une policière aux yeux verts et aux bras musclés entre dans la pièce. Ce n'est visiblement pas la première fois qu'elle a affaire à mamie, car elle lui adresse le sourire fatigué des gens qui la connaissent bien et dit dans un profond soupir :

— Vous devriez arrêter. Nous avons aussi de vrais criminels à poursuivre.

Et mamie grommelle :

— Vous n'avez qu'à arrêter vous-mêmes.

Ensuite, on les autorise à partir.

Tandis qu'elles attendent sur le trottoir l'arrivée de maman, Elsa caresse pensivement la déchirure de l'écharpe. L'emblème de Gryffondor est écartelé. Elsa essaie de retenir ses larmes. Ça ne marche pas très bien.

— Allez, ta maman va la recoudre, dit mamie d'un ton qu'elle veut enjoué, en lui boxant affectueusement l'épaule.

Elsa lui lance un regard inquiet. Mamie hoche la tête, penaude, avant de poursuivre plus gravement à voix basse :

— Euh, nous pouvons… tu vois. Nous n'avons qu'à dire à ta maman que l'écharpe s'est déchirée quand tu as voulu m'empêcher d'escalader la clôture des singes.

Elsa acquiesce et passe à nouveau les doigts sur l'écharpe. Celle-ci ne s'est pas déchirée quand mamie a essayé d'escalader la clôture des singes. Cela s'est produit à l'école, quand trois filles plus grandes qui détestent Elsa sans qu'elle sache pourquoi l'ont rattrapée devant la cantine, l'ont frappée et ont malmené l'écharpe avant de la jeter dans les toilettes. Leurs rires rebondissent encore dans ses oreilles comme des billes de flipper.

Mamie remarque son expression. Elle se penche, énigmatique, et chuchote dans la langue secrète :

— Un jour, nous emporterons les fichus crétins d'abrutis de ton école à Miamas et nous les jetterons aux lions !

Elsa se sèche les yeux du dos de la main et sourit faiblement.

— Je ne suis pas idiote, mamie. Je sais bien que tu as fait tout ça pour que je ne pense plus à ce qui est arrivé à l'école, souffle-t-elle.

Mamie donne des petits coups de pied dans les gravillons et se racle la gorge.

— Euh… tu comprends, je n'ai pas d'autres petits-enfants que toi. Je ne voulais pas que tu te souviennes d'aujourd'hui à cause de l'écharpe. Alors je me suis dit que tu pourrais peut-être te rappeler plutôt le jour où ta mamie est entrée par effraction dans un zoo…

— Et s'est évadée de l'hôpital, ajoute Elsa avec un sourire.

— Et s'est évadée de l'hôpital, répète mamie, amusée.

— Et a lancé des crottes sur un policier, complète Elsa.

— C'était de la terre ! objecte mamie. Du moins en grande partie !

— Modifier les souvenirs, c'est un bon superpouvoir, admet Elsa.

Mamie hausse les épaules.

— Quand on ne peut pas effacer les mauvais, il faut les enterrer sous des mieuvais.

— Ça n'existe pas, comme mot.

— Je sais.

— Merci, mamie, dit Elsa en appuyant le front contre son bras.

Et mamie hoche la tête en murmurant :

— Les chevaliers de Miamas ne font que leur devoir.

Parce qu'à sept ans les enfants ont tous besoin de super-héros.

Et il n'y a que les idiots qui ne soient pas de cet avis.

## 2

## Singe

Maman est venue les chercher au poste de police. Elle était visiblement très en colère, mais elle se contrôlait et ne criait pas. Car maman est toujours maîtresse d'elle-même et ne hausse pour ainsi dire jamais le ton, puisqu'elle est l'antithèse exacte de mamie. Elsa somnolait avant d'avoir bouclé sa ceinture de sécurité et était déjà à Miamas quand elles s'engagèrent sur l'autoroute.

Miamas est le royaume secret d'Elsa et de mamie. C'est l'un des six royaumes du Pays-Presqu'Eveillé. Mamie l'a inventé quand Elsa était petite, alors que maman et papa venaient de divorcer et qu'Elsa avait peur de dormir parce qu'elle avait lu un article sur Internet à propos d'enfants morts dans leur sommeil. Elle invente très bien des histoires, mamie. Alors, après que papa avait quitté l'appartement et que tout le monde était sans cesse triste et fatigué, Elsa s'était faufilée chaque nuit par la porte d'entrée. Vêtue de son pyjama, elle traversait le palier sur la pointe des pieds jusqu'à l'appartement de mamie et elles se glissaient toutes les deux dans l'immense armoire qui n'arrêtait jamais de grandir. Il leur suffisait ensuite de presque fermer les yeux pour partir.

Car nul besoin de dormir pour se rendre au Pays-Presqu'Eveillé. C'est là l'intérêt. Il suffit de s'assoupir. Et c'est dans l'espace des dernières secondes, quand les yeux sont seulement presque fermés, quand la brume recouvre la frontière entre ce que l'on sait et ce que l'on croit, c'est à cet instant que l'on part. On s'envole pour le Pays-Presqu'Eveillé sur le dos d'un animal-nuage, parce que mamie a décidé que c'est la seule façon sensée de s'y rendre. Les animaux-nuages entrent par les portes-fenêtres pour emporter mamie et Elsa très haut, très haut, très haut, jusqu'à ce qu'Elsa aperçoive toutes les créatures incroyablement bizarres qui peuplent le Pays-Presqu'Eveillé : les angelots, les regretteurs, le Dare-Dare, les worses, les anges de neige, les princes, les princesses et les chevaliers. Les animaux-nuages survolent les infinies forêts noires où vivent Cœur-de-Loup et les monstres, et se laissent glisser sur les couleurs éblouissantes et les vents doux qui tournoient autour des portes du royaume de Miamas.

Difficile de dire d'emblée si mamie est un petit peu siphonnée parce qu'elle s'est rendue trop souvent à Miamas, ou si Miamas est un endroit un peu barjot parce que mamie y est venue trop souvent. Mais c'est de là que viennent toutes les fables de mamie. Les fables les plus incroyablement loufoques.

Mamie dit que le royaume s'appelle Miamas depuis au moins dix mille éternités de fables, mais Elsa sait que c'est parce qu'elle n'arrivait pas à dire « pyjama » quand elle était petite et prononçait « miama » que mamie lui a donné ce nom. Même si celle-ci assure naturellement qu'elle n'a rien inventé du tout et que Miamas et les cinq autres royaumes du Pays-Presqu'Eveillé sont tout ce qu'il y a de plus réel, qu'ils sont en fait bien plus vrais que le monde normal « bourré d'économes qui boivent du lait sans lactose et ainsi de suite ». Mamie a un peu de mal à vivre dans le monde réel. Il y a trop de consignes, et les suivre n'est pas son fort. Elle triche au Monopoly, conduit Renault dans la voie des bus, pique les sacs jaunes des magasins IKEA et empiète sur la ligne de discrétion au comptoir d'enregistrement des bagages à l'aéroport. Et elle laisse la porte ouverte quand elle va aux toilettes. Ce qui peut aussi être perçu comme un défaut.

Mais elle raconte les meilleures histoires de toutes les éternités, et pour ça, on peut pardonner beaucoup de travers, a décidé Elsa.

Toutes les légendes dignes de ce nom viennent de Miamas, raconte mamie. Les cinq autres royaumes du Pays-Presqu'Eveillé ont des attributions différentes : Mirevas est le royaume où l'on veille sur les songes, Miploris est celui où l'on entrepose tout le chagrin, Mimovas est à l'origine de la musique, Miaudacas est celui d'où vient la bravoure et Mibatalos est le royaume où ont grandi les vaillants soldats qui ont lutté contre les plus terrifiantes des ombres lors de la Guerre-Sans-Fin.

Mais Miamas est le royaume préféré de mamie et d'Elsa, car conteur y est le plus noble des métiers. Là-bas, quiconque peut donner vie à une histoire est plus puissant qu'un roi. A Miamas, la monnaie est l'imagination. On peut payer avec une bonne histoire au lieu d'argent et les bibliothèques portent le nom de « banques ». A Miamas, chaque livre représente une fortune, chaque fable un million. Et mamie en rapporte tous les soirs d'innombrables malles au trésor. Des histoires de dragons, de trolls, de rois, de reines et de sorcières.

Et d'ombres. Car chaque monde imaginaire doit avoir de terribles ennemis, et ceux du Pays-Presqu'Eveillé sont les ombres, qui cherchent à détruire toute l'imagination.

Et quand on mentionne les ombres, il faut évoquer Cœur-de-Loup. Car c'est lui qui a vaincu les ombres lors de la Guerre-Sans-Fin. Il est le premier et le plus grand super-héros dont Elsa a entendu parler.

Mamie emmène Elsa à Miamas tous les soirs. C'est là qu'Elsa a été adoubée. C'est là qu'elle monte un animal-nuage et a reçu une épée. Depuis, elle n'a plus jamais eu peur de s'endormir. Car à Miamas personne ne dit qu'une fille n'a pas le droit d'être chevalier, les montagnes s'élancent jusqu'au ciel, les feux de joie ne s'éteignent jamais et aucun horrible gros futé n'essaie de déchirer les écharpes Gryffondor.

Mamie prétend bien sûr qu'à Miamas non plus on ne s'enferme pas aux toilettes. Qu'il est même obligatoire d'appliquer la politique de la porte ouverte dans tous les aspects de la vie au Pays-Presqu'Eveillé. Mais Elsa est certaine qu'elle raconte une autre version de la vérité. C'est le nom que mamie donne aux mensonges. « Les autres versions de la vérité. »

Quand Elsa se réveille, le lendemain matin, dans un fauteuil de la chambre d'hôpital de mamie, celle-ci est aux toilettes, porte grande ouverte, maman est dans le couloir et mamie a entrepris de lui débiter une autre version de la vérité. Elle ne s'en sort pas très bien. Parce que la vraie vérité, c'est que la nuit dernière mamie s'est évadée de l'hôpital et qu'Elsa est sortie en cachette pendant que maman et George dormaient, qu'elles ont pris Renault pour aller au zoo, où mamie a escaladé la grille, et qu'après coup entraîner une petite fille de sept ans dans ce genre d'escapade nocturne semble peut-être un peu irresponsable. Elsa suit le raisonnement.

Mamie, dont les vêtements forment un tas par terre et qui, au sens le plus littéral, empeste le singe, proteste que quand le gardien a crié alors qu'elle enjambait la grille, elle a cru qu'il était, disons, un dangereux violeur et que c'est la raison pour laquelle elle s'est mise à lancer de la terre sur lui et le policier. Maman secoue la tête, parfaitement maîtresse d'elle-même mais fatiguée, et lui rétorque qu'elle invente tout.

Mamie n'aime pas quand les gens disent qu'elle invente, elle préfère le terme moins péjoratif de « mise à l'épreuve de la réalité », et en informe maman. Laquelle n'a pas l'air entièrement d'accord. Pourtant elle se contient. Puisqu'elle est l'antithèse exacte de mamie.

— C'est l'une des pires folies que tu aies faites, assène maman, catégorique, en direction des toilettes.

— J'ai beaucoup, beaucoup de mal à te croire, ma chère fille, réplique mamie d'un ton insouciant par la porte ouverte.

Maman égrène alors d'un ton objectif la liste de tout ce qu'a déjà magouillé mamie, et cette dernière l'accuse de ne pas avoir le sens de l'humour. Maman lui répondant d'arrêter de se comporter en gamine immature, Mamie lance un « Tu sais où les pirates garent leurs voitures ? » Comme sa fille garde le silence, elle hulule :

— Dans un garAAARRge !

Et lorsque maman commence à se masser les tempes en soupirant, mamie constate avec dédain :

— Tu vois bien, aucun sens de l'humour.

Maman claque la porte des toilettes, ce qui met mamie très, très, très en colère. Elle n'aime pas du tout se sentir enfermée aux cabinets.

Elle a été admise à l'hôpital voilà deux semaines, mais elle s'évade presque chaque nuit pour emmener Elsa manger une glace ou savonner le palier de l'immeuble et faire des glissades quand maman n'est pas là. Ou pour s'infiltrer dans les zoos. Justement l'idée qu'elle a eue cette fois-ci.

Mamie ne pense évidemment pas qu'elle s'est « évadée », puisque d'après elle une évasion doit impliquer un défi. Comme un dragon, une série de pièges ou au moins un mur ou des douves dignes de ce nom. Maman et le personnel de l'hôpital ne sont pas d'accord, c'est le moins qu'on puisse dire.

Une infirmière vient prudemment demander l'attention de maman. Elle lui tend un papier où maman écrit quelques mots, puis ressort. Mamie a eu neuf infirmiers différents depuis son admission. Elle a refusé d'avoir affaire à sept d'entre eux et les deux autres ont refusé d'avoir affaire à elle. L'un d'eux, parce que mamie a dit qu'il avait « de belles petites fesses ». Mamie avait protesté avec véhémence que le compliment ne s'adressait pas à l'infirmier mais à ses fesses et qu'il ne devrait pas faire tant d'histoires. Maman avait alors ordonné à Elsa de mettre ses écouteurs, mais celle-ci les avait tout de même entendues se disputer assez longtemps sur la distinction entre le « harcèlement sexuel » et « juste un compliment normal à des fesses, Seigneur ! ».

Elles se disputent beaucoup, maman et mamie. Du plus loin qu'Elsa se souvienne, elles se sont toujours disputées. A propos de tout. Car si mamie est un super-héros dysfonctionnel, alors maman est au contraire un super-héros hyper-fonctionnel. Leur relation ressemble à celle de Cyclope et Wolverine dans *X-Men*, songe souvent Elsa, avant de regretter profondément que nul dans son entourage ne comprenne de quoi elle parle. Ses proches lisent décidément trop peu de littérature de qualité. La « littérature de qualité » est ce que les gros futés ignares appellent « bande dessinée » et Elsa suppose qu'elle doit simplifier à l'extrême pour ceux qui ne sont pas versés en la matière en expliquant que les X-Men sont des super-héros. Bien qu'ils soient en réalité des mutants, et il y a une certaine différence théorique, mais à moins de vouloir donner un cours magistral, Elsa résume la situation aux super-pouvoirs diamétralement opposés de mamie et maman. Comme si Spider-Man, l'un des super-héros préférés d'Elsa, avait un ennemi du nom de l'Homme-Dérapage, dont le super-pouvoir serait d'être incapable de grimper sur un banc. Mais dans un sens positif.

Certes, Cyclope et Wolverine n'ont pas par définition des super-pouvoirs diamétralement opposés, mais si Elsa devait expliquer le problème à quelqu'un qui n'y comprend rien, elle essaierait de ne pas compliquer inutilement les choses.

Maintenant qu'elle y pense, peut-être suffit-il de dire que maman est l'ordre, et mamie le chaos. Elsa a lu un jour que « le chaos habite en face de chez Dieu », mais maman a affirmé que le chaos suivait Dieu pour la simple raison qu'il ne supportait plus mamie.

Maman a des classeurs et des agendas pour la moindre broutille et son téléphone joue une petite mélodie quinze minutes avant les réunions. La mamie d'Elsa écrit des pense-bêtes directement sur le mur de la cuisine avec un feutre violet. Et pas seulement chez elle. Ce système est loin d'être parfait, puisqu'il présuppose qu'elle se trouve chez le propriétaire du mur au moment où elle a besoin de se souvenir de ce qu'elle a écrit. Quand Elsa le lui a fait observer, mamie a répondu avec dédain : « En tout cas, j'ai moins de risques de perdre un mur de cuisine que ta maman de perdre ce stupide téléphone ! » Sauf que maman ne perd jamais rien, lui a rappelé Elsa. Mamie a soupiré en levant les yeux au ciel : « Nan, nan, nan, mais ta maman est une exception, bien sûr. C'est valable pour… tu sais bien… les gens qui ne sont pas parfaits. »

La perfection est le super-pouvoir de maman. Elle n'est pas aussi rigolote que mamie, mais d'un autre côté, elle sait toujours où se trouve l'écharpe Gryffondor d'Elsa.

« Les choses ne sont perdues que quand même ta maman ne les retrouve plus », lui chuchote-t-elle souvent à l'oreille en lui passant l'écharpe autour du cou.

Elle est responsable, la maman d'Elsa.

« Ce n'est pas seulement son métier, mais aussi sa façon d'être », répète mamie avec condescendance.

Maman n'est pas, pour ainsi dire, quelqu'un que l'on accompagne, mais que l'on suit. Mamie est plutôt le genre de personne que l'on esquive, sans parler de la suivre, et elle n'a jamais retrouvé une écharpe de toute sa vie.

En plus, mamie n'aime pas les responsables, ce qui est problématique dans cet hôpital précis, car maman se comporte encore plus en responsable, puisqu'elle en est la patronne.

— Seigneur, n'en fais pas une montagne, Ulrica ! crie mamie de l'autre côté de la porte des toilettes tandis qu'une deuxième infirmière s'approche avec un médecin et que maman griffonne sur un autre papier et lance quelques chiffres.

Maman adresse un sourire contenu à l'infirmière et au médecin, qui lui renvoient un rictus nerveux en repartant. Puis un long silence se fait aux toilettes et elle a soudain le regard inquiet de circonstance quand le calme dure trop autour de mamie. Elle hume l'air un instant et ouvre brutalement la porte. Assise nue sur la cuvette, les jambes confortablement croisées, mamie agite sa cigarette allumée vers maman d'un geste nonchalant.

— Eh bieeeeeen ? On ne peut même plus être tranquille aux toilettes, maintenant ?

Maman se masse les tempes et pose une main sur son ventre. Mamie hoche gravement la tête et tend sa cigarette.

— Calme-toi, enfin, Ulrica. N'oublie pas que tu es enceinte !

— C'est peut-être toi qui ne devrais pas l'oublier, répond maman.

Bien que maîtresse d'elle-même.

— *Bull's-eye*, murmure grand-mère en aspirant une bouffée.

Un mot dont Elsa connaît le sens sans en connaître le sens. Maman secoue la tête.

— Tu as pensé un instant aux risques que tu fais courir à Elsa et au bébé ? lance-t-elle en désignant la cigarette.

Mamie roule les yeux.

— Ne fais pas tant d'histoires ! Les gens fument depuis toujours et ont quand même eu des enfants en parfaite santé. C'est ta génération qui ne comprend pas que l'humanité a survécu des millions d'années sans dépistages d'allergies et autres conneries avant que vous vous mettiez en tête que vous êtes exceptionnels. Tu crois qu'à l'âge des cavernes ils lavaient les peaux de mammouth à quatre-vingt-dix degrés avant d'enrouler leurs nouveau-nés dedans ?

Elsa lui lance un regard oblique.

— Ils avaient déjà des cigarettes à l'époque ?

Mamie pousse une plainte.

— Tu ne vas pas t'y mettre toi aussi ?

Maman pose la main sur son ventre. Elsa ne sait pas trop si c'est parce que la Moitié lui donne des coups de pied ou pour lui boucher les oreilles. Maman est la maman de la Moitié, mais George est le papa, alors la Moitié est le demi-frère ou la demi-sœur d'Elsa. Ou plutôt elle va l'être. Mais ce sera un être humain entier, a-t-on promis à Elsa. Elle avait passé quelques jours dans un grand état de confusion avant de comprendre la différence.

« Pour une fillette aussi intelligente, tu peux être très bête par moments ! » s'était exclamée mamie quand Elsa lui avait posé la question.

Après ça, elles s'étaient fait la tête pendant presque trois heures. Elles avaient failli battre leur record de bouderie.

— Je voulais juste l'emmener voir les singes, Ulrica, marmonne finalement mamie en écrasant sa cigarette dans le lavabo.

— J'en peux plus… répond maman d'un air résigné, bien que maîtresse d'elle-même, avant de sortir de la chambre pour écrire d'autres notes sur des feuilles avec des chiffres.

Mamie voulait vraiment emmener Elsa voir les singes, cette partie de l'histoire est exacte. Elles s'étaient téléphoné la nuit dernière, Elsa depuis l'appartement, mamie depuis l'hôpital, et elles avaient commencé à se chamailler sur la question de savoir si, oui ou non, il existait un genre de singe qui dormait debout. Mamie avait tort, bien entendu, c'était écrit sur Wikipédia et tout, mais Elsa avait raconté l'incident de l'écharpe et mamie avait décidé d'aller voir au zoo pour lui changer les idées. Et à l'instant où mamie s'apprêtait à escalader la barrière du zoo, un veilleur de nuit était arrivé avec un policier et mamie leur avait lancé de la terre. Qu'ils avaient prise pour des crottes. Surtout parce que mamie avait crié : « JE SUIS ARMÉE ET C'EST DES CROTTES !!! »

Maman disparaît dans le couloir, en grande conversation. Son téléphone sonne sans arrêt. Elsa s'installe sur le lit, mamie enfile une chemise de nuit et s'assied en face d'elle en souriant. Puis elles entament une partie de Monopoly. Mamie pique des sous dans la banque ; quand Elsa la prend sur le fait, elle chipe la voiture et se rend à la gare de l'Est pour fuir la ville.

Puis maman revient, l'air fatiguée, et annonce que mamie doit se reposer. Elsa fait un très, très, très gros câlin à sa grand-mère.

— Quand est-ce que tu reviens à la maison ? demande-t-elle.

— Demain, j'en suis sûre ! promet mamie bravement.

C'est ce qu'elle fait toujours. Elle écarte les cheveux d'Elsa de ses yeux et, une fois maman ressortie dans le couloir, prend sa mine grave.

— J'ai une mission très importante à te confier, chuchote-t-elle à Elsa dans la langue secrète.

Celle-ci acquiesce, car mamie lui confie toujours des missions dans la langue secrète que seuls parlent ceux qui ont vu le Pays-Presqu'Eveillé, et Elsa les remplit toujours. Parce que c'est ce que font les chevaliers de Miamas. Leur devoir. Sauf quand il s'agit d'acheter des cigarettes et des biftecks, Elsa refuse de franchir cette frontière. Parce que c'est dégoûtant. Même les chevaliers ont des principes.

Mamie attrape un grand sac en plastique à côté du lit. Il ne contient pas des cigarettes et de la viande, mais des friandises.

— Il faut que tu apportes ces chocolats à l'Ami.

Elsa met quelques secondes à comprendre de quel ami elle parle. Elle lui lance un regard épouvanté.

— Mais tu es FOLLE ? Tu veux ma MORT ?

Mamie lève les yeux au ciel.

— Es-tu en train de me dire que les chevaliers de Miamas ont trop peur pour remplir leurs missions ?

Elsa prend un air offensé.

— En voilà un argument mature.

— Tu es très mature de dire « mature », alors ! riposte mamie, amusée.

Elsa prend le sac. Il est rempli de petits paquets de Daim en papier bruissant. Mamie dresse l'index.

— Tu dois absolument déballer chaque chocolat. Sinon ça le rend très grognon.

Elsa jette un regard boudeur dans le sac.

— Qu'est-ce que je dois lui dire ? Il ne sait même pas qui je suis !

Mamie souffle si vigoureusement de dédain qu'on croirait qu'elle se mouche le nez.

— Bien sûr que si ! Seigneur. Dis simplement que ta mamie lui passe le bonjour et lui demande pardon.

Elsa hausse les sourcils.

— Pardon pour quoi ?

— Pour les quelques jours où je ne lui ai pas apporté de bonbons, répond mamie d'un ton parfaitement naturel.

Elsa regarde de nouveau dans le sac.

— C'est vachement irresponsable de confier une telle mission à ta seule petite-fille, mamie. Il risque de me tuer.

— Ne fais pas tant d'histoires, la gourmande mamie.

— Histoires toi-même ! crache Elsa.

Mamie sourit. C'est ce qu'elle fait toujours. Finalement, Elsa sourit aussi. C'est ce qu'elle fait toujours. Mamie baisse la voix.

— Sois discrète en apportant les chocolats à l'Ami. Ne te fais pas pincer par Britt-Marie. Attends la réunion des locataires demain soir et va le voir en cachette !

Elsa hoche la tête. Même si elle a terriblement peur de l'Ami et trouve toujours vachement irresponsable d'envoyer sa seule petite-fille en mission daimesque. Mais mamie lui serre fort les index entre les mains, ce qu'elle fait toujours, et c'est dur d'avoir peur dans ces cas-là. Elles s'embrassent de nouveau.

— A bientôt, ô fier chevalier de Miamas, lui murmure mamie à l'oreille.

Car mamie ne dit jamais au revoir. Seulement à bientôt.

Tandis qu'Elsa enfile son manteau dans le couloir, maman et mamie parlent du « traitement ». Maman ordonne ensuite à Elsa de mettre ses écouteurs. Celle-ci obéit. Elle les avait demandés au Noël précédent en insistant longuement pour que maman et mamie paient chacune la moitié. Pour être équitable.

Quand maman et mamie se disputent, Elsa met ses écouteurs et augmente le volume, et on dirait alors que maman et mamie sont les actrices d'un film muet. Elle est le genre d'enfant qui apprend très tôt que la vie est plus supportable quand on peut choisir soi-même la bande-son.

La dernière chose qu'elle entend est mamie demandant quand elle pourra aller chercher Renault au poste de police. Renault est la voiture de mamie, que celle-ci dit avoir gagnée au poker. Bien sûr, c'est en réalité « une » Renault, mais quand elle était petite, Elsa croyait que le véhicule s'appelait ainsi, avant de comprendre que cet exemplaire n'en avait pas l'exclusivité. Mais elle l'utilise toujours comme un prénom, car il lui va très bien, il évoque un vieux bonhomme français avec une toux chronique, et la Renault de mamie est vieille, rouillée et française, et quand on passe les vitesses, on dirait qu'on traîne des meubles de jardin très lourds sur un sol en béton. Elsa le sait parce qu'il arrive que mamie fume et mange un kebab en conduisant Renault et n'ait plus que les genoux pour manœuvrer, alors quand elle écrase l'embrayage en criant « Maintenant ! », Elsa change la vitesse à sa place.

Ça lui manque, à Elsa.

Maman dit que mamie ne pourra pas récupérer Renault. Celle-ci répond d'un air énervé que c'est sa voiture, et s'entend répliquer qu'il est interdit de rouler sans permis. Alors, elle appelle maman « jeune fille » et déclare qu'elle a le permis dans six pays différents. L'un de ces pays serait-il aussi par hasard celui où elles vivent ? lui demande maman. Mamie s'enferme ensuite dans un silence boudeur pendant qu'une infirmière lui fait une prise de sang.

Elsa va attendre près de l'ascenseur parce qu'elle n'aime pas tellement les aiguilles, peu importe dans quel bras on les plante. Elle s'installe sur une chaise pour se plonger dans *Harry Potter et l'Ordre du Phénix* sur son iPad. Ça doit faire quelque chose comme la douzième fois qu'elle le lit. C'est le volume de *Harry Potter* qu'elle apprécie le moins, voilà pourquoi elle l'a si peu lu.

Ce n'est que quand maman la rejoint et qu'elles sont sur le point de descendre au parking souterrain qu'Elsa s'aperçoit qu'elle a oublié son écharpe Gryffondor devant la chambre de mamie. Elle y retourne en courant.

Assise au bord du lit, dos à la porte, Mamie ne la remarque pas, absorbée qu'elle est par sa conversation téléphonique. Elsa comprend qu'elle parle à son notaire, parce que mamie explique quelle bière elle veut qu'il lui apporte lors de sa prochaine visite à l'hôpital. Elsa sait que le notaire la ravitaille en bière cachée dans des encyclopédies que mamie prétend utiliser pour ses « recherches » mais qui ne contiennent que des compartiments à bouteilles. Elsa attrape son écharpe et s'apprête à appeler mamie quand elle entend sa voix se faire grave :

— C'est ma petite-fille, Marcel. Que Dieu bénisse sa petite tête. Je n'ai jamais rencontré d'enfant aussi intelligente. C'est à elle que reviendra la responsabilité. Il n'y a qu'elle qui puisse faire le bon choix.

Quelques instants de silence, puis mamie reprend la parole :

— Je sais parfaitement que ce n'est qu'une enfant, Marcel ! Mais, bon sang, elle est plus futée que tous ces autres idiots réunis ! C'est mon testament, et tu es mon notaire. Contente-toi de faire ce que je te dis !

Dans le couloir, Elsa retient son souffle. Et lorsque mamie dit « parce que je ne veux pas lui raconter pour l'instant, Marcel ! Parce qu'à sept ans on a besoin d'un super-héros ! », Elsa repart sans bruit, son écharpe Gryffondor trempée de larmes.

Et la dernière chose qu'elle entend mamie dire au téléphone est :

— Je ne veux pas qu'Elsa sache que je vais mourir, parce qu'à sept ans on a besoin d'un super-héros, Marcel. Les enfants de sept ans ont tous besoin d'un super-héros dont l'un des super-pouvoirs est de ne pas attraper de cancer.

# 3

# Café

C'est spécial, l'immeuble d'une mamie. On n'oublie jamais l'odeur.

Bien sûr, c'est un édifice tout à fait normal. En grande partie. Il a quatre étages, neuf appartements et l'odeur de mamie. Et celle du café, bien sûr, ça sent presque toujours le café. Il y a, dans la buanderie, le règlement clair avec la rubrique « Pour le confort de tous » où le mot « confort » est souligné deux fois, l'ascenseur toujours en panne, les bennes de tri sélectif dans la cour, l'alcoolique, le chien de combat et mamie.

Un immeuble normal. En grande partie.

Mamie habite tout en haut. Maman, Elsa et George vivent dans l'appartement d'en face. George est le compagnon de maman, ce qui n'est pas simple, car cela fait de lui le voisin de mamie. George porte la barbe, un tout petit bonnet, il aime faire son jogging avec un short sur son collant et cuisiner en anglais. Il dit « pork » au lieu de « porc » quand il lit les recettes et mamie pense que c'est « une chance pour lui qu'il soit adorable parce qu'il est long à la détente ». Elle ne l'appelle jamais « George », mais seulement « le mou du bulbe ». Maman se fâche toujours beaucoup contre elle, mais Elsa sait que mamie ne cherche pas à fâcher maman. Elle veut juste qu'Elsa sache qu'elle est de son côté quoi qu'il arrive. C'est ce qu'on fait quand les parents de sa petite-fille divorcent, emménagent chacun avec un nouveau partenaire et annoncent soudain que la petite-fille va être grande sœur. Toujours. Quoi qu'il arrive. Faire enrager maman est un simple bonus aux yeux de mamie.

Maman et George n'ont pas demandé si la Moitié est un demi-frère ou une demi-sœur. Alors qu'ils le pourraient. George tient beaucoup à ne pas le savoir. Il appelle la Moitié tantôt « il », tantôt « elle », pour ne pas « étouffer l'enfant dans un rôle de genre ». La première fois qu'il a dit ça, Elsa a compris « robe de chambre ». Ça a été un après-midi très confus pour toutes les personnes impliquées.

La Moitié s'appellera soit Elvir, soit Elvira, ont décidé maman et George. Quand Elsa l'a raconté à mamie, celle-ci s'est écriée :

« Elv-ir !?

— C'est la forme d'Elvira pour un demi-frère », a expliqué Elsa.

Mamie a secoué la tête avec dédain.

« Elvir ? Ils croient que le petit va aider Frodon à apporter l'anneau au Mordor ou quoi ? »

C'était juste après que mamie avait vu tous les films du *Seigneur des anneaux* avec Elsa parce que maman avait expressément interdit qu'Elsa les voie.

Elsa sait bien que mamie ne déteste pas la Moitié. Ni George. Elle se moque juste parce que c'est mamie, et mamie est toujours du côté d'Elsa, quoi qu'il arrive. Même le jour où Elsa a dit à mamie qu'elle détestait George. Que parfois elle détestait même la Moitié. Et c'est très difficile de ne pas aimer une mamie qui est toujours du côté d'une enfant même après l'avoir entendue avouer des choses aussi terribles.

L'appartement de mamie est exactement comme celui de maman en un peu plus chaotique. Parce que l'appartement de maman ressemble à maman, et l'appartement de mamie à mamie. Et maman aime l'ordre et mamie aime le désordre.

L'appartement sous celui de mamie est occupé par Britt-Marie et Kent. Ils aiment énormément posséder plein de choses et Kent raconte sans arrêt ce que tout lui coûte. Il n'est presque jamais là, parce qu'il est entrepreneur. Ou plutôt « Kentrepreneur », comme il aime le dire aux gens qu'il ne connaît pas en s'esclaffant très fort. Et si les gens ne rient pas tout de suite, Kent répète un peu plus haut. Comme si le problème était là.

Mamie affirme que Kent n'est qu'un fichu crétin et que le mot « entrepreneur » vient en réalité du Pays-Presqu'Eveillé, mais que quelqu'un a mal compris « entourloupeur », terme utilisé à Miamas pour désigner les vagabonds. Elsa ne peut pas décider d'emblée si c'est vrai ou pas, mais en tout cas Britt-Marie est presque toujours à la maison, alors Elsa suppose qu'elle n'est pas entrepreneuse. Mamie clame qu'elle est « râleuse à plein temps ». Britt-Marie et mamie ne s'entendent pas très bien, c'est le moins qu'on puisse dire. Ce qui signifie qu'elles s'apprécient à peu près autant que les lapins et les chasseurs. « La vieille bique a des cors à l'âme », rabâche mamie, parce que Britt-Marie donne toujours l'impression qu'elle vient de mordre dans le chocolat le moins bon de la boîte. C'est elle qui a accroché le règlement avec la rubrique « Pour le confort de tous » dans la buanderie. Car Britt-Marie attache beaucoup d'importance au confort de tous, alors qu'elle et Kent sont les seuls à avoir machine à laver et sèche-linge dans leur appartement. Un jour où George avait fait la lessive, Britt-Marie avait sonné à la porte et demandé à parler à la maman d'Elsa. Elle tenait dans les mains un petit tas de bouloches bleues qu'elle avait extraites du filtre du sèche-linge, et l'avait tendu à maman comme si c'était un oisillon tombé du nid, en disant : « Je crois que tu as oublié quelque chose après ta lessive, Ulricka ! » Quand George avait expliqué que c'était lui qui s'en était chargé, Britt-Marie lui avait adressé un sourire très peu sincère. Puis elle avait lancé un « Quelle famille moderne ! » avec un regard très bienveillant à maman, et lui avait donné la boule de peluches en poursuivant : « Pour le confort de tous, chacun nettoie le filtre du sèche-linge après soi dans cette copropriété, Ulricka ! »

Bien sûr, ce n'est pas encore une copropriété. Mais ça le sera, rappelle toujours scrupuleusement Britt-Marie. Kent et elle y veilleront. Et dans la copropriété de Britt-Marie, il y aura des règles. C'est pour ça qu'elle est l'ennemie jurée de mamie. Elsa sait ce que cela veut dire, parce que c'est le genre de choses que l'on sait quand on lit de la littérature de qualité.

Dans l'appartement en face de chez Britt-Marie et Kent, il y a la femme à la jupe noire. On ne la voit presque jamais, parce qu'elle se déplace très vite entre son appartement et l'entrée de l'immeuble tôt le matin et tard le soir. Elle a toujours des chaussures à talons aiguilles, un porte-documents mince, une jupe noire parfaitement repassée, et elle parle très fort dans un câble blanc qui lui sort de l'oreille. Elle ne salue jamais et ne sourit pas non plus. Mamie dit que la jupe est aussi bien repassée parce que « si j'étais un vêtement porté par cette femme, je n'oserais pas être froissé ».

En dessous de l'appartement de Britt-Marie et Kent, il y a celui de Lennart et Maud. Lennart boit au moins vingt tasses de café par jour et pourtant il donne toujours l'impression d'avoir gagné une médaille quand on prépare une nouvelle cafetière. Il est la deuxième personne la plus gentille du monde, et il est marié avec Maud. Maud est la personne la plus gentille du monde et elle annonce à chaque fois qu'on la voit qu'elle vient de faire des gâteaux. Ils vivent avec Samantha, qui dort presque sans interruption. Samantha est un bichon frisé, mais Lennart et Maud lui parlent comme à une vraie personne. Quand ils boivent du café devant elle, ils n'appellent pas ça du café, mais une « boisson pour adultes ». Selon mamie, ils sont complètement timbrés, ces deux-là, mais Elsa trouve que ce n'est pas grave quand on est aussi gentil qu'eux. Et il y a toujours des rêves et des câlins chez eux. Les rêves sont une sorte de biscuits sablés. Les câlins sont des câlins normaux.

Alf habite en face de chez Lennart et Maud. Il est chauffeur de taxi, toujours en veste de cuir et de mauvaise humeur. Les semelles de ses chaussures sont fines comme du papier parce qu'il traîne les pieds. Mamie prétend que c'est parce qu'il a le centre de gravité le plus bas de tout l'univers, ce type.

En dessous de Lennart et Maud, il y a le garçon au syndrome et sa maman. Le garçon au syndrome a un an et quelques semaines de moins qu'Elsa et il ne parle pas. Sa maman perd sans arrêt ses affaires, on dirait presque qu'elles pleuvent de ses poches, comme quand les bandits des dessins animés subissent une fouille et que le tas d'armes qui tombe de leurs vêtements finit par les dépasser. Mais elle et le garçon au syndrome ont des yeux très gentils et même mamie ne semble pas les détester.

Dans l'appartement à côté du leur, de l'autre côté de l'ascenseur qui ne fonctionne jamais, il y a le Monstre. Elsa ne connaît pas son vrai nom. Elle l'appelle « le Monstre » parce que tout le monde le craint. Et ça veut vraiment dire tout le monde. Même la maman d'Elsa, qui n'a peur de rien, pousse doucement sa fille dans le dos quand elles passent devant sa porte. Personne ne voit jamais le Monstre, car il ne sort pas pendant la journée, mais Kent répète aux réunions des locataires qu'on ne devrait pas laisser « courir des types comme ça ! », ajoutant : « Voilà ce qui arrive quand on les dorlote en soins psychiatriques au lieu de les mettre en prison, dans ce fichu pays ! » Britt-Marie a écrit aux propriétaires de l'immeuble pour exiger l'expulsion du Monstre ; elle est convaincue qu'il va attirer « d'autres criminels ». Elsa ne sait pas trop ce que cela signifie. Elle n'est pas tout à fait sûre que Britt-Marie le sache elle-même. Mais mamie a dit à voix basse, avec un regard étrange, qu'il y a « des choses qu'il vaut mieux laisser en paix » quand Elsa lui a posé des questions sur le Monstre. Et la mamie d'Elsa a participé à la Guerre-Sans-Fin, le conflit contre les ombres au Pays-Presqu'Eveillé. Mamie y a vu les êtres les plus terrifiants qu'ont rêvés dix mille éternités de fables.

Oui, c'est ainsi qu'on mesure le temps au Pays-Presqu'Eveillé, en éternités. C'est ce qu'on appelle une « voie de garage », mais il n'y a pas d'horloges au Pays-Presqu'Eveillé, alors on mesure le temps comme on le ressent. S'il fait l'effet d'une petite éternité, on dit que c'est pour toujours. S'il dure, disons, deux douzaines de pour toujours, c'est une éternité entière. La seule chose qui dure plus longtemps qu'une éternité entière, c'est une éternité de fable, car une éternité de fable est une éternité entière d'éternités. Et le plus long dans une éternité, ce sont dix mille éternités de fables. Le nombre le plus élevé du Pays-Presqu'Eveillé.

Mais revenons à nos moutons : en bas de l'immeuble où vivent tous ces gens, il y a la salle de réunion. C'est là que se tient une fois par mois l'assemblée des locataires. C'est un peu plus fréquent que dans les immeubles normaux, mais les appartements de ce bâtiment sont tous en location, et Britt-Marie et Kent veulent absolument que les habitants demandent aux propriétaires, « par un processus démocratique », de les leur vendre pour former une copropriété. Voilà pourquoi il y a les réunions. Car aucun autre voisin ne veut former de copropriété. C'est cet aspect de la démocratie que Kent et Britt-Marie apprécient le moins, peut-on dire.

Les réunions elles-mêmes sont bien sûr profondément ennuyeuses. D'abord, tout le monde se dispute pendant deux heures à propos du même motif que lors de la réunion précédente, ensuite tout le monde sort son agenda, on se chamaille à propos de la date de la prochaine réunion, puis la séance est levée. Aujourd'hui, Elsa s'y rend quand même, parce qu'elle veut savoir quand les chicanes commencent, pour être certaine que personne ne la surprendra.

Kent n'est pas encore arrivé, car il est toujours en retard. Alf n'est pas encore là non plus, car il est toujours pile à l'heure. Maud et Lennart sont assis à la grande table, et Britt-Marie et maman parlent de café dans la kitchenette. Samantha dort par terre. Maud tend une grande boîte de rêves à Elsa. A côté d'elles, Lennart attend le café. Pour passer le temps, il boit à la Thermos qu'il a apportée. Il trouve primordial de toujours avoir son café d'attente pendant qu'on prépare le vrai.

A côté de l'évier de la kitchenette, mains jointes sur son ventre dans un geste de frustration, Britt-Marie observe maman en train de faire le café. Ce qui rend Britt-Marie nerveuse, parce qu'elle trouve qu'ils devraient attendre Kent. Elle pense toujours qu'il vaudrait mieux attendre Kent. Mais maman n'est pas de cet avis, elle est plutôt du genre à prendre les rênes, alors elle s'occupe du café. Britt-Marie entreprend de balayer soigneusement de la main des miettes invisibles sur le plan de travail. Il y a presque toujours des miettes invisibles partout où passe Britt-Marie. Elle lance un sourire bienveillant à maman.

— Tout va bien avec le café, Ulricka ?

Britt-Marie appelle toujours maman « Ulricka » parce qu'elle a appris un jour que le prénom de maman s'écrivait avec un « c » au lieu d'un « k » et elle a décidé que ça se prononçait avec deux consonnes. Bien qu'Ulrica lui ait expliqué plusieurs fois que non, ça se disait simplement « Ulrica ».

— Très bien, merci, répond succinctement maman.

— On devrait peut-être tout de même attendre Kent, insiste Britt-Marie sur un ton bienveillant.

— Je crois que nous arriverons à faire le café sans lui, répond maman, maîtresse d'elle-même.

Britt-Marie croise de nouveau les mains sur son ventre. Elle sourit.

— Oui, oui, bien sûr, tu fais comme tu veux, Ulricka. Après tout, c'est ce que tu fais tout le temps, bien sûr.

Maman compte visiblement jusqu'à un nombre à trois chiffres avant de prélever une autre mesure.

— Ce n'est que du café, Britt-Marie.

Celle-ci acquiesce d'un air compréhensif et enlève quelques poussières invisibles de sa jupe. Il y a toujours sur la jupe de Britt-Marie des poussières qu'elle seule voit.

— Kent fait un excellent café. Tout le monde dit toujours que Kent fait un excellent café, précise-t-elle.

A table, Maud est inquiète. Elle n'aime pas les conflits. C'est pour ça qu'elle fait tellement de gâteaux, car c'est beaucoup plus dur de se disputer quand il y a des gâteaux. Elle donne à Elsa un petit coup dans les côtes et lui souffle de prendre un rêve.

Elsa en choisit deux. Pendant ce temps, maman a remarqué poliment que « ce n'est pas spécialement difficile de faire le café », ce à quoi Britt-Marie a répondu : « Non, non, c'est compréhensible, les femmes de ta famille ne trouvent jamais rien difficile, bien entendu ! » Là, maman a souri. Britt-Marie aussi. Même si elles ne donnent pas vraiment l'impression que cela vienne du fond du cœur.

Maman inspire profondément en versant une autre mesure et Britt-Marie retire une poussière invisible de sa jupe en disant, comme en passant :

— Je suis contente que toi et la petite Elsa soyez là toutes les deux aujourd'hui, ça fait tellement plaisir, tout le monde est de cet avis.

Maman émet un « hum » contenu en prenant une mesure supplémentaire. Britt-Marie chasse encore une poussière. Puis elle complète :

— Oui, sinon tu vas avoir du mal à trouver du temps pour la petite Elsa, Ulricka. Bien sûr, nous comprenons, toi qui as tant d'ambition pour ta carrière.

Cette fois, maman ajoute une cuillère comme si elle s'imaginait en train de lancer le café moulu au visage de Britt-Marie. Bien que maîtresse d'elle-même. Britt-Marie s'approche de la fenêtre pour déplacer un pot de fleurs et poursuit comme si elle pensait tout haut :

— Et ton concubin est à la maison, si nous avons bien compris. Il s'occupe des tâches ménagères.

Maman répond que « George est à la buanderie » et enfonce vigoureusement le bouton de la cafetière. Bien que maîtresse d'elle-même.

Britt-Marie acquiesce.

— C'est bien comme ça que ça s'appelle ? Concubin ? C'est très moderne, nous l'avons compris.

Elle sourit de nouveau, bienveillante. Puis elle ôte une autre poussière de sa jupe et continue :

— Non pas que ça soit un mal, bien entendu.

Maman sourit, se contenant, et lance :

— Essaies-tu d'insinuer quelque chose, Britt-Marie ?

Celle-ci lève des yeux surpris, profondément choquée qu'on puisse se méprendre ainsi sur ses paroles, et s'exclame :

— Bien sûr que non, Ulricka ! Bien sûr que non ! Je n'insinue rien du tout, rien du tout !

Britt-Marie se répète toujours quand elle est nerveuse, fâchée ou les deux à la fois. Elsa se rappelle le jour où mamie et elle ont acheté deux épaisses couvertures en laine bleue chez IKEA, que mamie a peignées tout l'après-midi en récoltant les bouloches dans un grand sac. Ensuite, Elsa a monté la garde dans l'escalier avec une lampe de poche tandis que mamie se faufilait dans la buanderie et vidait le contenu du sac dans le sèche-linge.

Après ça, Britt-Marie a tout répété deux fois pendant quelques semaines.

Alf entre dans la salle de réunion, vêtu de sa veste en cuir crissant avec l'insigne de taxi sur la poitrine et de très mauvaise humeur. Il tient un quotidien du soir à la main. Il regarde sa montre. Elle indique exactement sept heures.

— Il y a écrit sept heures sur le fichu papier, grogne-t-il à personne en particulier.

— Kent est un peu en retard, explique Britt-Marie, souriante, en croisant les mains à hauteur des hanches. Il a une réunion très importante avec l'Allemagne pour le travail, poursuit-elle, comme si Kent rencontrait le pays tout entier.

Un quart d'heure plus tard, Kent s'engouffre dans la pièce, sa veste flottant comme une cape, en criant dans son téléphone :

— Yez, Klaus ! Yez ! We will dizcuzz it at the meeting in Frankfurt !

Alf lève les yeux de son journal et tapote sa montre en grommelant :

— J'espère que ça ne te dérange pas que nous autres soyons arrivés à l'heure.

Kent l'ignore, frotte ses mains d'un air enjoué en se tournant vers Lennart et Maud et lance :

— On commence la réunion, maintenant ? Qu'est-ce que vous en dites ? Place aux esprits fertiles.

Puis il pivote vivement vers maman et désigne son ventre avec un sourire.

— Enfin, pas seulement les esprits !

Et maman n'éclatant pas immédiatement de rire, Kent indique de nouveau son ventre.

— Enfin, pas SEULEMENT les esprits ! répète-t-il un peu plus haut.

Comme si le problème était là.

Maud distribue les biscuits. Maman sert le café. Kent boit une gorgée puis il sursaute et dit dans un hoquet de surprise :

— Ouh là ! Il est corsé !

Alf vide sa tasse d'une traite et marmonne :

— Juste comme il faut !

Britt-Marie en sirote un tout petit peu, pose sa tasse et lance avec un sourire bienveillant :

— Je trouve malgré tout qu'il est un peu fort, moi.

Puis elle lance un regard furtif à maman et ajoute :

— Et tu bois du café, Ulricka, alors que tu es enceinte !

Avant que maman ait pu répliquer, Britt-Marie se défend :

— Mais naturellement, il n'y a aucun mal à ça. Naturellement pas !

Puis Kent déclare la séance ouverte et tout le monde se dispute pendant deux heures à propos du motif de la dispute de la réunion précédente.

C'est à ce moment qu'Elsa s'éclipse sans que quiconque s'en aperçoive.

La salle de réunion se trouve en face de la porte d'entrée de l'immeuble, à côté de l'escalier du sous-sol où se situent les caves, le garage et la buanderie. Elsa entend George s'y affairer. Elle se faufile jusqu'à mi-hauteur de l'escalier du premier étage et lorgne la porte de l'appartement à côté de chez le Monstre, là où il n'y a pas de nom sur la trappe à courrier. Celui où habite l'Ami. Elsa s'arrête à deux mètres de distance en retenant son souffle, craignant qu'il ne réduise la porte en miettes et n'essaie de l'égorger s'il l'entend s'approcher trop près. Mamie est la seule à appeler l'Ami « Ami ». Tous les autres l'appellent « chien de combat ». Surtout Britt-Marie.

Elsa ne sait naturellement pas ce qu'il en est du combat, mais elle n'avait jamais vu un aussi gros chien de toute sa vie. Quand il aboie de l'autre côté de la porte, on croirait que quelqu'un lui a lancé un haltère dans l'estomac.

Elle ne l'a rencontré qu'une seule fois. C'était bien sûr chez mamie, quelques jours avant que celle-ci ne tombe malade. Elle est cependant convaincue qu'elle n'aurait pas ressenti plus grande terreur si elle s'était retrouvée nez à nez avec une ombre du Pays-Presqu'Eveillé.

C'était un samedi, mamie et Elsa se préparaient à aller voir une exposition sur les dinosaures. Ce matin-là, maman avait lavé l'écharpe Gryffondor sans demander et avait forcé Elsa à porter une autre écharpe. Une verte. Vert Serpentard. Elle manque vraiment de tact parfois, cette femme, se dit Elsa, toujours fâchée à ce souvenir.

L'Ami était allongé sur le lit de grand-mère, tel un sphinx au pied d'une pyramide. Elsa était restée pétrifiée dans le couloir, à fixer l'énorme tête noire et les yeux si sombres qu'elle s'était d'abord demandé s'il y avait un gouffre dans le crâne de la bête. Elle n'avait jamais rien vu de plus gigantesque.

Bien entendu, mamie avait émergé de la cuisine et enfilé son manteau comme si elle trouvait parfaitement naturel que la plus gigantesque de toutes les créatures soit installée sur son lit.

« Qui… qui c'est ? » avait soufflé Elsa.

Mamie avait roulé une cigarette et répondu d'un air insouciant :

« C'est l'Ami. Il ne te fera rien tant que tu ne l'embêteras pas. »

Facile à dire pour elle, avait pensé Elsa. Qui diable savait ce qui provoquait une bête pareille ? Un jour, à l'école, Elsa s'était fait taper par une des filles qui la détestent, juste parce que celle-ci trouvait son écharpe « trop moche ». Elsa ne lui avait rien fait, mais la fille lui avait flanqué une raclée. Et voilà qu'Elsa se retrouvait avec son écharpe habituelle dans la machine à laver, autour du cou une écharpe provisoire que lui avait mise sa maman, et qu'on lui expliquait que cette bête ne lui ferait rien tant qu'elle ne l'importunerait pas. Mais Elsa n'avait pas la moindre idée du genre d'écharpes qu'aimait l'animal, alors comment était-elle censée échafauder une stratégie de survie efficace ? Hein ?

Finalement, Elsa avait hoqueté :

« Ce... ce n'est pas mon écharpe ! C'est celle de maman ! Elle n'a aucun goût ! »

Et elle avait battu en retraite vers la porte.

L'Ami s'était contenté de la regarder. Du moins, si c'étaient bien des yeux. Ensuite, il avait montré les dents, Elsa en était presque certaine. Mais mamie avait juste secoué la tête en marmonnant « Ah, les gosses ! » et roulé les yeux en direction de l'Ami. Puis elle avait pris les clés de Renault et elles étaient parties pour l'exposition sur les dinosaures. Mamie avait laissé la porte de l'appartement grande ouverte, se souvient Elsa, et une fois installée dans Renault, Elsa avait demandé ce que l'Ami faisait là. Mamie avait simplement répondu : « Il est passé dire bonjour. » Quand Elsa avait voulu savoir pourquoi il aboyait si souvent dans son appartement, mamie avait répondu d'un ton joyeux : « Pourquoi il aboie ? Bah, c'est seulement parce qu'il entend passer Britt-Marie. » Et quand Elsa avait répété « Mais pourquoi ? », mamie avait souri jusqu'aux oreilles et dit : « Parce que ça le détend. »

Puis Elsa avait demandé chez qui l'Ami habitait et mamie avait rétorqué :

« Tout le monde n'habite pas forcément avec quelqu'un, Seigneur. Regarde, moi par exemple, je vis seule. »

Bien qu'Elsa ait souligné que cela avait peut-être un rapport avec le fait qu'elle n'était pas un chien, mamie n'avait jamais fourni plus d'explications.

Dans la cage d'escalier, Elsa déballe un chocolat Daim et le jette si vite par la trappe dans la porte que le clapet retentit quand elle le laisse retomber. Elle retient à nouveau son souffle, le cœur battant la chamade. Mais elle se souvient ensuite que mamie lui a dit de se dépêcher pour que Britt-Marie n'ait pas de soupçons. Car Britt-Marie déteste profondément l'Ami. Elsa s'efforce alors de se rappeler qu'elle est malgré tout un chevalier de Miamas, et rassemble son courage avant de soulever à nouveau le clapet.

Elle entend la respiration pareille à un éboulement de pierres dans la poitrine de la bête. Le cœur d'Elsa bat si fort qu'elle est certaine que les coups sont audibles à travers la porte.

— Ma mamie te salue bien et te demande pardon de ne pas avoir apporté de bonbons depuis si longtemps ! lance-t-elle prudemment par la trappe, tout en commençant à déballer les chocolats, qu'elle jette par poignées dans l'ouverture.

Elle retire les doigts, terrifiée, quand il bouge. Après quelques secondes de silence, les chocolats craquent entre les mâchoires de l'Ami.

— Mamie est malade, annonce Elsa pendant qu'il mange.

Elle ne s'attendait pas à ce que sa voix tremble en prononçant ces mots. Il lui semble que l'Ami respire plus lentement. Elle lui jette d'autres chocolats.

— Elle a un cancer, souffle Elsa.

Elsa n'a pas d'amis, alors elle ne sait pas exactement quoi faire dans ce genre de situation. Mais elle songe que si elle avait des amis et qu'elle attrapait un cancer, elle voudrait qu'ils le sachent. Même si c'est la plus gigantesque de toutes les créatures.

— Elle te salue et te demande pardon, murmure-t-elle dans l'appartement obscur.

Puis elle lâche les derniers chocolats et referme doucement le clapet de la boîte aux lettres.

Elle fixe quelques instants la porte de l'Ami, puis celle du Monstre. Si un fauve pareil peut se cacher dans un appartement, alors elle n'a pas la moindre envie de savoir ce qui se terre dans l'autre, songe-t-elle.

Puis elle redescend l'escalier à grandes enjambées. George est toujours dans la buanderie. Dans la salle de réunion, tout le monde se dispute en buvant du café.

Parce que c'est un immeuble normal.

En grande partie.

# 4

# Bière

La chambre d'hôpital a l'odeur caractéristique d'une chambre d'hôpital quand il ne fait que deux degrés dehors, que quelqu'un a caché des bouteilles de bière sous l'oreiller et ouvert les fenêtres pour chasser l'odeur de tabac dans l'espoir que la maman d'Elsa ne remarquera rien.

Ça sent comme si ça n'avait pas très bien marché.

Mamie et Elsa jouent au Monopoly. Mamie ne parle pas du cancer, pour Elsa. Elsa ne parle pas de la mort, pour mamie. Parce que cette dernière n'aime pas parler de la mort ; elle n'a jamais aimé l'évoquer, surtout la sienne. La mort, c'est l'ennemi juré de mamie. Alors, quand maman et les médecins sortent de la chambre pour s'entretenir d'une voix grave, Elsa essaie de ne pas montrer son inquiétude. Ça ne réussit pas très bien non plus.

Mamie lui lance un sourire mystérieux.

— Je t'ai déjà parlé de la fois où j'ai trouvé du travail aux dragons de Miamas ? demande-t-elle dans leur langue secrète.

Parler une langue secrète est très utile dans un hôpital, car dans ce genre d'endroits les murs ont des oreilles, dit mamie. Surtout quand la maman d'Elsa est la patronne des murs.

— Pfff ! Ouiiii ! soupire Elsa dans la langue secrète.

Mamie acquiesce d'un signe de tête. Ensuite, elle raconte quand même. Parce que personne ne lui a appris à ne pas raconter d'histoires. Elsa écoute, parce que personne ne lui a appris à ne pas les écouter.

Voilà comment elle sait que l'une des choses que les gens disent le plus souvent sur mamie quand l'intéressée n'est pas dans les parages, c'est que « cette fois elle a vraiment dépassé les bornes ». Britt-Marie, par exemple, le répète très souvent. Elsa suppose que c'est parce que mamie aime tant le royaume de Miamas. Car on ne peut pas dépasser les bornes à Miamas, puisque le royaume est sans bornes. Et pas dans le sens qu'emploient les gens à la télé quand ils doivent parler d'eux-mêmes et expliquent en rejetant les cheveux en arrière qu'ils n'arrivent pas à poser de bornes aux autres, non, vraiment sans bornes. Nul ne sait où commence et finit Miamas. En partie parce qu'à la différence des cinq autres royaumes du Pays-Presqu'Eveillé, construits en pierre et en mortier, Miamas est entièrement composé d'imagination. Cela vient aussi un peu du fait que la muraille de Miamas est vachement susceptible et peut décider un beau matin d'aller se cacher dans la forêt à quelques kilomètres de là parce qu'elle a besoin de « réfléchir en paix ». Pour parcourir le double de la distance le lendemain et se planter en plein milieu de la cité parce que l'envie lui a pris d'emmurer un dragon ou un troll, ou pour toute autre raison que la muraille s'est mise en tête. Le plus souvent, parce que le dragon ou le troll, après une nuit passée à boire du schnaps, a uriné contre la muraille pendant qu'elle dormait.

Il y a tout un tas de trolls et de dragons à Miamas, plus que dans aucun des cinq autres royaumes du Pays-Presqu'Eveillé, car les légendes sont le premier produit d'exportation de Miamas. Ça, les gens du vrai monde le savent rarement, étant bien souvent des gros futés, mais les trolls et les dragons ont de bonnes chances de trouver du travail à Miamas, puisque toutes les légendes ont besoin de méchants.

— Il n'en a pas toujours été ainsi, rappelle alors mamie à Elsa d'un air assez vaniteux.

Elsa répond à chaque fois « Tu l'as déjà dit », puis mamie raconte quand même de nouveau. Parce qu'à un moment les dragons avaient été presque complètement oubliés par les conteurs de Miamas. Ceux qui avaient eu un peu de succès les années précédentes, en particulier, étaient confrontés à de terribles difficultés sur le marché du travail, explique ensuite mamie tandis qu'Elsa lève les yeux au ciel.

— On n'écrivait simplement plus de bons rôles pour les dragons d'âge moyen, précise mamie, qui laisse passer quelques secondes de suspense avant de répéter : ÉCRIVAIT !

Puis elle se lance dans la description détaillée de l'époque où les dragons avaient commencé à devenir gênants pour Miamas parce que, complètement désœuvrés, ils passaient leurs journées à boire du schnaps, fumer des cigares et se quereller avec la muraille. Finalement, le peuple de Miamas avait imploré mamie de les aider avec des mesures concrètes pour l'emploi. C'est alors qu'elle avait suggéré de confier la garde des trésors aux dragons, à la fin des contes.

Jusque-là, il y avait un énorme problème scénaristique dans les histoires, à savoir que les héros des légendes se mettaient en quête de trésors et que quand ils les trouvaient, cachés dans de profondes grottes, ils repartaient en sifflotant avec le butin sous le bras. Juste comme ça. Ni bataille finale épique ni apothéose dramatique, rien de ce genre.

— Les légendes étaient devenues de mauvais jeux vidéo, dit mamie avec plusieurs hochements de tête avisés pour insister sur le sérieux de la situation.

Mamie le sait parce que l'été précédent Elsa lui a fait découvrir un jeu qui s'appelle *World of Warcraft* et mamie y a joué des jours entiers pendant plusieurs semaines jusqu'à ce que maman déclare que mamie commençait à « montrer des tendances désagréables » et lui interdise de dormir dans la chambre d'Elsa.

Quoi qu'il en soit, quand les conteurs entendirent la suggestion de mamie, le problème fut réglé en un après-midi.

— C'est pour cette raison qu'il y a un dragon à la fin de toutes les histoires ! Grâce à moi ! glousse mamie.

Comme toujours.

Elle a une fable de Miamas pour chaque occasion, et même quand il n'y a pas d'occasion, elle a une fable. L'une d'elles parle de Miploris, le royaume où l'on dépose le chagrin, et dont la princesse pourchassa sans répit une horrible sorcière qui lui avait dérobé un trésor. Une autre raconte l'histoire de deux frères, princes eux aussi, épris de la princesse de Miploris, qui manquèrent de détruire le Pays-Presqu'Eveillé dans une lutte sans pitié pour son amour.

Une légende parle de l'ange de la mer, accablé par une malédiction qui le condamnait à errer le long des côtes du Pays-Presqu'Eveillé depuis la perte des siens. Il y en a aussi une sur « l'élu », le danseur le plus aimé de Mimovas, le royaume d'où vient la musique. Selon le conte, les ombres tentèrent d'enlever l'élu pour détruire Mimovas, mais les animaux-nuages l'emportèrent à Miamas. Et quand les ombres les poursuivirent, tous les habitants des six royaumes du Pays-Presqu'Eveillé, les princes et la princesse, les chevaliers et les soldats, les trolls, les anges et la sorcière, s'allièrent pour protéger l'élu. Ce fut le début de la Guerre-Sans-Fin. Le conflit fit rage pendant dix mille éternités de fables, jusqu'au jour où les worses redescendirent de la montagne et où Cœur-de-Loup revint des forêts pour mener l'armée du bien à la dernière bataille et refoula les ombres de l'autre côté de la mer.

Bien sûr, Cœur-de-Loup était une légende à lui seul, car il était né à Miamas mais avait grandi à Mibatalos, comme tous les autres soldats. Il avait le cœur d'un guerrier mais l'âme d'un conteur et il était devenu le guerrier le plus puissant que virent jamais les six royaumes. Il avait vécu à l'écart de tous, dans les forêts obscures, pendant de nombreuses éternités de fables, mais revint le jour où le Pays-Presqu'Eveillé eut le plus besoin de lui.

D'aussi loin qu'Elsa se souvienne, mamie lui a toujours raconté ces histoires. Au début, bien sûr, c'était juste pour l'aider à s'endormir, lui apprendre la langue secrète, et aussi un peu parce que mamie est complètement cinglée. Mais ces derniers temps, les histoires sont plus que ça. Elsa n'arrive pas à mettre le doigt dessus.

Elle le sait parce qu'elle a vérifié ce que signifie « mettre le doigt sur quelque chose ».

— Repose la gare de l'Est, dit Elsa.

— Je l'ai achetée, proteste mamie.

— Ouais ! C'est ça ! Repose-la ! réplique Elsa, boudeuse.

— J'ai vraiment l'impression de jouer au Monopoly contre Hitler ! peste mamie en reposant la carte.

— Hitler aurait joué à Risk, marmonne Elsa, car elle a lu l'article consacré à Hitler sur Wikipédia, et mamie et elle se sont longtemps disputées sur l'usage de cette comparaison.

— *Bull's-eye*, grommelle mamie.

Et Elsa est presque certaine que ce mot ne s'utilise pas dans ce sens.

Puis elles jouent en silence pendant environ une minute. C'est à peu près le temps que durent leurs disputes.

— Tu as apporté le chocolat à l'Ami ? demande mamie.

Elsa hoche la tête, mais elle n'avoue pas qu'elle lui a annoncé son cancer. Un peu parce qu'elle pense que mamie va se fâcher et beaucoup parce qu'elle ne veut pas parler du cancer. Elle a fait des recherches sur Wikipédia hier. Elle a aussi vérifié le sens de « testament », et après, elle était si en colère qu'elle n'a pas fermé l'œil de la nuit.

— Comment tu es devenue amie avec l'Ami ? demande-t-elle à la place.

Mamie hausse les épaules.

— De la manière normale.

Elsa ne sait pas ce qu'est la manière normale, vu qu'elle n'a pas d'autres amis que mamie. Mais elle se tait, parce que ça lui ferait de la peine.

— En tout cas, j'ai accompli ma mission, déclare-t-elle, ce qui est très dur à dire dans la langue secrète, non pas que cela ait un quelconque rapport avec le sujet.

Mamie hoche la tête, enthousiasmée, et lance un coup d'œil furtif vers la porte, comme si elle craignait qu'on ne les épie. Puis elle glisse la main sous l'oreiller. Les bouteilles tintent les unes contre les autres et elle pousse un juron quand de la bière se répand sur le matelas, mais ensuite elle exhibe une enveloppe qu'elle pose dans les mains de sa petite-fille.

— Voici ta prochaine mission, chevalier Elsa. Tu n'as pas le droit de l'ouvrir avant demain matin.

Elsa considère l'enveloppe d'un œil sceptique.

— Tu as déjà entendu parler des e-mails ?

— Sottises ! Ce n'est pas le genre de choses qu'on peut communiquer par e-mail !

Elsa soupèse l'enveloppe. Elle appuie sur la bosse au fond.

— Qu'est-ce qu'il y a dedans ?

— Une lettre et une clé, répond mamie.

Elle semble soudain grave et effrayée à la fois. Deux expressions extrêmement rares sur le visage de mamie. Elle ferme les mains sur les index d'Elsa.

— Demain, je vais t'envoyer dans la plus grande chasse au trésor que j'aie jamais inventée, mon brave petit chevalier. Est-ce que tu y es préparée ?

Mamie a toujours aimé ces défis. A Miamas, la chasse au trésor est considérée comme un sport. On peut même concourir dans cette catégorie, car c'est une discipline des JO. Mais à Miamas, « JO » signifie « Jeux Occultes », parce que les participants sont invisibles. Ce n'est pas exactement une compétition très suivie.

Bien sûr, Elsa aime aussi les chasses au trésor. Pas autant que mamie, naturellement, car personne dans les six royaumes, même en dix mille éternités de fables, ne les aimera jamais autant que mamie. Mais Elsa aime les chasses au trésor, parce qu'elles ne sont qu'à elles deux. Et mamie invente des défis à partir de tout et de rien. Comme la fois où elles sont allées faire des courses et que mamie a oublié où elle avait garé Renault. Ou le jour où elle a chargé Elsa de trier son courrier et de payer ses factures parce que ça lui cassait les pieds. Ou quand l'école organise une journée d'activités en plein air et qu'Elsa sait qu'elle va être battue par les enfants plus grands à coups de serviettes entortillées dans les vestiaires.

Avec mamie, tout devient une chasse au trésor. Elle peut transformer un parking en une montagne magique et les serviettes enroulées en dragons à terrasser. Et Elsa est toujours l'héroïne.

Mais Elsa ne lui a jamais vu cette expression. D'habitude, sa grand-mère parle en plaisantant à demi. Pas cette fois. Mamie se penche vers elle.

— La personne à qui la clé est destinée saura quoi en faire. Tu dois protéger le château, Elsa.

Mamie appelle toujours leur immeuble « le château ». Elsa avait toujours cru qu'elle était juste un peu dérangée. Mais maintenant, elle doute.

— Protège le château, Elsa. Protège ta famille. Protège tes amis ! répète mamie d'un ton ferme.

— Quels amis ?

Mamie entoure le visage d'Elsa de ses mains et sourit.

— Ils viendront. Demain, je t'envoie dans une chasse au trésor. Tu vas vivre une histoire fantastique et une aventure grandiose. Et tu dois me promettre de ne pas me détester.

Les yeux d'Elsa brûlent lorsqu'elle cille.

— Pourquoi est-ce que je te détesterais ?

Mamie lui caresse les paupières.

— Une grand-mère a le privilège de ne jamais devoir montrer ses pires facettes à ses petits-enfants, Elsa. Une grand-mère a le privilège de ne jamais devoir raconter quelle ordure elle était avant de devenir grand-mère.

— Je connais plein de tes pires facettes ! proteste Elsa. Comme ta manie de sécher les iPhone dans le grille-pain !

Elle espère la faire rire. Mais ça rate. Mamie se contente de souffler d'un air triste :

— Tu vas vivre une aventure grandiose et une histoire fantastique. Mais c'est à cause de moi s'il y a un dragon à la fin, mon chevalier adoré.

Elsa plisse les yeux. Elle ne l'a encore jamais entendue dire ça. Mamie dit toujours que c'est « grâce » à elle qu'il y a des dragons à la fin des contes, jamais « à cause » d'elle. Mamie s'affaisse, plus petite et fragile qu'Elsa ne se souvient de l'avoir jamais vue. Pas du tout comme une super-héroïne.

Mamie lui embrasse le front.

— Promets-moi de ne pas me détester quand tu apprendras qui j'étais. Et promets-moi de protéger le château. Protège tes amis.

Elsa ne la suit plus du tout, mais elle promet. Elle serre mamie dans ses bras plus fort que jamais.

— Emporte la lettre à celui qui attend. Il ne voudra pas la prendre, mais dis-lui que c'est de ma part. Dis que ta mamie lui demande pardon.

Puis elle essuie les larmes sur les joues d'Elsa. Celle-ci observe qu'on dit « apporte » et pas « emporte ». Elles se chamaillent un petit peu, fidèles à leur habitude. Puis elles jouent au Monopoly en mangeant des escargots à la cannelle et se demandent qui gagnerait en cas de duel entre Harry Potter et Spider-Man. Une question ridicule, bien sûr, affirme Elsa. Mais mamie aime débiter ce genre de bêtises, parce qu'elle est trop immature pour comprendre que Harry Potter aurait réduit l'ennemi en miettes.

Elsa aime Spider-Man. Ce n'est pas la question. Mais contre Harry Potter ? Allez, sérieusement. Harry Potter l'écraserait.

Mamie pioche plusieurs escargots à la cannelle dans des grands sacs en papier sous un autre oreiller. Ce n'est pas qu'elle soit forcée de cacher les escargots à la maman d'Elsa comme elle doit cacher la bière, mais elle préfère tout ranger au même endroit, car elle aime les consommer ensemble. La bière et les escargots à la cannelle sont la boisson et la nourriture préférée de mamie. Elsa reconnaît le nom sur les sachets. Mamie ne va que chez un seul pâtissier, car d'après elle personne d'autre ne sait faire les vrais escargots à la cannelle de Mirevas. Les meilleurs escargots à la cannelle viennent de Mirevas et sont le mets national du Pays-Presqu'Eveillé. Ce qui est triste, c'est qu'on ne peut les manger que le jour de la fête nationale. Mais ce qui est bien, c'est que la fête nationale du Pays-Presqu'Eveillé tombe tous les jours.

« Ça soulage, comme dirait l'autre », lance souvent mamie.

Elsa espère toujours de tout son cœur que mamie n'a pas décidé de se soulager à l'endroit même.

— Tu vas vraiment aller mieux ? demande Elsa avec le manque d'enthousiasme propre à une enfant de presque huit ans qui sait qu'elle ne veut pas entendre la réponse.

— Bien sûr que oui ! répond mamie avec aplomb, bien qu'elle se rende compte qu'elle ne trompe pas Elsa.

— Promets-moi, exige Elsa.

Mamie lui souffle à l'oreille dans la langue secrète :

— Je te le promets, mon cher, mon très cher chevalier. Je te promets que tout ira mieux. Je te promets que tout ira bien.

Mamie dit toujours ça. Que tout ira mieux. Que tout ira bien.

— Et je crois toujours que Spider-Man aurait mis une raclée à ton Harry, ajoute-t-elle exprès pour la provoquer.

— Mais arrête de DIVAGUER, espèce d'idiote !!! hurle Elsa, sachant parfaitement que c'est la réaction recherchée.

Mamie sourit. Finalement, Elsa sourit aussi. Même si elle pense qu'il y a des limites et que dans le cas présent la limite se trouve vraisemblablement là où des gens affirment que quelqu'un pourrait écraser Harry Potter. Mais elles mangent d'autres escargots à la cannelle et jouent encore au Monopoly. Et rester fâchées devient plus difficile.

Le soleil se couche. Le silence se fait. Elsa est allongée tout contre mamie dans le lit d'hôpital étroit. Elles ferment presque les yeux et les animaux-nuages les emportent à Miamas.

A l'autre bout de la ville, tous les locataires d'un immeuble se réveillent avec un sursaut terrifié lorsque, sans avertissement, ce qu'ils croient être un chien de combat se met à hurler dans un appartement au premier étage. Un hurlement plus sonore et plus déchirant que tout ce qu'ils ont jamais entendu s'élever du cœur d'une bête. Comme s'il chantait sous le poids du chagrin et de la douleur de dix mille éternités de fables. Il pleure pendant des heures. Il pleure jusqu'au matin.

Quand l'aube se coule dans la chambre d'hôpital, Elsa se réveille dans les bras de mamie. Mais mamie est restée à Miamas.

# 5

# Lys

Avoir une grand-mère signifie avoir une armée.

C'est le plus grand des privilèges des petits-enfants : savoir qu'ils auront quelqu'un de leur côté, toujours, quoi qu'il arrive. Même quand ils ont tort. Surtout quand ils ont tort.

Une grand-mère est une épée et un bouclier. C'est une sorte d'amour très particulière, que les gros futés ne comprennent pas. Quand ils disent, à l'école, qu'Elsa est différente comme si c'était mal, quand elle rentre avec un œil au beurre noir et que le directeur dit qu'elle « doit changer d'attitude » et qu'elle « provoque les autres enfants », mamie est de son côté. Elle refuse de laisser Elsa demander pardon. Elle refuse de la laisser endosser la faute. Mamie ne dit jamais à Elsa de « les ignorer et ça ne les amusera plus de t'embêter » ni de « les éviter ». Mamie sait. Mamie comprend. Mamie est le genre de personne que l'on emmène avec soi sur le champ de bataille.

Mamie est toujours dans la Team Elsa.

Chaque soir, mamie lui raconte une légende de Miamas. Plus Elsa se sent seule dans le vrai monde, plus son armée s'agrandit dans le Pays-Presqu'Eveillé. Plus les coups de serviettes entortillées se font rudes, plus les aventures qu'elle recherche chaque nuit à cheval sont fantastiques. A Miamas, personne ne lui dit de changer d'attitude. C'est pour ça qu'Elsa n'a pas été très impressionnée la première fois que papa l'a emmenée dans un hôtel en Espagne en annonçant que le séjour était « *all inclusive* ». Parce que quand on a une grand-mère, la vie elle-même est *all inclusive*.

Les professeurs disent qu'Elsa a des « difficultés de concentration ». Mais ils ont tort. Elle peut réciter tous les *Harry Potter* presque par cœur. Elle peut donner la liste complète des super-pouvoirs des X-Men et sait exactement lesquels Spider-Man pourrait vaincre en duel ou non. Elle peut dessiner les yeux fermés une copie presque parfaite de la carte du *Seigneur des anneaux*. Enfin, à condition que mamie ne tire pas sur le papier en se plaignant que c'est vachement rasoir et en proposant de prendre Renault et d'aller « faire un autre truc », bien sûr. Elle ne tient pas en place, mamie. Mais elle a montré à Elsa tous les coins de Miamas et des cinq autres royaumes du Pays-Presqu'Eveillé. Même les ruines de Mibatalos, détruit par les ombres dans les derniers instants de la Guerre-Sans-Fin. Elsa a suivi mamie jusqu'au bord des falaises le long de la côte où les quatre-vingt-dix-neuf anges de neige se sont sacrifiés et elle a contemplé la mer qu'un jour les ombres franchiront une nouvelle fois. Et elle sait tout des ombres, car mamie dit qu'il faut connaître ses ennemis mieux que soi-même.

Au début, les ombres étaient des dragons, mais ils avaient en eux une méchanceté et une noirceur telles qu'ils sont devenus d'autres créatures. Bien plus dangereuses. Ils haïssent les humains et leurs légendes, ils les ont haïs si longtemps avec tant d'ardeur que la noirceur en eux a fini par recouvrir leurs corps jusqu'à effacer leur contours. Voilà pourquoi les ombres sont si difficiles à vaincre, parce qu'elles peuvent se dissimuler dans les murs ou le sol et resurgir plus loin. Elles sont féroces, sanguinaires, et quand elles mordent, au lieu de s'éteindre, on est frappé d'une malédiction mille fois pire que la mort : on perd son imagination. Elle s'écoule par la blessure et ne laisse que des trous gris et béants. La victime s'étiole pendant des années jusqu'à n'être plus qu'une coquille vide. Jusqu'à ce que plus personne ne se souvienne des légendes. Et sans elles, Miamas et le Pays-Presqu'Eveillé meurent d'une mort sans imagination. Le sort le plus horrible qui soit.

Mais Cœur-de-Loup triompha des ombres pendant la Guerre-Sans-Fin. Il revint des forêts quand les légendes eurent le plus besoin de lui et repoussa les ombres au-delà des côtes. Pourtant un jour, les ombres reviendront. C'est peut-être pour ça que mamie lui raconte toutes ces histoires, pense Elsa. Pour la préparer.

Les professeurs se trompent. Elsa n'a pas de difficultés de concentration. Elle se concentre juste sur les choses vraiment importantes.

Mamie dit que les gens à l'esprit lent accuseront toujours les personnes éveillées d'avoir des problèmes de concentration.

« Les idiots ne comprennent pas que ceux qui ne sont pas idiots puissent arriver au bout d'une pensée et passer à la suivante plus vite qu'eux. C'est pour ça qu'ils sont toujours inquiets et agressifs. Rien n'effraye plus les idiots qu'une petite fille intelligente. »

Elle dit ça les jours où Elsa a eu beaucoup de difficultés à se concentrer à l'école. Elles s'étendent sur l'immense lit de mamie, sous les photographies en noir et blanc collées au plafond, et ferment presque les yeux jusqu'à ce que les gens sur les clichés entament une danse. Elsa ignore qui ils sont, mamie les appelle juste ses « étoiles », parce que quand la lumière des lampadaires filtre par les persiennes, ils scintillent comme la voûte céleste. Il y a des hommes en uniforme, d'autres en blouse de médecin, et certains presque sans vêtements du tout. Des hommes grands, des hommes souriants, des hommes moustachus, de petits hommes trapus coiffés d'un chapeau, et tous se tiennent à côté de mamie, avec la même expression que si elle venait de raconter une blague cochonne. Aucun d'eux ne regarde l'objectif, car aucun ne peut détacher les yeux d'elle.

Et mamie est jeune. Elle est belle. Elle est immortelle. Elle pose à côté de panneaux portant des caractères qu'Elsa ne peut pas lire et devant des tentes dans le désert au milieu d'hommes armés de fusils.

Partout sur les photos, il y a des enfants. Certains ont des bandages autour de la tête, d'autres sont étendus sur des lits d'hôpital avec des tuyaux qui leur sortent du corps et l'un n'a plus qu'un bras. Mais un autre garçon ne semble pas du tout blessé. On croirait qu'il pourrait courir cent kilomètres pieds nus. Il a l'âge d'Elsa, des cheveux si épais et ébouriffés qu'on y perdrait un trousseau de clés, et le même regard que s'il venait de découvrir une réserve de feux d'artifice et de crème glacée. Ses grands yeux sont si ronds et noirs que le blanc tout autour ressemble à de la craie sur une ardoise. Elsa ignore qui il est, mais elle l'appelle « le Garçon-Loup », parce qu'il lui donne cette impression.

Elle veut toujours poser des questions sur le Garçon-Loup, mais à chaque fois qu'elle y pense, ses paupières se ferment un peu plus que presque complètement, et une seconde plus tard mamie et elle survolent le Pays-Presqu'Eveillé, chacune sur un animal-nuage, et atterrissent devant les portes de Miamas. Alors, Elsa se dit qu'elle demandera à mamie le lendemain.

Et un matin, il n'y a plus de lendemain.

Elsa attend sur le banc devant la grande vitrine. Elle a si froid que ses dents claquent. A l'intérieur, maman discute avec une dame qui parle comme une baleine. Ou du moins comme Elsa s'imagine qu'une baleine parlerait. Difficile à dire quand on n'a jamais rencontré de vraie baleine, mais elle parle comme le tourne-disque avec lequel mamie avait essayé de construire un robot. Quelle sorte de robot, ce n'était pas très clair, mais de toute façon ça n'avait pas marché. Après ça, le tourne-disque chantait comme une baleine quand on le mettait en marche. Cet après-midi-là, Elsa avait appris la différence entre un disque vinyle et un CD. Elle avait alors compris pourquoi les personnes âgées semblent toujours avoir beaucoup de temps : elles en passaient certainement une grande partie à changer de morceau avant la création de Spotify.

Elle resserre le col de son manteau et son écharpe Gryffondor autour de son cou. La première neige est tombée cette nuit. Presque à contrecœur. On dirait que les premiers flocons ont fondu sur l'asphalte avec une exclamation de dédain pour bien signifier qu'ils sont là non parce qu'ils en ont reçu l'ordre, mais parce qu'ils le veulent bien. Ils sont maintenant si nombreux qu'on pourra bientôt faire des anges dans la neige. Elsa aime ça.

A Miamas, il y a des anges de neige toute l'année. Bien qu'ils ne soient pas toujours charmants, bien sûr, rabâche mamie. Ils sont rudement arrogants, ils font les importants et se plaignent tout le temps au personnel quand ils mangent à l'auberge.

« Ils empestent le vin et ainsi de suite », dit mamie.

Mais Elsa trouve que ce n'est pas grave de faire l'important quand on est important.

Etirant les orteils, elle attrape les flocons du bout de la chaussure. Elle déteste attendre maman dehors sur un banc, mais le fait quand même, parce que la seule chose qu'elle déteste encore plus, c'est attendre maman à l'intérieur sur un banc.

Elle veut rentrer à la maison. Avec mamie. Parce que mamie a l'air de manquer à l'immeuble. Pas aux gens qui y habitent, mais au bâtiment même. Les murs craquent. L'Ami a hurlé deux nuits sans interruption dans l'appartement. Britt-Marie a obligé Kent à aller sonner, mais personne n'a ouvert. L'Ami a juste aboyé si fort que Kent a chancelé contre un mur. Alors, Britt-Marie a appelé la police. Elle déteste l'Ami depuis longtemps. Quelques mois plus tôt, elle avait sonné à toutes les portes avec une pétition pour exiger que les propriétaires expulsent « cet affreux chien de combat ».

« On ne peut pas accepter de chiens dans notre copropriété. C'est une question de sécurité ! C'est dangereux pour les enfants et il faut penser aux enfants ! » avait expliqué Britt-Marie aux locataires à la manière des gens qui aiment penser aux enfants.

Bien que les seuls enfants de l'immeuble soient Elsa et le garçon au syndrome, et qu'Elsa soit certaine que Britt-Marie ne s'inquiétait pas spécialement pour elle.

Le garçon au syndrome habite en face de l'appartement de l'affreux chien de combat, mais sa maman avait répondu à Britt-Marie avec insouciance que c'était sans doute le chien de combat qui trouvait le garçon embêtant. Mamie n'avait pas pu s'empêcher de rire aux éclats en racontant cette histoire, mais Elsa n'avait pas ri avant d'être sûre que Britt-Marie n'allait pas présenter une pétition contre les enfants. On ne savait jamais avec Britt-Marie.

Lennart et Maud avaient été les seuls à signer, pas parce qu'ils n'aiment pas les chiens de combat, mais parce qu'ils ont beaucoup de mal à dire non à qui que ce soit en général et à Britt-Marie en particulier. Quand mamie avait vu leurs noms sur la liste, elle était allée leur demander comment ils pouvaient signer un appel à l'interdiction des chiens dans l'immeuble alors qu'ils avaient Samantha. Lennart et Maud avaient eu l'air très étonnés.

« Le problème, c'est les chiens, pas Samantha », avait argué prudemment Lennart.

Maud avait hoché la tête tout aussi prudemment et ajouté :

« Et puis, Samantha est un bichon frisé. »

Mamie avait eu du mal à raconter cette histoire sans traiter Lennart et Maud de noms qu'Elsa lui avait défendu d'utiliser parce qu'ils signifient « handicapé psychique ». Mamie avait alors grommelé que « tout le monde est rudement politiquement correct, de nos jours » en s'allumant une nouvelle cigarette.

Britt-Marie avait de toute façon explicité en personne à mamie, avec un sourire bienveillant, que Samantha « n'est pas un affreux chien de combat ! », et Elsa avait songé qu'on ne pouvait pas savoir, que même si Samantha avait l'air heureuse, elle luttait peut-être intérieurement. Mais elle ne l'avait pas dit tout haut. Parce qu'on ne savait jamais avec Britt-Marie.

Elsa commence à décrire des cercles dans la neige pour se réchauffer les pieds. A côté de la grande vitrine où travaille la femme-baleine, il y a une supérette avec un panneau devant. « CHOU FLEUR 19,90 couronnes ». Elsa essaie de se maîtriser, parce que maman lui dit toujours d'essayer de se maîtriser. Finalement, elle prend son feutre rouge dans la poche de son manteau et trace un trait d'union bien droit entre « CHOU » et « FLEUR ».

Elle hoche la tête avec soulagement en admirant le résultat, puis elle range le feutre et retourne s'asseoir. Fermant les yeux, elle penche la tête en arrière et sent les flocons de neige se poser sur son visage avec leurs petits pieds froids. Quand l'odeur de tabac effleure ses narines, elle croit d'abord que son imagination lui joue des tours. Au début, c'est un bonheur de retrouver l'odeur épaisse au fond de la bouche, et sans trop savoir pourquoi, Elsa se sent protégée, au chaud.

Mais ensuite vient un autre sentiment. Quelque chose qui cogne sous les côtes. Comme un avertissement.

L'homme reste un peu à l'écart, à l'ombre d'un immeuble. Elle ne le voit pas très bien, elle ne distingue que la braise rouge de la cigarette entre ses doigts et sa silhouette très mince. Comme s'il avait perdu ses contours. Il est à moitié tourné dans l'autre direction, comme s'il ne l'avait pas vue.

Elsa ne sait pas pourquoi elle a peur, mais elle se surprend à chercher une arme à proximité du banc. C'est très curieux, car elle ne fait jamais cela dans le monde réel. Ici, son premier réflexe est de courir, il n'y a qu'à Miamas que, comme tous les chevaliers, elle tend la main vers son épée lorsqu'elle pressent un danger. Ici, elle n'a pas d'épée.

Quand elle relève la tête, l'homme regarde toujours ailleurs, mais elle pourrait presque jurer qu'il s'est rapproché. Il se trouve toujours dans la zone d'ombre alors qu'il s'est écarté de l'immeuble. On dirait presque que l'ombre ne vient pas du bâtiment, mais de l'homme même. Elsa ferme les yeux, et quand elle soulève les paupières, elle ne croit plus qu'il s'est rapproché.

Elle le sait.

Elle se laisse glisser du banc et, reculant vers la grande vitrine, elle cherche à tâtons la poignée de la porte et chancelle sur le seuil. Une fois à l'intérieur, elle halète comme si elle avait un point de côté. Ce n'est que quand le battant se referme derrière elle avec un petit clic agréable qu'elle comprend pourquoi elle trouvait l'odeur de cigarette rassurante. L'homme fume le même tabac que mamie. Elsa le reconnaîtrait entre mille, mamie la laisse souvent rouler ses cigarettes parce qu'elle a « des doigts si petits qu'ils sont parfaits pour ce genre de bricoles ».

Lorsqu'elle regarde par la vitrine, elle ne sait plus jusqu'où s'étendent les ombres. Un instant, elle s'imagine que l'homme est encore de l'autre côté de la rue, et une seconde plus tard elle se convainc qu'elle n'a rien vu du tout.

Elle tressaille comme un petit animal effrayé quand les mains de maman se posent sur ses épaules. Elle fait volte-face, les yeux écarquillés, et ses jambes cèdent sous elle. Blottie dans les bras de maman, la fatigue lui paralyse les sens. Elle n'a pas dormi depuis deux jours. Le ventre de maman est assez gros pour y poser une tasse de thé en équilibre. George dit que c'est la façon qu'a la nature de soulager les femmes.

— On rentre à la maison, maintenant, lui chuchote doucement maman à l'oreille.

Elsa refoule la fatigue et se dégage des mains de maman.

— Je veux parler à mamie d'abord !

Maman a l'air anéantie. Elsa le sait parce que c'est un terme de la boîte à mots. Mais nous reviendrons à la boîte à mots plus tard. Chaque chose en son temps.

— C'est… ma chérie… je ne suis pas sûre que ce soit une bonne idée, murmure maman.

Mais Elsa s'est déjà précipitée dans la pièce à côté de l'accueil. Elle entend la femme-baleine crier contre elle, puis la voix contenue de maman qui la prie de la laisser y aller.

Mamie l'attend au centre de la pièce, où flotte un parfum de lys, les fleurs préférées de maman. Mamie n'a pas de fleurs préférées, parce que les plantes ne survivent jamais plus d'une journée dans son appartement et, à la lumière d'une rare introspection et peut-être aussi vigoureusement appuyée par sa petite-fille préférée, mamie avait décidé que ce n'était pas sympa du tout pour la nature de favoriser une sorte de fleurs.

Elsa reste à quelques pas de distance, morose, les mains enfoncées dans les poches du manteau. Elle tape des pieds pour faire tomber la neige de ses chaussures.

— Je ne veux pas participer à cette chasse au trésor. Elle est nulle !

Mamie se tait. Elle ne répond jamais quand elle sait qu'Elsa a raison. Celle-ci secoue encore la neige de ses chaussures.

— Tu es nulle, assène-t-elle.

Mamie ne dit toujours rien. Elsa s'assied sur la chaise à côté d'elle et brandit la lettre.

— Tu n'as qu'à apporter ta stupide lettre toi-même, souffle-t-elle.

Deux jours se sont écoulés depuis que l'Ami a commencé à hurler. Deux jours qu'Elsa n'est pas retournée au Pays-Presqu'Eveillé et à Miamas. Personne ne lui dit les choses telles qu'elles sont. Les adultes les maquillent pour qu'elles paraissent moins dangereuses, terribles ou affreuses. Comme si mamie n'avait pas du tout été malade. Comme si ce n'était qu'un accident. Mais Elsa sait qu'ils mentent, car les accidents n'arrivent pas à mamie. C'est mamie qui arrive aux accidents.

Et Elsa sait ce qu'est le cancer. C'est expliqué sur Wikipédia.

Elle secoue le bord du cercueil pour obtenir une réaction. Au plus profond d'elle-même, elle espère que c'est un nouveau tour que lui joue mamie. Comme la fois où elle avait habillé un bonhomme de neige de vrais vêtements pour faire croire que quelqu'un était tombé du balcon, et où Britt-Marie s'était mise dans une telle colère en comprenant que c'était une plaisanterie qu'elle avait appelé la police. En regardant par la fenêtre le lendemain, Britt-Marie avait découvert un autre bonhomme de neige identique et elle s'était mise « en pétard », selon les mots de mamie, et ruée hors de l'immeuble avec une pelle. Soudain, le bonhomme de neige s'était levé d'un bond en hurlant : « BOUH !!! »

Mamie avait raconté qu'elle était restée allongée dans la neige plusieurs heures en attendant Britt-Marie et qu'au moins deux chats lui avaient fait pipi dessus.

« Mais ça en valait la peine ! » avait ajouté mamie, enjouée.

Naturellement, Britt-Marie avait appelé la police, mais on lui avait répondu que jouer des tours n'était pas un crime. Britt-Marie n'était pas du tout de cet avis. Elle avait traité mamie de « hooligan ».

Ça manque à Elsa.

Mamie ne se relève pas cette fois-ci. Elsa martèle le cercueil, mais mamie ne réagit pas, et Elsa cogne de plus en plus fort, comme si elle pouvait chasser à coups de poing tout ce qui ne va pas. Tout ce qui est détraqué. Enfin, elle se laisse glisser à genoux et murmure :

— Tu sais qu'ils mentent tous ? Qu'ils disent que tu es « partie très loin » ? Que nous t'avons « perdue » ? Personne ne dit « morte ».

Elsa enfonce les ongles dans ses paumes, tremblant de tous ses membres.

— Je ne sais pas comment aller à Miamas si tu meurs…

Mamie garde le silence. Elsa appuie le front contre le cercueil. Elle sent le bois froid contre sa peau et les larmes chaudes sur ses lèvres. Puis les mains douces de maman sur sa nuque. Alors, elle se jette à son cou et maman la porte hors de la pièce. Très loin.

Quand elle ouvre les yeux, elle est assise dans Kia, la voiture de maman. Dehors dans la neige, cette dernière téléphone à George. Elle ne veut pas que sa fille entende, parce qu'ils parlent de l'enterrement. Elsa le sait, elle n'est pas idiote.

Elle a toujours la lettre de mamie à la main. Elle sait que c'est mal d'ouvrir les messages destinés à d'autres, mais elle l'a lue au moins cent fois ces deux derniers jours. Bien sûr, mamie savait qu'elle le ferait, et elle a écrit toute la lettre dans un alphabet qu'Elsa ne connaît pas. L'alphabet des panneaux sur les photographies.

Elsa regarde fixement les caractères, blessée. Mamie disait qu'Elsa et elle n'auraient jamais de secret l'une pour l'autre, mais contre les autres. Elle est furieuse que mamie ait menti, car elle a maintenant le plus grand des secrets entre les mains et n'en comprend pas un seul mot. Et si elle se fâche avec mamie maintenant, elles vont atteindre un record de bouderie que personne ne battra jamais.

L'encre court jusqu'en bas du papier. Même dans cette écriture qu'elle ne comprend pas, Elsa a l'impression que mamie a fait des fautes d'orthographe, comme si elle avait semé les caractères à la volée alors que dans sa tête elle était déjà à des lieues de là. Ce n'est pas que mamie ne sache pas écrire, mais elle pense si vite que les caractères n'arrivent pas à suivre le rythme. Et contrairement à Elsa, elle ne saisit pas l'intérêt des règles d'orthographe.

« Mais bon sang, tu comprends ce que je veux dire ! » siffle-t-elle quand elle lui envoie des petits mots secrets pendant le dîner en compagnie de maman et de George, et qu'Elsa ajoute des traits d'union avec son feutre rouge.

C'est l'une des rares choses à propos desquelles elles se chamaillent vraiment, toutes les deux, parce que Elsa pense que l'alphabet n'est pas qu'un simple outil de communication. Que c'est bien plus important.

Ou plutôt elles se chamaillaient vraiment.

Dans toute la lettre, il n'y a qu'un seul mot qu'Elsa arrive à lire. Un seul qui soit écrit en caractères normaux, comme lâché par accident au milieu du texte. Tellement anonyme qu'Elsa ne le voit pas les premières fois.

Elle le parcourt des yeux, encore et encore, jusqu'à ce qu'elle ne voie plus rien à force de battre des paupières. Elle plante les ongles plus fort dans la paume de ses mains. Elle se sent trahie et furieuse pour dix mille raisons différentes, et sans doute pour dix mille autres auxquelles elle n'a pas encore pensé. Parce qu'elle sait que ce n'est pas un accident. Mamie a écrit ce mot ici exprès, pour qu'Elsa le trouve.

Le nom sur l'enveloppe est le même que sur la boîte aux lettres du Monstre. Et le seul mot de la lettre qu'Elsa comprenne est « Miamas ».

Mamie a toujours aimé les chasses au trésor.

# 6

# Détergent

Elle a trois égratignures sur la joue, pareilles à des marques de griffes. Elle sait qu'ils lui demanderont comment tout a commencé. Elsa a couru, cela a commencé ainsi. Elle est forte dans ce domaine. On apprend à courir quand on est souvent pourchassé.

Ce matin, elle avait fait croire à maman qu'elle avait cours une heure plus tôt que d'habitude. Quand maman avait posé des questions, Elsa avait joué la carte de la mauvaise mère. La carte de la mauvaise mère est comme Renault. Pas très reluisante, mais elle fonctionne très bien.

« Je t'ai dit quelque chose comme cent fois que j'ai cours plus tôt les lundis ! Je t'ai même laissé un mot, mais tu ne m'écoutes plus ! » l'avait rembarrée Elsa sans la regarder.

Et maman n'avait plus rien demandé. Puis, honteuse, elle avait marmonné : « Etourderie de femme enceinte. » C'est la meilleure façon de déstabiliser maman, lui faire croire qu'elle a perdu le contrôle un instant.

Il n'y avait autrefois que deux personnes dans le monde entier qui savaient faire perdre le contrôle à maman. Aujourd'hui, il n'y en a plus qu'une. C'est une responsabilité très lourde pour quelqu'un qui a presque huit ans.

Devant l'école, Elsa avait repris le bus dans l'autre direction et avait acheté quatre sachets de Daim à la supérette. L'immeuble était sombre et silencieux, tel l'immeuble de mamie sans mamie, comme si elle lui manquait aussi. Elsa s'était cachée quand Britt-Marie s'était rendue aux bennes de tri sélectif alors qu'elle n'avait rien à trier. Après avoir contrôlé le contenu de chaque benne en serrant les lèvres, comme quand elle découvre une chose qu'elle décide sur-le-champ de mentionner impérativement lors de la prochaine réunion des locataires, Britt-Marie avait disparu en direction de la supérette, la bouche toujours pincée. Elsa s'était faufilée par la porte d'entrée et avait gravi le premier escalier. Puis elle était restée plantée plus de vingt minutes devant la porte de l'appartement, tremblant de peur et de colère, la lettre à la main. Elle était en colère contre mamie. Elle avait peur du Monstre. Et c'est ainsi que tout avait commencé.

Peu après, elle courait si vite que la plante de ses pieds l'élançait à chaque fois qu'ils touchaient le sol, comme si elle s'était écorchée sur du sable chaud. A présent, assise dans une petite pièce avec des marques de griffes rouge vif sur la joue, elle attend maman, et elle sait qu'ils lui demanderont comment tout a commencé. Elsa déteste les lundis, parce que ça a commencé de cette manière. Avec le lundi.

Elle fait tourner le globe terrestre posé tout au bout du bureau. Le directeur semble mal à l'aise quand elle donne de l'élan à la sphère. Elle s'y applique d'autant plus.

— Tu crois que tu pourrais arrêter de faire ça, Elsa, dit le directeur, sans point d'interrogation à la fin de la phrase.

— On est dans un pays libre, l'informe Elsa.

Il souffle par le nez d'un air sévère puis désigne les griffures sur sa joue.

— Alors ? Tu es prête à raconter comment ça a commencé ?

Elle ne l'honore même pas d'une réponse.

C'était malin de la part de mamie. Elsa doit le reconnaître. Elle est toujours très énervée par cette stupide chasse au trésor, mais c'était rusé de la part de mamie d'écrire « Miamas » en caractères normaux dans la lettre. Parce que Elsa avait passé au moins cent éternités à rassembler son courage sur le palier avant de sonner à la porte. Si mamie n'avait pas su qu'Elsa lirait la lettre même en sachant que c'est mal d'ouvrir le courrier des autres, et si elle n'avait pas écrit « Miamas » en caractères normaux, Elsa se serait contentée de glisser l'enveloppe par la trappe de la porte du Monstre et de s'enfuir. Au lieu de cela, elle avait sonné, car elle avait maintenant l'intention d'exiger des réponses de la part du Monstre.

Parce que Miamas est à mamie et à Elsa. A elles seules. La fureur d'Elsa à la pensée que mamie voulait y emmener une autre espèce d'abruti est plus forte que sa peur d'un monstre. D'accord, peut-être pas beaucoup plus forte que sa peur des monstres. Mais suffisamment.

L'Ami hurlait toujours dans l'appartement d'à côté, mais rien ne s'était passé quand elle avait sonné. Elle avait appuyé de nouveau sur le bouton et tambouriné à la porte à en faire grincer le bois, et à la fin elle avait regardé par la trappe à courrier, mais l'appartement était plongé dans le noir. Pas un mouvement. Pas une respiration. La seule chose qu'elle avait perçue était une odeur de détergent, le genre d'odeur qui s'engouffre à travers les muqueuses et donne des coups de pied à l'intérieur des yeux quand on la respire.

Mais pas de monstre. Pas même un petit.

Alors, Elsa avait sorti de son sac à dos les quatre sachets de Daim, retiré le papier de chaque chocolat et les avait jetés par la trappe de la porte de l'Ami. Pendant un bref, très bref instant, la créature avait cessé de hurler. Elsa a décidé de l'appeler « créature » jusqu'à ce qu'elle comprenne ce que c'est vraiment, car peu importe ce qu'en dit Britt-Marie, Elsa est rudement certaine que ce n'est pas un chien. Ça n'existe pas, les chiens aussi gros.

« Il faut que tu arrêtes de hurler, Britt-Marie va appeler la police et ils vont venir te tuer », avait-elle chuchoté par la trappe.

Elle ne sait pas si la créature a compris. Mais en tout cas, elle a mangé les Daim en silence. Comme toutes les créatures sensées quand on leur offre des Daim.

« Si tu vois le Monstre, dis-lui que j'ai un message pour lui », avait ajouté Elsa.

La créature n'avait pas répondu, mais Elsa avait senti l'haleine chaude quand elle avait flairé la porte.

« Dis-lui que mamie lui demande pardon », avait-elle murmuré.

Elle avait ensuite rangé la lettre dans son sac à dos et repris le bus pour l'école. En regardant par la vitre, elle avait cru le voir de nouveau. L'homme mince en face du funérarium où maman avait parlé avec la femme-baleine la veille. Cette fois, il était à l'ombre de l'immeuble de l'autre côté de la rue. Elle n'avait pas vu son visage derrière la fumée de la cigarette, mais la terreur instinctive et glacée s'était infiltrée sous ses côtes.

Ensuite, il avait disparu.

Elsa croit que c'est pour cela qu'elle n'a pas pu se rendre invisible à l'école. L'invisibilité est un super-pouvoir que l'on peut apprendre, et Elsa s'est beaucoup exercée, mais il ne fonctionne pas si on est en colère ou effrayé. Elsa était les deux à la fois. Effrayée par l'homme qui surgit des ombres sans qu'elle sache pourquoi, irritée par mamie qui envoie des lettres à des monstres, et effrayée et irritée par ces derniers, parce que les monstres normaux avec des fichues manières vivent dans de profondes grottes obscures ou au fond de lacs aux eaux glaciales. Ils n'habitent pas dans des appartements. Ils ne reçoivent pas de courrier.

En plus, Elsa déteste les lundis. L'école est toujours pire les lundis, parce que ses poursuivants ont dû attendre tout le week-end pour chasser quelqu'un. Les messages dans son casier sont toujours pires en début de semaine. C'est peut-être aussi pour cette raison que l'invisibilité n'a pas fonctionné. Elle fonctionne toujours moins bien les lundis.

Elsa relance du doigt le globe terrestre. Puis elle entend la porte s'ouvrir dans son dos et le directeur se lève avec une expression soulagée.

— Bonjour ! Je suis désolée d'être en retard ! La circulation ! halète la maman d'Elsa, essoufflée.

Elsa sent ses doigts lui frôler tendrement la nuque.

Elle ne se retourne pas. Elle sent aussi le téléphone de maman, que celle-ci a constamment en main, comme si elle était un cyborg et le téléphone le prolongement de son bras.

Elsa fait tourner le globe un peu plus vigoureusement. Le directeur se rassied dans son fauteuil et essaie de tirer discrètement la sphère hors de portée d'Elsa. Il se tourne vers maman, plein d'espoir.

— Eh bien, est-ce que nous attendons le père d'Elsa, alors ?

Il aimerait bien que papa soit présent, parce qu'il semble trouver en général un peu plus facile de discuter avec les pères dans ce genre d'occasion. Maman n'a pas l'air spécialement enchantée par la question.

— Le père d'Elsa est en déplacement et ne rentre malheureusement pas avant demain, répond-elle, maîtresse d'elle-même.

Le directeur paraît déçu.

— Oui, il ne s'agissait pas du tout de créer la panique. Surtout pas pour vous, dans votre état…

Il indique d'un signe de la tête le ventre de maman, laquelle semble fournir un gros effort pour ne pas demander ce qu'il entend par là. Le directeur se racle la gorge et écarte un peu le globe des doigts tendus d'Elsa. On dirait qu'il veut enjoindre à maman de penser à son enfant. Les gens y exhortent toujours maman quand ils ont peur qu'elle ne se mette en colère. « Pensez à votre enfant. » Avant, ils parlaient d'Elsa. Mais maintenant, ils parlent de la Moitié.

Elsa donne un coup de pied dans la corbeille à papier. Elle entend les voix du directeur et de maman, mais elle n'écoute pas. Au fond d'elle-même, elle souhaite que mamie fasse une entrée fracassante en dressant les poings comme si elle allait à un match de boxe dans un vieux film. La première fois qu'Elsa avait été convoquée chez le directeur, il n'avait téléphoné qu'à maman et papa, mais mamie était venue quand même. Parce que mamie n'était pas le genre de personne qu'on a besoin d'appeler.

Cette fois déjà, Elsa avait fait tourner le globe sur le bureau depuis son siège. Le garçon qui l'avait gratifiée d'un œil au beurre noir était là aussi avec ses parents. Le directeur s'était tourné vers le papa d'Elsa et avait dit :

« Oui, vous voyez, ce n'est en fait qu'une espièglerie complètement normale pour un garçon de cet âge… »

Ensuite, il avait passé un long moment à essayer d'expliquer à la mamie d'Elsa ce qu'était, dans ce cas, une « espièglerie complètement normale pour une fille de cet âge », car elle aurait rudement bien aimé le savoir.

Le directeur avait tenté d'apaiser mamie en disant au garçon que « frapper les filles, c'est lâche », mais ça ne l'avait pas calmée le moins du monde.

« Ce n'est pas frapper les filles qui est lâche, avait-elle rugi, ce garçon n'est pas un abruti parce qu'il a frappé une fille ! C'est un abruti parce qu'il a FRAPPÉ QUELQU'UN ! »

Le père du garçon avait alors crié contre mamie avec indignation parce qu'elle avait traité son fils d'abruti, sur quoi mamie avait répondu qu'elle allait apprendre à Elsa « comment on vise l'interrupteur des garçons » et qu'ils verraient ensuite si c'était toujours « vachement marrant de se battre avec des filles ! ». Le directeur leur avait demandé de se calmer un peu. Ce que tout le monde avait fait un moment. Mais ensuite, il avait exigé que le garçon et Elsa se serrent la main et présentent leurs excuses, et mamie avait bondi de sa chaise en lançant : « Et pourquoi, au nom du ciel, Elsa devrait-elle présenter des excuses ? » Le directeur avait précisé qu'Elsa avait sa part de responsabilité puisqu'elle avait « provoqué » le garçon et qu'il était compréhensible que le garçon ait eu « des difficultés à se maîtriser ». C'est à ce moment que mamie avait essayé de lancer le globe sur le directeur, mais maman avait attrapé son bras au dernier moment, et la sphère, déviée de sa trajectoire, avait réduit en miettes l'écran d'ordinateur du directeur.

« J'AI ÉTÉ PROVOQUÉE, ALORS JE N'AI PAS PU ME MAÎTRISER ! » avait hurlé mamie tandis que maman la poussait dans le couloir.

Mamie pouvait être intraitable quand on la provoquait. C'est le moins qu'on puisse dire.

C'est pour ça qu'Elsa déchire toujours les messages qu'elle trouve dans son casier. Ceux qui disent qu'elle est moche. Qu'elle est dégueulasse. Qu'ils vont la tuer. Elsa les déchire en morceaux presque invisibles et les jette à la poubelle à différents endroits de l'école. Elle agit par miséricorde, pour que mamie ne les voie jamais. Miséricorde envers leurs auteurs, parce que mamie les aurait tués si elle en avait eu connaissance.

Elsa s'étire vivement au-dessus du bureau pour faire tournoyer le globe. Le directeur a l'air désespéré. Elle se rassied, satisfaite.

— Mais, Seigneur, Elsa, qu'est-ce que tu as fait à ta joue ! s'écrie maman avec un point d'exclamation à la fin de sa phrase quand elle remarque les trois griffures rouges.

Elsa hausse les épaules sans répondre. Maman se tourne vers le directeur. Ses yeux lancent des éclairs.

— Qu'est-ce qu'elle s'est fait à la joue !?

Le directeur se tortille.

— Allons, oui, voyons. Calmons-nous. Pensez à… oui, enfin, pensez à votre enfant.

Il n'indique pas Elsa en disant ça, il indique maman. Elsa donne un autre coup de pied dans la corbeille à papier. Maman expire profondément en fermant les yeux, puis, maîtresse d'elle-même, rapproche la corbeille du bureau. Elsa lui lance un regard offensé, se laisse glisser sur le siège en se cramponnant aux accoudoirs et frôle la corbeille des orteils. Maman soupire. Elsa soupire plus fort. Le directeur regarde d'abord l'une puis l'autre et enfin le globe, qu'il attire légèrement vers lui.

— Booooon… commence-t-il finalement avec un sourire peu convaincu à maman.

— La semaine a été pénible pour toute la famille, l'interrompt maman tout de suite, comme pour s'excuser.

Elsa déteste ça.

— Vous avez toute notre sympathie, répond le directeur sur le ton des gens qui utilisent le mot « sympathie » sans savoir ce qu'il signifie.

— Naturellement, cela ne se reproduira pas, assure maman.

Le directeur sourit en regardant nerveusement son globe.

— Ce n'est malheureusement pas le premier incident conflictuel auquel Elsa est mêlée à l'école…

— Ni le dernier, rétorque Elsa.

— Elsa ! rugit maman.

— Maman !!! rugit Elsa avec trois points d'exclamation.

Maman soupire. Elsa soupire plus fort. Le directeur se racle la gorge et arrête le globe à deux mains en disant :

— Nous… oui, enfin, le personnel de l'école et moi, après avoir consulté l'assistante sociale, bien sûr, nous pensions qu'Elsa pourrait bénéficier de l'aide d'un psychologue pour apprendre à canaliser son agressivité.

— Un psychologue ? Vous ne trouvez pas que c'est un peu exagéré ? s'étonne maman, sceptique.

Le directeur tend les paumes comme s'il présentait des excuses ou peut-être pour faire semblant de jouer du xylophone.

— Nous ne sommes pas en train de suggérer qu'il y a un problème ! Absolument pas ! Beaucoup d'enfants avec des besoins particuliers bénéficient de l'aide d'un psychologue. Il n'y a pas de honte à cela !

Elsa renverse la corbeille à papier du bout des orteils.

— Allez voir un psy vous-même, dit-elle au directeur.

— Elsa ! assène maman d'un ton tranchant.

— MAMAN !!! crache Elsa d'un ton encore plus incisif.

Le directeur pose le globe en sécurité à côté de son fauteuil. Maman se penche vers Elsa en s'efforçant visiblement de ne pas hausser la voix.

— Si tu nous dis, au directeur et à moi, quels enfants t'embêtent, nous pourrons t'aider à résoudre les conflits pour que ça ne finisse pas comme ça à chaque fois, ma chérie.

Elsa lève la tête, les lèvres serrées en une mince ligne. Les griffures sur sa joue ne saignent plus mais sont d'un rouge aussi vif que des néons. Comme si un très, très petit vaisseau spatial s'apprêtait à atterrir sur son visage.

— Les mouchards sont des pétochards, déclare-t-elle succinctement.

Maman la fixe du regard.

— Mais au nom du… Seigneur… Elsa ! Qui est-ce qui a dit ça ?

Elsa croise les bras.

— Internet.

— S'il te plaît, Elsa, tente le directeur avec une grimace qu'Elsa suppose être sa manière de sourire.

— S'il te plaît vous-même, répond Elsa sans un sourire.

Le directeur regarde maman.

— Nous… oui, enfin, le personnel de l'école et moi, nous pensons qu'Elsa pourrait peut-être simplement s'éloigner si elle sent un conflit arriver…

Elsa n'attend pas la réponse de maman. Parce qu'elle sait qu'elle ne va pas la défendre. Elle ramasse son sac à dos et se lève.

— On peut y aller, maintenant ?

Le directeur lui demande de patienter dans le couloir, soulagé. Elle sort tandis que maman, toujours assise, présente des excuses. Elsa déteste ça.

Elle a couru. Ça a commencé de cette façon. Mais elle ne compte pas le raconter au directeur, ni à qui que ce soit, parce que ça ne changera rien. Elle veut juste rentrer à la maison pour que ça ne soit plus lundi.

C'était lors de la dernière leçon avant le déjeuner, un gros futé de prof leur avait dit de préparer pour après Noël un exposé sur le thème « Un héros de livre que j'admire ». Ils se déguiseraient et raconteraient son histoire à la première personne. Les élèves avaient levé la main et choisi un personnage chacun son tour, le professeur avait écrit le nom du héros sur une liste, puis sur un papier qu'il avait donné à l'élève. Bien sûr, Elsa voulait choisir Harry Potter, mais il avait été pris. Alors, quand son tour était venu, elle avait choisi Spider-Man. A cet instant, un des garçons derrière elle s'était fâché parce qu'il le voulait aussi. Et ça avait fait des histoires.

« Tu ne peux pas prendre Spider-Man ! avait crié le garçon.

— Dommage ! Parce que je viens de le faire ! » avait répondu Elsa.

Il avait poursuivi :

« Dommage pour toi, oui ! »

Elle avait rétorqué avec dédain :

*« Sure ! »*

Parce que c'est le mot anglais préféré d'Elsa. Le garçon avait ensuite braillé qu'elle ne pouvait pas être Spider-Man « parce qu'il n'y a que les garçons qui peuvent être Spider-Man ! ». Elle lui avait répondu qu'il n'avait qu'à faire la copine de Spider-Man. Il l'avait poussée contre un radiateur et elle avait riposté avec un livre.

Elsa trouve qu'il devrait lui être reconnaissant, parce qu'il ne s'approchera plus jamais aussi près d'un livre. Mais le professeur s'était précipité pour les séparer en disant que personne ne ferait « Spideur-Manne » parce que « Spideur-Manne n'apparaît que dans des films, alors ce n'est pas un personnage littéraire ». L'indignation d'Elsa était peut-être un peu exagérée lorsqu'elle avait demandé si le professeur avait déjà entendu parler de la maison d'édition Marvel. Il n'en avait jamais entendu parler. Choquée, Elsa avait crié : « ET ILS VOUS LAISSENT ENSEIGNER À DES ENFANTS !? » Ensuite, elle avait dû rester après la leçon pour « parler » très longtemps avec le professeur, même si seul le professeur avait parlé.

Elsa sait qu'elle est différente. Elle sait que c'est pour ça qu'elle n'a pas d'amis. Mais les autres enfants ne la détestent pas parce qu'elle est spéciale, il y a plein d'enfants à l'école qui sont différents. Il y a au moins deux ou trois enfants pas ordinaires dans chaque classe. Mais Elsa ne se laisse pas marcher sur les pieds. Les enfants normaux la détestent pour ça. Comme s'ils croyaient que tous les enfants différents allaient se rebeller s'ils en voyaient un qui se défend, alors ils doivent pourchasser et frapper Elsa jusqu'à ce qu'elle abandonne. Jusqu'à ce qu'elle arrête de se prendre pour une super-héroïne.

Le garçon et quelques copains attendaient qu'elle sorte. L'invisibilité n'avait pas fonctionné parce que Elsa était en colère. Alors, elle avait resserré les bretelles de son sac pour le plaquer sur son dos comme un petit koala et elle s'était mise à courir.

Elle sait courir. Les enfants différents sont forts à la course. Elle avait entendu un garçon hurler « Attrapez-la ! » et leurs talons claquer sur l'asphalte gelé. Elle avait entendu leur respiration surexcitée. Elle avait couru si vite que les genoux lui touchaient les côtes. Sans son fardeau, elle aurait sauté par-dessus la grille et ils ne l'auraient jamais attrapée. Mais un des garçons l'avait retenue par son sac.

Bien sûr, elle aurait pu l'abandonner. Mais la lettre de mamie était à l'intérieur.

Alors elle s'était battue.

Elle avait essayé de protéger son visage comme à chaque fois pour que maman ne soit pas triste à la vue des marques. Mais elle ne pouvait pas protéger en même temps son visage et son sac à dos. Voilà comment les choses en étaient arrivées là. « Quand on le peut, on choisit ses combats, mais si les combats te choisissent, flanque un coup de pied dans l'interrupteur du petit con ! » disait mamie, et c'est ce qu'avait fait Elsa. Elle sait se battre, même si elle déteste ça. On apprend à se battre quand on reçoit souvent des raclées. C'est pour ça qu'ils sont maintenant si nombreux à la chasser.

Maman sort du bureau du directeur au bout d'au moins dix éternités de fables et elles traversent la cour déserte sans prononcer un mot. Elsa s'assied sur la banquette arrière de Kia, son sac à dos dans les bras. Maman a un air malheureux.

— S'il te plaît, Elsa…

— Pfff ! C'est pas moi qui ai commencé ! Il a dit que les filles ne pouvaient pas être Spider-Man ! se défend Elsa.

— Oui, mais pourquoi tu t'es battue ? demande maman, accablée.

— Parce que !

— Tu n'es plus un bébé, Elsa. Tu veux toujours que je te traite comme une adulte. Alors arrête de faire le bébé. Pourquoi tu t'es battue ?

Elsa appuie sur le joint en caoutchouc de la portière.

— Parce que j'en ai marre de courir.

Maman tend alors le bras pour caresser doucement sa joue blessée, mais Elsa s'écarte. Maman soupire.

— Je ne sais pas quoi faire, dit-elle en retenant ses larmes.

— Tu n'as rien besoin de faire, marmonne Elsa.

Maman démarre Kia en marche arrière. Elle conduit dans cette sorte d'éternités silencieuses que seules les mères et les filles peuvent tisser entre elles.

— On devrait peut-être aller voir un psychologue pour de bon, dit-elle enfin.

Elsa hausse les épaules.

— *Whatever*.

C'est son deuxième mot anglais préféré. Maman ne demande pas où elle l'a appris.

— Je… Elsa… ma chérie, je sais que ce qui est arrivé à mamie t'a terriblement touchée. La mort est dure pour tout le monde…

— Tu ne sais rien du tout ! l'interrompt Elsa en tirant si fort sur le joint en caoutchouc qu'il claque contre la vitre quand elle le lâche.

Maman déglutit.

— Moi aussi, je suis triste, Elsa. C'était aussi ma maman, pas seulement ta mamie.

Elsa tourne la tête vers elle dans une fureur froide.

— Tu la détestais. Alors ne raconte pas de conneries.

— Je ne la déteste pas. C'était ma mère.

— Vous n'arrêtiez PAS de vous disputer ! Je suis sûre que tu es CONTENTE qu'elle soit morte !!!

Elsa souhaite n'avoir pas prononcé ces derniers mots. Mais trop tard. Elles se taisent pendant toutes les éternités imaginables et Elsa appuie sur le joint jusqu'à ce que le bord se décroche de la portière. Maman s'en aperçoit mais ne dit rien. Quand elles s'arrêtent à un feu rouge, elle pose les mains sur ses yeux et secoue la tête.

— Je fais vraiment des efforts, Elsa. Vraiment. Je sais que je suis une mauvaise mère et que je ne suis pas assez souvent à la maison, mais je fais vraiment des efforts…

Elsa ne répond pas. Maman se masse les tempes.

— On devrait peut-être essayer d'aller voir un psychologue pour de bon.

— Va voir un psy toi-même, dit Elsa.

— Oui, je devrais peut-être.

— Oui, tu devrais peut-être !

— Pourquoi est-ce que tu es aussi méchante ?

— Pourquoi est-ce que toi tu es aussi méchante ?

— Ma chérie. Je suis très triste que mamie soit morte, mais nous devons…

— Non, tu n'es pas triste !

C'est alors qu'il se produit quelque chose qui n'arrive presque, presque jamais. Maman perd toute contenance et crie :

— SI, JE SUIS TRISTE, MERDE ! ESSAIE DE COMPRENDRE QUE TU N'ES PAS LA SEULE QUI SOIS TRISTE ET ARRÊTE DE TE CONDUIRE COMME UNE SALE MORVEUSE !

Maman et Elsa se regardent fixement. Maman pose les mains sur sa bouche.

— Elsa… je… ma chérie…

Elsa secoue la tête et détache d'un seul coup tout le joint en caoutchouc de la portière. Elle sait qu'elle a gagné. Quand maman perd son sang-froid, Elsa gagne toujours.

— Arrête. Il ne faut pas crier comme ça, marmonne-t-elle.

Puis elle ajoute, sans même accorder un regard à sa maman :

— Pense à ton enfant.

## 7

## Cuir

On peut aimer sa grand-mère pendant des années sans trop rien savoir d'elle.

C'est le mardi qu'Elsa rencontre le Monstre pour la première fois. L'école est plus tranquille les mardis. Elsa n'a qu'un œil au beurre noir, et on peut expliquer les yeux au beurre noir en disant qu'on a joué au foot.

Elle est assise dans Audi. Audi est la voiture de papa et n'a absolument rien à voir avec Renault. Normalement, papa vient la chercher à l'école un vendredi sur deux, parce qu'elle va alors chez lui, Lisette et les enfants de Lisette. Les autres jours, mamie venait l'attendre, mais maintenant c'est maman. Cependant, maman et George étant aujourd'hui chez le médecin pour voir la Moitié, papa les remplace, même si on est mardi.

Mamie était toujours à l'heure à la grille de l'école. Papa arrive toujours en retard sur le parking et ne descend pas d'Audi.

— Qu'est-ce qui est arrivé à ton œil ? demande-t-il, hésitant.

Papa est rentré ce matin d'Espagne, où il était avec Lisette et les enfants de Lisette, mais il n'est pas bronzé parce qu'il ne sait pas comment on fait.

— On a joué au foot, dit Elsa.

Mamie ne se serait jamais contentée de cette réponse. Mais papa n'est pas mamie. Il hoche la tête, hésitant, et lui demande d'attacher sa ceinture de sécurité. Il fait souvent ça, acquiescer d'un air hésitant. C'est une personne indécise. Maman est perfectionniste et papa est pointilleux, c'est pour ça que leur relation n'a pas duré, suppose Elsa. Parce que perfectionniste et pointilleux sont deux choses très différentes. Quand maman et papa faisaient le ménage, maman établissait un programme de nettoyage à la minute près dans un fichier Excel, mais papa passait quelque chose comme deux heures et demie à détartrer la cafetière, et on ne peut rien planifier avec un homme pareil, selon maman. Les professeurs à l'école disent toujours que le problème d'Elsa est son manque de concentration, ce qui est curieux, parce que le plus gros problème de papa, c'est sa trop grande concentration.

— Alors, qu'est-ce que tu aimerais faire ? demande-t-il en posant avec hésitation les mains sur le volant.

Il fait souvent ça, demander ce qu'Elsa aimerait faire. Parce que lui-même a très rarement envie de faire quoi que ce soit. Ce mardi imprévu est arrivé trop vite pour lui, il a un peu de mal avec les mardis qui arrivent trop vite. C'est pour ça qu'Elsa ne va chez lui qu'un week-end sur deux, parce que quand il avait rencontré Lisette et qu'elle avait emménagé chez lui avec ses enfants, il avait dit que la situation était devenue un peu trop « agitée » pour Elsa. Quand mamie l'avait appris, elle lui avait téléphoné et l'avait traité de « mou du bulbe » au moins dix fois en une minute. C'était un record de « mou du bulbe », même pour mamie. Après avoir raccroché, elle s'était tournée vers

Elsa et avait craché : « Lisette ! Quel nom stupide, hein ? » Elsa savait qu'elle ne le pensait pas, parce que tout le monde aime Lisette, qui a le même superpouvoir que George. Mais mamie était le genre de personne que l'on emmène avec soi sur le champ de bataille, et Elsa l'aimait pour cela. Ensuite, elles avaient mangé de la glace Ben & Jerry's. Ils manquent tous les trois beaucoup à Elsa.

Ben, mamie et Jerry.

Papa arrive en retard quand il vient chercher Elsa à l'école. Mamie ne l'était jamais. Elsa essaie de comprendre le sens du mot « ironie ». Elle est tout à fait certaine que papa n'est jamais en retard en dehors des fois où il doit venir la chercher, et que mamie était en retard à tout sauf ça. Peut-être parce que mamie savait que quand on a presque huit ans le monde est rempli de poursuivants.

Papa se cramponne de nouveau au volant.

— Où est-ce que tu aurais envie d'aller aujourd'hui ?

Elsa le regarde avec surprise, parce qu'il ne donne vraiment pas l'impression de vouloir l'emmener où que ce soit. Il se tortille sur son siège.

— Je pensais que peut-être tu aurais envie de faire… un truc.

Elsa sait qu'il demande pour lui faire plaisir. Parce que papa n'aime pas vraiment faire des trucs, papa n'est pas le genre de personne qui fait des trucs. Elsa le regarde. Il fixe le volant.

— Je crois que je voudrais juste rentrer à la maison, répond-elle.

Il hoche la tête d'un air à la fois déçu et soulagé, une expression que lui seul au monde maîtrise. Puis il ramène Elsa. Parce que papa ne dit jamais non à Elsa, même si parfois elle voudrait qu'il le fasse.

— Elle est belle, Audi, dit Elsa quand ils ont parcouru la moitié du chemin en silence.

Elle caresse la boîte à gants d'Audi comme un chat. Les voitures neuves sentent le cuir souple, tout le contraire du vieux cuir craquelé des canapés de mamie. Elsa aime les deux odeurs, même si en réalité elle trouve qu'on devrait le laisser sur les animaux au lieu d'en mettre sur les sièges de voiture. C'est compliqué. Et un peu hypocrite. Mais elle y travaille.

— Avec Audi, on sait à quoi on a affaire, approuve papa de la tête.

Sa voiture précédente s'appelait aussi Audi. Papa aime savoir à quoi il a affaire. L'année dernière, quand la supérette près de chez lui et Lisette avait été réaménagée, Elsa avait dû procéder aux tests qu'elle avait vus à la télé pour s'assurer qu'il n'avait pas fait un AVC.

Papa l'escorte jusqu'à la porte de l'immeuble. Blottie dans l'entrée obscure, Britt-Marie monte la garde tel un petit lutin très en colère. Elsa songe que chacun sait que rien ne peut arriver de bon quand on la croise. « C'est une enveloppe du centre des impôts, cette bonne femme », disait mamie. Papa est sans doute du même avis, car Britt-Marie est l'un des rares sujets sur lesquels mamie et lui étaient d'accord.

— Bonsoir, dit-il, hésitant.

— Bonsoir, l'imite Elsa.

— Oui, oui, bonsoir ! lâche Britt-Marie lorsqu'elle sort de l'ombre en prenant deux brèves inspirations, comme si elle fumait une cigarette invisible.

Puis elle se ressaisit et leur adresse un sourire bienveillant. Elle a une revue de mots croisés à la main. Britt-Marie adore les mots croisés, car les règles sont très claires. Elle a rempli la grille au crayon à papier. Mamie disait toujours que Britt-Marie a besoin d'être déchaînée après deux verres de vin pour simplement rêver de résoudre des mots croisés au stylo.

Britt-Marie a un geste irrité vers Elsa.

— Est-ce que vous savez à qui ça appartient ? demande-t-elle en désignant une poussette cadenassée à la rampe de l'escalier juste en dessous du tableau d'affichage.

Elsa ne la remarque que maintenant. La présence d'une poussette la surprend, parce qu'il n'y a pas de jeunes enfants dans cet immeuble en dehors de la Moitié, que maman emmène toujours partout. Britt-Marie ne semble pourtant pas s'intéresser à l'aspect philosophique de la situation.

— Les poussettes sont interdites dans l'escalier ! A cause des risques d'incendie ! déclare-t-elle en joignant fermement les mains, brandissant la revue comme une épée pas spécialement intimidante.

— Oui. C'est écrit sur le papier, acquiesce Elsa d'un ton serviable, en désignant, juste au-dessus de la poussette, le papier soigné disant « Interdit de laisser des poussettes ici. Risques d'incendie ».

— C'est exactement de ça que je parle ! répond Britt-Marie en haussant un chouïa la voix.

Bien qu'avec bienveillance.

— Je ne comprends pas, dit papa, l'air de ne pas comprendre.

— Je demande évidemment si c'est vous qui avez affiché cette note ! Voilà ce que j'aimerais savoir ! dit Britt-Marie en faisant un tout petit pas en avant puis un tout petit pas en arrière comme pour insister sur le sérieux de la situation.

— Il y a un problème avec le papier ? s'étonne Elsa.

Britt-Marie prend deux profondes inspirations.

— Bien sûr que non, bien sûr que non. Mais dans cette copropriété, il n'est pas d'usage d'afficher des notes sans demander d'abord leur avis aux locataires de l'immeuble !

— Mais ce n'est pas une copropriété, si ? demande Elsa.

— Non, mais ça va le devenir ! affirme Britt-Marie en postillonnant un peu sur le « d » de « devenir ».

Puis elle se ressaisit et lance un nouveau sourire bienveillant à Elsa.

— Je suis responsable de l'information au bureau de la copropriété. Il n'est pas d'usage d'accrocher des papiers sans en informer d'abord le responsable de l'information du bureau de la copropriété !

Elle s'interrompt quand un aboiement retentit, si fort que la porte vitrée tremble.

Britt-Marie et papa sursautent. Elsa se tortille, angoissée. George a dit hier à maman que Britt-Marie a appelé la police pour faire abattre l'Ami. L'Ami a sans doute entendu Britt-Marie et, tout comme mamie, semble incapable de fermer son clapet au son de sa voix.

Britt-Marie plisse les yeux. Son sourire bienveillant forcé se fait plus forcé que bienveillant.

— J'ai contacté la police à propos de cet affreux chien de combat ! informe-t-elle papa, qui prend l'air un peu nerveux, car les affreux chiens de combat ont cet effet sur lui.

Elsa se racle la gorge et essaie de changer de sujet.

— Tu n'étais peut-être pas chez toi ? coupe-t-elle Britt-Marie en désignant le papier au-dessus de la poussette.

Cela fonctionne, au moins temporairement. Britt-Marie oublie de s'indigner à propos du chien de combat tandis qu'elle s'emporte de nouveau à propos de la note. Ce qui compte pour elle, c'est de toujours avoir un sujet d'indignation.

— On n'accroche pas de papier en cachette dans le dos des gens, qu'est-ce que c'est que ces manières de truands, répond Britt-Marie d'un ton qui n'est ni celui d'une question ni celui d'une affirmation.

Elsa hoche encore la tête. Elle songe un instant à lui suggérer d'afficher un papier déclarant que la prochaine fois qu'un locataire voudra afficher un papier il devra d'abord en informer les voisins. En accrochant un papier, par exemple. Elsa trouve que ça serait ironique. Mais elle observe Britt-Marie et se dit qu'elle va vraiment faire circuler une pétition contre les enfants.

Un nouvel aboiement retentit dans l'appartement, une volée de marches plus haut. Britt-Marie pince les lèvres.

— J'ai appelé la police, je vous ai dit ! Mais bien sûr, ils ne font rien ! Ils disent qu'il faut attendre jusqu'à demain pour laisser au propriétaire le temps de se manifester !

Papa garde le silence, ce que Britt-Marie interprète visiblement comme de l'impatience d'entendre son avis sur cette affaire.

— Kent a appelé plusieurs fois au numéro de l'appartement, mais on croirait qu'il n'y a personne !

Que ce fauve vit tout seul là-dedans ! Vous vous rendez compte ? tempête-t-elle en s'adressant à papa, l'air de vouloir conclure la phrase par « quel sans-gêne ! ».

Papa hésite. Les chiens de combat qui vivent seuls dans un appartement le rendent nerveux.

— Quel sans-gêne ! lance Britt-Marie.

Elsa retient son souffle. Mais aucun aboiement ne se fait entendre. On dirait que l'Ami est enfin revenu à la raison.

La porte s'ouvre derrière papa et la femme à la jupe noire entre. Ses talons claquent sur le sol et elle parle haut dans un câble blanc qui lui sort de l'oreille.

— Bonsoir ! dit Elsa pour détourner l'attention de Britt-Marie d'un éventuel aboiement.

— Bonsoir, l'imite papa, pour être poli.

— Oui, oui. Bonsoir ! lâche Britt-Marie comme si la femme à la jupe noire était peut-être la colleuse d'affiche sauvage.

La femme ne répond pas. Elle se contente de parler plus fort dans son câble, leur lance un regard irrité et disparaît dans l'escalier.

Un long silence nerveux lui succède. Le papa d'Elsa a du mal à gérer les silences tendus. C'est un peu sa kryptonite, si l'on peut dire.

— Helvetica, lance-t-il en se raclant nerveusement la gorge.

— Pardon ? demande Britt-Marie en pinçant les lèvres.

— Helvetica. La police d'écriture, je veux dire, explique-t-il d'une voix angoissée en désignant le papier du menton.

Britt-Marie se tourne vers le papier, puis elle regarde papa.

— Bonne… police, marmonne-t-il.

C'est l'un des trucs que papa trouve importants, les polices d'écriture. Un jour, alors que maman était à une rencontre parents-professeurs à l'école d'Elsa, il avait téléphoné à la dernière minute pour expliquer qu'il ne pouvait pas venir à cause d'un contretemps au travail. En guise de punition, maman l'avait désigné volontaire pour la réalisation des affiches du marché aux puces de l'école. Il avait beaucoup hésité en l'apprenant. Ensuite, il avait mis trois semaines à choisir une police d'écriture, et quand il avait apporté les affiches, le professeur d'Elsa n'en avait pas voulu parce que le marché aux puces avait déjà eu lieu. Le papa d'Elsa n'avait pas eu l'air de voir le rapport.

Un peu comme Britt-Marie, qui ne voit pas bien ce que la police Helvetica vient faire là-dedans. Papa baisse les yeux en se raclant la gorge.

— Tu as… tes clés ? demande-t-il à Elsa.

Elle hoche la tête et ils s'embrassent rapidement. Papa disparaît par la porte, soulagé, et Elsa grimpe les marches avant que Britt-Marie ne la retienne. Arrivée devant la porte de l'Ami, elle jette un regard par-dessus son épaule pour s'assurer que Britt-Marie ne l'observe pas, puis elle soulève le clapet de la trappe à courrier et souffle :

— S'il te plaît, ne fais pas de bruit !

Elle sait qu'il comprend. Elle espère juste qu'il obéira.

Elle monte les dernières marches en courant, clés de l'appartement en main, mais elle n'entre pas chez maman et George. A la place, elle ouvre la porte de mamie et se précipite vers la grande armoire. Il y a des cartons de déménagement dans le couloir et un seau dans la cuisine. Elle essaie de ne pas y prêter attention. Ça ne fonctionne pas. L'obscurité de l'armoire se referme sur elle pour dissimuler ses larmes.

Autrefois, elle était magique, l'armoire. Lorsque Elsa se couchait dedans, le bout de ses doigts et de ses orteils touchait à peine les parois. L'armoire s'élargissait au fur et à mesure qu'Elsa grandissait. Mamie affirmait bien sûr que c'étaient des « sornettes, c'est rien que ton imagination, cette armoire a toujours fait la même taille », mais Elsa l'a mesurée, alors elle sait.

Elle s'étend de tout son long. Elle touche les deux parois. Dans quelques mois elle n'aura plus besoin de s'étirer et dans un an elle ne pourra plus s'allonger complètement. Parce que plus rien n'est magique.

Elle entend les voix étouffées de Maud et Lennart dans l'appartement. Elle sent l'odeur du café, mais Lennart parle de sa « boisson pour adultes », et Elsa sait que Samantha est là avant de percevoir les pas du bichon frisé dans la salle de séjour, puis ses ronflements depuis l'abri de la table basse. Maud et Lennart sont venus faire le ménage et commencer à empaqueter les affaires de mamie. C'est maman qui leur a demandé leur aide, et Elsa la déteste pour ça. Elle les déteste tous.

Bientôt, elle entend aussi la voix de Britt-Marie. A croire que celle-ci poursuit Maud et Lennart. Elle est très en colère. Elle veut parler de la personne qui a eu l'impertinence d'accrocher ce papier dans l'escalier, et de celle qui a eu l'impertinence de cadenasser la poussette en dessous, et nul ne sait avec certitude, pas même Britt-Marie, laquelle des deux l'indigne le plus. Au moins, elle n'évoque plus l'Ami.

Elsa est allongée dans l'armoire depuis une heure quand le garçon au syndrome se glisse près d'elle. Par la porte entrebâillée, elle voit la maman du garçon faire le ménage, suivie de Maud qui ramasse prudemment ce qu'elle sème derrière d'elle. Britt-Marie essaie de convaincre quelqu'un, qui que ce soit, du danger que représente la poussette dans l'escalier, car on pourrait se blesser. Un enfant, par exemple. Il faut penser aux enfants, pense Britt-Marie. Tout haut.

Lennart pose une grande assiette de rêves au pied de l'armoire. Elsa la prend et referme la porte, puis le garçon au syndrome et elle mangent les biscuits en silence. Le garçon ne dit rien, car il ne parle jamais. C'est l'un des traits qu'Elsa préfère chez lui.

La voix de George retentit dans la cuisine. Une voix chaleureuse qui inspire confiance et demande si quelqu'un veut des œufs, parce que dans ce cas il peut en préparer pour tout le monde. Tout le monde apprécie George, c'est son super-pouvoir. Elsa le déteste pour ça. Il n'y a rien de plus énervant qu'une personne énervante qui n'a même pas la simple foutue politesse d'être une ordure. Puis Elsa entend la voix de sa maman et pendant une seconde elle a envie de se jeter dans ses bras. Mais elle se retient, pour que maman soit triste. Elsa sait qu'elle a déjà gagné, mais veut que maman le sache aussi. Pour lui faire autant de peine qu'Elsa en éprouve à cause de mamie.

Le garçon au syndrome s'endort au fond de l'armoire. Une seconde plus tard, sa maman ouvre la porte avec précaution et le soulève. Comme si elle savait instantanément qu'il s'était endormi. C'est peut-être son super-pouvoir.

Un peu plus tard, Maud se glisse dans l'armoire et ramasse ce qu'a égaré la maman du garçon.

— Merci pour les gâteaux, chuchote Elsa.

Maud lui caresse la joue. Elle a l'air si triste pour Elsa qu'Elsa en est triste pour Maud.

Elle reste dans l'armoire après que chacun a fini de nettoyer, de ranger, et est retourné chez soi. Elle sait que maman l'attend dans l'entrée de son appartement à elle et George, alors elle s'accoude à l'appui de la grande fenêtre du palier. Parce qu'elle veut faire attendre maman longtemps.

Elle reste assise dans la cage d'escalier jusqu'à ce que la minuterie s'éteigne. Elle s'attarde sans doute une heure. Jusqu'à ce que l'alcoolique titube hors de son appartement et, quelques étages plus bas, se mette à frapper la rampe d'escalier avec un chausse-pied en criant qu'il ne faut pas se baigner la nuit. L'alcoolique fait ça plusieurs fois par semaine. Il n'y a là rien d'anormal.

— Fermez l'eau ! crie l'alcoolique.

Elsa ne répond pas. Ni personne. Parce que les gens de cet immeuble croient que les alcooliques sont comme les monstres, qu'ils disparaissent si on prétend qu'ils n'existent pas.

Elsa entend l'alcoolique, en plein dans une de ses harangues les plus véhémentes à propos du rationnement de l'eau, glisser, atterrir sur les fesses et recevoir son chausse-pied sur la tête. L'alcoolique et le chausse-pied se chamaillent ensuite un long moment, comme deux vieux amis qui se disputent à propos d'argent. Enfin, le silence se fait. Alors s'élève le chant. Celui que l'alcoolique chante toujours. Assise dans le noir, Elsa s'entoure de ses bras comme si la berceuse lui était destinée. Puis la mélodie se tait aussi. L'alcoolique souffle « chut » au chausse-pied ou à soi-même avant de disparaître dans son appartement.

Elsa ferme à demi les paupières. Elle essaie de distinguer les animaux-nuages et les champs à la lisière du Pays-Presqu'Eveillé, mais sans succès. Elle n'arrive plus à y aller. Pas sans mamie. Inconsolable, elle ouvre les yeux. Les flocons de neige tombent vers la fenêtre comme des gants mouillés.

C'est à cet instant qu'elle voit le Monstre pour la première fois.

En cette nuit d'hiver, les ténèbres sont si épaisses que le lotissement semble plongé dans un seau d'obscurité. Le Monstre se faufile par la porte et traverse si vite le demi-cercle lumineux autour du dernier lampadaire de la rue que si Elsa avait serré les paupières plus fort elle aurait cru avoir rêvé. Mais elle sait ce qu'elle a vu, et dans un seul mouvement elle se laisser tomber à terre et s'élance vers l'escalier.

Elle sait que c'est lui, même si elle ne l'a jamais rencontré auparavant, car elle n'a jamais vu de personne aussi immense. Il avance sur la neige comme un animal. Une créature fantastique. Elsa a parfaitement conscience que ce qu'elle s'apprête à faire est à la fois dangereux et stupide, mais elle dévale les marches trois par trois malgré cela. Ou bien à cause de cela. Ses chaussettes dérapent sur la dernière marche, elle patine sur le sol de l'entrée et son menton heurte la poignée de la porte. Le visage palpitant sous la douleur, elle ouvre le battant à toute volée et avance péniblement dans la neige, essoufflée et toujours en chaussettes.

— J'ai une lettre pour toi ! hurle-t-elle dans la nuit.

Elle ne remarque qu'à cet instant qu'elle a la gorge serrée par le chagrin. Mais elle veut au moins voir le Monstre. Elle veut connaître le visage de la personne à qui mamie parle de Miamas sans le dire à Elsa.

Aucune réponse ne vient. Elle entend ses pas légers dans la neige, sa démarche étonnamment souple pour une créature de cette taille. Il s'éloigne. Elsa devrait avoir peur, elle devrait être terrifiée à l'idée de ce que le Monstre pourrait lui faire. Il est assez grand pour la mettre en pièces d'un seul coup, elle le sait. Mais elle est trop en colère pour avoir peur.

— Ma grand-mère te demande pardon ! hurle-t-elle.

Elle ne le voit pas. Mais le crissement de la neige s'est tu. Il s'est arrêté.

Sans réfléchir, Elsa se précipite dans le noir, dans la direction d'où sont venus les derniers sons. L'air tourbillonne dans le sillage du manteau du Monstre. Il se met à courir, elle trébuche dans la neige et plonge en avant pour l'attraper par la jambe du pantalon. Quand elle atterrit sur le dos, elle voit la tête penchée sur elle à la lumière du dernier lampadaire. Elsa sent ses larmes geler sur ses joues.

Il doit mesurer plus de deux mètres. Il est aussi immense qu'un arbre. Une capuche épaisse lui couvre la tête, les cheveux noirs qui en jaillissent lui arrivent aux épaules. Presque tout son visage disparaît sous une barbe aussi dense que de la fourrure, et entre les ombres de la capuche elle distingue une cicatrice au-dessus d'un œil, si profonde que la peau semble avoir fondu. Elsa sent son regard la percer jusqu'à la moelle.

— Laisse !

Ses épaules projettent une ombre sur Elsa quand il siffle ce mot.

— Ma mamie te demande pardon ! halète Elsa en brandissant l'enveloppe.

Le Monstre ne fait pas mine de la prendre. Elsa lâche son pantalon, craignant qu'il ne lui assène un coup de pied, mais il recule juste d'un petit pas. Les sons qu'il émet ensuite évoquent plus un grondement que des paroles. Comme s'il se parlait à lui-même.

— Disparais, petite idiote…

Les mots palpitent dans les oreilles d'Elsa. Ils sonnent faux, en quelque sorte. Elsa les comprend, mais ils lui râpent les tympans. Comme s'ils n'étaient pas à leur place.

Le Monstre se détourne avec des mouvements rapides et hostiles. Un instant plus tard, il a disparu. Comme s'il avait traversé une faille dans l'obscurité.

Toujours étendue dans la neige, Elsa reprend son souffle tandis que le froid lui oppresse la poitrine. Puis elle se redresse et, prenant de l'élan, lance l'enveloppe roulée en boule dans les ténèbres où il a disparu.

Elle ignore combien de pour toujours s'écoulent avant que la porte d'entrée s'ouvre derrière elle. Mais elle entend les pas de maman, elle l'entend appeler son prénom. Elsa se précipite à l'aveuglette dans ses bras.

— Qu'est-ce que tu fais dehors ? demande maman, effrayée.

Elsa ne répond pas. Maman prend tendrement son visage entre ses mains.

— Comment tu t'es fait cet œil au beurre noir ?

— Au foot, murmure Elsa.

— Tu mens, murmure maman.

Elsa hoche la tête. Maman la serre fort contre elle. Elsa sanglote contre son ventre.

— Elle me manque…

Maman se penche et appuie son front contre celui d'Elsa.

— A moi aussi.

Elles n'entendent pas le Monstre bouger dans la nuit. Elles ne le voient pas ramasser l'enveloppe. Mais finalement, blottie dans les bras de maman, Elsa comprend pourquoi les paroles du Monstre sonnaient faux.

Le Monstre a parlé dans la langue secrète.

On peut aimer sa grand-mère pendant des années sans trop rien savoir d'elle.

# 8

# Caoutchouc

On est mercredi. Elle court de nouveau.

Elle ne sait pas vraiment pour quelle raison, cette fois. Peut-être parce que c'est l'un des derniers jours avant les vacances de Noël et qu'ils savent qu'ils ne pourront chasser personne pendant quelques semaines, alors ils veulent se défouler comme il faut. Elle ne sait pas. Ce n'est pas si facile de reconnaître les éléments déclencheurs avec les gros futés. Parfois, il n'y en a pas. Les gens qui n'ont jamais été chassés croient qu'il y a toujours une raison.

« Ils ne feraient tout de même pas ça sans raison, disent-ils. Tu as dû les provoquer. »

Comme si les brimades fonctionnaient de cette manière. Ils chassent Elsa parce qu'elle est là, voilà la raison. Ils se sentent provoqués par son existence, ils n'ont pas besoin d'autre motif.

Mais c'est peine perdue que d'essayer d'expliquer ça à ces personnes, tout comme d'essayer d'expliquer à un gros futé que si les pattes de lapin portaient vraiment bonheur, elles seraient toujours accrochées aux lapins.

Ce n'est la faute de personne, en fait. Ce n'est pas que papa était un peu trop en retard à la sortie de l'école aujourd'hui, c'est juste que les cours ont fini un peu trop tôt. C'est difficile de se rendre invisible quand la chasse a déjà débuté dans les couloirs.

Alors Elsa court. Elle est forte dans ce domaine.

— Attrapez-la ! braille la fille quelque part derrière elle.

Aujourd'hui, ça a démarré avec l'écharpe d'Elsa. Du moins c'est ce qu'elle croit. Elle commence à comprendre qui chasse à l'école, et comment. Il y a ceux qui ne persécutent que les enfants plus faibles. Ceux qui chassent seulement pour le plaisir, qui ne frappent même pas leur victime après l'avoir attrapée mais qui veulent lire la peur dans ses yeux. Et il y a ceux comme le garçon qui a frappé Elsa à cause de l'affaire Spider-Man. Ils chassent par principe, parce qu'ils ne tolèrent pas la contradiction. Surtout pas de la part d'une personne différente.

Mais cette fille est encore d'un autre genre. Elle veut une raison de chasser. Une façon de justifier la poursuite. Elle veut être une héroïne quand elle chasse, songe Elsa avec une lucidité absurdement détachée tandis qu'elle se précipite vers la barrière, le cœur battant comme un tambour et la gorge en feu comme la fois où mamie avait fait des smoothies au piment jalapeño.

Elle croit que c'est l'écharpe qui a tout déclenché. Elle n'est pas tout à fait sûre, parce qu'elle n'arrive pas à imaginer que même une espèce de gros futé fini puisse s'énerver autant à cause d'une écharpe. Mais elle a décidé que demander directement n'améliorera pas sa position en cas de négociations. Elle sent l'excitation des autres enfants jusque dans les vibrations de la glace tandis que le martèlement des semelles en caoutchouc de leurs bottes se rapproche toujours plus. Quand on trouve une raison de chasser, on ne chasse jamais en solitaire. En tout cas, pas dans cette école.

Elsa s'élance par-dessus la barrière, son sac à dos lui heurte si violemment le crâne lorsqu'elle atterrit sur le trottoir qu'elle reste étourdie quelques secondes. Elle resserre vigoureusement les bretelles et regarde confusément vers la gauche en clignant des yeux, en direction du parking où Audi doit arriver d'une minute à l'autre. Elle entend la fille crier tel un Orque offensé, ce qu'elle sait très bien puisque maman avait expressément interdit à mamie de la laisser regarder *Le Seigneur des anneaux*, et comprend qu'il sera trop tard. Alors elle se tourne vers la droite, vers le bas de la colline et la grande route. Les camions grondent sur le bitume telle une armée en chemin vers une forteresse ennemie, mais entre les pare-chocs Elsa aperçoit l'entrée du parc de l'autre côté.

Le « parc des camés », c'est ainsi que tout le monde l'appelle à l'école, à cause des camés qui traquent les enfants, armés de seringues d'héroïne. En tout cas, c'est ce qu'Elsa a entendu dire. Elle a une peur bleue de ce parc, comme quand on a presque huit ans et qu'on n'est pas un gros futé. C'est l'un de ces parcs où la lumière du jour semble ne jamais filtrer et c'est l'une de ces journées d'hiver où le soleil semble ne jamais se lever.

Elsa s'en était sortie jusqu'au déjeuner, mais même ceux qui savent se rendre invisibles ne peuvent pas le rester dans un réfectoire. La fille s'était plantée si brusquement devant elle qu'Elsa avait sursauté et renversé de la vinaigrette sur son écharpe Gryffondor. La fille avait tendu le doigt en rugissant :

« Je ne t'ai pas dit d'arrêter de te balader avec cette écharpe trop moche ? »

Elsa avait fixé la fille de la seule façon dont on peut regarder quelqu'un qui vient d'appeler « trop moche » une écharpe Gryffondor. Ce qui n'est pas très éloigné de la manière dont on dévisagerait une personne qui s'écrierait joyeusement « Oh ! Un tracteur ! » en apercevant un cheval. La première fois que l'écharpe avait attiré l'attention de cette fille, Elsa avait cru que c'était une Serpentard. Ce n'est que quand la fille avait frappé Elsa dans la figure avant de déchirer l'écharpe et de la jeter dans les toilettes qu'Elsa avait compris que la fille n'avait simplement pas lu *Harry Potter*. Elle savait qui c'était, comme tout le monde, mais elle n'avait pas lu les livres. Elle ne comprenait même pas la symbolique la plus élémentaire d'une écharpe Gryffondor. Elsa ne veut pas être élitiste, mais comment est-on censé discuter avec une personne pareille ? Comment ?

Moldue.

Alors aujourd'hui, au réfectoire, quand la fille a essayé de lui arracher son écharpe, Elsa a décidé d'utiliser un argument adapté au niveau intellectuel de la fille. Elle lui a lancé son verre de lait à la figure et elle a couru.

Le long des couloirs, jusqu'au deuxième étage puis au troisième. Là, sous un escalier, il y a un recoin que les femmes de ménage utilisent comme rangement. Elsa s'y est glissée en ramenant bras et genoux contre elle et s'est faite aussi invisible que possible pendant que la fille et ses complices couraient au quatrième étage. Puis elle s'est réfugiée dans la classe le reste de la journée.

C'était la raison dont la fille avait besoin. Elle avait réussi à pousser Elsa à attaquer la première et maintenant c'était une héroïne. Il y a toujours des poursuivants de ce genre dans les écoles et ils choisissent toujours des enfants comme Elsa. Parce qu'on peut provoquer les enfants comme Elsa. On peut les pousser à lancer un verre de lait.

Ça rend la chasse plus amusante. C'est la raison dont certaines personnes ont besoin.

C'est le chemin entre la salle de classe et la sortie de l'école qui est le plus ardu. Impossible de s'y rendre invisible, même quand on est doué. Alors Elsa a dû se montrer stratège.

Elle est restée près du professeur tandis que les autres élèves se précipitaient hors de la classe. Puis elle s'est faufilée par la porte dans le tumulte et a dévalé l'autre escalier, celui qui ne mène pas à l'entrée principale. Ils s'y attendaient, bien sûr, ils l'espéraient même, car elle serait plus facile à attraper à cet endroit. Mais la leçon avait fini tôt et Elsa escomptait que les classes ne seraient pas encore terminées un étage plus bas. Si bien qu'elle aurait peut-être trente secondes pour traverser le couloir vide d'un pas rapide et prendre un peu d'avance, après quoi ses poursuivants seraient pris dans un flot d'élèves qui émergeraient de leurs classes.

Elle ne s'était pas trompée. Elle voyait la fille et ses camarades à moins de dix mètres derrière elle, mais elle-même était hors d'atteinte.

Mamie avait raconté des centaines d'histoires de Miamas traitant de chasse et de guerre. De la façon d'échapper à la poursuite des ombres, de les attirer dans des pièges et de les vaincre en leur mettant des bâtons dans les roues. Car, comme tous les chasseurs, les ombres ont une énorme faiblesse : elles focalisent toute leur attention sur celui qu'elles pourchassent au lieu de prêter attention à leur environnement. La proie, en revanche, consacre toute son énergie à la recherche d'une issue. Ce n'est pas un avantage immense, mais c'est un avantage. Elsa le sait parce qu'elle a cherché la définition de « bâtons dans les roues ».

Elle a attrapé dans la poche de son jean une poignée de pièces de monnaie. Elle a toujours de la monnaie sur elle, c'est comme ça quand on est souvent pourchassé. A l'instant où le flot d'enfants commençait à s'éclaircir et où elle se rapprochait de l'escalier en direction de l'entrée, elle a lancé les pièces et s'est mise à courir.

C'est une chose curieuse chez les gens, a découvert Elsa. Presque personne ne peut résister au réflexe de regarder par terre en entendant le tintement de pièces de monnaie sur le carrelage.

La soudaine bousculade des doigts enthousiastes a freiné les poursuivants et donné à Elsa quelques secondes d'avance supplémentaires. Les mettant à profit, elle a couru.

Mais à présent, elle les entend se jeter contre la barrière. Les coups de leurs bottes d'hiver aux coloris neutres remplies de pieds contre les barreaux en fer usés. Elle n'a plus que quelques instants avant d'être rattrapée. Elsa lance un coup d'œil à gauche, vers le parking. Pas d'Audi en vue. Elle regarde à droite, vers le chaos de la route en contrebas et le silence obscur du parc. Elle tourne de nouveau les yeux vers la gauche, songe que c'est la solution la plus sûre à condition que papa soit à l'heure pour une fois. Puis vers la droite et elle sent la peur lui griffer l'estomac quand elle distingue le parc entre les camions rugissants.

Elle pense aux histoires de Miamas que racontait mamie, sur le jour où l'un des princes a échappé à une meute d'ombres en lançant son cheval au galop dans la forêt la plus sombre du Pays-Presqu'Eveillé. Les ombres sont les horreurs les plus horrifiantes de toute l'imagination, mais même les ombres connaissent la peur. Les salauds aussi ont peur. Car même les ombres ont de l'imagination. « Parfois, le refuge le plus sûr est celui qui semble le plus dangereux », disait mamie.

Ensuite, elle racontait comment les ombres s'étaient arrêtées en sifflant à la lisière de la forêt obscure au lieu d'y pourchasser le prince. Car elles-mêmes ne savaient pas avec certitude ce que cachaient les arbres, et il n'y a rien de plus effrayant que ce qu'on ne connaît pas. Ce qu'on ne peut laisser qu'à l'imagination. « Quand il s'agit des peurs, la réalité ne fait absolument pas le poids face à l'imagination », disait mamie.

Elsa s'élance vers la droite. Elle sent l'odeur du caoutchouc brûlé quand les voitures freinent sur la glace. Renault sentait presque tout le temps comme ça. Elle glisse entre les camions qui klaxonnent et elle entend ses poursuivants hurler contre elle. Elle est sur le trottoir quand le premier l'attrape par son sac à dos.

Elle est si proche du parc qu'elle pourrait toucher l'obscurité du doigt, mais trop tard. Lorsqu'elle tombe dans la neige, Elsa est certaine que les coups de poing et de pied pleuvront avant qu'elle ait le temps de se protéger avec les mains, alors elle remonte les genoux, ferme les yeux et essaie de rentrer le menton pour que maman ne soit pas de nouveau triste.

Elle se prépare aux chocs sourds sur sa tête. Ça ne fait pas mal quand ils frappent, en général ça ne fait pas vraiment mal avant le lendemain. La douleur qui accompagne les coups est d'une autre sorte.

Mais rien ne se passe.

Elsa retient son souffle.

Rien.

Elle ouvre les yeux et tout n'est que désordre assourdissant. Elle les entend crier. Elle les entend courir. Puis elle entend la voix du Monstre. Tel un pouvoir très ancien qui s'élève de lui.

— NE. LA. TOUCHEZ. JAMAIS !

L'écho retentit.

Les tympans d'Elsa tremblent. Le Monstre ne hurle pas dans le langage secret de mamie et d'Elsa, mais dans la langue normale. Pourtant les mots sonnent mal dans sa bouche. L'accentuation dérape sur chaque syllabe comme s'il n'avait pas parlé depuis très longtemps.

Elsa lève la tête. Son cœur bat la chamade, sa respiration se fige sous son palais, les yeux du Monstre la fixent depuis l'ombre de la capuche relevée au-dessus de la barbe noire interminable. Elle voit sa poitrine se soulever et s'abaisser. Pendant un instant, elle se recroqueville instinctivement, craignant que le poing puissant ne la cueille et ne la rejette droit dans la circulation avec la force d'un géant qui donne une chiquenaude à une souris. Mais il reste immobile, respirant profondément, l'air furieux et troublé. Finalement, il tend une main, qui semble peser une tonne, en direction de l'école.

Quand Elsa pivote, elle voit la fille qui ne lit pas *Harry Potter* et ses camarades s'éparpiller comme des morceaux de papier lancés depuis un balcon. Aussi terrifiés que s'ils étaient poursuivis par les ombres en personne.

Au loin, Audi s'engage sur le parking. Elsa inspire profondément et sent l'air regonfler ses poumons pour la première fois depuis peut-être plusieurs minutes.

Quand elle se retourne, le Monstre a disparu.

# 9
# Savon

Il y a dans le vrai monde des milliers de légendes dont les gros futés ignorent l'origine. C'est parce que chacune d'elles vient du Pays-Presqu'Eveillé et que là-bas on ne se pavane pas sous les honneurs, on se contente de faire son travail. Les meilleures légendes du Pays-Presqu'Eveillé viennent toutes de Miamas.

Bien sûr, les six royaumes ont tous produit des fables isolées de temps en temps, mais aucun des autres ne supporte la comparaison avec le talent de Miamas. A Miamas, on produit des légendes à longueur de journée, une à une, d'une main délicate, pas à la chaîne dans une sale usine. Seules les plus belles sont exportées. La plupart ne sont racontées qu'une fois puis tombent à plat par terre, mais les meilleures et les plus belles s'élèvent prudemment des lèvres de la personne qui a prononcé le dernier mot et flottent lentement au-dessus du public comme des petites lanternes scintillantes en papier. A la nuit tombée, les angelots viennent les chercher. Les angelots sont de minuscules créatures coiffées d'élégants chapeaux. Ils arrivent sur le dos des animaux-nuages. Les angelots. Les chapeaux arrivent sur la tête des angelots, pour être précis. Quoi qu'il en soit, les angelots recueillent les lanternes dans de grands filets d'or, puis les animaux-nuages montent si rapidement vers le ciel que le vent lui-même doit leur céder le passage. S'il ne s'écarte pas assez vite, les animaux-nuages lui crient « Mais pousse-toi ! Crétin de vent ! » et prennent l'aspect d'une créature pourvue de mains afin de dresser le majeur à son intention. Au sommet de la montagne la plus élevée du Pays-Presqu'Eveillé, la montagne des Contes, les angelots ouvrent leurs filets et relâchent les histoires. C'est ainsi que les légendes dont les gros futés ignorent l'origine parviennent dans le monde réel.

Quand la mamie d'Elsa avait commencé à raconter ses histoires sur Miamas, elles ressemblaient d'abord à des légendes isolées, sans rapport les unes aux autres et inventées par une personne complètement dérangée. Elsa avait mis plusieurs années à comprendre qu'elles étaient liées. Toutes les bonnes légendes fonctionnent de cette façon.

Mamie avait relaté la triste malédiction de l'ange de la mer. Elle avait relaté la lutte des deux princes qui aimaient la princesse de Miploris. Elle avait parlé de la princesse et de sa lutte contre une sorcière qui lui avait dérobé le trésor le plus précieux du Pays-Presqu'Eveillé, et elle avait décrit les guerriers de Mibatalos, les danseurs de Mimovas et les chasseurs de cauchemars de Mirevas ; leurs querelles constantes à propos de tout et de rien, jusqu'au jour où l'élu de Mimovas échappa aux ombres qui essayaient de le capturer ; les animaux-nuages qui emportèrent l'élu jusqu'à Miamas et l'instant où les habitants du Pays-Presqu'Eveillé comprirent qu'il y avait une cause plus importante pour laquelle se battre. Alors, quand les ombres rassemblèrent leur armée et tentèrent d'enlever l'élu, tous s'unirent contre elles. Même quand la Guerre-Sans-Fin semblait ne pouvoir se terminer qu'avec leur ruine, même une fois Mibatalos anéanti, les autres royaumes ne faiblirent pas. Ils savaient que si les ombres s'emparaient de l'élu, elles détruiraient toute la musique, puis toute l'imagination du Pays-Presqu'Eveillé, et qu'il n'y aurait plus rien de différent. Et les légendes vivent de la différence. « Seuls les gens différents changent le monde, aucune personne normale n'a jamais changé le moindre truc », disait mamie.

Ensuite, elle parlait des worses. Elsa aurait dû comprendre tout de suite. Elle aurait vraiment dû tout comprendre dès le début.

Papa éteint l'autoradio une seconde avant qu'elle saute dans Audi. Elsa est soulagée, parce que papa a toujours l'air très triste quand elle lui signale qu'il écoute la pire musique du monde, et c'est très dur de ne pas le lui signaler quand on doit monter dans Audi et écouter la pire musique du monde.

— Ta ceinture, dit papa.

Le cœur d'Elsa bat toujours dans sa poitrine comme une balle de ping-pong dans une partie tournante.

— Salut, vieille branche ! lance-t-elle à papa.

C'est ce qu'elle aurait crié si mamie était venue la chercher. Mamie aurait ensuite braillé :

« Salut, petite pomme ! »

Et tout serait allé mieux. On peut avoir peur en criant « Salut, vieille branche ! », mais c'est vachement plus difficile.

Papa se contente de lui lancer un regard hésitant. Elsa boucle sa ceinture en soupirant et essaie d'apaiser son pouls en pensant à des choses qui ne lui font pas peur. Papa hésite encore plus.

— Ta maman et George sont de nouveau à l'hôpital…

— Je sais, dit Elsa du ton qu'on emploie à propos des choses pas du tout moins effrayantes.

Papa hoche la tête. Elsa lance son sac à dos entre les sièges sur la banquette arrière. Papa le redresse soigneusement. Ce n'est pas qu'il ait un trouble obsessionnel, Elsa le sait parce qu'elle a cherché sur Wikipédia. Mais il est soigneux. Quand il était encore marié avec maman, il se relevait parfois la nuit en cachette parce qu'il n'arrivait pas à dormir si les icônes sur l'ordinateur de maman étaient désorganisées. Papa a un Mac et maman un PC, et le jour où celle-ci avait voulu utiliser le Mac et qu'il ne lui avait pas obéi, elle avait perdu tout contrôle de soi et crié qu'elle détestait les produits Apple. Papa avait alors semblé au bord des larmes. Tout le monde aurait dû comprendre que leur mariage ne durerait pas.

Papa pose les mains sur le volant orné du logo d'Audi. Puisqu'il n'y a pas de volants ornés du logo d'Apple.

— Tu veux faire un truc ? dit-il d'un ton un peu inquiet en prononçant « un truc ».

Elsa hausse les épaules.

— On pourrait faire un truc… sympa, hésite papa.

Elsa sait qu'il propose pour être gentil. Il a mauvaise conscience parce qu'ils se voient rarement, il est triste pour Elsa parce que mamie est morte, et le mercredi est arrivé un peu vite pour lui. Elsa le sait, papa ne proposerait sinon jamais de faire un truc sympa, parce que papa n'aime pas les trucs sympas. Ça le rend trop nerveux. Il y a longtemps, il avait accompagné maman et Elsa à la plage et ils s'étaient tant amusés qu'il avait dû prendre deux Doliprane et se reposer tout l'après-midi à l'hôtel. « Il s'est trop amusé d'un coup », avait dit maman. « Une overdose de divertissement », avait renchéri Elsa, et maman n'avait pas pu arrêter de rire.

Ce qu'il y a de bizarre avec papa, c'est que personne ne révèle autant que lui le côté amusant de maman. A croire que celle-ci est toujours le pôle opposé d'une pile. Personne ne révèle autant que mamie le côté ordonné de maman, et nul ne la rend plus brouillonne que papa. Un jour, alors qu'Elsa était petite, maman se trouvait au téléphone avec papa, et Elsa avait demandé, encore et encore :

« C'est papa ? C'est papa ? Je peux parler à papa ? Où il est ? »

Maman avait finalement répondu dans un soupir de tragédienne :

« Non, Elsa, tu ne peux pas parler à papa parce que papa est au ciel ! »

Quand Elsa l'avait dévisagée, muette comme une carpe, maman avait lancé en riant :

« Mais, Seigneur, je plaisante, Elsa. Il est au supermarché. »

En riant comme mamie.

Le lendemain matin, Elsa était entrée dans la cuisine, les yeux brillants, tandis que maman buvait son café avec des litres de lait sans lactose. Quand cette dernière avait demandé d'un ton inquiet pourquoi elle avait l'air si triste, Elsa avait répondu qu'elle avait « rêvé que papa était au ciel ». Envahie par la culpabilité, maman avait serré Elsa fort, fort, fort dans ses bras et demandé pardon, encore et encore et encore.

Elsa avait attendu près de dix minutes avant de dire en riant :

« Mais, Seigneur, je plaisante, maman. J'ai rêvé qu'il était au supermarché. »

Après cela, maman et Elsa demandaient souvent à papa en plaisantant à quoi ressemblait le ciel.

« Il fait froid au ciel ? On peut voler au ciel ? On peut aller voir Dieu au ciel ? demandait maman.

— Vous avez des rabots à fromage au ciel ? » renchérissait Elsa.

Elles riaient à en tomber de leurs chaises. Papa hésitait beaucoup quand elles faisaient ça. Ça manque à Elsa. L'époque où papa était au ciel lui manque.

— Est-ce que mamie est au ciel maintenant ?

Elle lui demande ça en riant, parce qu'elle pense qu'il rira.

Mais il n'en est rien. Il arbore juste une telle expression qu'Elsa a honte de la lui faire arborer.

— Euh, oublie ça, marmonne-t-elle en caressant la boîte à gants. On peut rentrer. Ça ira, ajoute-t-elle rapidement.

Papa hoche la tête, l'air soulagé et déçu.

Ils aperçoivent de loin la voiture de police garée devant l'immeuble. Elsa entend les aboiements dès qu'ils sortent d'Audi. La cage d'escalier est bondée. Les hurlements furieux de l'Ami font vaciller tout le bâtiment dans un sens extrêmement peu imagé. Elsa le sait parce qu'en cherchant « imagé » sur Google elle a obtenu en premier résultat l'article de Wikipédia sur la « métaphore ».

— Tu as… tes clés ? demande papa.

Elsa hoche la tête et l'enlace brièvement, parce que les escaliers bondés rendent papa nerveux. Il retourne s'asseoir dans Audi et Elsa entre seule. Sous les aboiements assourdissants de l'Ami, elle perçoit d'autres choses. Des voix. Graves, fermes et menaçantes. Vêtus d'uniformes, ils circulent devant l'appartement du garçon au syndrome et de sa maman. Ils épient d'un œil vigilant la porte de l'Ami, mais sont visiblement trop effrayés pour s'en approcher, car ils se plaquent contre le côté opposé comme s'ils étaient des taches de boue et que le mur portait un pull neuf que sa maman lui a défendu de salir.

Un policier se retourne. Les yeux verts croisent ceux d'Elsa, c'est la policière qui se trouvait au poste la nuit où mamie a lancé des crottes. Elle hoche la tête d'un air triste en voyant Elsa. Comme pour demander pardon.

Sans lui rendre son salut, Elsa passe devant eux en courant.

Elle entend un des policiers prononcer au téléphone les mots « chasseur » et « abattre ». Britt-Marie veille à mi-hauteur de l'escalier, assez près pour leur donner des recommandations mais à distance suffisante au cas où la bête arriverait à s'échapper. Elle adresse un sourire bienveillant à Elsa. Elsa la déteste.

Elle est au dernier étage quand l'Ami se met à aboyer plus fort que jamais, comme dix mille ouragans de fables. A travers les barreaux de la rampe, elle voit les policiers battre en retraite.

Elsa aurait dû tout comprendre dès le début. Elle aurait vraiment dû.

Il y a un nombre tout à fait monstrueux de monstres tout à fait étonnants dans les forêts et les montagnes autour de Miamas, mais jamais mamie n'avait autant de respect dans la voix que lorsqu'elle évoquait les monstres que le peuple du Pays-Presqu'Eveillé nomme les « worses ».

Les worses étaient comme tout ce qu'on peut voir, mais rien que l'on contemplera jamais. Ils étaient grands comme des ours polaires, aussi agiles que des renards des sables et ils avaient la rapidité des cobras. Ils étaient plus forts que des bœufs, endurants comme des étalons sauvages et leurs mâchoires étaient plus féroces que celles d'un tigre. Ils avaient un pelage d'un noir brillant, doux comme une brise estivale, mais la peau aussi épaisse qu'une cuirasse. Selon les histoires très anciennes, ils étaient même immortels. C'étaient les légendes des éternités de fables les plus reculées, des temps où les worses vivaient à Miploris et gardaient le château de la famille du roi.

C'était la princesse de Miploris qui les avait chassés du Pays-Presqu'Eveillé, racontait mamie d'un air coupable, chaque souffle une complainte entre les mots. La princesse, encore enfant, voulut jouer avec un chiot endormi. Elle lui tira la queue et le chiot, paniqué, lui mordit la main. Tout le monde savait qu'en réalité les responsables étaient les parents de la princesse, qui ne lui avaient pas appris qu'on ne réveille jamais, jamais le worse qui dort. Mais la princesse était si effrayée et ses parents si furieux qu'ils durent rejeter la faute sur un autre pour supporter leur reflet dans le miroir. La cour décida alors de bannir les worses du royaume à tout jamais. Ils donnèrent même carte blanche à une bande de trolls chasseurs de primes des plus brutaux pour les traquer avec des flèches empoisonnées et du feu. Les worses auraient bien sûr pu riposter, et même toutes les forces armées réunies du Pays-Presqu'Eveillé n'auraient pas osé affronter les redoutables guerriers qu'étaient les bêtes.

Mais au lieu de se battre, les worses coururent. Ils coururent si longtemps et si haut dans les montagnes que personne ne les retrouva jamais. Ils coururent jusqu'à ce que les enfants des six royaumes grandissent sans avoir jamais vu de worse de toute leur vie. Ils coururent si longtemps qu'ils devinrent des légendes.

Ce ne fut que le jour où la Guerre-Sans-Fin éclata que la princesse de Miploris comprit sa terrible erreur. Lorsque les ombres tuèrent les guerriers de Mibatalos, anéantirent le royaume et avancèrent dans un déploiement de violence sur le reste du Pays-Presqu'Eveillé. Quand tout espoir fut perdu, la princesse franchit elle-même l'enceinte du royaume sur son cheval blanc. Elle chevaucha comme la tempête jusqu'au sommet des montagnes et là, après des recherches sans répit au cours desquelles sa monture succomba et où elle-même faillit périr, les worses la trouvèrent.

Lorsque les ombres entendirent le grondement et sentirent le sol trembler, elles étaient déjà perdues. La princesse précédait les worses, montant leur plus grand guerrier. C'est à ce moment que Cœur-de-Loup revint des forêts. Peut-être parce que Miamas était au bord de la destruction et avait besoin de lui plus que de nul autre. « Mais peut-être… murmurait mamie à l'oreille d'Elsa tandis qu'elles chevauchaient les animaux-nuages la nuit, peut-être surtout parce que la princesse, en reconnaissant le tort qu'elle avait causé aux worses, avait prouvé que les royaumes étaient dignes d'être sauvés. »

La Guerre-Sans-Fin s'acheva ce jour-là. Les ombres furent refoulées au-delà de la mer. Cœur-de-Loup retourna dans les forêts. Mais les worses restèrent et, à ce jour, ils sont toujours la garde personnelle de la princesse de Miploris et veillent aux portes du château.

Elsa entend maintenant les aboiements complètement enragés de l'Ami. Elle se souvient de mamie disant que ça le détendait. Elsa éprouve soudain quelques doutes sur le sens de l'humour de l'Ami, mais elle se rappelle mamie disant que l'Ami n'avait pas besoin de maître, puisqu'elle aussi vivait seule, et elle-même soulignant que mamie n'était peut-être pas comparable à un fichu c-h-i-e-n. Elsa comprend maintenant pourquoi mamie avait roulé les yeux. Elle aurait dû tout comprendre dès le début. Elle aurait vraiment dû.

Car ce n'est pas un chien.

Un des policiers agite un trousseau de clés. La porte de l'immeuble s'ouvre et, entre deux aboiements de l'Ami, Elsa entend le garçon au syndrome monter l'escalier en sautant à pieds joints. Il fait ça tout le temps. Il danse de l'avant dans l'existence.

Les policiers l'escortent avec sa maman jusqu'à leur appartement. A son étage, Britt-Marie trottine à tout petits pas triomphants d'avant en arrière. Elsa la déteste à travers les barreaux de la rampe.

L'Ami se tait pendant un petit moment, comme s'il avait effectué une brusque retraite stratégique pour reprendre des forces avant la vraie lutte. Les policiers secouent les clés en disant de « se tenir prêts au cas où il attaquerait ». Ils sont un peu plus vaillants maintenant que l'Ami n'aboie plus.

Une autre porte s'ouvre, puis la voix de Lennart s'enquiert prudemment de ce qui se passe. Les policiers expliquent qu'ils sont là pour « s'occuper du chien de combat ». Lennart semble inquiet, puis à court de mots. Alors, il dit ce qu'il dit toujours :

— Quelqu'un veut du café ? Maud est en train d'en refaire.

Britt-Marie le rembarre : il doit bien se rendre compte, pour l'amour de Dieu, que les policiers ont mieux à faire que de boire du café. Ces derniers paraissent un chouïa déçus. Lennart remonte. Il semble d'abord vouloir s'attarder, avant de songer que cela entraînerait très vraisemblablement un refroidissement de son propre café, et décide apparemment que, quoi qu'il soit sur le point de se produire, le jeu n'en vaut pas la chandelle. Il disparaît chez lui.

Le premier aboiement est bref et distinct. Comme si l'Ami testait ses cordes vocales. Le deuxième est si sonore qu'Elsa n'entend qu'une sirène d'alarme dans ses oreilles pendant plusieurs éternités. Quand le hurlement se tait, un choc violent lui succède. Puis un autre. Et encore un. Ce n'est qu'au quatrième qu'Elsa comprend ce qui se passe. A l'intérieur de l'appartement, l'Ami se jette de toutes ses forces contre la porte.

Les policiers essaient d'entrer. L'Ami essaie de sortir. Si mamie avait été là, elle aurait sans doute allumé une cigarette et lancé en roulant les yeux : « Naaaan, je ne vois pas du tout pourquoi ça finirait mal » d'un ton très ironique, même si elle n'avait jamais vraiment compris ce qu'est l'ironie.

Un policier parle à nouveau au téléphone. Elsa distingue les mots « horriblement gros et agressif ». Elle jette un coup d'œil entre les barreaux de la rampe et voit les policiers à quelques mètres de l'appartement, de moins en moins confiants à chaque fois que l'Ami s'élance de plus en plus fort contre le panneau. Deux collègues les ont rejoints, remarque Elsa. L'un d'eux tient un berger allemand en laisse. Le berger allemand n'a pas l'air de trouver qu'essayer d'entrer chez la créature qui essaie de sortir soit la meilleure idée du siècle. Il regarde les policiers un peu comme Elsa avait regardé mamie essayer de changer le câble du micro-ondes de maman.

— Bon, faites venir le chasseur, soupire la policière aux yeux verts avec résignation.

— Je vous l'avais dit ! Exactement ce que je vous avais dit ! clame Britt-Marie, enthousiaste.

Les yeux verts ne répondent pas, mais le regard qu'ils lancent à Britt-Marie la réduit au silence.

L'Ami émet un aboiement plus sonore que jamais, puis se tait à nouveau. Un grand vacarme emplit la cage d'escalier et Elsa entend la porte d'entrée se fermer. Les policiers ont visiblement décidé d'attendre le chasseur à quelque distance de la créature qui occupe l'appartement, quelle qu'elle soit. Elsa les voit s'éloigner par la fenêtre du palier. Les policiers ont la démarche distincte de policiers qui ne refuseraient pas un café. Le berger allemand a l'allure incomparable d'un berger allemand qui ne refuserait pas une retraite anticipée.

L'escalier est soudain si calme que seuls résonnent encore les petits pas d'avant en arrière de Britt-Marie.

— Une bête, une horrible bête, voilà ce que tu es, lance celle-ci hargneusement pour elle-même.

Une seconde plus tard, la porte de l'appartement de Britt-Marie et Kent se referme.

Elsa s'attarde, irrésolue. Elle le sait parce que « irrésolu » figure dans la boîte à mots. Elle observe les policiers par la fenêtre. Après coup, Elsa ne pourra pas vraiment expliquer pourquoi elle agit ainsi. Mais aucun vrai chevalier de Miamas n'aurait laissé un ami de mamie se faire tuer sans au moins tenter quelque chose. Elle descend l'escalier à la dérobée. Elle longe avec une prudence extrême l'appartement de Britt-Marie et Kent et s'arrête à chaque palier pour s'assurer que les policiers ne reviennent pas dans l'immeuble.

Enfin, elle s'arrête devant la porte de l'Ami et soulève prudemment le clapet de la trappe. Il fait très sombre à l'intérieur, mais elle perçoit sa respiration rauque.

— C'est-c'est-c'est m-moi, bégaie Elsa.

Elle ne sait pas vraiment comment amorcer ce genre de conversation. L'Ami ne répond pas. Mais au moins il ne se jette pas contre la porte. Elsa y voit un net progrès dans la communication.

— C'est moi. Celle qui t'a apporté les Daim.

L'Ami garde le silence. Mais elle entend son souffle se calmer. Les mots fusent de sa bouche comme si on les avait renversés :

— Tu... tu vas peut-être trouver ça super-bizarre... mais en fait je crois que ma mamie aurait voulu que tu te sauves d'ici, d'une façon ou d'une autre. Tu comprends ? Genre, si tu as une porte secrète ou autre chose. Parce que sinon ils vont te tuer ! Ça a peut-être l'air super-bizarre, mais en fait ce qui est méga-super-bizarre, c'est que tu habites tout seul dans un appartement d'abord... si tu comprends...

Ce n'est qu'à la fin de cette tirade qu'Elsa s'aperçoit qu'elle a employé le langage secret. Comme un test. Parce que si ce n'est qu'un chien de l'autre côté de la porte, il ne comprendra pas. Mais s'il comprend... alors il est plus que cela, se dit-elle. Une patte qui semble faire la taille d'un pneu gratte un bref instant le panneau.

— J'espère que tu comprends, souffle Elsa dans le langage secret.

Elle ne remarque pas la porte qui s'ouvre dans son dos. Tout ce qu'elle discerne par la trappe, c'est que l'Ami recule dans le couloir. Comme s'il se tenait prêt.

Elsa sent plus qu'elle ne voit la présence derrière elle. De la façon dont on remarque la proximité d'un fantôme. Ou d'un…

— Attention ! gronde la voix.

Elsa se plaque contre le mur quand le Monstre glisse sans bruit à côté d'elle, une clé à la main. Un instant plus tard, elle est prise au piège entre le Monstre et l'Ami. Ce sont vraiment le plus gros fichu worse et le plus grand fichu monstre qu'Elsa ait jamais vus. Elle a l'impression qu'on lui saute à pieds joints sur les poumons. Pendant un instant, elle veut crier, mais aucun son ne sort de sa bouche.

La suite des événements se déroule horriblement vite. Ils entendent la porte d'entrée de l'immeuble. Les voix des policiers. Et une personne de plus, sans doute le chasseur, se dit Elsa. Après coup, elle n'est pas tout à fait sûre d'avoir le contrôle de son propre corps et de ne pas être sous l'emprise d'une espèce de formule magique. Ce qui n'est pas du tout si invraisemblable quand on pense que même si ça l'était, ce serait tout de même vachement moins invraisemblable que de rencontrer un worse. Mais quand la porte se referme elle se trouve dans l'appartement du Monstre.

Ça sent le savon.

## 10

# Désinfectant

Le craquement du bois qui cède retentit dans la cage d'escalier quand les policiers insèrent le pied-de-biche dans l'encadrement de la porte.

Elsa les observe par le judas, debout dans le vestibule du Monstre. Enfin, pas exactement debout d'un point de vue technique. Ses pieds ne touchent pas le sol parce que le worse s'est assis sur le tapis de l'entrée et qu'elle est maintenant coincée entre l'énorme arrière-train de l'animal et le panneau. Il a l'air extrêmement irrité, le worse. Pas menaçant, juste irrité. Comme quand on trouve une guêpe dans son verre de limonade.

Elsa se détourne prudemment du judas et chuchote dans le langage secret :

— N'aboie pas, s'il te plaît. Sinon Britt-Marie et les policiers vont venir… tu comprends…

Elle s'aperçoit qu'elle est plus effrayée par les policiers de l'autre côté du battant que par les deux créatures avec lesquelles elle occupe le vestibule. Et certes, certes, ce n'est peut-être pas ce qu'il y a de plus rationnel, peut-être pas. Mais Elsa décide pour le moment de faire plus confiance aux amis de mamie qu'à ceux de Britt-Marie.

Le worse tourne vers elle sa tête de la taille d'un four et la regarde avec réserve.

— Ils vont te tuer ! souffle Elsa.

Le worse n'a pas l'air entièrement convaincu que ce sera lui qui aura le plus de problèmes si elle ouvre la porte. Mais il écarte un peu l'arrière-train, laissant Elsa toucher à nouveau le sol. Et il ne fait pas de bruit. Même s'il donne l'impression d'obéir pour elle plutôt que dans son propre intérêt.

Les policiers ont presque forcé la porte sur le palier. Elsa les entend crier les uns aux autres de se tenir « prêts ».

Elle regarde le vestibule et la salle de séjour au bout. L'appartement est très petit, mais elle n'a jamais mis les pieds dans un endroit plus propre. Les rares meubles qui s'y trouvent sont placés strictement à angle droit les uns par rapport aux autres, comme s'ils voulaient commettre une espèce de hara-kiri meublesque si un seul grain de poussière se posait sur eux. Elsa le sait parce qu'elle a eu une période samouraï il y a un an.

Le Monstre disparaît dans la salle de bains. L'eau coule à flots pendant un long moment avant qu'il ne ressorte. Il se sèche soigneusement les mains avec une petite serviette blanche qu'il pose ensuite, pliée avec minutie, dans un panier à linge. Il doit se pencher pour franchir la porte. Elsa se sent comme Ulysse a dû se sentir dans l'antre du cyclope Polyphème, parce qu'elle a lu *L'Odyssée* récemment. Mis à part le fait que Polyphème ne se lavait certainement pas les mains avec autant de soin que le Monstre. Et, bien sûr, Elsa ne se trouve pas du tout aussi arrogante qu'Ulysse. Bien sûr. Mais pour le reste, donc. Genre, comme Ulysse.

Le Monstre l'observe. Il n'a pas l'air en colère. Plutôt confus, en fait. Presque effrayé. C'est peut-être pour cette raison qu'Elsa a soudain le courage de demander :

— Pourquoi ma mamie t'envoie des lettres ?

Elle emploie la langue normale. Pour des raisons qu'elle n'a pas encore clairement identifiées, elle refuse de parler la langue secrète avec lui. Les sourcils du Monstre s'abaissent, son expression est presque imperceptible sous les cheveux, la barbe et la cicatrice. Il n'est chaussé que de sachets en plastique bleu du genre de ceux qu'on trouve chez le dentiste. Ses bottes sont sagement posées à côté de la porte, parfaitement alignées au bord du tapis. Le Monstre tend deux autres sachets à Elsa mais recule vivement la main quand elle les saisit, comme s'il craignait qu'elle ne le touche. Elsa les enfile sur ses chaussures boueuses. Elle s'aperçoit qu'elle a dépassé le périmètre du tapis et laissé deux moitiés d'empreintes de pied en neige sale sur le parquet.

Le Monstre se penche avec une souplesse étonnante et essuie les flaques à l'aide d'un autre petit essuie-mains blanc. Puis il vaporise sur la zone un détergent qui pique les yeux d'Elsa, et la sèche avec une troisième serviette identique. Enfin, il les pose délicatement dans le panier à linge et replace le vaporisateur sur une étagère, à angle droit du mur.

Puis il observe très longtemps le worse d'un air inquiet. Celui-ci s'est couché et occupe près de la moitié du vestibule. Le Monstre semble au bord de la crise d'asthme. Il s'engouffre dans la salle de bains, d'où il revient avec des serviettes qu'il étale minutieusement en une barricade épaisse autour du worse, en prenant grand soin de ne pas toucher l'animal. Puis il se frotte si vigoureusement les mains sous le robinet que la vasque tremble comme si on y avait posé un téléphone portable en mode vibreur.

Quand il ressort, il est armé d'un petit flacon de gel désinfectant. Elsa reconnaît ce dont il s'agit, elle avait dû se frictionner les mains avec un produit de ce genre à chaque fois qu'elle rendait visite à mamie, vers la fin. Elle jette un coup d'œil dans la salle de bains par-dessous le bras du Monstre. Il y a sans doute plus de bouteilles de gel désinfectant que dans tout l'hôpital de maman.

Le Monstre a l'air gêné au plus haut point. Il repose le flacon et s'enduit les doigts de gel, comme s'il essayait de décoller une mue invisible. Puis il élève ses paumes aux dimensions d'une remorque de camion vers Elsa en guise de démonstration avec un signe de tête ferme.

Elsa tend ses mains de la taille de balles de tennis. Il y verse du produit en s'efforçant de ne pas avoir l'air trop écœuré. Elle répartit brièvement le gel sur ses mains puis, par réflexe, essuie les dernières gouttes sur son pantalon. Le Monstre semble à deux doigts de s'enrouler dans un tapis en sanglotant.

Pour compenser, il se verse un peu plus de gel désinfectant sur les paumes et frotte, frotte, frotte. Il s'aperçoit alors qu'Elsa a bousculé par mégarde une des bottes. Il la remet en place. Puis reprend du gel.

Elsa le regarde de biais.

— Tu as un trouble obsessionnel ?

Le Monstre ne répond pas. Il se contente de se frotter les mains plus fort, comme s'il essayait de faire du feu.

— J'ai lu l'article de Wikipédia là-dessus, explique Elsa.

La poitrine du Monstre s'élève et s'abaisse au rythme de sa respiration contrariée. Il s'engouffre dans la salle de bains et elle entend à nouveau couler l'eau.

— Mon papa a un genre de trouble obsessionnel ! lance Elsa, avant d'ajouter immédiatement : Mais pas comme toi en fait. Toi, tu es vraiment dérangé !

Elle ne se rend compte qu'après coup que c'est un peu insultant. Ce n'était pas son intention. Elle ne voulait pas comparer le misérable petit trouble obsessionnel de débutant de papa au trouble obsessionnel visiblement professionnel du Monstre.

Celui-ci ressort. Elsa lui adresse un sourire encourageant. Le worse semble lever les yeux au ciel et roule sur le flanc en mordillant le sac à dos d'Elsa, croyant sans doute qu'il contient des chocolats Daim. Le Monstre essaie manifestement de se rendre en pensée dans un endroit plus heureux. Les voilà tous les trois : un worse, une enfant, et un monstre avec le genre de besoin de propreté et d'ordre visiblement incompatible avec la compagnie des worses et des enfants.

De l'autre côté de la porte, les policiers et le chasseur sont entrés dans l'appartement où se cache un dangereux chien de combat, pour découvrir l'absence dudit dangereux chien de combat. Ils font un sacré vacarme. Le berger allemand se met soudain à aboyer. Peut-être justement à cause de l'absence de chien de combat.

Elsa pose les yeux sur le worse, puis les reporte sur le Monstre.

— Comment ça se fait que tu aies la clé de… de cet… appartement ? demande-t-elle.

La respiration du Monstre se fait plus profonde.

— Tu apportes lettre. De mamie. Clé. Dans l'enveloppe, répond-il enfin d'une voix sourde.

Elsa penche la tête dans l'autre sens.

— Mamie t'a écrit de t'occuper de lui ?

Le Monstre acquiesce à contrecœur.

— Ecrit : « Protège le château. »

Elsa hoche la tête. Leurs regards se croisent un bref instant. Le Monstre arbore l'expression d'une personne qui a très envie que chacun rentre chez soi et aille salir son propre vestibule.

— Pourquoi est-ce qu'il hurle comme ça la nuit ? demande-t-elle au Monstre.

Le worse n'a pas l'air d'apprécier spécialement qu'on parle de lui à la troisième personne. Si on peut « le » compter comme une troisième personne. Il n'a pas l'air d'avoir une opinion arrêtée sur l'aspect grammatical. Le Monstre, lui, semble juste fatigué par toutes ces questions.

— Triste, dit-il à voix basse en jetant un coup d'œil au worse et en se frictionnant les mains encore et encore, même si le gel est sec depuis longtemps.

— Triste pour quoi ? demande Elsa.

Le regard du Monstre se rive à ses paumes.

— Chagrin pour ta mamie.

Elsa observe le worse, qui la contemple de ses yeux noirs et inconsolables. Elsa suppose après coup que c'est à cet instant qu'elle commence à vraiment, vraiment l'aimer. Elle se tourne à nouveau vers le Monstre.

— Pourquoi ma mamie t'a envoyé une lettre ?

Il frotte ses mains plus fort.

— Vieille amie, émet l'obscurité entre les cheveux et la barbe.

— Qu'est-ce qu'il y avait d'écrit dans la lettre ? veut tout de suite savoir Elsa.

Elle fait un petit pas en dehors du tapis mais, le Monstre donnant la nette impression d'un monstre sur le point d'avoir une attaque de panique, elle recule respectueusement.

Il y a beaucoup d'explications sur les attaques de panique sur Wikipédia.

— *Sorry*, murmure-t-elle.

Le Monstre hoche la tête avec gratitude.

— Ecrit pardon. Juste pardon, dit-il en se cachant plus profondément derrière ses cheveux et sa barbe.

— Pourquoi ma mamie te demande pardon ? insiste Elsa avec une rudesse involontaire.

Elle commence à se sentir exclue de l'histoire et déteste ça.

— Pas tes affaires, dit le Monstre à voix basse.

— C'était MA mamie ! proteste Elsa.

— Mon pardon, répond le Monstre.

Elle serre les poings.

— *Bull's-eye*, admet-elle au bout d'un moment.

Le Monstre ne relève pas la tête. Il retourne juste dans la salle de bains. Eau qui coule. Gel désinfectant. Frictions. Le worse a plongé le museau dans le sac à dos d'Elsa. Il gronde de déception en découvrant l'absence de fournitures scolaires en chocolat.

Elsa plisse les yeux vers le Monstre et reprend d'un ton inquisiteur :

— Tu as parlé dans notre langue secrète quand je t'ai donné la lettre ! Tu as dit « petite idiote » dans notre langue ! C'est mamie qui t'a appris notre langue secrète ?

Alors, le Monstre la regarde vraiment pour la première fois. Ses yeux sont écarquillés d'étonnement. Elsa le fixe, bouche bée.

— Pas elle qui m'a appris. Moi qui… lui ai appris, répond le Monstre tout bas dans la langue secrète.

C'est au tour d'Elsa d'avoir le souffle coupé.

— Tu es… tu es…

Elle halète. La tête lui tourne, comme lorsqu'elle s'endort dans Kia et est réveillée en sursaut par maman quand ils s'arrêtent à une station-service et que George crie, surexcité : « Quiiii veut une PowerBar protéinée ??? »

A l'instant même où elle entend les policiers claquer ce qui reste de la porte de l'appartement du worse et quitter l'immeuble sous les protestations véhémentes de Britt-Marie, Elsa regarde le Monstre droit dans les yeux. Ils sont si noirs que le blanc tout autour ressemble à de la craie sur une ardoise.

— Tu es… le Garçon-Loup.

Une respiration plus tard, elle souffle dans la langue secrète :

— Tu es Cœur-de-Loup.

Le Monstre acquiesce tristement.

# 11

# PowerBar

Les histoires que mamie racontait sur Miamas étaient en règle générale très dramatiques. Guerres, tempêtes, poursuites, intrigues et ainsi de suite, puisque c'était ce genre d'action que mamie aimait. Elles traitaient très rarement de la vie de tous les jours au Pays-Presqu'Eveillé, alors Elsa ne sait en fait presque rien sur les relations entre les monstres et les worses quand ils n'ont pas d'armée à mener ni d'ombres à combattre.

Il s'avère que leurs relations ne sont pas super-excellentes.

Ça commence lorsque le worse perd toute patience parce que le Monstre essaie de laver le sol sur lequel il est couché, et que le Monstre, qui répugne profondément à toucher le worse, lui asperge involontairement les yeux de gel désinfectant. Elsa s'interpose avant que la dispute ne dégénère complètement, mais le Monstre, extrêmement contrarié, insiste pour qu'elle enfile au worse un sachet bleu sur chaque patte, et ce dernier trouve qu'il y a vraiment des limites tout de même. Finalement, quand le ciel commence à s'assombrir et qu'elle est certaine qu'il n'y a plus de policiers dans l'escalier, Elsa les oblige tous les deux à sortir dans la neige devant l'immeuble afin de réfléchir en paix à une façon de se dépêtrer de cette situation.

En temps normal, elle aurait redouté que Britt-Marie ne les voie depuis son balcon, mais il est six heures tapantes, et à six heures tapantes Kent et Britt-Marie prennent le dîner. Celle-ci dit que seuls les sagouins dînent à un autre moment. Si le téléphone de Kent sonne entre six heures et six heures et demie, Britt-Marie lâche ses couverts sous le choc et s'exclame :

« Qui est-ce que ça peut bien être à cette heure-ci, Kent ? En plein dîner ! »

Elsa enfouit le menton dans son écharpe Gryffondor en essayant de clarifier ses idées. Le worse a toujours l'air très offensé par l'épisode des sachets bleus. Il recule dans un buisson en ne laissant dépasser que son museau du feuillage et s'immobilise, fixant Elsa d'un regard très contrarié. Au bout d'une minute ou presque, le Monstre soupire avec un geste éloquent.

— Caca, murmure-t-il en baissant les yeux.

— Pardon, dit Elsa au worse, embarrassée, avant de se détourner.

Ils emploient de nouveau la langue normale, parce qu'une masse sombre pèse sur l'estomac d'Elsa quand elle parle la langue secrète avec une autre personne que mamie. Le Monstre préférerait bien sûr n'utiliser aucun des deux langages. Pendant ce temps, le worse arbore l'expression réservée aux occasions où on essaie de faire ses besoins alors qu'une autre personne poireaute à côté et met une minute à se rendre compte à quel point il est grossier de regarder bêtement. Ce n'est qu'à ce moment qu'Elsa comprend qu'il s'est retenu plusieurs jours. Elle ne voit pas comment il aurait utilisé les toilettes de l'appartement et elle est entièrement convaincue qu'il n'a pas fait caca par terre, puisqu'un worse ne s'abaisserait pas à ce genre de choses. Elle suppose que les worses ont entre autres le super-pouvoir de se retenir vachement longtemps.

Elle se tourne vers le Monstre, qui se frotte les mains en observant leurs empreintes de pas d'un air gêné, comme s'il mourait d'envie de repasser la neige avec un fer.

— Tu es un soldat ? demande Elsa en désignant son pantalon.

Il secoue la tête. Elle continue à tendre le doigt, car elle a vu ce genre de vêtements aux informations.

— C'est un pantalon militaire.

Le Monstre acquiesce.

— Pourquoi tu portes un pantalon militaire si tu n'es pas soldat ? l'interroge Elsa.

— Vieux pantalon, répond-il succinctement.

— Comment tu as reçu la cicatrice ? demande-t-elle en indiquant son visage.

— Accident, répond le Monstre encore plus succinctement.

— *No shit, Sherlock ?* Je croyais que tu te l'étais faite exprès ! rétorque Elsa, légèrement plus désagréable qu'elle ne le voulait.

*« No shit, Sherlock ? »* est l'une de ses expressions anglaises préférées. C'est un peu plus sarcastique que de s'exclamer « Naaaaan ? » d'un ton ironique. Son papa dit toujours qu'elle ne devrait pas utiliser l'anglais quand il y a des équivalents parfaitement cor-

rects dans leur propre langue, mais Elsa trouve que cette expression n'a pas d'équivalent parfaitement correct.

— Je ne voulais pas être désagréable. Je voulais juste savoir quel genre d'accident, murmure-t-elle.

Le Monstre évite son regard.

— Accident normal, gronde-t-il.

— Oh, je vois ! Merci du renseignement ! répond Elsa d'un ton un peu trop sarcastique à son goût.

Puis elle soupire, à la fois à cause du Monstre et d'elle-même. Le Monstre se cache sous l'immense capuche de son manteau.

— Tard maintenant. Dormir.

Elle comprend qu'il parle d'elle. Elle désigne le worse.

— Il dort chez toi cette nuit.

Le Monstre la dévisage comme si elle lui avait demandé de se rouler nu dans de la salive puis de courir dans une usine de timbres. Ou peut-être pas tout à fait. Mais à peu près. Il secoue la tête, sa capuche ondoyant comme une voile.

— Pas dormir là. Peut pas. Pas dormir là. Peut pas. Peut pas. Peut pas.

Elsa pose les poings sur ses hanches et le fusille du regard.

— Ah non ? Et où est-ce qu'il va dormir, d'après toi ?

Le Monstre se replie toujours plus loin sous sa capuche. Il indique Elsa. Laquelle renifle avec dédain.

— Maman ne veut même pas que j'adopte une chouette ! Tu ne crois pas qu'elle va péter les plombs si je ramène ça ?

Le worse émerge bruyamment des buissons et lui lance un coup d'œil blessé. Elsa se racle la gorge d'un air d'excuse.

— Pardon. Je n'ai pas dit « ça » en mal.

Le worse semble vouloir lâcher : « *Sure,* ce n'était pas méchant. » Le Monstre se frictionne les mains de plus en plus vite, une expression de panique sur le visage, et chuinte en fixant le sol :

— Caca dans les poils. Il a du caca dans les poils. Du caca dans les poils.

Elsa regarde le worse, puis le Monstre. Elle examine l'animal et remarque, en effet, qu'il a un peu d'excrément sur le pelage. Elle lève les yeux au ciel.

— D'accord, soupire-t-elle en s'adressant au worse, tu ne peux pas dormir chez lui sinon il va nous faire une crise cardiaque. On va devoir trouver autre chose.

Le Monstre ne dit rien. Mais il se frotte les mains légèrement moins vite. Le worse s'essuie l'arrière-train dans la neige. Le Monstre s'éloigne avec la même expression que s'il essayait de s'enfoncer une gomme invisible dans le crâne pour effacer cette dernière image.

Elsa hésite quelques secondes avant de le suivre.

— Qu'est-ce que mamie a écrit dans la lettre ? demande-t-elle à son dos.

Le Monstre pousse un soupir décidé sous la capuche.

— Ecrit pardon, dit-il sans se retourner.

— Et quoi d'autre ? La lettre était super-longue ! s'entête Elsa.

Le Monstre soupire encore puis désigne la porte de l'immeuble du menton.

— Tard. Dormir.

Elsa secoue la tête.

— Pas tant que tu ne m'as pas raconté ce que dit la lettre !

Le Monstre se tourne vers elle avec l'expression d'une personne très fatiguée qu'on empêcherait de dormir en lui lançant à tour de bras à intervalles réguliers une taie d'oreiller remplie de yaourt. Au moins à peu près ça. Il lève les yeux, sourcils froncés, et jauge Elsa comme s'il essayait de déterminer jusqu'où il arriverait à la lancer.

— Ecrit : « Protège le château », gronde-t-il.

Elsa fait un pas en avant pour montrer qu'elle n'a pas peur de lui. Enfin, pour se le prouver à elle-même. Elle est pratiquement certaine que ça ne fait pas une grande différence pour lui.

— Quoi d'autre ?

Il se recroqueville sous sa capuche et commence à s'éloigner dans la neige.

— Te protéger. Protéger Elsa.

Puis il disparaît dans l'obscurité. Il va disparaître souvent, Elsa va devoir s'y habituer. Il y parvient vraiment bien pour quelqu'un d'aussi gigantesque.

Elsa entend un halètement étouffé de l'autre côté de la cour. George rentre de son jogging. Elle le reconnaît au short qu'il porte sur un collant et à la veste la plus verte du monde. Il ne remarque pas Elsa et le worse, tout occupé qu'il est à sauter plusieurs fois de suite à pieds joints sur un banc. George s'y exerce très assidûment, à monter et descendre en sautant. Elsa se demande souvent s'il passe une audition permanente pour figurer dans le prochain jeu *Super Mario*.

— Viens ! souffle vivement Elsa au worse, pour le cacher avant que George ne le voie.

A sa grande surprise, l'énorme bête obéit. Le worse se frotte contre elle au passage, son pelage la chatouillant jusqu'aux sourcils, et elle vacille sous la poussée. Elle se met à rire. Il la regarde comme s'il riait lui aussi.

En dehors de mamie, c'est le premier ami d'Elsa.

Elle s'assure que Britt-Marie ne rôde pas dans l'escalier et que George ne les a toujours pas remarqués, puis elle conduit le worse au sous-sol. Les caves sont numérotées en fonction des appartements et celle de mamie est déverrouillée et vide, à l'exception de quelques sacs jaunes de chez IKEA remplis de journaux gratuits. Elsa les étale sur le sol de béton froid pour rendre l'endroit un peu plus confortable.

— Tu restes ici cette nuit. Nous te trouverons une meilleure cachette demain, murmure-t-elle.

Le worse n'a pas l'air très impressionné, mais il se couche sur le flanc et fixe nonchalamment les recoins obscurs du sous-sol. Elsa suit son regard, puis l'observe.

— Mamie disait toujours qu'il y a des fantômes ici, déclare-t-elle d'une voix tendue.

Le worse reste allongé négligemment, ses crocs de la taille de stalactites luisant dans le noir.

— Je te défends de faire peur aux fantômes, tu entends ! l'avertit Elsa.

Il gronde. Elsa est désolée pour les fantômes.

— Je t'apporterai encore du chocolat demain, si tu es sage, promet-elle.

Il semble considérer l'offre. Elsa l'embrasse sur le museau.

Puis elle grimpe l'escalier et referme la porte du sous-sol avec soin. Elle se faufile jusqu'au dernier étage sans allumer la lumière pour limiter le risque d'être surprise, mais en arrivant sur le palier de Britt-Marie et Kent, elle se baisse et franchit les dernières marches d'un grand bond. Elle est presque certaine que Britt-Marie monte la garde de l'autre côté du judas. Elle sent son regard sur elle comme l'œil maléfique de Sauron dans *Le Seigneur des anneaux*.

Le lendemain matin, l'appartement du Monstre et la cave sont tous deux vides et obscurs. George conduit Elsa à l'école, car maman est déjà partie pour l'hôpital, où il y avait comme d'habitude une nouvelle crise, et le travail de maman est de résoudre les crises.

George parle de PowerBar protéinées pendant tout le trajet. Il en avait acheté toute une boîte, explique-t-il, mais n'arrive pas à mettre la main dessus. George aime parler des barres protéinées. Et de diverses choses avec une fonction. Les vêtements fonctionnels et les chaussures de jogging fonctionnelles, par exemple. Il adore les fonctions. Elsa espère que nul n'inventera jamais de barres protéinées fonctionnelles, sinon la tête de George explosera probablement. Elle ne trouve peut-être pas nécessairement que ça serait si terrible, mais elle se dit que maman serait triste et que ça serait horrible à nettoyer. Sur le parking, George demande une dernière fois si elle a vu les PowerBar protéinées. Elsa pousse un soupir ennuyé et descend de voiture.

Les autres enfants gardent leurs distances. Ils l'observent, dans l'expectative. Le bruit de l'intervention du Monstre devant le parc s'est déjà répandu, mais Elsa a conscience que ça ne durera pas. L'incident est arrivé trop loin de l'école et aurait aussi bien pu se produire dans l'espace, parce qu'à l'intérieur elle reste sans protection. Elle aura peut-être quelques heures de répit, mais ses poursuivants vont lentement éprouver les frontières, et quand ils oseront de nouveau les franchir, ils frapperont plus fort que jamais.

Elle sait que le Monstre ne s'approchera jamais de la grille pour elle, car les écoles sont remplies d'enfants, les enfants sont couverts de bactéries et il n'y aura jamais assez de gel désinfectant dans le monde entier après cela.

Elle savoure tout de même sa liberté, ce matin. C'est l'avant-dernier jour avant les vacances de Noël et à partir d'après-demain elle pourra se reposer quelques semaines sans courir. Sans mots dans son casier disant qu'elle est moche et qu'ils vont la tuer.

Pendant la première récréation, elle s'accorde une promenade le long de la grille. Elle resserre fermement les bretelles de son sac à dos de temps à autre. Elle sait que personne ne la pourchassera durant cette pause, mais les habitudes sont dures à perdre. On court moins vite avec un sac à dos trop lâche.

Elle s'autorise finalement à s'évader en pensées. C'est pour ça qu'elle ne le voit pas. Elle pense à mamie et à Miamas, elle se demande quel but elle recherchait en l'envoyant à la chasse au trésor, et si elle avait seulement un but. Mamie échafaudait presque toujours une grande partie de ses plans pendant qu'ils se déroulaient, alors maintenant qu'elle n'est plus là, Elsa a du mal à deviner la prochaine étape de la chasse au trésor. Elle se demande surtout ce que mamie voulait dire quand elle craignait qu'elle ne la déteste en découvrant son passé. Jusqu'à maintenant, Elsa a juste appris que mamie avait pas mal d'amis super-louches. Ça ne lui a pas exactement fait un choc, pour tout dire.

Elsa comprend que la personne que mamie était « avant de devenir grand-mère » doit avoir un rapport avec maman, mais elle ne veut pas lui demander si elle peut l'éviter. Ces derniers temps, tout ce qu'Elsa dit à maman se termine en dispute. Elle déteste ça. Elle déteste ne pas avoir le droit de savoir les choses sans se disputer.

Et elle déteste être aussi seule qu'on peut l'être sans sa mamie.

C'est pour ça qu'elle ne le voit pas. Elle est à sa hauteur, à deux ou trois mètres de lui, quand elle le remarque enfin, ce qui est une distance complètement folle à laquelle ne pas voir un worse. Il est assis près du portail, juste à l'extérieur de la grille. Elle rit de surprise. Il semble rire aussi, quoique intérieurement.

— Je t'ai cherché partout ce matin, dit-elle en franchissant le portail bien que ça soit défendu pendant les récréations.

Le worse donne l'impression de hausser les épaules. Même s'il n'a pas d'épaules.

— Tu as été gentil avec les fantômes ? demande Elsa.

Il ne semble pas l'avoir été. Mais elle se jette quand même à son cou. Elle enfouit les mains dans l'épaisse fourrure noire, puis s'exclame :

— Attends, j'ai quelque chose pour toi !

Il plonge avec curiosité le museau dans son sac à dos quand elle l'ouvre, mais semble exceptionnellement déçu.

— C'est des PowerBar, précise Elsa d'un ton d'excuse. Nous n'avons pas de chocolat à la maison parce que maman ne veut pas que je mange de bonbons, mais George dit qu'elles sont super-bonnes !

Le worse ne les aime pas du tout. Il en mange moins d'une dizaine. Quand la cloche sonne, Elsa le serre fort, fort, fort dans ses bras et souffle :

— Merci d'être venu !

Elle sait que les autres enfants la voient faire. Les professeurs arrivent peut-être à ne pas remarquer le gigantesque worse noir qui a surgi de nulle part pendant la première récréation, mais aucun enfant de tout l'univers n'aurait pu le rater.

Personne ne met de mot dans le casier d'Elsa aujourd'hui.

# 12

# Menthe

Mamie a toujours eu des problèmes avec l'autorité.

Elsa le sait parce qu'un professeur de l'école a dit un jour qu'elle-même avait du mal avec l'autorité, et le directeur a alors répondu :

« Elle tient de sa… grand-mère. »

Puis il a regardé tout autour de lui, aussi paniqué que s'il avait dit « Voldemort » sans réfléchir.

Par principe, Elsa ne donne bien sûr jamais raison au directeur, mais cette seule et unique fois, il n'avait peut-être pas tout à fait tort. Il faut l'avouer, mamie a un jour reçu de la police l'interdiction de s'approcher d'un aéroport dans un rayon de moins de cinq cents mètres parce qu'elle venait d'avoir un petit problème avec l'autorité, et Elsa n'a jamais entendu parler d'une autre mamie que la sienne à qui c'était arrivé.

C'était le jour où Elsa devait prendre l'avion pour rejoindre papa et Lisette en Espagne. Papa venait juste de rencontrer Lisette et il pensait qu'Elsa serait moins fâchée s'il l'emmenait dans un endroit avec une piscine. Il avait bien sûr raison. On peut être très fâché contre son papa même quand il y a une piscine, mais c'est beaucoup, beaucoup plus difficile.

Maman était à une conférence hyper-importante, alors c'était mamie qui avait emmené Elsa à l'aéroport avec Renault. Elsa était encore petite à l'époque, elle emportait son lion en peluche partout. Un agent du contrôle de sûreté lui avait ordonné de poser le lion sur le tapis roulant du scanner. Elsa, qui n'avait pas confiance en l'appareil, avait refusé de lâcher son lion, et un autre agent de sûreté avait essayé de le lui prendre. Mamie avait été furieuse, comme seule peut l'être une grand-mère quand on essaie d'arracher son lion en peluche à sa petite-fille. Mamie et les agents de sûreté avaient failli en venir aux mains et elle avait crié :

« Espèces de foutus fascistes ! Moi aussi, vous allez me fouiller ? Hein ? Vous voulez vérifier si j'ai un lion en peluche avec plein d'explosifs dans le slip ? Hein ? C'est ça ? »

Elsa ne s'était dit qu'après coup qu'elle aurait dû signaler que c'était un double sens, car mamie semblait suggérer que c'était le lion qui avait un slip bourré d'explosifs. Ça aurait certainement fait rire mamie. Peut-être qu'elle n'aurait pas retiré ses vêtements pour traverser la zone de sûreté toute nue.

Elle se déshabillait super-vite, mamie.

C'était un genre d'histoires très désagréable lorsqu'elles se produisent mais très drôle à raconter plus tard. A la différence près que celle-ci avait été très drôle quand elle était arrivée aussi. Il faut être au moins un peu idiot pour ne pas trouver les gens qui courent tout nus drôles, voilà l'opinion d'Elsa. Quand elle était enfin montée dans l'avion, les hôtesses de l'air avaient appris ce qui s'était passé, et Elsa avait eu droit à autant de jus de fruits qu'elle voulait pendant le vol pour l'Espagne. Elle adore le jus de fruits.

Evidemment, elle avait d'abord dû attendre longtemps dans un bureau avec mamie et un homme très en colère avec des câbles dans les oreilles. Deux policiers étaient venus dire à mamie de ne plus jamais revenir à l'aéroport, que le crime grave qu'elle venait de commettre aurait pu la mener en prison.

« Bien sûr, bien sûr, bien sûr, vous essayez d'arracher sa peluche à une petite fille, mais c'est moi la terroriste ?! » avait crié mamie en agitant les bras jusqu'à ce que les policiers menacent de lui passer les menottes.

Mais Elsa n'avait pas eu à se séparer de son lion de tout le voyage. Pas une seconde. Rien d'autre ne comptait pour mamie.

« Il n'y a pas d'aéroports à Miamas. Et s'il y en avait, ce serait le lion qui contrôlerait les bagages de ces salauds d'agents de sûreté, pas l'inverse », avait dit mamie avec mauvaise humeur quand Elsa lui avait téléphoné depuis l'Espagne. Elsa l'aimait pour ça.

A présent, elle est seule sur le balcon de mamie. Elles y passaient beaucoup de temps. C'est là que mamie lui avait montré les animaux-nuages et parlé du Pays-Presqu'Eveillé pour la première fois, juste après le divorce de maman et papa. C'est cette nuit-là qu'Elsa avait découvert Miamas. Elle fixe l'obscurité sans rien voir et regrette plus que jamais l'absence de sa grand-mère. Elle a contemplé les photographies, étendue sur le lit de mamie, essayant de saisir ce que celle-ci avait voulu dire quand elle lui avait fait promettre de ne pas la détester. Ce que signifie « une grand-mère a le privilège de ne jamais devoir raconter quelle ordure elle était avant de devenir grand-mère ». Elsa a passé des heures à essayer de comprendre le but de cette chasse au trésor, et de deviner où se trouve le prochain indice. S'il y en a un.

Le worse dort dans la cave. Elsa lui a arrangé un lit avec des coussins, des couvertures et des sacs jaunes de chez IKEA, a aplati quatre cartons de déménagement et les a fixés à la porte avec du ruban adhésif en guise de protection pour que Britt-Marie ne voie rien si jamais elle vient fouiner. Après tous ces événements terribles, ça fait du bien de savoir qu'il est là, le worse. On se sent un peu moins seul quand on a presque huit ans et qu'on sait qu'un worse dort dans la cave.

Elle lance un regard furtif par-dessus la rambarde du balcon. Elle s'imagine remarquer un mouvement dans l'obscurité en contrebas. Elle ne voit rien, bien sûr, mais elle sait que le Monstre est là. C'est ainsi que mamie a planifié l'histoire. Le Monstre protège le château. Protège Elsa.

Elle est seulement furieuse que mamie n'ait jamais raconté de quoi il les protège.

Tout au bout de la rue, une voix de femme brise le silence.

— … oui, oui, oui, alors quoi qu'il en soit, j'ai acheté beaucoup de vin pour la fête ! déclare la voix acérée en se rapprochant.

C'est la femme à la jupe noire qui parle dans le câble blanc. Elle pose les quatre lourds sacs qui s'entrechoquent la moitié du temps et lui cognent les tibias l'autre moitié, et jure en sortant ses clés devant la porte d'entrée.

— Ouiii, Seigneur, nous serons sans doute une vingtaine de personnes ! Et tu sais comme ils boivent, les collègues d'Ulf !… Oui, oui, oui, exactement, tu vois ce que je veux dire ! Alors j'ai dû tout acheter pour la fête ! Ulf et les garçons n'ont pas le temps de m'aider, bien sûr !… Eh bien, tout de même ! Bien sûr ! Comme si je ne travaillais pas aussi à plein temps !

Ce sont les derniers mots qu'entend Elsa avant que la femme entre à grands pas dans le hall.

Elsa ignore de quel genre de fête elle parle. Elle ne sait d'ailleurs pas grand-chose sur la femme à la jupe noire, mis à part le fait qu'elle sent toujours la menthe, porte des habits parfaitement repassés et semble toujours stressée. Mamie disait que c'était « à cause de ses garçons ». Elsa ne sait pas vraiment ce que cela signifie.

Elle secoue la neige de ses chaussures et retourne dans l'appartement. Perchée sur un haut tabouret dans la cuisine, maman parle au téléphone tout en triturant un torchon à vaisselle de mamie avec agitation. Elle fait tout le temps ça, parler au téléphone, parce qu'elle n'a visiblement jamais besoin d'écouter ce que dit la personne à l'autre bout. Nul ne contredit jamais maman. Pas parce qu'elle élève la voix ou interrompt les gens, mais simplement parce qu'elle fait partie de ceux avec qui on n'ose pas se disputer. Maman y veille, car elle veut éviter les conflits. Les désaccords nuisent à l'efficacité, et l'efficacité est très importante pour elle. Elle en parle beaucoup au téléphone. George dit parfois en riant que maman accouchera de la Moitié pendant la pause déjeuner pour ne pas saboter l'efficacité de l'hôpital. Elsa déteste quand il sort cette blague idiote. Elle déteste qu'il croie connaître maman assez pour se permettre ces plaisanteries sur elle.

Mamie pensait naturellement que l'efficacité n'était qu'une bêtise et se fichait au plus haut point des obstacles que représentent les conflits. Elsa avait entendu un médecin à l'hôpital de maman dire que mamie était « capable de provoquer une dispute dans une pièce vide » et, quand elle le lui avait répété, mamie s'était fâchée et avait rétorqué avec dédain :

« Peut-être que la pièce a commencé. Tu y as pensé, à ça ? »

Puis elle avait raconté l'histoire de la fille qui disait non. Bien qu'Elsa l'ait déjà entendue peut-être au moins un nombre infini de fois.

« La Fille qui disait non » était l'une des toutes premières histoires du Pays-Presqu'Eveillé qu'avait entendues Elsa. Elle parlait de la reine d'un des six royaumes : Miaudacas. Au début, la reine était une princesse courageuse et juste, aimée de tous, mais seulement elle était devenue une adulte aussi craintive que les autres. Elle commença à aimer l'efficacité et à détester les conflits. Comme tous les adultes.

La reine interdit tout bonnement les conflits à Miaudacas. Les gens devaient s'entendre, car c'était bon pour l'efficacité. Et puisque les conflits naissaient presque toujours quand quelqu'un disait « non », la reine proscrivit ce mot. Ceux qui enfreignaient la loi étaient jetés sur-le-champ dans la grande prison du non, et des centaines de soldats appelés les « gardiens du oui » patrouillaient dans les rues pour contrôler que tout le monde s'entendait. Mais cela ne suffit pas à satisfaire la reine. Bientôt, « non » ne fut plus le seul mot défendu, même des expressions comme « ne pas », « peut-être » et « mouais bof » pouvaient mener à la prison, où l'on ne revoyait plus jamais la lumière du jour. Et si par chance on apercevait tout de même un rai de lumière, un gardien du oui accrochait aussitôt de nouveaux rideaux.

Au bout de quelques années, « ça se peut », « éventuellement » et « on verra » étaient également défendus. Plus personne n'osait ouvrir la bouche. La reine songea alors qu'elle ferait mieux d'interdire la parole, puisque presque tous les conflits commencent quand quelqu'un émet un avis. Le royaume fut ensuite plongé dans le silence pendant plusieurs années.

Jusqu'au jour où une petite fille arriva en chantant. Tout le monde la dévisagea avec effroi. Chanter était l'un des crimes les plus graves de Miaudacas, car si une personne aimait la chanson tandis qu'une autre la trouvait mauvaise, cela risquait de déclencher un conflit. Les gardiens du oui essayèrent d'arrêter la petite fille, mais elle courait trop vite. Alors ils firent carillonner les cloches pour appeler du renfort et la garde d'élite personnelle de la reine, les redoutés chevaliers-procéduriers qui tiennent leur nom de leurs montures mi-girafes mi-livres de droit appelées « procédures », sortit pour stopper la fillette. Mais même les procéduriers échouèrent, et finalement la reine en personne se rua hors du château et hurla à la petite fille d'arrêter de chanter.

Alors, la petite fille regarda la reine droit dans les yeux et répondit : « Non. » A ce mot, une pierre se détacha du mur de la prison. Quand la petite fille répéta « non », une autre pierre tomba. Bientôt, la fillette et tous les habitants du royaume, y compris les gardiens du oui et les chevaliers-procéduriers, crièrent « Non ! non ! non ! » et la prison s'effondra. C'est ainsi que le peuple de Miaudacas apprit qu'une reine n'a de pouvoir qu'aussi longtemps que ses sujets craignent les conflits.

Elsa croit du moins que c'est la morale de la fable. Elle le sait un peu parce qu'elle a cherché « morale » sur Wikipédia et en partie parce que son premier mot quand elle avait appris à parler avait été « non ». Maman et mamie s'étaient beaucoup, beaucoup, beaucoup disputées à ce propos.

Certes, elles se querellaient aussi beaucoup à d'autres sujets, bien sûr. L'efficacité, par exemple. Maman disait toujours avec sang-froid que c'était « essentiel à la bonne marche d'une activité commerciale », et mamie criait toujours, hors d'elle, qu'« un hôpital n'est pas une putain d'activité commerciale ! ». Un jour, mamie avait dit à Elsa que maman était devenue responsable parce qu'elle était en pleine crise d'adolescence et que la pire rébellion qu'elle pouvait imaginer était de « devenir économe ». Elsa n'avait jamais tout à fait compris ce que cela signifiait. Mais plus tard ce soir-là, alors qu'elle était couchée, elle avait entendu maman cracher : « Que sais-tu de mon adolescence ? Tu n'étais jamais là ! » C'était la seule fois où Elsa avait entendu maman parler avec des larmes dans la voix. Mamie était devenue toute silencieuse et n'avait plus jamais parlé de crise d'adolescence à Elsa.

Maman raccroche le téléphone et reste plantée au milieu de la cuisine avec le torchon à la main et l'air d'avoir oublié quelque chose. Elle se tourne vers Elsa, qui lui rend un regard hésitant. Maman sourit gravement.

— Tu veux bien m'aider à ranger les affaires de ta mamie dans les cartons ?

Elsa hoche la tête. Bien qu'elle n'en ait aucune envie. Maman s'obstine à remplir des cartons tous les soirs alors que les médecins et George lui ont dit de se reposer. Ce n'est pas le fort de maman. Ni de se reposer ni de faire ce qu'on lui dit.

— Ton papa va venir te chercher à l'école demain après-midi, prévient-elle comme en passant, tout en cochant la liste du fichier de rangement.

Il est au format Excel. Maman adore Excel.

— Tu travailles tard ? demande Elsa, l'air de rien.

— Je vais… rester un moment à l'hôpital, répond maman, qui n'aime pas mentir à Elsa.

— George ne peut pas venir me chercher, dans ce cas ? s'enquiert Elsa d'un ton candide, bien que la question ne le soit pas du tout.

Maman expire bruyamment par le nez.

— George me rejoint à l'hôpital.

Elsa remplit le carton dans un ordre qu'elle sait non conforme au fichier Excel.

— La Moitié est malade ?

Maman essaie de nouveau de sourire. Ça ne marche pas super-bien.

— Ne t'inquiète pas, ma chérie.

— C'est la meilleure façon de me faire savoir que je devrais être méga-inquiète, riposte Elsa.

Maman soupire et coche tout de même à contrecœur la liste dans le fichier Excel. Parce qu'il n'y a rien de pire pour l'efficacité que de ressortir les affaires des cartons, même si elles sont mal rangées.

— C'est compliqué, dit-elle.

Elle fait tout le temps ça. Parler en statuts Facebook.

— Tout est compliqué si personne n'explique rien, lance Elsa, boudeuse.

Maman expire de nouveau bruyamment par le nez.

— S'il te plaît, Elsa, c'est juste un examen de routine…

— Non, ce n'est pas vrai, on ne passe pas autant d'examens de routine pendant la grossesse. Je ne suis pas idiote. Je sais me servir de Wikipédia, genre.

Maman se masse les tempes en évitant son regard.

— S'il te plaît, Elsa, ne commence pas à m'embêter avec ça aussi.

— Comment ça, « aussi » ? Je t'embête avec quoi D'AUTRE ? crache Elsa, comme quand on a presque huit ans et qu'on se sent un chouïa accusé.

— Ne crie pas, supplie maman en se maîtrisant.

— JE NE CRIE PAS ! crie Elsa, qui ne se maîtrise plutôt pas.

Puis elles baissent les yeux un long moment. Chacune cherche une façon de demander pardon. Aucune ne sait où commencer à chercher. Elsa rabat le couvercle du carton et va se réfugier dans la chambre de mamie en claquant la porte derrière elle.

Un silence de plomb pèse sur l'appartement pendant plus de quinze minutes. Elsa est si en colère qu'elle mesure le temps en minutes au lieu d'éternités. Etendue sur le lit de mamie, elle fixe les photos en noir et blanc au plafond. Le Garçon-Loup semble lui faire signe, le rire aux lèvres. Elle se demande comment un enfant qui rit de cette façon peut devenir un adulte aussi effroyablement triste que le Monstre.

Elle entend le carillon de la porte, puis le deuxième coup succédant au premier incroyablement plus vite qu'il n'est raisonnable. Ça ne peut être que Britt-Marie.

— J'arrive ! lance maman en se contenant tandis qu'elle longe le couloir.

Mais Elsa devine à sa voix qu'elle a pleuré.

Les mots fusent immédiatement de la bouche de Britt-Marie, comme si on avait appuyé sur un interrupteur dans son dos :

— Je suis allée sonner à la porte de votre appartement ! Personne n'a répondu !

Maman soupire.

— Non. Nous ne sommes pas à la maison. Nous sommes ici.

— Il y a un chien de combat en liberté dans la propriété ! Et la voiture de ta mère dans le garage ! annonce vivement Britt-Marie, qui n'arrive de toute évidence pas à décider ce qui la contrarie le plus.

— Tu veux me crier dessus pour quoi en premier ? demande maman d'un ton las.

Elsa s'assied sur le lit et écoute attentivement, mais elle met tout de même près d'une minute à saisir ce qu'a dit Britt-Marie. Elle doit faire appel à tout son sang-froid pour ne pas se ruer dans le couloir, car elle ne veut pas que Britt-Marie ait des soupçons.

Sur le palier, cette dernière sourit avec bienveillance à maman, une main posée fermement sur l'autre.

— On ne peut pas laisser de chiens de combat en liberté dans la copropriété, Ulricka. Tu dois le comprendre, même toi tu dois le comprendre.

— Ce n'est pas une copropriété, répond maman, qui semble regretter immédiatement ses paroles.

— Non, mais ça le sera, scande Britt-Marie en posant les mains sur ses hanches et en hochant la tête deux fois de suite pour accentuer son sérieux. Et on ne peut pas laisser des chiens de combat enragés traîner dans la copropriété. C'est dangereux pour les enfants et ça représente une nuisance sanitaire, voilà ce que c'est, une nuisance sanitaire !

— Nuisance sanitaire toi-même, grommelle Elsa.

Britt-Marie se tourne vers elle avec un chuintement. Ses sourcils dessinent une chenille poilue.

— Pardon ?

— Rien, marmonne Elsa.

Britt-Marie et la chenille la foudroient toujours du regard. Maman se racle la gorge.

— Le chien est sûrement à des lieues d'ici. Je ne m'en ferais pas pour ça, Britt-Marie…

Celle-ci se tourne vers maman avec un sourire bienveillant.

— Non, non, toi, bien sûr que non, Ulricka. Toi, bien sûr que non. Après tout, tu n'es pas du genre à t'inquiéter de la sécurité des autres, ce n'est pas ton genre.

Maman garde son sang-froid. Britt-Marie hoche la tête avec un sourire.

— Bien sûr, tu es tellement prise par ta carrière. Quand on travaille autant que toi, on n'a pas le temps de s'inquiéter de la sécurité de ses enfants. C'est héréditaire, ça se comprend. La carrière qui passe avant les enfants. Elle a toujours passé avant dans ta famille.

Le visage de maman est tout à fait détendu, les bras immobiles le long du corps. Seuls les poings qui se ferment lentement, lentement, la trahissent. Elsa ne l'a encore jamais vue faire ça.

Britt-Marie s'en aperçoit aussi. Elle repose les mains sur ses hanches. Elle semble transpirer un peu. Son sourire se crispe un tantinet.

— Non pas que ça soit un mal, Ulricka, bien sûr. Bien sûr que non. Tu fais tes propres choix et tu définis tes priorités, bien sûr !

— Autre chose ? demande maman lentement tandis qu'une nuance dans son regard fait reculer Britt-Marie d'un tout, tout petit pas sur le palier.

— Non, non, rien d'autre. Rien d'autre du tout !

Elsa avance la tête juste avant que Britt-Marie ne se détourne.

— Qu'est-ce que tu disais à propos de la voiture de mamie ?

L'agacement bouillonne à nouveau dans la voix de Britt-Marie, mais elle évite le regard de maman.

— Elle est dans le garage. Sur ma place de stationnement. Si elle n'est pas déplacée sur-le-champ, je vais appeler la police !

Elsa oublie de cacher son étonnement.

— Comment elle est arrivée là ?

— Mais je n'en sais rien ! Ce n'est vraiment pas à moi de savoir ce genre de choses ! assène Britt-Marie d'un ton si cinglant qu'elle en omet de rester bienveillante.

Puis elle s'adresse de nouveau à maman avec un regain de courage :

— La voiture doit être déplacée séance tenante, sinon j'appelle la police, Ulricka !

La maman d'Elsa hoche la tête avec un regain de résignation.

— Je ne sais pas où sont les clés de la voiture, Britt-Marie.

— Ah non ? Ah non ? Mais ce n'est vraiment pas à moi de le savoir, vous devriez tout de même vous occuper vous-mêmes de vos clés, dans votre famille ! la rabroue Britt-Marie.

La maman d'Elsa se masse les tempes.

— J'ai besoin d'une aspirine, dit-elle tout bas.

Britt-Marie se rappelle tout à coup comment sourire avec bienveillance. Ce qu'elle met en application.

— Si tu ne buvais pas tant de café, tu n'aurais peut-être pas aussi souvent mal à la tête, Ulricka !

Puis elle descend si vite l'escalier que personne n'a le temps de lui répondre.

Maman referme la porte avec sang-froid, mais pas tout à fait autant que d'habitude, remarque Elsa. Maman se dirige vers la cuisine. Son téléphone retentit. Elsa la suit, songeuse.

— Qu'est-ce qu'elle voulait dire ? demande-t-elle.

— Elle pense que je ne devrais pas boire autant de café pendant la grossesse, répond maman.

Elle joue l'idiote. Elsa déteste quand elle joue l'idiote.

— *Yeah, sure,* comme si c'était de ça que je parlais.

Maman saisit le téléphone posé à côté de l'évier.

— Je dois prendre l'appel, ma chérie, dit-elle.

— De quoi parle Britt-Marie quand elle prétend que « la carrière passe avant les enfants » dans notre famille ou que c'est « héréditaire » ? Elle parle de mamie, c'est ça ? veut savoir Elsa.

Le téléphone continue à sonner.

— C'est l'hôpital, je suis obligée de répondre, dit maman.

— Non, tu n'es pas obligée ! affirme Elsa.

Elles se dévisagent en silence tandis que la sonnerie retentit encore deux fois. A présent, ce sont les poings d'Elsa qui sont serrés. Les doigts de maman glissent sur l'écran.

— Je suis obligée de prendre cet appel, Elsa.

— Non, tu n'es pas obligée !

Maman ferme les yeux et approche le téléphone de son oreille. Elsa a déjà claqué la porte de la chambre de mamie pour la deuxième fois quand maman recommence à parler dans l'appareil.

Lorsque maman abaisse doucement la poignée, une demi-heure plus tard, Elsa fait semblant de dormir. Maman se faufile dans la chambre et enveloppe Elsa d'une couverture. Elle l'embrasse sur la joue, puis elle éteint la lumière.

Quand Elsa se lève, une heure plus tard, maman est endormie sur le canapé. Elsa se faufile dans le salon et enveloppe maman d'une couverture. Elle l'embrasse sur la joue, puis elle éteint la lumière. Maman a toujours le torchon à vaisselle de mamie à la main.

Elsa attrape une lampe de poche dans un carton posé dans le couloir et enfile ses chaussures.

Elle sait à présent où se trouve le prochain indice de la chasse au trésor de mamie.

## 13

## Vin

Oui. C'est un peu difficile à expliquer, en fait. Beaucoup des contes de mamie le sont. Il faut d'abord savoir qu'il n'y a pas de créature plus triste au Pays-Presqu'Eveillé que l'ange de la mer, et ce n'est que quand Elsa se souvient de l'histoire qu'elle saisit vraiment la logique derrière la chasse au trésor de mamie.

L'anniversaire d'Elsa a toujours été très important pour mamie, on peut commencer par là. Peut-être parce qu'il tombe le lendemain de Noël, et Noël étant très important pour les gens, aucun enfant né le lendemain de Noël ne reçoit autant d'attention qu'un enfant né en août ou en avril. Alors mamie surcompensait. Elle avait ce genre de tendances. Même si la maman d'Elsa lui avait interdit d'organiser d'autre anniversaire surprise après celui où elle avait lancé des feux d'artifice à l'intérieur d'un fast-food et mis le feu à une fille de dix-sept ans déguisée en clown pour « amuser les enfants ». Elle était très amusante, doit dire Elsa pour la défense de la fille. Elsa a appris certains des plus beaux jurons qu'elle connaît ce jour-là.

Le truc à Miamas, c'est qu'on ne reçoit pas de cadeaux à son anniversaire. On en donne. On offre des choses auxquelles on tient énormément aux personnes auxquelles on tient encore plus. C'est pour ça qu'à Miamas on attend avec tant d'impatience l'anniversaire des autres, et c'est de là que vient l'expression « Que reçoit-on de quelqu'un qui a tout ? ». Bien entendu, cette phrase a un jour été consignée dans une histoire que les angelots ont lâchée dans le monde réel, et ensuite un tas de gros futés ont compris « Que DONNE-t-on à quelqu'un qui a tout ? ». Il fallait s'y attendre. Après tout, ce sont les mêmes gros futés qui ont réussi à mal interpréter le mot « interpréter ». A Miamas, les « interprètes » sont des créatures qu'on peut décrire le plus simplement comme le croisement entre une chèvre et un biscuit au chocolat. Ils sont très doués en langues vivantes et faisaient d'excellentes grillades jusqu'au jour où Elsa est devenue végétarienne et que mamie n'a plus eu le droit de raconter cette histoire sans qu'elle en fasse un fromage.

Quoi qu'il en soit, Elsa est née le lendemain de Noël il y a près de huit ans. Le jour où les chercheurs ont enregistré la plus forte émission de rayons gamma sur le magnétar. Une autre chose qui est arrivée ce jour-là est qu'un tsunami s'est produit dans l'océan Indien. Elsa sait que c'est une super-grande vague provoquée par un tremblement de terre. Mais sous la mer. Un tremblement de mer, donc, si on veut chipoter. Elsa chipote beaucoup.

Deux cent mille personnes sont mortes au moment où Elsa commençait à vivre. Parfois, quand maman croit qu'Elsa ne l'entend pas, elle raconte à George qu'elle a tellement mauvaise conscience que ça lui fait mal au cœur, car ce jour est le plus beau de sa vie.

Elsa allait avoir six ans la première fois qu'elle a lu cette histoire sur Wikipédia. Le jour de son anniversaire, mamie lui a raconté l'histoire de l'ange de la mer. Pour lui expliquer que tous les monstres n'en sont pas dès le début et n'ont pas toujours l'aspect de monstres. Que certains ont un monstre en eux.

Parce que la toute dernière chose qu'entreprirent les ombres avant la conclusion de la Guerre-Sans-Fin fut de détruire Mibatalos, celui des six royaumes du Pays-Presqu'Eveillé où grandissaient tous les guerriers. Mais ensuite, l'arrivée de Cœur-de-Loup avec les worses renversa la situation, et quand les ombres fuirent le Pays-Presqu'Eveillé, elles coururent sur la mer qui borde les six royaumes avec une force terrible. De leurs empreintes à la surface de l'eau naquirent des vagues monstrueuses qui se fracassèrent les unes contre les autres jusqu'à n'en former qu'une, haute de dix mille éternités de contes. Et pour que nul ne poursuive les ombres, la vague se jeta à toute allure sur les terres.

Elle aurait pu dévaster tout le Pays-Presqu'Eveillé. Elle aurait pu détruire tous les châteaux, toutes les maisons et tous ceux qui y habitaient comme toutes les armées d'ombres de toutes les éternités n'y seraient jamais parvenues.

Mais cent anges de neige sauvèrent les cinq royaumes survivants. Tandis que tous fuyaient, les cent anges de neige se précipitèrent à l'encontre de la vague. Avec leurs ailes déployées et dans leurs cœurs les plus grands pouvoirs de toutes les histoires grandioses, ils formèrent une muraille pour lui barrer la route. La vague engloutit la muraille vivante mais ne réussit pas à la franchir. Car même une vague d'ombres ne peut triompher de cent anges de neige prêts à mourir pour que tout un monde de contes vive.

Un seul se détourna des masses d'eau.

Même si mamie disait toujours que les anges de neige ne sont qu'un ramassis d'idiots arrogants qui empestent le vin et ainsi de suite, elle n'a jamais nié l'héroïsme qu'ils témoignèrent ce jour-là. Car le jour où la Guerre-Sans-Fin se termina fut le plus beau de tous les temps pour les habitants du Pays-Presqu'Eveillé, sauf pour les cent anges de neige.

Après ce jour, l'ange erra le long de la côte, pliant sous le poids d'une malédiction qui lui interdisait de quitter l'endroit où ceux qu'il aimait lui avaient été enlevés. Il erra si longtemps que les habitants des villages côtiers oublièrent qui il était autrefois et se mirent à l'appeler « l'ange de la mer ». Plus les années passaient, plus l'ange sombrait dans un gouffre de chagrin, jusqu'à ce que son cœur se fendît en deux morceaux et scindât son corps, comme un miroir brisé. Quand les enfants venaient l'épier sur la côte, ils apercevaient un instant dans un éclat de visage des traits si beaux que même les roses fleurissaient d'admiration, mais l'instant suivant, l'éclat de visage se retournait et leur renvoyait une vision si épouvantable, si difforme et si féroce qu'ils fuyaient vers leur village en hurlant.

Car tous les monstres n'en sont pas dès le début, certains sont des monstres nés du chagrin.

Selon une des histoires les plus populaires de Miamas, c'est un petit enfant qui parvint un jour à lever la malédiction, à libérer l'ange de la mer des démons des souvenirs qui le retenaient prisonnier.

C'est quand mamie lui avait raconté cette histoire pour la première fois, le jour de son sixième anniversaire, qu'Elsa avait pris conscience qu'elle n'était plus un petit enfant. Elle lui avait alors offert son lion en peluche. Car elle avait compris qu'elle n'en avait plus besoin, et elle voulait qu'il protège sa grand-mère à la place. Cette nuit-là, mamie avait soufflé à son oreille que si d'aventure elles étaient séparées, que si elle s'en allait, elle enverrait le lion lui révéler où elle se trouvait.

Elsa a mis quelques jours à se le rappeler. Ce n'est que ce soir, quand Britt-Marie a raconté que Renault était soudain arrivé dans le garage sans qu'on sache comment, qu'Elsa s'est souvenue de ce que mamie avait chargé le lion de protéger.

La boîte à gants de Renault. C'est là que sa grand-mère gardait ses cigarettes. Rien dans le monde de mamie n'avait plus besoin de la protection d'un lion.

Et maintenant, assise sur le siège passager de Renault, Elsa respire profondément. Les portières ne sont pas verrouillées, car mamie ne verrouillait jamais rien, et ça sent toujours la fumée de cigarette. Elsa sait que ce n'est pas bon pour la santé, mais c'est l'odeur de mamie, alors elle inspire à fond.

— Tu me manques, chuchote-t-elle, le visage enfoui dans le tissu du dossier.

Puis elle ouvre la boîte à gants et écarte le lion pour prendre l'enveloppe. Elle porte la mention « Pour le chevalié le plus courajeu de Miamas, à apporter à : ». Et en dessous, un nom et une adresse.

Mamie écrivait vraiment comme un pied.

Elsa descend de Renault et caresse le worse derrière les oreilles.

— Merci d'avoir monté la garde, je te promets de t'apporter de nouveau des bonbons demain ! dit-elle en tirant les dernières barres protéinées du sac.

Il n'en fait qu'une bouchée puis se dirige, l'oreille basse, vers la porte ouverte de la cave. Elsa le suit du regard, puis elle se racle la gorge d'un air un peu égaré et lance :

— Je n'avais encore jamais eu de copains en dehors de mamie !

Le worse s'immobilise, tourne la tête vers elle. Puis il sourit. Elsa le sait, même si tous les gros futés du monde lui diraient sans aucun doute que les worses ne sourient pas.

Après un moment, elle remonte discrètement l'escalier de la cave, la lettre de mamie à la main. Ses pensées sont si agitées dans sa tête qu'elle se cogne presque contre Alf.

Debout en haut de l'escalier, vêtu de sa veste en cuir qui crisse, il est de pire humeur que d'habitude. Elsa ne sait pas trop où se mettre.

— Mais merde, tu montes ou tu descends ? veut savoir Alf.

— Je… monte, répond Elsa en regardant vers le bas.

Alf se plaque contre le mur, impatient. Elsa le dépasse en courant et l'entend poursuivre sa descente en traînant les pieds. Il a l'air très fatigué. Il donne toujours cette impression, bien sûr, mais aujourd'hui il semble encore plus fatigué qu'à l'accoutumée. Elsa se dit que ça a peut-être un rapport avec le centre de gravité bas dont mamie parlait toujours.

Elle s'arrête, retenant son souffle au fond des poumons, pour s'assurer qu'il ne va pas à la cave, mais c'est la porte du garage qui se ferme à la place, et elle continue son ascension en soupirant de soulagement.

Elle reste assise sur la plus haute marche de l'escalier, devant l'appartement de sa grand-mère, jusqu'à ce que la lumière s'éteigne. Elle passe les doigts, encore et encore, sur les mots tracés par mamie sur l'enveloppe, mais ne l'ouvre pas. Elle la range dans son sac à dos, puis elle s'étend de tout son long sur le sol froid et ferme presque complètement les yeux. Elle tente de retourner à Miamas. Elle reste étendue là des heures, mais sans succès. Elle reste étendue, jusqu'à ce que la porte d'entrée de l'immeuble s'ouvre et se referme. Elle suppose qu'Alf est de retour, bien qu'elle n'entende ni démarche traînante ni clé dans la serrure.

Elle reste allongée par terre et ferme presque tout à fait les yeux, jusqu'à ce que la nuit voile les fenêtres de l'immeuble et que l'alcoolique se mette à faire du bruit quelques étages plus bas.

La maman d'Elsa n'aime pas qu'on traite l'alcoolique d'alcoolique.

« Qu'est-ce que c'est ? » interrogeait parfois Elsa.

Maman répondait d'un air très hésitant et d'une voix un peu embarrassée :

« C'est… eh bien, c'est une personne qui est… fatiguée.

— Fatiguée ? Ben voyons, pas étonnant d'être fatigué quand on picole des heures entières chaque nuit, bon sang ! » rétorquait alors mamie avec dédain.

Maman rugissait ensuite « Maman ! » et mamie levait les mains au ciel en demandant :

« Mais bon Dieu, qu'est-ce que j'ai dit de mal cette fois ? »

Puis Elsa devait mettre ses écouteurs.

— Fermez l'eau, je vous dis ! Il ne faut pas se baigner la nuit !!! beugle l'alcoolique à personne en particulier tout en donnant sur la rampe des coups de chausse-pied déments qui résonnent entre les murs comme un gong.

L'alcoolique fait ça tout le temps. Hurler, crier, donner des coups de chausse-pied. Bien sûr, personne n'essaie jamais de ramener le calme, pas même Britt-Marie, puisque dans cet immeuble les alcooliques sont comme les monstres : on espère qu'ils vont disparaître si on refuse de reconnaître leur existence.

Elsa s'accroupit et jette un regard furtif dans le jour au centre de la cage d'escalier. Elle n'entrevoit que les chaussettes de l'alcoolique qui passe en agitant le chausse-pied comme pour écarter des herbes hautes. Elsa ne peut pas vraiment s'expliquer son geste, mais elle se hisse sur la pointe des pieds et descend discrètement la première volée de marches. Pure curiosité, peut-être. Simple ennui, frustration de ne plus pouvoir se rendre à Miamas, sans doute plus vraisemblablement.

La porte de l'appartement de l'alcoolique est ouverte. Un lampadaire renversé diffuse une faible lumière. Les murs sont couverts de photos. Elsa n'en a jamais vu autant, elle croyait que mamie en avait beaucoup au plafond, mais ici, il doit y en avoir des milliers. Chacune dans un petit cadre en bois blanc, elles représentent toutes deux adolescents et un homme qui doit être leur père. Sur l'une d'elles, un grand tirage juste à côté de la porte, l'homme et les deux garçons posent sur une plage avec en arrière-plan la mer d'un bleu étincelant. Les garçons portent des combinaisons de plongée. Ils sourient. Ils sont bronzés. Ils semblent heureux.

Sous le cadre, une de ces cartes de vœux qu'on achète dans une station-service quand on a oublié d'en acheter une meilleure chez le fleuriste. Elle porte les mots « Pour maman, de la part de tes fils ».

Un miroir est accroché à côté. Brisé en mille morceaux.

Le cri qui envahit la cage d'escalier un instant plus tard est si soudain et lourd de colère qu'Elsa perd l'équilibre et glisse sur les quatre ou cinq dernières marches, droit dans le mur. L'écho la submerge, lui griffant les tympans.

— QUESTCEQUETUFAISLÀ ?

Elsa regarde fixement l'alcoolique qui l'observe entre les barreaux de la rampe, un étage plus bas. Celle-ci brandit le chausse-pied d'un air menaçant. Elle semble à la fois folle de rage et effrayée. Son regard vacille. Sa jupe noire est toute froissée à présent. Elle empeste le vin, les effluves d'alcool montent jusqu'à Elsa. Ses cheveux ressemblent à un carton de guirlandes lumineuses où se seraient battus des oiseaux. Elle a de grands cernes violets sous les yeux.

La femme à la jupe noire chancelle. Elle essaie certainement de crier, mais n'émet qu'un râle :

— Il ne faut pas se baigner la nuit. L'eau… fermez l'eau. Ils vont tous se noyer.

Le câble blanc dans lequel elle parle sans cesse lui pend toujours à l'oreille, mais la fiche se balance à hauteur de ses hanches. Il n'y a rien au bout du cordon et Elsa comprend qu'il n'a sans doute jamais été branché, ce qui n'est pas si facile à comprendre pour une petite fille de presque huit ans. Mamie racontait des histoires sur beaucoup de choses, mais jamais sur les femmes en jupe noire qui font semblant de téléphoner dans l'escalier pour que les voisins ne se doutent pas qu'elles achètent de telles quantités de vin pour elles seules.

La femme à la jupe noire a l'air troublée. Comme si elle avait soudain oublié où elle se trouve. Elle disparaît hors de vue et un instant plus tard Elsa sent les mains de maman qui la soulèvent prudemment. Elle sent son souffle chaud dans son cou et le « chut » à l'oreille, comme si elles s'étaient approchées un peu trop près d'un chevreuil.

Elle ouvre la bouche, mais maman lui pose un doigt sur les lèvres.

— Chut, souffle-t-elle de nouveau en la serrant fort dans ses bras.

Elsa se blottit contre elle dans l'obscurité, et elles regardent la femme à la jupe noire errer plus bas tel un drapeau emporté par le vent. Des sachets en plastique sont éparpillés dans le couloir de l'appartement. Un carton de vin est renversé, les dernières gouttes rouges tombent sur le parquet. Maman caresse doucement la main d'Elsa et elles remontent l'escalier sans bruit.

Cette nuit, maman raconte à Elsa l'histoire dont tout le monde dans ce pays, sauf ses parents, parlait le jour où Elsa est née. Celle d'une vague qui a déferlé sur une plage à mille lieues de là en détruisant tout sur son passage. Celle de deux garçons qui ont plongé pour secourir leur père et ne sont jamais revenus.

Elsa entend l'alcoolique se mettre à chanter. Car tous les monstres n'en ont pas l'aspect. Certains ont un monstre en eux.

# 14

# Chique

Tous les cœurs, tous les miroirs ont volé en éclats le jour où Elsa est née, brisés avec une telle force par la vague que leurs débris se sont éparpillés sur toute la terre. Les catastrophes improbables suscitent des réactions improbables chez les hommes, du chagrin improbable, de l'héroïsme improbable. Elles causent plus de morts que ne pourra jamais l'appréhender l'âme. Deux garçons qui portent leur mère en sûreté et retournent secourir leur père. Qui repartent, vers la vague. Parce qu'une famille n'abandonne aucun de ses membres. Pourtant, c'est exactement ce qu'ils ont fait, ses fils. Ils l'ont abandonnée.

Tous les miroirs, tous les cœurs ont volé en éclats ce jour-là. Dans un fracas audible à mille lieues à la ronde.

La mamie d'Elsa ne vivait pas au même rythme que les autres. Dans le monde réel, au milieu de ce qui fonctionne, elle était le chaos. Mais quand le monde s'écroule, quand tout n'est plus que ruine, les gens comme elle sont parfois les seuls qui fonctionnent. C'était son super-pouvoir. Alors, quand la mamie d'Elsa se rendait dans un coin précis de la terre, une chose était certaine : c'était le genre d'endroit que tous les autres essayaient de quitter. Si on lui demandait pourquoi, elle répondait :

« Parce que je suis médecin, merde. Et quand je le suis devenue, j'ai renoncé au luxe de choisir qui sauver. »

Elle n'était pas très douée en matière d'efficacité et d'économies, mamie, mais là, au milieu de l'apocalypse, tous l'écoutaient. En temps normal, les autres médecins ne l'auraient sans doute même pas accompagnée dans un magasin, mais quand le monde s'écroulait, ils la suivaient comme une armée. Car les catastrophes improbables engendrent des réactions improbables chez les hommes. Engendrent des super-héros improbables.

Tard une nuit, en route pour Miamas, Elsa avait posé la question à mamie. Quel effet ça faisait d'être là quand le monde s'écroule. Ce que ça faisait d'être au Pays-Presqu'Eveillé pendant la Guerre-Sans-Fin, ce qu'on ressentait en voyant la vague emporter les quatre-vingt-dix-neuf anges de neige. Mamie avait répondu :

« C'est comme tout ce que tu peux concevoir de pire, imaginé par ce que tu peux te représenter de plus maléfique, le tout multiplié par mille fois ce dont tu ne peux même pas rêver. »

Elsa avait eu très peur, cette nuit-là, et elle avait demandé à mamie ce qu'elle devrait faire si un jour leur monde s'écroulait.

Alors, mamie avait serré fort les index d'Elsa et répondu :

« Nous ferons comme tout le monde, nous ferons ce que nous pouvons. »

Elsa avait grimpé sur ses genoux et demandé :

« Que pouvons-nous faire ? »

Mamie lui avait embrassé les cheveux, l'avait enlacée fort, fort, fort, et avait soufflé :

« On porte autant d'enfants qu'on peut. Et on court aussi vite qu'on peut.

— Je suis forte à la course, avait soufflé Elsa.

— Moi aussi », avait murmuré mamie.

Le jour où Elsa est née, mamie était très loin. En pleine guerre, quelque part où le monde s'était écroulé. Elle y était restée des mois et était en route pour l'aéroport. Elle rentrait à la maison. C'est alors qu'elle avait entendu parler de la vague qui avait déferlé dans un autre lieu encore plus éloigné, que tous essayaient désespérément de fuir. Alors elle avait fait ce qu'elle avait fait : elle y était allée. Parce qu'il fallait des médecins là-bas. Elle avait réussi à reprendre de nombreux enfants à la mort, mais pas les fils de la dame à la jupe noire. A la place, elle avait porté la femme à la jupe noire. Elle l'avait ramenée à la maison.

Elsa et maman sont assises dans Kia. C'est le matin et il y a un embouteillage. Les flocons de neige tombent autour des vitres, gros comme des taies d'oreiller.

— C'était le dernier voyage de ta mamie. Ensuite, elle est revenue à la maison, conclut maman.

Elsa ne sait pas quand maman a raconté une si longue histoire pour la dernière fois. Les rares histoires qu'elle raconte sont souvent très courtes, mais celle-ci était si longue que maman s'est endormie cette nuit au milieu et a dû poursuivre dans la voiture durant le trajet vers l'école. L'histoire du dernier voyage de mamie et des premiers jours d'Elsa.

— Pourquoi c'était son dernier voyage ?

Maman sourit avec tristesse et bonheur mêlés, une expression qu'elle seule au monde maîtrise à la perfection.

— Elle avait trouvé un nouveau métier.

Puis elle semble se remémorer quelque chose d'inattendu. Comme si un souvenir venait de tomber d'un vase brisé.

— Tu es née trop tôt, ton cœur inquiétait les médecins, alors nous sommes restés plusieurs semaines à l'hôpital avec toi. Mamie et elle sont rentrées le même jour que nous…

Elsa comprend qu'elle parle de la femme à la jupe noire. Maman agrippe le volant de Kia et poursuit d'un air distrait :

— Je ne lui ai jamais beaucoup parlé. Je crois que personne dans l'immeuble n'osait poser trop de questions. Nous avons laissé ta mamie s'en occuper. Et ensuite…

Elle soupire et son regard se voile de regrets.

— Ensuite, les années ont simplement passé. Et nous n'avions pas le temps. Maintenant, elle est juste une autre locataire de l'immeuble. Pour être honnête, j'avais oublié qu'elle avait emménagé ici. Vous avez emménagé le même jour…

Maman se tourne vers Elsa. Elle essaie de sourire. Ça ne marche pas super-bien.

— Est-ce que je suis horrible ?

Elsa secoue la tête. Elle voudrait parler du Monstre et du worse, mais elle a peur que maman ne lui défende de les revoir. Les mamans peuvent avoir des principes super-bizarres concernant la fréquentation de monstres et de worses. Elsa a conscience que tout le monde les craint, qu'il va falloir beaucoup de temps pour que les gens comprennent qu'ils ne sont pas ce qu'on croit. Exactement comme l'alcoolique.

— Mamie voyageait souvent ? demande-t-elle à la place.

Maman étreint le volant. Derrière, une voiture argentée klaxonne parce qu'elle laisse un intervalle de quelques mètres avec celle qui précède. Maman relâche le frein et Kia roule doucement en avant.

— Cela variait. En fonction des endroits et du temps durant lequel on avait besoin d'elle.

— C'est de ça que tu parlais quand mamie a dit que tu étais devenue économe parce que tu étais fâchée après elle ?

Maman regarde Elsa avec étonnement. La voiture derrière elles klaxonne de nouveau.

— Quoi ?

Elsa tripote le joint de la portière.

— Je vous ai entendues. Il y a méga-longtemps. Mamie avait dit que tu étais devenue économe parce que tu faisais une crise d'adolescence. Tu lui as répondu : « Qu'est-ce que tu en sais ? Tu n'étais jamais là ! » C'est de ça que tu parlais, hein ?

Maman contemple les jointures de ses doigts.

— J'étais furieuse, Elsa. On ne contrôle pas toujours ce qu'on dit quand on est furieux.

Elsa secoue de nouveau la tête.

— Toi si. Tu ne perds jamais ton sang-froid.

Maman essaie encore de sourire.

— Avec ta mamie, c'était… plus difficile.

— Tu avais quel âge quand papi est mort ?

— Douze ans.

— Ce n'est pas adulte, douze ans.

— Non. Non, ce n'est pas adulte.

— Et mamie t'as laissée toute seule ?

— Ta mamie est allée là où on avait besoin d'elle, ma chérie.

— Tu avais besoin d'elle.

— Il y avait d'autres personnes qui avaient encore plus besoin d'elle.

— C'est pour ça que vous vous disputiez tout le temps ?

Maman soupire à la façon d'un parent qui se rend compte que son histoire a atteint une profondeur qu'il aurait préféré éviter.

— Oui. Oui, parfois c'était sans aucun doute pour ça. Et parfois, pour d'autres raisons. Ta mamie et moi, nous étions très… dissemblables.

— Non, vous étiez juste différentes, mais pas de la même manière.

— Peut-être.

— A quel sujet est-ce que vous vous disputiez le plus ?

La voiture derrière Kia klaxonne de nouveau. Maman ferme les yeux et retient son souffle. Quand elle relâche enfin le frein, elle répond comme si le mot avait dû forcer le barrage de ses lèvres :

— Toi. Nous nous disputions toujours à ton sujet, ma chérie.

— Pourquoi ?

— Parce que quand on aime énormément quelqu'un, c'est très difficile d'apprendre à partager cette personne avec d'autres.

— Comme Jean Grey, lance Elsa sur le ton de l'évidence.

— Qui ? demande maman, l'air de mettre en doute l'évidence.

— C'est une super-héroïne. Dans *X-Men*. Wolverine et Cyclope étaient tous les deux amoureux d'elle. Alors ils se disputaient beaucoup.

Maman hoche la tête, comme si ça ne rendait la question tout au plus qu'un chouïa moins nébuleuse.

— Je croyais que les X-Men étaient des mutants. Pas des super-héros. Ce n'est pas ce que tu m'as expliqué la dernière fois ?

— C'est compliqué, dit Elsa, bien que ça ne soit pas compliqué du tout quand on a lu un minimum de littérature de qualité.

— Qu'est-ce qu'elle a comme super-pouvoir, Jean Grey ? demande maman.

— Elle est télépathe, répond Elsa.

— C'est un bon pouvoir, approuve maman.

— Vachement bon, acquiesce Elsa.

Elle omet de préciser que Jean Grey pratique aussi la télékinésie, parce qu'elle ne veut pas embrouiller maman plus que nécessaire. Après tout, elle est enceinte.

A la place, Elsa écarte le joint de la portière et jette un coup d'œil par l'interstice. Elle est extrêmement fatiguée, comme quand on a presque huit ans, une nuit blanche derrière soi et qu'on est en colère. Sa maman n'a jamais eu de maman, car la maman de maman était toujours occupée à aider quelqu'un d'autre ailleurs. Elsa n'a encore jamais pensé à mamie en ces termes.

— Est-ce que tu m'en veux parce que mamie a passé tellement de temps avec moi et pas avec toi ? demande-t-elle avec prudence.

Maman secoue la tête avec tant d'énergie et de ténacité qu'Elsa comprend tout de suite qu'elle va lui mentir.

— Non, ma chérie, ma chérie, ma chérie. Jamais. Jamais !

Elsa hoche la tête et lorgne par le trou sous le joint.

— Moi, je lui en veux. De n'avoir pas dit la vérité.

— Tout le monde a des secrets, ma chérie.

— Tu es fâchée que j'aie partagé des secrets avec mamie ? l'interroge Elsa sans la regarder.

Elle pense à la langue secrète qu'elles utilisaient pour que maman ne comprenne pas. Elle pense au Pays-Presqu'Eveillé. Elle se demande si mamie y a jamais emmené maman.

— Fâchée, jamais… répond celle-ci en tendant la main vers son siège, avant d'ajouter : Jalouse.

La culpabilité submerge Elsa telle une vague d'eau froide quand on ne s'y attend pas.

— C'est de ça que parlait mamie, constate-t-elle.

— Comment ça ?

Elsa renifle de dédain.

— Elle m'a dit de ne pas la détester si j'apprenais qui elle était avant ma naissance. C'est ce qu'elle voulait dire. Elle était une mère super-nulle qui a abandonné sa propre fille…

Maman se tourne vers elle, les yeux si brillants qu'Elsa y voit son reflet.

— Elle ne m'a pas abandonnée. Il ne faut pas détester ta mamie, ma chérie.

Comme Elsa garde le silence, maman lui pose une main sur la joue et murmure :

— C'est aux filles d'être en colère après leurs mères. Mais elle était une bonne grand-mère, Elsa. C'était la mamie la plus fantastique qu'on puisse imaginer.

Elsa tire sur le joint de la portière avec obstination.

— Mais elle ne t'a pas laissée seule ? Toutes les fois où elle est partie, elle t'a laissée toute seule, pas vrai ? Il ne faut pas faire ça, sinon les services sociaux placent l'enfant en foyer !

Maman essaie de sourire.

— Tu as lu ça sur Wikipédia ?

Elsa renifle de dédain.

— Ils en ont parlé à l'école.

Maman cligne des yeux, le regard grave.

— Quand j'étais petite, j'avais ton papi.

— Jusqu'à ce qu'il meure, oui !

— Après sa mort, j'avais les voisins.

— Quels voisins ? veut savoir Elsa.

La voiture derrière elles klaxonne de nouveau. Maman adresse un geste d'excuse au pare-brise arrière et Kia roule sur quelques mètres.

— Britt-Marie, dit enfin maman.

Elsa arrête de tripoter le joint de la portière.

— Qu'est-ce qu'elle a, Britt-Marie ?

— Elle s'est occupée de moi.

Les sourcils d'Elsa forment un V courroucé.

— Alors pourquoi elle te parle comme une vieille abrutie pareille, maintenant ?

— Ne dis pas ça, Elsa.

— C'est la vérité !

Maman soupire par le nez.

— Britt-Marie n'a pas toujours été comme ça. Elle se sent juste… seule.

— Mais elle a Kent !

Maman cligne si lentement des paupières qu'elle ferme les yeux.

— Il y a bien des façons d'être seul, ma chérie.

Elsa recommence à écarter le joint du bord de la portière.

— C'est quand même une espèce d'abrutie.

Maman acquiesce.

— On peut devenir un abruti quand on est seul très longtemps.

La voiture derrière elles klaxonne encore.

— C'est pour ça que mamie n'est pas sur les vieilles photos à la maison ? demande Elsa.

— Quoi ?

— Mamie n'est sur aucune des vieilles photos d'avant ma naissance. Quand j'étais petite, je croyais que c'était un vampire, parce qu'ils n'apparaissent pas sur les photos et peuvent fumer, genre, autant qu'ils veulent sans avoir mal à la gorge. Mais elle n'était pas un vampire, pas vrai ? C'est juste qu'elle n'était jamais à la maison.

— C'est compliqué…

— Je sais ! Tout est compliqué tant que personne n'explique ! Mais quand je posais des questions à mamie, elle changeait toujours de sujet. Et quand je demande à papa, il dit : « Euh… euh… tu as envie d'autre chose ? Tu veux une glace ? Viens, je t'achète une glace ! »

Maman éclate soudain de rire. Si elle avait été en train de boire un milk-shake, elle l'aurait recraché par le nez sur le tableau de bord de Kia. Elsa fait une imitation assez super-réussie de son papa.

— Ton papa n'aime pas beaucoup les conflits, pouffe maman.

— Mamie était un vampire ou pas ?

— Ta mamie a fait le tour du monde pour sauver des enfants, ma chérie. Elle était un…

Maman cherche le mot juste. Et quand elle le trouve, son visage s'illumine et elle sourit de toutes ses dents.

— Une super-héroïne ! Ta mamie était une super-héroïne !

Elsa regarde par l'espace de la portière.

— Les super-héros n'abandonnent pas leurs propres enfants.

Maman se tait un instant.

— Les super-héros doivent tous faire des sacrifices, ma chérie, avance-t-elle finalement.

Mais Elsa et elle savent qu'elle n'est pas bien convaincue.

La voiture derrière elles klaxonne de nouveau. La main de maman se dresse vers le pare-brise arrière en signe d'excuse. Kia avance de quelques mètres. Elsa se rend compte qu'elle espère que maman va se mettre à crier. Ou à pleurer. Ou n'importe quoi. Elle veut juste la voir réagir. Alors, elle fait ce que font tous les enfants de presque huit ans dans des situations de ce genre. Elle considère l'interstice sous le joint en caoutchouc et regarde autour de son siège, à la recherche d'une chose absolument pas prévue pour être logée sous le joint d'une portière de voiture qu'elle pourrait coincer à cet endroit même.

Elle ouvre la boîte à gants. Son regard se pose sur un paquet de chewing-gums. Elle s'en saisit en jetant un coup d'œil à maman. Puis elle enfonce un chewing-gum sous le joint. Puis un autre. Maman s'en aperçoit, Elsa sait que maman s'en aperçoit, mais celle-ci ne dit rien. Elle ne perd pas son sang-froid cette fois. Elsa déteste ça.

La voiture argentée klaxonne. La main de maman fait un geste d'excuse. Kia avance au pas.

Elsa ne comprend pas comment on peut être pressé d'avancer de cinq mètres à la fois au point de klaxonner dans un embouteillage. Elle observe le conducteur dans le rétroviseur. Il semble penser que maman est responsable de l'état du trafic. Elsa souhaite vivement que maman fasse comme quand elle était enceinte d'elle, qu'elle descende de voiture pour hurler que ça commence à bien faire, merde.

C'est son papa qui lui a raconté l'anecdote. Il ne raconte presque jamais d'histoires, mais un jour, une veille de Saint-Jean, avant que maman commence à être triste et aille se coucher toujours plus tôt tandis que papa restait seul dans la cuisine à réorganiser les icônes de l'ordinateur de maman en pleurant, ils étaient allés tous les trois à la fête. Après trois bières, papa avait raconté comment maman, alors que sa grossesse était très avancée, avait menacé un homme dans une voiture argentée « d'accoucher sur son putain de capot s'il klaxonnait encore une fois ! ». Tout le monde avait bien ri en entendant cette histoire. Sauf papa, bien sûr, parce qu'il n'aime pas beaucoup rire. Mais Elsa s'était rendu compte qu'il trouvait ça drôle aussi. Il avait dansé avec maman, cette Saint-Jean. C'était la dernière fois qu'Elsa les avait vus danser tous les deux. Papa était un horrible danseur, il ressemblait à un ours énorme qui s'aperçoit en se levant qu'il a le pied tout engourdi. Ça manque à Elsa. L'ours avec des fourmis dans le pied.

Et ça lui manque d'entendre maman crier contre les conducteurs de voitures argentées.

L'homme dans la voiture derrière elles klaxonne une énième fois.

C'est à peu près à cet instant qu'Elsa décide de faire virer la matinée au pur statut Facebook, pour résumer. Elle attrape le livre le plus lourd de son sac à dos et, quand Kia s'arrête derrière la voiture qui les précède, actionne la poignée de la portière et s'élance sur l'autoroute. Elle entend maman l'appeler, mais elle continue sur sa lancée. Contournant Kia, elle se précipite vers la voiture argentée et abat de toutes ses forces l'ouvrage sur le capot.

Le livre laisse une profonde empreinte. Les mains d'Elsa vibrent.

L'homme dans la voiture argentée la dévisage, n'en croyant pas ses yeux. Un peu comme la fois où Elsa, maman et papa sont allés à Disneyland Paris et qu'en repartant, le soir, Elsa a vu Cendrillon se soulager dans un buisson et crier à un type en costume de pirate des mots dont elle apprendrait plus tard qu'il s'agissait de jurons français des plus grossiers.

Elsa fusille l'homme des yeux. Il lui renvoie un regard pétrifié.

— Espèce d'abruti ! lui crie-t-elle.

Il ne répond pas tout de suite et Elsa abat le livre trois autres fois de toutes ses forces, puis tend un index menaçant vers lui.

— Je vous signale que ma maman est enceinte, alors arrêtez de faire l'espèce D'ABRUTI ? Vous avez COMPRIS ?

Pendant un instant, il semble sur le point de descendre de son véhicule, mais il se ravise. Elsa brandit le livre au-dessus de sa tête comme une épée et abat le dos du volume sur le capot, laissant une large plaie dans la peinture.

L'homme la fixe, indécis, puis se racle la gorge. Il tend la main vers sa vitre et Elsa entend un cliquetis quand les portières se verrouillent autour de lui.

— ON A PEUT-ÊTRE EU UNE JOURNÉE UN PEU DIFFICILE ! Alors vous devriez vous calmer un peu avant que ma maman accouche de la Moitié sur le capot de votre PUTAIN DE BAGNOLE ! hurle Elsa.

Pour plus de sûreté, pour ainsi dire.

L'homme baisse les yeux.

Sur l'autoroute, debout entre la voiture argentée et Kia, Elsa respire si furieusement qu'elle commence à avoir mal à la tête. Elle entend maman crier. Elle s'apprête à retourner vers Kia, pour de vrai. Ce n'est vraiment pas comme si elle avait tout calculé. Mais soudain une main se pose sur son épaule et une voix demande :

— Tu as besoin d'aide ?

Quand Elsa pivote, elle découvre un policier. Il sent le tabac à chiquer.

— Je peux t'aider ? répète-t-il aimablement.

Il est très jeune. On croirait qu'il a décroché un job d'été dans la police. Bien qu'on soit en hiver.

— Il n'arrêtait pas de klaxonner ! se défend Elsa.

Le policier saisonnier jette un coup d'œil à l'homme dans la voiture argentée. Le conducteur s'applique à éviter son regard. Elsa se tourne alors vers Kia, et elle n'avait vraiment pas l'intention de dire ça, ce sont plutôt les mots qui lui tombent de la bouche :

— Ma maman va avoir un bébé et la journée a été un peu difficile…

La main du policier est immédiatement de retour sur son épaule.

— Ta mère va accoucher ? crie-t-il.

— Euh, enfin, c'est pas… fait Elsa.

Trop tard.

Le policier se rue vers Kia. Maman est en train de descendre de la voiture, une main posée sur la Moitié.

— Vous arriverez à conduire ? piaille le policier d'une voix si perçante qu'Elsa s'enfonce les doigts dans les oreilles, irritée, en s'écartant ostensiblement.

Maman le regarde avec surprise.

— Quoi ? Enfin, comment ? Evidemment que j'arriverai à conduire. Enfin, comment ça ? Il y a un probl…

— Je vous emmène ! l'interrompt le policier avant de la repousser dans Kia et de se ruer vers son véhicule de fonction.

Maman se laisse tomber lourdement sur son siège. Elle se tourne vers Elsa, qui examine le contenu de la boîte à gants à la recherche d'une raison d'éviter son regard.

— Qu'est-ce… qui se passe maintenant ? demande maman.

La voiture de police les dépasse en vrombissant, sirène allumée. Le policier saisonnier leur fait des signes frénétiques.

— Je crois qu'il veut que tu le suives, marmonne Elsa sans lever les yeux.

Les véhicules devant eux s'écartent. L'embouteillage se divise comme une peau de banane.

— Qu'est-ce… qui s'est passé ? souffle maman tandis que Kia suit avec précaution la voiture de police.

— Ça a un peu tourné au statut Facebook, en quelque sorte, explique Elsa en se raclant la gorge.

— Où est-ce qu'il nous amène, Elsa ? demande maman tout en adressant à travers la vitre des excuses aux gens qu'elle dépasse.

— On dit « emmène », ne peut s'empêcher de remarquer Elsa.

— Où. Est-ce. Qu'il. Nous. Amène. Elsa ? articule maman d'un ton vraiment un peu accusateur, pour être franc.

— Eh bien, à l'hôpital, j'imagine, vu qu'il croit que tu vas accoucher, marmotte Elsa dans la boîte à gants.

— Accoucher… répète maman, dents serrées, tandis qu'elles avancent entre les voitures qui s'écartent en entendant la sirène du policier saisonnier.

— Hum, fait Elsa.

— Pourquoi est-ce que tu lui as dit que j'allais accoucher ?

— Ce n'est pas ce que je lui ai dit ! Mais personne ne m'écoute jamais ! s'insurge Elsa.

— Ah, vraiment ! Et tu t'es demandé ce que je vais bien pouvoir faire ? la rabroue maman, avec peut-être un tout petit peu moins de sang-froid.

— Eh bien, après qu'on l'aura suivi tout ce chemin, il va certainement se fâcher s'il comprend que tu n'es pas vraiment en train d'accoucher, avance Elsa avec pédagogie.

— NAN, TU CROIS ? hurle maman, sans pédagogie ni sang-froid.

Elsa préfère ne pas lancer de débat visant à déterminer si maman est sarcastique ou ironique.

Quand ils s'arrêtent devant l'accès des urgences, maman essaie de descendre de voiture pour tout expliquer au policier saisonnier. Elle essaie vraiment. Mais il la repousse dans Kia en criant qu'il va chercher de l'aide. Puis il se rue en hurlant vers l'entrée à la façon d'une personne qui s'est renversé du cacao bouillant sur les mains. Maman le regarde s'éloigner d'un air malheureux. C'est son hôpital, ici. Celui dont elle est responsable.

— Je vais avoir du mal à expliquer ça au personnel, murmure-t-elle en posant le front sur le volant, résignée.

— Tu peux peut-être dire que c'était un genre de simulation ? propose Elsa.

Maman ne répond pas. Elsa s'éclaircit la voix.

— Mamie aurait trouvé ça drôle.

Maman sourit faiblement, l'oreille sur le volant. Elles se regardent un long moment.

— Elle aurait trouvé ça à se pisser dessus, acquiesce maman.

— Ne sois pas grossière, dit Elsa.

— Tu es grossière sans arrêt !

— Je n'ai pas d'enfants !

Maman sourit à nouveau.

— *Bull's-eye.*

Elsa ouvre et ferme plusieurs fois la boîte à gants. Elle observe la haute façade de l'hôpital. C'est derrière l'une de ces fenêtres qu'elle a dormi la nuit où mamie est allée à Miamas pour la toute dernière fois. Elle se dit que c'était il y a pour toujours, maintenant. Elle a l'impression que ça fait pour toujours qu'elle n'a pas réussi à aller à Miamas.

— C'était quoi comme métier ? demande-t-elle, en grande partie pour ne plus penser au Pays-Presqu'Eveillé.

— Quoi ?

— Tu as dit que le tsunami a été le dernier voyage de mamie parce qu'elle avait trouvé un autre métier. Qu'est-ce que c'était comme métier ?

Les doigts de maman effleurent ceux d'Elsa quand elle répond dans un souffle :

— Grand-mère. Elle avait trouvé du travail comme grand-mère. Elle n'est plus jamais repartie après ça.

Elsa hoche lentement la tête. Maman lui caresse le bras. Elsa ouvre et referme la boîte à gants. Puis elle lève les yeux comme si elle venait de comprendre une chose, mais surtout pour changer de sujet, parce qu'elle ne veut pas penser à la colère qu'elle ressent en ce moment envers mamie.

— Franchement, je suis désolée, mais qu'est-ce qu'il croit, ce policier ? Que tu allais accoucher en conduisant ? Et puis d'abord, c'est possible de conduire quand on est en train d'accoucher ?

Maman lui tapote l'épaule.

— Tu serais surprise d'apprendre que la plupart des hommes adultes savent très peu de choses sur l'accouchement, ma chérie.

Elsa acquiesce avec dédain.

— Moldus.

Maman lui embrasse la tempe. Elsa la regarde dans les yeux.

— Est-ce que papa et toi, vous avez divorcé parce que vous ne vous aimiez plus ? interroge-t-elle si vite que la question la surprend elle-même.

Maman s'appuie contre son dossier. Elle se passe les doigts dans les cheveux en secouant la tête.

— Pourquoi tu demandes ça ?

Elsa hausse les épaules.

— On peut bien bavarder en attendant que le policier revienne avec tes employés et que tu sois mégagênée…

Maman arbore de nouveau un air malheureux. Elsa tripote le joint de la portière. C'était visiblement encore trop tôt pour en plaisanter.

— On se marie parce qu'on s'aime, alors je suppose qu'on divorce parce qu'on ne s'aime plus, dit-elle tout bas.

— Tu as entendu ça à l'école ? s'enquiert maman avec un sourire.

— C'est une théorie personnelle.

Maman rit derechef tout haut, sans signe avant-coureur. Comme les déluges dans les films. Elsa sourit.

— Papi et mamie avaient aussi arrêté de s'aimer ? demande-t-elle quand maman s'est calmée.

Celle-ci essuie ses larmes.

— Ils ne se sont jamais mariés, ma chérie.

— Pourquoi ?

— Ta mamie était spéciale, Elsa. Ce n'était pas facile de vivre avec elle.

— Comment ça ?

Maman se masse les paupières.

— C'est difficile à expliquer, ma chérie. Mais à l'époque, les femmes comme elle n'étaient pas très courantes. Oui… même les gens comme ta mamie n'étaient pas si courants. A ce moment-là, ce n'était pas banal du tout qu'une femme devienne médecin, par exemple. Encore moins chirurgien. Et le milieu universitaire était très différent… alors…

Elle se tait. Elsa hausse les sourcils.

— Tu connais l'histoire de celle qui n'en venait jamais au fait ?

Maman lui lance un sourire d'excuse, l'air de savoir par avance qu'elle va dire une chose très bête.

— Je crois que si ta mamie avait été un homme de sa génération au lieu d'une femme, elle aurait été considérée comme un « playboy ».

Elsa garde le silence un long moment. Puis elle hoche la tête d'un air grave.

— Elle avait beaucoup d'amoureux ?

— Oui, répond maman avec prudence.

— Je connais quelqu'un à l'école qui a beaucoup d'amoureux, ajoute Elsa.

— Oh ! Je ne voulais pas dire que la fille de ton école est une… proteste maman, paniquée.

— C'est un garçon, la corrige Elsa.

Maman la regarde avec confusion. Elsa hausse les épaules.

— C'est compliqué, dit-elle.

Bien que ça ne soit pas compliqué du tout. Maman n'a pas l'air vraiment moins déroutée.

— Ton papi aimait profondément ta mamie. Mais ils n'ont jamais été… un couple. Tu comprends ?

— Je vois, répond Elsa, qui sait se servir d'Internet.

Puis elle serre très fort les index de maman dans ses mains.

— Je suis désolée que mamie ait été une maman super-nulle, maman !

— Elle était une grand-mère fantastique, Elsa. Tu étais toutes ses secondes chances, dit maman en lui caressant les cheveux. Je crois que ta mamie fonctionnait aussi bien dans les endroits chaotiques parce qu'elle l'était elle-même. Elle a toujours été prodigieuse dans les contextes catastrophiques. C'est juste avec tout le reste, le quotidien et la normalité, qu'elle ne savait pas comment s'y prendre.

— Comme une horloge pas à l'heure. Ce n'est pas qu'elle soit déréglée, c'est juste qu'elle est toujours au mauvais endroit, dit Elsa en essayant d'étouffer sa fureur.

Ça réussit vachement mal.

— Oui. Peut-être. C'est juste que… enfin… s'il n'y a pas de vieilles photos de mamie, c'est qu'elle n'était pas très souvent à la maison. Et aussi un peu parce que j'ai déchiré celles qu'il y avait.

— Pourquoi ?

— J'étais adolescente. Et en colère. Les deux vont un peu ensemble. C'était toujours le chaos à la maison. Les factures impayées, la nourriture qui moisissait dans le frigo, quand il y en avait, et le frigo bien souvent vide et… oui. Mon Dieu. C'est difficile à expliquer, ma chérie. J'étais en colère, c'est tout.

Elsa croise les bras en s'appuyant au dossier et lance des regards furibonds par la vitre.

— Il ne faut pas avoir d'enfants si on ne veut pas s'occuper d'eux.

Maman tend de nouveau les doigts, lui effleure l'épaule.

— Ta mamie était vieille quand je suis née. Enfin, c'est-à-dire, elle avait le même âge que moi au moment de ta naissance. Mais c'était vieux pour la génération de mamie. Elle croyait qu'elle ne pourrait pas avoir d'enfants. Elle avait passé des tests.

Elsa rentre le menton.

— Alors tu étais une erreur ?

— Un accident.

— Dans ce cas, je suis aussi un accident.

Les lèvres de maman se pressent l'une contre l'autre.

— Personne n'a jamais rien désiré aussi ardemment que ton papa et moi t'avons désirée, ma chérie. Tu es tout le contraire d'un accident.

Elsa lève les yeux vers le plafond de Kia et bat des paupières pour chasser les étincelles.

— C'est pour ça que ton super-pouvoir est l'organisation ? Parce que tu ne veux pas être comme mamie ?

Maman hausse les épaules.

— J'ai appris à tout faire moi-même, c'est tout. Parce que je n'avais pas confiance en elle. Alors à la fin, c'était encore pire quand elle était là. J'étais furieuse quand elle voyageait, et encore plus quand elle rentrait.

— Tu es toujours furieuse ?

— Est-ce que je suis horrible ?

Elsa donne des coups de pied dans le plancher de Kia.

— Non. Si j'avais su que mamie était capable d'abandonner ses propres enfants, nous aurions battu un nouveau record de bouderie !

Maman lui caresse les cheveux à une cadence plus rapide.

— C'était une mamie unique, ma chérie.

— C'était une maman super-nulle.

— Ne dis pas ça, s'il te plaît, Elsa. Elle faisait de son mieux. Chacun fait de son mieux.

— Non !

— Ce n'est pas à toi d'être en colère après elle.

— Peut-être bien, mais je SUIS en colère. Parce que c'était une espèce d'abrutie et personne ne me l'a raconté et maintenant je le sais mais elle me manque quand même et ÇA me met en colère !!!

Maman plisse les paupières et appuie son front contre celui d'Elsa. Les dents d'Elsa claquent.

— Je suis en colère après elle parce qu'elle est morte. Je suis en colère parce qu'elle m'a abandonnée, murmure-t-elle.

— Moi aussi, souffle maman.

C'est à cet instant que le policier saisonnier revient en courant des urgences, suivi de deux infirmiers avec un brancard.

Elsa tourne légèrement la tête vers maman. Maman tourne légèrement la tête vers Elsa.

— Qu'est-ce que ta mamie aurait fait, à ton avis ? demande-t-elle calmement.

— Elle se serait barrée, répond Elsa, le front toujours appuyé à celui de maman.

Le policier saisonnier et les infirmiers avec le brancard ne sont plus qu'à quelques mètres de la voiture quand maman acquiesce lentement. Puis elle passe une vitesse et s'élance sur la route, les pneus glissant sur la neige. Elsa n'a jamais vu maman si irresponsable.

Elle l'aimera toujours pour ça.

## 15

## Sciure

Le Pays-Presqu'Eveillé est évidemment peuplé de créatures plus ou moins bizarres. La plupart d'ailleurs plus que moins, bien sûr, puisque c'est mamie qui racontait leurs histoires et qu'elle était vraiment à tout point de vue plutôt plus que moins bizarre.

Mais parmi les plus étranges, même selon les critères de mamie, comptent les regretteurs. Ce sont des animaux sauvages, grégaires, qui vivent juste en bordure de Miamas. Cela varie énormément selon leur nourriture, bien sûr, et personne ne sait vraiment comment ils survivent, au vu des circonstances. De prime abord, les regretteurs ressemblent vaguement à des chevaux blancs, mais nettement plus ambigus, puisqu'ils sont frappés d'une indécision génétique. Ce qui cause des problèmes d'ordre pratique : les regretteurs vivant en troupeaux, ils entrent presque toujours en collision quand un spécimen se dirige dans une certaine direction mais change tout de suite d'avis. Voilà pourquoi ils ont le front orné en permanence d'une grosse bosse allongée, ce qui leur a valu d'être confondus avec des licornes dans diverses légendes de Miamas importées dans le monde réel. Néanmoins, à Miamas, les conteurs ont appris à leurs dépens à ne jamais essayer de baisser le coût de la main-d'œuvre en confiant à un regretteur le travail d'une licorne, car les histoires tendaient alors à tourner en rond. En plus, ça ne fait pas de bien, vraiment pas de bien, de devoir faire la queue à la cafétéria derrière un regretteur.

« Inutile d'avoir des regrets, ça donne seulement mal au crâne ! » s'exclamait toujours mamie en se tapant le front. Assise dans Kia devant l'école, Elsa pense à cette histoire tout en observant maman.

Elle se demande si mamie a jamais regretté toutes les fois où elle a abandonné maman. Si elle avait des bosses plein la tête. Elle espère que oui.

Maman se masse les tempes en jurant entre ses dents sans interruption. Elle regrette d'avoir pris la fuite, car de tout évidence elle ne songe que maintenant qu'après avoir déposé Elsa à l'école elle devra retourner à l'hôpital et jouer son rôle de responsable.

Elsa lui tapote l'épaule.

— Tu pourrais dire que c'est une étourderie de femme enceinte ? la console-t-elle.

Maman ferme les yeux, résignée. Elle a commis vraiment beaucoup d'étourderies de femme enceinte ces derniers temps. Elle n'a même pas retrouvé l'écharpe Gryffondor d'Elsa ce matin, et elle pose sans arrêt son téléphone à des endroits bizarres. Dans le réfrigérateur, dans la poubelle, dans le panier à linge et même une fois dans les chaussures de jogging de George. Aujourd'hui, Elsa a dû appeler trois fois le portable de maman, ce qui n'est pas très simple étant donné que l'écran du téléphone d'Elsa est complètement flou depuis son passage dans le grille-pain. Enfin, elles avaient trouvé le portable dans le sac à dos d'Elsa. Avec l'écharpe Gryffondor.

« Tu vois, avait tenté maman, les choses ne sont perdues que quand ta maman ne les retrouve plus ! »

Mais Elsa avait levé les yeux au ciel, et maman avait marmonné « étourderie de femme enceinte » d'un ton gêné.

En cet instant aussi, son visage reflète un profond embarras. Et des regrets.

— Je ne crois pas qu'ils me laisseront diriger un hôpital si je raconte que j'ai oublié qu'un policier m'escortait aux urgences, ma chérie.

Elsa caresse la joue de maman.

— Tout ira mieux, maman. Tout ira bien.

C'était ce que mamie disait toujours, se rend compte Elsa à l'instant où elle prononce ces mots. Maman pose une main sur la Moitié et hoche la tête avec une assurance feinte pour changer de sujet.

— Ton papa vient te chercher cet après-midi, n'oublie pas. Et George t'amène à l'école lundi. J'aurai une conférence ce jour-là aus…

Elsa lui caresse patiemment les cheveux.

— Je n'ai pas d'école lundi, maman. C'est les vacances de Noël.

Maman enfouit le nez dans la main d'Elsa et inspire profondément pour s'imprégner d'elle. A la manière des mamans dont les filles grandissent trop vite.

— Pardon, ma chérie. J'ai… oublié.

— Ce n'est pas grave, dit Elsa.

Même si c'est quand même un tout petit peu grave.

Elles s'enlacent bien fort, puis Elsa descend de voiture. Elle attend que Kia disparaisse avant de sortir de son sac à dos le portable de maman, de sélectionner le numéro de papa dans le répertoire et de lui écrire : « Au fait : tu n'as pas besoin de passer prendre Elsa cet après-midi. Je règle ça ! » Elsa sait qu'ils parlent d'elle ainsi. Elle est quelque chose qu'on « prend » ou qu'on « règle ».

Comme la corvée de lessive. Ils ne pensent pas à mal, mais tout de même. Aucun enfant de sept ans qui a vu des films sur la mafia italienne ne veut que sa famille « règle ça ». Mais bien sûr, c'est un peu délicat à expliquer, puisque maman avait expressément défendu à mamie de laisser Elsa regarder ce genre de films.

Le téléphone de maman vibre dans la main d'Elsa. Le nom de papa s'affiche sur l'écran. Et en dessous : « Compris. » Elsa supprime la réponse, puis efface son SMS du dossier des messages envoyés. Restée sur le trottoir, elle commence à compter à rebours à partir de vingt. A sept, Kia revient sur le parking en dérapant et maman baisse la vitre de la portière, essoufflée. Elsa lui tend le portable. Maman grommelle « étourderie de femme enceinte ». Elsa l'embrasse sur la joue, puis maman se tâte la gorge et lui demande si elle a vu son écharpe.

— Dans la poche droite de ton manteau, répond Elsa.

Maman repêche son écharpe dans sa poche. Elle prend la tête d'Elsa entre ses mains et lui dépose un gros bisou sur le front. Elsa ferme les yeux.

— Les choses ne sont perdues que quand ta fille ne les retrouve plus, lui glisse-t-elle à l'oreille.

— Tu vas être une grande sœur fantastique, souffle maman.

Elsa ne répond pas. Elle se contente d'agiter la main en direction de Kia. Elle ne peut rien dire, car elle ne veut pas que maman sache qu'elle n'a pas envie d'être grande sœur. Elle ne veut pas montrer que l'horrible personne qu'elle est déteste sa propre Moitié de frère ou de sœur, juste parce que tous l'aimeront plus qu'ils ne l'aiment, elle. Elle ne veut pas laisser paraître sa peur que tout le monde l'abandonne.

Elle se tourne vers la cour de l'école. Personne ne l'a vue. Elle sort de son sac à dos la lettre qu'elle a trouvée dans Renault. Elle ne reconnaît pas l'adresse, et mamie n'a jamais été capable d'indiquer correctement un chemin. Elsa n'est même pas certaine que l'endroit soit réel, car bien souvent mamie essayait d'expliquer où se trouvait une chose en employant des repères qui n'existaient plus. « C'est juste à l'endroit où habitaient les cinglés aux perruches, en longeant l'ancienne salle de tennis là où il y avait l'usine de caoutchouc ou je ne sais quoi », pouvait-elle dire. Quand les gens ne comprenaient pas de quoi elle parlait, sa frustration était telle qu'elle avait besoin de fumer deux cigarettes en allumant la deuxième au mégot de la première. Puis, quand on l'informait que le tabac était interdit dans le bâtiment, elle se fâchait au point qu'il était complètement impossible d'obtenir d'elle une description correcte d'autre chose que de son majeur dressé.

En vérité, Elsa meurt d'envie de déchirer la lettre en mille morceaux et de les disperser à tous les vents. C'est ce qu'elle avait décidé hier. Parce qu'elle était en colère contre mamie. Mais maintenant que maman lui a raconté toute l'histoire et qu'elle a vu la douleur dans ses yeux, elle s'est ravisée. Elle va apporter la lettre, celle-ci et toutes les autres lettres qu'elle devine que mamie lui a laissées. Elle compte apporter tous les messages de mamie, ça sera une aventure grandiose et une saga fantastique, exactement comme celle-ci l'avait prévu. Mais Elsa ne compte pas le faire pour mamie.

Avant tout, elle aura besoin d'un ordinateur.

Elle regarde de nouveau la cour de l'école. A l'instant précis où la cloche sonne et où tout le monde se détourne de la rue, elle court le long de la barrière, en direction du bus. Elle descend un arrêt plus tôt que d'habitude, se rue dans un supermarché, droit vers le rayon des glaces. Dix minutes plus tard, elle se faufile dans la cave de l'immeuble et enfouit le visage dans la fourrure du worse. C'est son nouvel endroit préféré du monde.

— J'ai de la glace dans le sac, dit-elle quand elle relève enfin la tête.

Le worse tend un museau intéressé.

— C'est la New York Super Fudge Chunk de Ben & Jerry's, celle que j'aime le plus, poursuit Elsa.

Elle a à peine terminé sa phrase que le worse a déjà mangé plus de la moitié de la crème glacée. Elle lui caresse les oreilles.

— J'ai besoin d'emprunter un ordinateur. Reste ici et… tu sais… essaie de ne pas trop te montrer !

Le worse lui lance le regard d'un énorme worse auquel on suggère de se comporter comme un worse nettement moins gros.

Elsa se promet de lui trouver une meilleure cachette. Et vite.

Elle monte les marches quatre à quatre. Elle s'assure soigneusement que Britt-Marie ne traîne pas dans les parages, puis elle sonne à la porte du Monstre. Il ne répond pas. Elle sonne encore. Silence. Elle pousse une plainte et regarde par le clapet de la porte. L'appartement est plongé dans l'obscurité, mais elle est certaine qu'il est là.

— Je sais que tu es là ! crie-t-elle.

Pas de réponse. Elsa prend une grande inspiration.

— Si tu n'ouvres pas, j'éternue par la trappe à courrier ! commence-t-elle d'un ton menaçant. Et je suis méga-enrhum…

Mais elle s'interrompt au son d'un sifflement dans son dos, comme si quelqu'un essayait de faire descendre un chat d'une table.

Elle se retourne. Le Monstre surgit de la pénombre de l'escalier. Même avec la meilleure volonté du monde, elle ne comprend pas comment quelqu'un d'aussi grand arrive à se camoufler tout le temps. Il se frotte les mains au point de faire rougir les jointures de ses doigts.

— Pas éternuer, pas éternuer ! supplie le Monstre anxieusement.

Elsa roule si fort les yeux que la cornée lui cogne le cervelet. Elle le sait parce qu'elle a recherché l'anatomie du cerveau sur Wikipédia.

— Mais, Seigneur, tu me prends pour une cinglée ou quoi ? Et puis, je ne suis même pas enrhumée !

Le Monstre garde ses distances, pas du tout convaincu, et continue à se frictionner les mains. Elsa tend les bras vers la porte de l'appartement.

— Pourquoi tu rôdes dans l'escalier au lieu de rester à l'intérieur ?

Le Monstre disparaît sous sa capuche, ne laissant voir que sa barbe noire.

— Protège.

— Tu connais l'histoire de celui qui faisait tout un drame de pas grand-chose ? demande Elsa.

Le Monstre ne répond pas. Elle hausse les épaules.

— J'ai besoin d'emprunter ton ordinateur. Je crois que George est à la maison et je ne peux pas surfer avec mon portable parce que l'écran est fichu depuis que mamie a eu un accident de Fanta et de grille-pain avec. Genre.

La capuche autour de la tête du Monstre bouge lentement de gauche à droite.

— Pas ordinateur.

— Mais euh ! Je veux juste chercher une adresse ! s'exclame Elsa en agitant la lettre de mamie.

Le Monstre secoue à nouveau la tête. Elsa gémit.

— Mais donne-moi le mot de passe de ton Wi-Fi, pour que je puisse connecter mon iPad ! martèle Elsa en roulant tant les yeux que les pupilles se remettent en place.

Le Monstre secoue la tête. Elsa pousse une telle plainte qu'elle vacille.

— Je n'ai pas la 3G sur mon iPad, genre, parce que c'est papa qui me l'a acheté et maman s'est fâchée parce qu'elle ne veut pas que j'aie des trucs chers et qu'elle n'aime pas Apple, alors en gros, c'était un compromis ! C'est compliqué, d'accord ? J'ai juste besoin d'emprunter ton Wi-Fi ! Seigneur !

— Pas ordinateur, s'obstine le Monstre.

— Pas... d'ordinateur ? répète Elsa, tout à fait incrédule.

Le Monstre secoue la tête.

— Tu n'as pas d'ordinateur ? s'exclame Elsa.

La capuche ondule de gauche à droite. Elsa plisse les yeux, l'air de se demander s'il se moque d'elle.

— Comment c'est possible de ne pas avoir D'ORDINATEUR ?

Le Monstre extrait de la poche de son manteau une petite bouteille de gel désinfectant emballée dans un sachet en plastique scellé. Il s'en verse prudemment quelques gouttes dans la paume et commence à se frictionner les mains.

— Pas besoin ordinateur, grogne-t-il.

Elsa ressent une brusque envie de se masser les tempes.

— Mais, Seigneur ! Tu m'étonnes que les gens te prennent pour un malade !

Il ne répond pas. Elsa pousse un soupir excédé en regardant autour d'elle. George est peut-être à la maison, alors elle ne peut pas rentrer, sinon il va demander pourquoi elle n'est pas à l'école. Elle ne peut pas aller chez Maud et Lennart parce qu'ils sont trop gentils pour mentir ; si maman leur demande s'ils l'ont vue, ils lui diront la vérité. Le garçon au syndrome et sa maman ne sont pas là en journée. Pas la peine de songer à Britt-Marie.

Cela ne lui laisse malheureusement pas une masse de possibilités. Alors, Elsa rassemble son courage et essaie de se rappeler qu'un chevalier de Miamas ne craint pas les chasses au trésor, même si c'est difficile. Puis elle monte l'escalier.

Alf ouvre au septième coup de sonnette. L'appartement sent la sciure. Il est vêtu d'une robe de chambre vraiment lamentable et les quelques cheveux qui lui restent sur le crâne évoquent des maisons rescapées d'un ouragan. Il tient une grande tasse blanche, ornée du nom « Juventus », qui diffuse une odeur de café fort comme mamie l'aimait. « Quand Alf fait le café, on peut conduire toute la matinée », disait-elle. Elsa ne savait pas tout à fait de quoi elle parlait, mais elle comprenait le sens de ces mots. Du moins, elle croit.

— Ouais ? lance Alf d'un ton renfrogné.

— Tu sais où ça se trouve ? demande Elsa en lui montrant l'enveloppe portant l'écriture de mamie.

— Tu me réveilles pour me demander une putain d'adresse ? s'indigne Alf, à tout point de vue inhospitalier, avant de boire une grande gorgée de café.

— Tu dormais ? s'étonne Elsa en haussant les sourcils.

Alf avale une autre gorgée et indique sa montre d'un signe de tête.

— J'ai travaillé tard. C'est la nuit, pour moi. Est-ce que je viens chez toi en pleine nuit pour te poser des questions à la con ?

Elsa regarde la tasse. Puis elle observe Alf.

— Pourquoi tu bois du café si tu dormais ?

Alf regarde la tasse. Puis il observe Elsa sans comprendre.

— Je me suis réveillé et j'avais soif.

— Mon papa dit que quand il boit du café après six heures du soir, il ne dort pas de la nuit ! explique Elsa.

Alf fixe très, très longtemps Elsa. Puis il contemple très, très longtemps la tasse. Il lance un nouveau regard d'incompréhension à Elsa.

— Comment ça, il ne dort pas ? C'est juste du café, bon sang.

Elsa hausse les épaules.

— Tu sais où ça se trouve ou pas ? retente-t-elle en indiquant l'enveloppe.

Alf donne l'impression de répéter la question dans sa tête d'une voix haut perchée et méprisante. Il avale une autre gorgée.

— Ça fait trente ans que je conduis un taxi.

— Et ? dit Elsa.

— Et donc, évidemment que je sais où c'est, grommelle-t-il.

— Toutes mes excuuuuses ! riposte Elsa sur le même ton.

Alf vide la tasse.

— A côté de l'ancienne station d'épuration, ajoute-t-il.

— Quoi ? s'exclame Elsa.

Alf prend un air désespéré.

— Les jeunes et l'histoire, franchement. Là où il y avait l'usine de caoutchouc avant qu'ils la déplacent de nouveau. Et la briqueterie.

L'expression d'Elsa lui apprend qu'elle n'a sans doute pas la moindre idée de ce dont il parle.

Alf gratte ce qui lui reste de cheveux et disparaît dans l'appartement. Il revient avec une tasse à café remplie qu'il pose bruyamment sur une étagère et une carte où il trace un gros cercle au stylo à bille.

— Ah oui, lààà ! Mais c'est juste à côté de la galerie ! s'exclame Elsa avant de lui lancer un regard étonné. Pourquoi tu ne l'as pas dit tout de suite ?

Alf marmonne des mots qu'Elsa n'entend pas bien et lui ferme la porte au nez.

— Je garde la carte ! lance joyeusement Elsa par la trappe du courrier.

Il ne répond pas.

— Et c'est les vacances de Noël, au cas où tu te poserais la question ! C'est pour ça que je ne suis pas à l'école !

Il ne commente pas ça non plus.

Quand Elsa redescend à la cave, le worse est étendu sur le flanc, deux pattes nonchalamment dressées, ce qui lui donne l'air d'avoir sérieusement raté un exercice de Pilates. Le Monstre se frotte les mains dans le couloir, pas du tout à l'aise.

— Le nez, chuinte-t-il en illustrant ses paroles d'un geste de dégoût de sa large main vers son visage. Sale. Le nez… tout sale…

Il regarde Elsa d'un air implorant. Celle-ci soupire, passe la tête par la porte de la cave et tend un index impérieux vers le worse.

— Débarbouille-toi le museau. On y va maintenant.

Le worse se relève, tire une langue de la taille de l'essuie-mains réservé aux invités dans la petite salle de bains chez maman et George, et lèche la glace sur ses babines.

Elsa se tourne vers le Monstre. Elle agite l'enveloppe.

— Tu nous accompagnes ?

Le Monstre hoche la tête. La capuche glisse de quelques centimètres, révélant la grande cicatrice, qui brille un bref instant à la lueur du tube au néon au plafond. Il ne demande même pas où ils vont. C'est difficile de ne pas l'apprécier pour ça.

Elsa regarde le Monstre, puis le worse. Elle sait que maman sera certainement furieuse qu'elle sèche l'école et aille se promener sans sa permission, mais quand elle lui demande pourquoi elle s'en fait tellement, maman répond à chaque fois : « Parce que j'ai peur qu'il t'arrive quelque chose ! » Elsa a vraiment beaucoup de mal à imaginer qu'il puisse arriver quoi que ce soit quand on est escorté d'un monstre et d'un worse. Alors elle se dit que ça devrait aller.

Le worse essaie de lécher la main du Monstre en sortant de la cave. Celui-ci bondit en arrière, affolé, en ramenant son bras contre lui, et s'empare d'un balai appuyé à une autre cave. Le worse semble sourire d'un air narquois et donne de grands coups de langue provocants dans le vide.

— Arrête ! lui ordonne Elsa.

Le Monstre pointe le balai devant lui à la manière d'une lance et repousse le museau du worse avec la brosse.

— Je vous dis d'arrêter ! martèle Elsa d'un ton sévère.

Le worse referme ses mâchoires sur la brosse, qui craque entre ses dents.

— Arrêt… commence Elsa.

Mais le Monstre propulse de toutes ses forces le balai et le worse à l'autre bout de la cave.

L'animal pesant s'écrase avec un bruit sourd contre le mur, plusieurs mètres plus loin.

Avant même d'avoir touché terre, le worse se ramasse sur lui-même en contractant tous ses muscles et bondit vers eux, menaçant. Les mâchoires sont ouvertes, révélant une rangée de dents de la taille de couteaux de cuisine. Le Monstre lui fait face, torse bombé et sang pulsant dans les poings.

— MAIS ARRÊTEZ À LA FIN ! s'interpose Elsa en jetant son petit corps entre les deux créatures folles de rage. Vous êtes censés me protéger, crétins d'abrutis ! Calmez-vous ! crie-t-elle d'une voix brisée.

Elle se dresse sans défense entre les crocs acérés comme des lances et les poings sans doute assez gros pour lui décrocher la tête des épaules, armée en tout et pour tout de l'indifférence que peut avoir une fillette de presque huit ans pour sa propre faiblesse physique. Mais cela suffit amplement.

Le worse se fige en plein élan et atterrit doucement près d'elle. Le Monstre recule de quelques pas. Les muscles se relâchent, les poumons expulsent lentement l'air. Aucun d'eux n'ose croiser son regard.

— Vous êtes censés me protéger, répète Elsa plus bas en essayant de ne pas pleurer.

Le résultat n'est pas super-convaincant.

— Je n'ai encore jamais eu d'amis, reprend-elle, et voilà que vous essayez de tuer les deux seuls que j'aie, au moment où je fais leur connaissance... Espèces d'abrutis.

Le worse baisse le museau. Le Monstre se frotte les mains en se cachant sous sa capuche. Il tangue en direction du worse.

— Commencé, lance-t-il.

Le worse gronde avec l'attitude d'une personne qui voudrait rétorquer « Mais heu ! C'est toi qui as commencé ! » mais ne peut pas parler.

— Arrêtez ! tempête Elsa.

Elle essaie de hausser le ton mais se rend compte que sa voix semble teintée de larmes. Ce qui n'est vraiment pas le cas. Tout au plus un chouïa, peut-être.

Le Monstre lui frôle plus discrètement le bras de la paume de la main, aussi près que possible sans la toucher.

— Par… don, murmure-t-il.

Le worse lui pousse doucement l'épaule. Elle appuie le front sur son mufle.

— Nous avons une mission importante, alors vous ne pouvez vraiment pas faire les idiots. Nous devons apporter cette lettre, parce que je crois que mamie demande pardon à une autre personne. Et je pense qu'il y a d'autres lettres, que nous devrons toutes apporter, parce que je crois que c'est en ça que consistent la chasse au trésor et l'aventure. C'est ça, l'histoire. Remettre les pardons de mamie.

Elle inspire profondément dans la fourrure du worse en fermant les yeux.

— Nous devons apporter tous les pardons de mamie pour le bien de maman. Parce que j'espère que le dernier pardon est pour elle.

## 16

# Poussière

L'aventure s'avère grandiose. La saga fantastique.

Elsa pensait bien sûr qu'ils commenceraient par prendre le bus, comme n'importe quels chevaliers un peu normaux qui se lancent dans n'importe quelles aventures un peu normales dans n'importe quels contes un peu normaux, lorsqu'ils n'ont pas de chevaux ni d'animaux-nuages sous la main. Mais quand, au bout de cinq minutes, Elsa note que toutes les autres personnes qui attendent le bus lorgnent le Monstre et le worse avec épouvante en s'écartant le plus possible sans finir sous l'arrêt voisin, elle comprend que ça ne sera pas de tout repos.

Une fois à bord, il apparaît en outre que les worses n'aiment pas le moins du monde prendre le bus. Quand le worse s'agite en écrasant des orteils, renversant des sacs avec sa queue, et bave sur un siège un peu trop près du Monstre pour la tranquillité d'esprit de ce dernier, Elsa abandonne l'idée et ils redescendent tous les trois. Au premier arrêt.

Elsa resserre l'écharpe Gryffondor sur son visage et enfonce les mains dans les poches, puis ils font le chemin à pied dans le froid et la neige. Le worse est si heureux d'échapper au trajet en bus qu'il bondit autour d'Elsa et du Monstre, aussi guilleret qu'un chiot. Ecœuré, le Monstre avance, les mains dans le dos comme un sauteur à ski, en se faisant le plus mince possible, ce qui n'a bien sûr aucun effet, pour éviter d'être léché bruyamment par la langue de la taille d'un essuie-mains à chaque ronde de la bête velue.

Le Monstre n'a visiblement pas l'habitude de se promener en plein jour, note Elsa. Peut-être parce que Cœur-de-Loup vit dans les sombres forêts en dehors de Miamas, où la lumière du soleil n'ose pas s'aventurer. C'est du moins là qu'il habite dans les récits de mamie, alors si cette histoire a une once de cohérence, telle est l'explication logique.

Les personnes qu'ils croisent font ce que font d'ordinaire les gens en apercevant une fillette, un worse et un monstre qui marchent côte à côte : ils changent de trottoir. Certains essaient de faire comme si cela n'avait aucun rapport avec leur peur des monstres, des worses et des fillettes, en parlant fort dans leur téléphone avec un interlocuteur qui leur demanderait soudain de prendre la direction diamétralement opposée. Comme le papa d'Elsa quand il lui arrive de se perdre et qu'il ne veut pas que les passants devinent qu'il est du genre à s'égarer. La maman d'Elsa n'a jamais ce désagrément, car si elle se perd, elle poursuit simplement son chemin, et la personne avec qui elle a rendez-vous n'a plus qu'à la rejoindre. Mamie réglait le problème en insultant les panneaux de signalisation. Ça varie, les réactions des gens.

Mais d'autres qui croisent le trio d'aventuriers ne cherchent bien sûr même pas à être discrets ; ils dévisagent Elsa depuis le trottoir opposé comme si elle avait été kidnappée. Elsa songe que le Monstre est sans doute doué pour de nombreuses choses, mais qu'un kidnappeur qu'on peut neutraliser en lui éternuant à la figure ferait un piètre criminel. C'est un talon d'Achille unique en son genre pour un super-héros, se dit Elsa. La morve.

Un homme en costume qui parle tout haut dans un câble blanc accroché à son oreille arpente le trottoir à grands pas sans les remarquer et manque de heurter du front le sternum du Monstre. Celui-ci, effrayé, essaie d'éviter d'un bond la tignasse enduite de gel coiffant. L'homme au costume pousse un cri strident.

Le Monstre recule en se frictionnant les mains comme s'il avait reçu un postillon. Le worse jappe, d'humeur joueuse. L'homme au costume s'éloigne en trébuchant, livide, le câble blanc serpentant derrière lui comme une laisse.

Elsa regarde le Monstre, puis le worse, et secoue la tête d'un air déçu.

— Dommage qu'on n'ait pas fait connaissance avant Halloween. Vous auriez été trop bien à Halloween.

Ni le monstre ni le worse ne semblent comprendre ce qu'elle veut dire. Le premier disparaît sous sa capuche, ne laissant plus voir que sa barbe. Le second cesse de gambader autour d'eux, essoufflé, avec l'attitude des worses qui ne sont plus des chiots quand on leur rappelle qu'ils ne sont plus des chiots. Le trajet dure plus de deux heures. Elsa aimerait que ça soit Halloween. Ils auraient ainsi pu prendre le bus sans que tous les gens normaux aient peur, car ceux-ci auraient simplement cru qu'ils étaient déguisés. Voilà pourquoi Elsa aime cette fête. A Halloween, c'est normal d'être différent.

Il est presque midi lorsqu'ils arrivent à destination. Elsa a faim, mal aux pieds et est de mauvaise humeur. Elle sait qu'un chevalier de Miamas ne pleurniche pas et n'a jamais peur non plus quand on l'envoie à une chasse au trésor, mais personne n'a dit qu'un chevalier n'avait pas le droit d'être affamé ou énervé.

Il y a un immeuble à l'adresse sur l'enveloppe, et un fast-food de l'autre côté de la rue. Elsa dit au worse et au Monstre de l'attendre et entre dans le restaurant, même si par principe elle n'aime pas les chaînes de fast-foods, car c'est le genre de principes qu'on a quand on a presque huit ans, qu'on sait se servir d'Internet et qu'on n'est pas un gros futé. Malheureusement, avoir des principes ne nourrit pas son homme, pas même quand on a presque huit ans. Elle achète une glace pour le worse et un hamburger pour le Monstre. Et un burger végétarien pour elle-même. En ressortant, elle ajoute discrètement un trait d'union avec son feutre rouge sur le panneau clamant « Menu Casse Croûte ».

Le Monstre refuse ne serait-ce que de toucher l'emballage de son hamburger, alors le worse le mange aussi. Ils s'installent sur un banc face à l'immeuble, malgré les températures négatives qui leur griffent le visage, pendant qu'Elsa mange son burger végétarien. Enfin, seuls Elsa et le worse s'asseyent, bien sûr, car le Monstre observe le banc avec la même méfiance que s'il allait aussi essayer de lui lécher la main. Le worse fait tomber de la glace sur le siège et, quand il lape nonchalamment les gouttes, le Monstre s'étrangle. Une seconde plus tard, Elsa offre au worse une bouchée de son burger avant de mordre avec insouciance exactement au même endroit. Ensuite, Elsa est obligée d'aider le Monstre à respirer profondément dans un sac en papier. Quand il se calme enfin, Elsa signale qu'elle n'est pas tout à fait sûre que le cornet ait été tout à fait propre, forçant le Monstre à s'accroupir un long moment, la tête entre les genoux.

Elsa et le worse ne peuvent pas faire beaucoup plus que d'attendre sur le banc que le Monstre se soit remis du choc. Entre-temps, Elsa éprouve une grande irritation envers le burger végétarien, parce qu'il est super-bon et que c'est super-difficile d'avoir des principes contre les fast-foods qui font des burgers végétariens aussi bons. Elle se tord le cou pour regarder jusqu'en haut de l'immeuble. Il fait sans doute quinze étages. Elle prend l'enveloppe dans sa poche pour l'examiner.

— Tu es prêt ? demande-t-elle au Monstre.

Sans attendre sa réponse, elle se laisse glisser du banc et se dirige d'un pas lourd vers l'entrée. Le Monstre et le worse marchent derrière elle dans le calme et de nets effluves de gel désinfectant. Elsa parcourt d'un bref regard le panneau d'information fixé au mur jusqu'à ce qu'elle y trouve le nom figurant sur l'enveloppe. Il est suivi de « PhD Psychologie soc. ». Elsa ne sait pas ce que ça signifie. Elle a appris à l'école ce qu'est un soc, mais elle n'a jamais entendu parler de charrues qui vont consulter un psychologue. A moins que ce cabinet ne reçoive que des paysans arrivés droit du Moyen Age, qui dans ce cas ont certainement besoin plus que nul autre de l'aide d'un psychologue, conclut-elle. Elsa ne veut pas se mêler de ce qui ne la regarde pas, pas du tout. Mais la clientèle lui paraît plutôt restreinte.

Quoi qu'il en soit, elle traverse d'un pas sonore le vaste rez-de-chaussée en direction d'un ascenseur à l'autre bout. Le worse refuse d'avancer d'un mètre de plus. Elsa le regarde en biais.

— Ne me dis pas que tu as peur des ascenseurs ?

Le worse baisse les yeux, embarrassé.

— Eh bien, vous avez eu de la chance que la Guerre-Sans-Fin ne se soit pas déroulée dans un immeuble, parce que les worses n'auraient pas précisément été super-utiles ! gémit Elsa.

Offensé, le worse aboie contre Elsa. Ou peut-être contre l'ascenseur. Elsa hausse les épaules et entre dans la cabine. Après quelques hésitations, le Monstre la suit en veillant à ne pas toucher les parois. Le worse disparaît dans un recoin plongé dans la pénombre et s'allonge par terre, maussade.

Elsa évalue le Monstre tandis que l'ascenseur monte. La barbe qui dépasse de la capuche rappelle un écureuil curieux, ce qui le fait paraître de moins en moins dangereux plus elle le connaît. Le Monstre sent visiblement son regard, car il se tord les mains, mal à l'aise. Elsa s'aperçoit à son propre étonnement que cette réaction la blesse.

— Oui, ben, si ça t'embête tant que ça, tu peux très bien monter la garde en bas. Ce n'est pas comme si j'allais avoir des problèmes en apportant une lettre à un psychologue pour charrues ! s'emporte-t-elle.

Elle parle normalement, car elle refuse d'employer la langue secrète avec lui. A l'idée que, pour commencer, la langue de mamie n'était même pas la langue de mamie, la jalousie enfle comme une tumeur dans son ventre. Elsa le sait parce qu'elle a cherché sur Wikipédia ce que veut dire « analogie ». Cela signifie « comparaison ». Comme une tumeur.

— Tu n'es pas obligé de rester tout le temps juste à côté de moi pour me protéger, si c'est tellement important ! s'exclame-t-elle d'un ton un peu plus courroucé qu'elle ne le voulait, même si elle est vraiment plutôt en colère.

Elle commençait à considérer le Monstre comme un ami, et voilà qu'il lui rappelle qu'il est là à la demande de mamie. A cet instant, elle se dit qu'il n'a qu'à décamper. Littéralement, puisque si cette histoire a la moindre logique, Cœur-de-Loup disparaîtra après une bataille.

Le Monstre garde le silence. L'ascenseur s'arrête, les portes coulissent. Elsa sort à longues enjambées. Il la suit à pas feutrés. Ils longent une rangée de portes jusqu'à ce qu'ils trouvent celle du psychologue pour charrues. Elsa frappe si vigoureusement qu'elle doit se retenir de montrer au Monstre qu'elle a vachement mal aux phalanges. Celui-ci recule vers le mur opposé du corridor étroit, comme pour donner à la personne de l'autre côté de la porte une petite chance de distinguer au moins la moitié de son corps en jetant un coup d'œil par le judas. Elsa le voit tenter de se faire le plus petit et déterrifiant possible. Malheureusement, c'est difficile de ne pas l'apprécier pour cela, même en essayant. Bien que le mot « déterrifiant » n'existe pas.

Elsa toque à nouveau et approche l'oreille de la serrure. Elle frappe une troisième fois. Toujours pas de réponse.

— Vide, dit doucement le Monstre.

— Non, vraiment ? rétorque Elsa d'un ton sarcastique. Ou bien ironique. Elle-même n'est plus tout à fait sûre. Elle n'avait pas du tout l'intention de se fâcher contre lui, parce que c'est en fait contre mamie qu'elle est en colère. Elle est juste fatiguée. Très, très fatiguée. En plus, elle a vachement mal aux phalanges. Elle aperçoit deux chaises en bois dans le couloir.

— Le psychologue pour charrues est peut-être allé déjeuner, nous allons devoir attendre, dit-elle au monstre en s'affalant si lourdement sur un siège qu'elle soulève un nuage de poussière.

Elle éternue. Le monstre semble vouloir s'arracher les yeux et prendre la fuite en hurlant.

— Je n'ai pas fait exprès ! C'est la poussière ! crie Elsa, sur la défensive.

Le Monstre accepte ses excuses. Mais il reste tout de même à plusieurs mètres de distance, les mains dans le dos, sans bouger ne serait-ce qu'un cil pendant au moins trois ou quatre pour toujours.

Le silence qu'Elsa trouve d'abord agréable passe de pénible à insupportable en à peu près un pour toujours et demi. Quand elle s'est distraite de toutes les façons qu'elle pouvait imaginer – pianoter sur la table, arracher le rembourrage du coussin de la chaise par un petit trou dans le tissu et inscrire son nom avec l'ongle de l'index dans le bois tendre de l'accoudoir –, elle le rompt avec une question, d'un ton beaucoup plus accusateur qu'elle ne le voulait :

— Pourquoi tu portes un pantalon militaire ?

Le Monstre respire doucement sous sa capuche.

— Vieux pantalon.

— Tu es un ancien soldat ?

La capuche s'incline de haut en bas.

— La guerre, c'est mal, et les soldats sont mauvais. Ils tuent des gens ! accuse Elsa.

— Pas cette sorte de soldats, répond le Monstre à voix basse.

— Il n'y a qu'une seule sorte de soldats ! martèle Elsa.

Le Monstre ne dit rien. Elsa grave un gros mot sur l'accoudoir. En réalité, elle ne veut pas poser la question qui lui brûle les lèvres, car elle ne veut pas révéler au Monstre à quel point cela l'attriste. Mais elle n'arrive pas à se retenir. C'est l'un des plus gros problèmes d'Elsa, disent-ils à l'école. Elle ne sait pas se taire.

— Est-ce que c'est toi qui as montré Miamas à ma mamie ou elle qui t'y a emmené ? crache-t-elle.

La capuche ne bouge pas, mais elle le voit respirer. Elle s'apprête à répéter lorsque la réponse se fait entendre :

— Ta mamie. M'a montré. J'étais petit.

Il parle à sa manière habituelle quand il emploie la langue normale. Comme si les mots qui sortent de sa bouche étaient fâchés entre eux.

— Tu avais mon âge, constate Elsa en songeant aux photos du Garçon-Loup.

La capuche s'abaisse.

— Elle te racontait des histoires ? demande Elsa tout bas en espérant une réponse négative, même si elle en doute.

La capuche acquiesce.

— Vous vous êtes rencontrés au cours d'une guerre ? C'est pour ça qu'elle t'a appelé Cœur-de-Loup ? poursuit Elsa sans le regarder.

En vérité, elle ne veut pas poser d'autres questions, parce que la jalousie en forme de tumeur enfle de nouveau. Mais la capuche s'incline encore.

— Camp. Camp pour celui qui fuit, émet l'obscurité au-delà de la barbe.

— Un camp de réfugiés, corrige Elsa. Et mamie t'a fait venir ici ? C'est elle qui a tout arrangé pour que tu obtiennes un appartement dans notre immeuble ?

Une longue expiration se fait entendre depuis la capuche.

— Habité beaucoup d'endroits. Beaucoup de foyers.

— Des foyers d'accueil ? avance Elsa.

La capuche acquiesce.

— Pourquoi tu n'y es pas resté ?

La capuche ondule de gauche à droite, très lentement.

— Mauvais foyers. Dangereux. Ta mamie m'a emmené.

— C'est pour ça que tu es devenu soldat une fois adulte ? Pour accompagner mamie dans ses voyages ?

La capuche s'incline.

— Tu voulais aider les gens ? Comme elle ?

La capuche fait signe que oui.

— Pourquoi tu n'es pas simplement devenu médecin comme mamie dans ce cas ?

Le Monstre frotte ses mains l'une contre l'autre.

— Sang. Je n'aime pas… le sang.

— Super-intelligent de devenir soldat alors ! s'exclame Elsa, ironique.

Ou bien sarcastique. Elle hésite un peu.

— Tu es orphelin ? l'interroge-t-elle comme le silence se prolonge.

La capuche ne bouge pas. Le Monstre se tait, mais la barbe disparaît un peu plus loin dans l'obscurité. Elsa hoche la tête, soudain enjouée.

— Comme les X-Men ! s'écrie-t-elle avec un peu trop d'enthousiasme.

La capuche reste immobile. Elsa s'éclaircit la gorge, légèrement mal à l'aise.

— Les X-Men sont… des mutants. Beaucoup d'entre eux sont orphelins, genre. C'est plutôt… cool.

La capuche ne réagit pas. Elsa arrache encore du rembourrage de la chaise, se sentant stupide. Elle s'apprête à préciser que Harry Potter est aussi orphelin et qu'il n'y a pas plus cool que d'avoir un point commun avec Harry Potter, mais elle commence à comprendre que le Monstre ne lit sans doute pas autant de littérature de qualité qu'elle l'espère peut-être.

— Est-ce que « Miamas » appartient aussi à la langue secrète ? Enfin, à ta langue ? Je veux dire, il ne ressemble pas aux autres mots de la langue secrète. Enfin, de ta langue. Il est différent ! s'enquiert-elle à la place, dans un style un gros chouïa trop confus.

La capuche reste immobile, mais les sons qui en émergent sont plus doux. Pas comme les autres mots du Monstre, toujours sur leur garde. Ceux-là sont presque rêveurs.

— Langue de maman. « Miamas ». Langue de… ma maman.

Elsa scrute l'obscurité de la capuche.

— Vous ne parliez pas la même langue ?

La capuche ondoie de gauche à droite.

— D'où venait ta maman ? demande Elsa.

— Autre endroit. Autre guerre.

— Qu'est-ce que ça veut dire alors, « Miamas » ?

La réponse lui parvient dans un soupir :

— Veut dire « J'aime ». Langue de maman.

Elsa arrache le reste de rembourrage de la chaise et le roule en une boule qu'elle promène sur l'accoudoir pour éviter d'affronter la tumeur.

— Alors c'était ton royaume. C'est pour ça qu'il s'appelle Miamas. Ce n'est pas du tout parce que je disais « miama » au lieu de « pyjama ». Vachement le genre de mamie, elle a inventé Miamas pour toi, pour que tu saches que ta maman t'aimait, murmure-t-elle, avant de se taire lorsqu'elle s'aperçoit qu'elle a prononcé ces mots qu'elle ne voulait que penser.

Le Monstre se balance d'un pied sur l'autre. Il respire plus lentement. Il frotte ses mains l'une contre l'autre.

— Miamas. Pas inventé. Pas pour de faux. Pas pour… un petit. Miamas. Pour de vrai pour… enfants.

Puis, lorsqu'elle ferme les yeux pour ne pas montrer à quel point elle est d'accord, il poursuit maladroitement :

— Dans lettre. Pardon de mamie. C'était pardon pour maman, souffle-t-il depuis la capuche.

Les paupières d'Elsa se relèvent et ses sourcils se rejoignent.

— Quoi ?

La poitrine du Monstre se soulève et s'abaisse.

— Tu as demandé. Lettre de mamie. Mamie écrit quoi. Ecrit pardon pour maman. Nous n'avons jamais trouvé… maman.

Leurs regards se croisent, d'égal à égal. C'est un respect mince mais réciproque qui naît parfois entre Miamasiens. Elsa comprend qu'il lui révèle le contenu de la lettre parce qu'il sait ce que ça fait d'être tenu à l'écart de secrets juste parce qu'on est un enfant. Elle est nettement moins en colère lorsqu'elle demande :

— Vous avez cherché ta maman ?

La capuche s'incline.

— Longtemps ?

— Toujours. Depuis… le camp, dit l'ombre sous la capuche.

La mâchoire d'Elsa s'abaisse légèrement.

— C'est pour ça que mamie voyageait autant ? Pour chercher ta maman ?

Le Monstre frotte ses mains plus vite. Sa poitrine se soulève et s'abaisse. La capuche s'incline seulement de quelques centimètres, puis, très lentement, se relève.

Ensuite, le silence se fait.

Elsa hoche la tête et contemple ses genoux tandis que la colère, têtue, jaillit de nouveau en elle.

— Ma mamie était aussi la maman de quelqu'un ! Vous avez pensé un peu à ça ?

Le Monstre ne répond pas.

— Tu n'es pas obligé de monter la garde ! martèle Elsa en recommençant à graver des gros mots dans l'accoudoir.

Le silence dure au moins un ou deux pour toujours.

— Pas garde, grogne finalement le Monstre derrière elle.

Il lève ses yeux noirs sous la capuche.

— Pas garde. Ami.

Il disparaît à nouveau dans l'ombre. Elsa rive son regard au sol et gratte la moquette des talons, soulevant encore plus de poussière.

— Merci, murmure-t-elle d'un ton bourru.

La capuche ne bouge pas. Elsa arrête de remuer la poussière. Elle inspire rapidement et répète :

— Merci.

Cette fois, elle a employé la langue secrète.

Le Monstre ne dit rien, mais quand il se frotte les mains l'une contre l'autre, c'est d'un geste moins rude et moins rapide. Elsa s'en aperçoit. La tumeur se dégonfle lentement.

— Tu n'aimes pas tellement parler, hein ? demande-t-elle dans la langue secrète.

— Pas parlé pendant longtemps, répond le Monstre dans la langue normale.

— Tu veux dire que tu n'as pas parlé dans la langue normale pendant longtemps ? s'enquiert-elle dans la langue normale.

— Pas parlé pendant longtemps, aucune langue, répond-il dans la secrète.

Elsa acquiesce, songeuse.

— Et tu n'aimes pas tellement parler, hein ? répète-t-elle dans la langue secrète.

— Tu aimes parler tout le temps, répond le Monstre.

Pour la première fois, Elsa a l'impression qu'il sourit. Ou presque.

— *Bull's-eye*, reconnaît-elle.

Dans la langue normale. Elle ne sait pas dire « *bull's-eye* » dans le langage secret.

Le silence retombe entre elle et Cœur-de-Loup.

Elsa ignore combien de temps ils attendent, mais ils patientent si longtemps qu'elle a en fait décidé d'abandonner quand les portes de l'ascenseur s'ouvrent avec un petit tintement. La femme à la jupe noire apparaît dans le corridor.

Elle se dirige droit vers la porte où figure le nom indiqué sur l'enveloppe, avec la même allure que si la porte en question s'était montrée très désobéissante. Soudain, elle s'arrête net, un talon en l'air, et fixe le géant barbu et la petite fille qui tiendrait dans la paume de sa main. La fillette la regarde. La femme à la jupe noire a une salade en boîte à la main. La boîte en plastique tremble. La femme semble vouloir prendre la fuite, avec la logique des enfants qui croient que fermer les yeux les rend invisibles. Mais elle s'immobilise à quelques mètres d'eux et se cramponne à la boîte en plastique comme au rebord d'une falaise.

Elsa se lève. Cœur-de-Loup recule. Si Elsa s'était retournée, elle aurait découvert sur son visage une expression qu'elle n'avait encore jamais vue chez lui. Une peur que nul au Pays-Presqu'Eveillé n'aurait soupçonnée chez Cœur-de-Loup. Mais Elsa n'a d'yeux que pour la femme à la jupe noire.

— Je crois que j'ai une lettre pour toi, dit-elle après une inspiration aussi profonde que si elle s'apprêtait à sauter du plus haut plongeoir.

La femme à la jupe noire ne fait pas un geste, les jointures blanchies sur la boîte en plastique. Elsa lui tend l'enveloppe avec insistance.

— C'est de la part de ma mamie. Je crois qu'elle veut demander pardon.

La femme prend l'enveloppe. Elsa, qui ne sait pas quoi faire de ses mains, les enfonce dans ses poches, comme pour se débarrasser de deux gros chewing-gums roses collants quand on ne trouve pas de corbeille.

Elle ignore ce que la femme à la jupe noire fait dans ce couloir, mais elle comprend que ce n'est pas par accident que mamie l'a chargée d'y apporter une lettre. Il n'y a pas d'accidents à Miamas. Il n'y a pas de hasard dans les contes. Tout est comme il se doit.

— Ce n'est pas ton nom sur l'enveloppe, je le sais parce que je l'ai vu sur ta boîte aux lettres dans notre immeuble, mais le message doit être pour toi, sinon c'est un accident et il n'y a pas d'accidents dans les contes ! l'informe vivement Elsa en se redressant, car dans les contes les chevaliers vont le dos droit.

La femme à la jupe noire sent la menthe aujourd'hui au lieu du vin. Elle déplie prudemment la lettre. Ses lèvres se serrent. La feuille tremble.

— Je… je portais ce nom il y a longtemps. J'ai repris mon nom de jeune fille quand j'ai emménagé dans votre immeuble, mais je m'appelais comme ça… quand ta mamie et moi, nous nous sommes rencontrées.

— Après la vague, dit Elsa sur le ton du constat.

Les lèvres de la femme disparaissent.

— Je… je pensais changer mon nom sur la porte du cabinet aussi. Mais je… oui. Je ne sais pas. Ça ne s'est jamais… jamais fait.

La lettre tremble plus violemment.

— Qu'est-ce qu'il y a d'écrit ? demande Elsa, parce que c'est le genre de questions qu'on pose quand on a presque huit ans et qu'on commence à trouver un peu injuste de ne pas savoir ce que raconte une lettre juste parce qu'on est assez bête pour ne pas la lire en cachette quand on en a l'occasion.

Négligence qu'elle regrette.

Le visage de la femme à la jupe noire passe par tous les mouvements que l'on décrit pour pleurer, mais son corps n'a apparemment plus de larmes à faire couler.

— Ta mamie écrit « pardon », dit-elle lentement.

— Pour quoi ? demande immédiatement Elsa.

— De… de t'avoir envoyée ici, répond la femme à la jupe noire.

Elsa veut lancer « Nous avoir envoyés ! » en désignant Cœur-de-Loup, mais lorsqu'elle se retourne, il n'est plus là. Elle n'a entendu ni le tintement de l'ascenseur ni la porte de l'escalier. Il a simplement disparu. « Comme un pet par une fenêtre ouverte », disait mamie quand elle ne retrouvait pas ses affaires.

La femme à la jupe noire s'avance vers la porte avec la plaque annonçant « PhD Psychologie soc. » précédé de son ancien nom. Elle insère la clé dans la serrure et invite Elsa à entrer d'un geste, bien qu'elle n'en ait visiblement aucune envie. S'apercevant qu'Elsa cherche toujours du regard son immense ami, elle murmure, lugubre :

— J'avais un autre cabinet la dernière fois que ta mamie me l'a amené. C'est pour ça qu'il ne savait pas que c'était chez moi que tu venais. Sinon il ne t'aurait jamais accompagnée. Il a… il a peur de moi.

## 17

## Cannelle

Selon la légende du Pays-Presqu'Eveillé, c'était une petite fille de Miamas qui avait levé la malédiction de l'ange de la mer. Mais mamie n'avait jamais raconté comment.

Elsa est assise face au bureau de la femme à la jupe noire, dans un fauteuil sans doute destiné aux visiteurs. Au nuage de poussière qui se forme autour d'elle lorsqu'elle s'installe, comme si elle avait trébuché sur une machine fumigène pendant un tour de prestidigitation, elle déduit que la femme n'a pas exactement beaucoup de clients. De l'autre côté du bureau, celle-ci relit encore la lettre de mamie, l'air mal à l'aise, même si à ce stade Elsa est quasi certaine qu'elle fait semblant pour éviter de devoir lui parler. La femme a paru regretter immédiatement de l'avoir invitée. Un peu comme dans les séries télé, lorsque les gens ouvrent leur porte à des vampires, découvrent ensuite la nature de leurs hôtes et se disent « Et merde » juste avant d'être mordus. Elsa croit du moins que c'est ce qu'on pense dans ce genre de situation. Et c'est l'impression que donne la femme. Les murs disparaissent derrière des étagères de livres. Elsa n'a encore jamais vu autant de volumes ailleurs que dans une bibliothèque. Elle se demande si la femme à la jupe noire a déjà entendu parler de l'iPad.

Puis ses pensées dérivent à nouveau vers mamie et le Pays-Presqu'Eveillé. Si cette femme est l'ange de la mer, alors cela fait d'elle la troisième créature du Pays-Presqu'Eveillé, après Cœur-de-Loup et le worse, qui habite dans l'immeuble d'Elsa. Celle-ci ignore si mamie a apporté toutes ces histoires à Miamas à partir du monde réel ou si les histoires de Miamas sont devenues si réelles que leurs personnages ont fait irruption dans le vrai monde. Mais de toute évidence, le Pays-Presqu'Eveillé et l'escalier de l'immeuble se sont superposés.

Elsa se souvient que mamie disait toujours que « les meilleurs contes ne sont jamais complètement vrais et jamais complètement faux ». C'était ce qu'elle appelait « défier la réalité ». Pour mamie, rien n'était que l'un ou l'autre. Les histoires étaient tout à fait pour de vrai, et en même temps tout à fait pour de faux.

Elsa aurait aimé que mamie en dise plus sur la malédiction de l'ange de la mer et la façon de la lever. Parce qu'elle suppose qu'elle l'a envoyée ici dans ce but, et en cas d'échec elle n'obtiendra sans doute pas la lettre suivante. Et alors, elle ne trouvera jamais le pardon de maman.

Elle lève les yeux vers la femme en face d'elle et se racle ostensiblement la gorge. La femme cille des paupières mais continue à fixer la lettre.

— Tu connais l'histoire de celle qui a lu jusqu'à ce que les yeux lui en tombent ? lâche Elsa.

Le regard de la femme glisse sur le papier, frôle Elsa, puis retourne à la lettre.

— Je ne sais pas ce que ça… ça veut dire, fait la femme, effrayée.

Elsa soupire.

— C'est la première fois que je vois autant de livres. Tu n'as jamais entendu parler des iPad ou quoi ? lance-t-elle, peut-être pour briser la glace.

Le regard de la femme se relève lentement une nouvelle fois. Il s'attarde un peu plus longtemps sur Elsa.

— J'aime les livres.

— Tu crois que je n'aime pas les livres ou quoi ? On peut aussi avoir des livres sur un iPad. On n'est pas obligé d'avoir un million de livres au travail, l'informe Elsa.

Le regard de la femme erre, hésitant, sur le bureau. Elle prend une pastille à la menthe dans une petite boîte et la place sous sa langue avec maladresse, comme si la main et la langue appartenaient à deux personnes différentes.

— J'aime les… les livres physiques.

— On peut avoir toutes sortes de livres sur un iPad.

Les doigts de la femme tremblent légèrement. Elle jette à Elsa ce genre de coup d'œil en coin qu'on jette à une personne qu'on croise aux toilettes quand on s'y est enfermé juste un tout petit peu trop longtemps.

— Ce n'est pas ce que je veux dire. Par « livre », j'entends la jaquette, la couverture, les pages…

— Un livre, c'est le texte. On peut lire un texte sur un iPad ! l'informe encore Elsa.

Les paupières de la femme se soulèvent et s'abaissent comme deux grands éventails.

— J'aime avoir le livre en main quand je lis.

— On peut tenir un iPad, signale Elsa.

— Je veux dire que j'aime feuilleter les pages, avance la femme.

— On peut feuilleter sur un iPad, insiste Elsa.

La femme hoche la tête à la cadence la plus lente qu'ait jamais vue Elsa. Celle-ci croise les bras.

— Fais comme tu veux alors ! Tu n'as qu'à avoir un million de livres ! Je demandais, c'est tout. Même si on lit sur un iPad, c'est toujours un livre. La soupe reste de la soupe, peu importe dans quelle assiette on la mange.

Les coins de la bouche de la femme se crispent, plissant la peau.

— Je ne connaissais pas cette expression.

— Elle vient de Miamas, explique Elsa.

La femme baisse les yeux sans répondre.

Elle ne ressemble vraiment pas à un ange, songe Elsa. D'un autre côté, elle ne ressemble pas non plus à un alcoolique. Ça compense sans doute. C'est peut-être l'apparence qu'on a quand on se trouve entre les deux.

— Pourquoi mamie a amené Cœur-de-Loup chez toi ? l'interroge Elsa.

— Pardon… qui ?

— Tu as dit que mamie te l'avait amené. Que c'est pour cette raison qu'il a peur de toi.

La femme acquiesce, un chouïa moins lentement.

— Je ne savais pas que tu l'appelais… Cœur-de-Loup.

— C'est comme ça qu'il s'appelle.

— Je l'ignorais.

— Ah bon ? Pourquoi il a peur de toi si tu ne connais même pas son nom ?

La femme observe ses mains posées sur ses genoux comme si elle les voyait pour la première fois et se demandait ce qu'elles faisaient là.

— Ta… ta mamie l'a amené pour parler de la guerre. Elle pensait que je pourrais l'aider, mais il a eu peur de moi. Il a eu peur de mes questions et peur de… de ses souvenirs, je crois, dit-elle enfin.

Après une longue inspiration, elle ajoute :

— Il a vu beaucoup… beaucoup de guerres. Il a vécu presque toute sa vie en guerre, d'une façon ou d'une autre. Les… les gens y endurent des choses terribles.

— Pourquoi il fait ça tout le temps avec les mains ? veut savoir Elsa.

— Pardon ?

— Il se lave sans arrêt les mains. Comme s'il essayait de faire partir une odeur de caca, genre.

La femme à la jupe noire hésite. Elsa se racle la gorge.

— Enfin, c'est juste un exemple. L'odeur de caca. Ça peut très bien être une autre odeur. Enfin, je veux juste dire que c'est un genre de trouble obsessionnel, non ? Alors peut-être que ça peut être n'importe quelle odeur, genre ?

Les paupières de la femme se soulèvent et s'abaissent.

— Parfois, le cerveau réagit étrangement après une tragédie. Je crois qu'il essaie de faire partir…

Elle se tait et baisse les yeux.

— Quoi ? fait Elsa.

— … le sang, conclut la femme d'une voix plate.

— Il a tué quelqu'un ?

— Je ne sais pas.

— Il est malade ? demande Elsa sans détour.

— Pardon ?

— Tu es psychologue, non ?

— Oui.

— Les psychologues ne sont pas là pour soigner les gens qui sont malades ? Enfin, tu sais, pour réparer ceux qui sont détraqués. C'est peut-être malpoli de les appeler malades, genre. C'est ça ? Il est détraqué ?

— Tous ceux qui ont vu la guerre sont détraqués, répond la femme avec mélancolie.

Elsa hausse les épaules.

— Il n'aurait pas dû devenir soldat alors. C'est à cause des soldats qu'il y a des guerres.

Les mains de la femme effleurent lentement le bord du bureau avant de se reposer sur ses genoux.

— Il n'appartenait pas à cette sorte de soldats, je crois. Il était soldat de la paix.

— Il n'y a qu'une seule sorte de soldats ! s'emporte Elsa.

Elle sait qu'elle est hypocrite. Elle déteste les soldats et elle déteste la guerre, mais si Cœur-de-Loup n'avait pas lutté contre les ombres au cours de la Guerre-Sans-Fin, alors la grisaille de la mort aurait recouvert tout le Pays-Presqu'Eveillé. Elle y pense beaucoup. Aux situations qui justifient de se battre ou pas. Mamie disait souvent : « J'ai deux poids et deux mesures, alors c'est moi qui gagne. » Mais Elsa n'a pas du tout le sentiment d'avoir gagné.

— Peut-être, dit la femme à voix basse, l'arrachant à ses réflexions.

— Tu n'as pas tellement de patients ici, hein ? remarque Elsa avec un petit signe sarcastique du menton vers la pièce.

La femme ne répond pas. Les mains tâtonnent à la recherche de la lettre de mamie. Elsa soupire, impatiente.

— Qu'est-ce que mamie écrit d'autre ?

— Elle demande pardon… pardon pour différentes choses, dit la femme.

— Comme quoi ?

La femme donne l'impression d'aspirer l'air à petites goulées.

— Beaucoup de choses.

— Elle demande pardon de n'avoir pas pu sauver ta famille ?

Les pupilles de la femme chancellent.

— Oui. Entre… entre autres.

Elsa hoche la tête.

— Et de m'avoir envoyée ici ?

— Oui.

— Pourquoi ?

— Parce qu'elle savait que tu allais poser très plein de questions.

— On dit « tout plein de questions ». Pas « très plein », la reprend Elsa.

La femme hoche la tête.

— Tout plein. Bien entendu.

Elle n'a pas l'air fâchée qu'Elsa la corrige. Elsa l'apprécie un peu.

— Tu n'aimes pas qu'on te pose plein de questions ?

— Je suis psychologue. Je suppose que j'ai pris l'habitude de les poser.

— Qu'est-ce que ça veut dire, « PhD Psychologie soc. » ?

— Docteur en psychologie sociale.

— Oh. Je croyais que ça voulait dire « Psychologie pour charrues ». Tu sais, à cause de « soc ».

La femme ne sait visiblement pas quoi répondre. Elsa lève les bras au ciel, vexée, et lance avec dédain :

— Ouais ! C'est peut-être stupide maintenant, mais ça semblait un peu plus logique avant, genre ! Tout est facile quand on y arrive du premier coup !

La femme hoche si lentement la tête qu'Elsa s'attend à entendre grincer sa nuque comme les gonds d'une porte. Puis sa bouche dessine ce qu'Elsa pense être un sourire. On dirait un tressaillement rigide, comme si les muscles de ses joues étaient des débutants.

Elsa regarde de nouveau autour d'elle. Il n'y a pas de photos dans le bureau, contrairement à l'appartement de la femme. Seulement des livres.

— Tu en as des bons ? demande-t-elle en examinant les étagères du regard.

— Je ne sais pas ce que tu appelles de bons livres, répond prudemment la femme.

— Tu as *Harry Potter* ? suggère Elsa.

— Non.

Les sourcils d'Elsa bondissent comme si elle avait du mal à croire les paroles de la femme.

— Même pas un ?

— Non.

— Tu as tous ces livres mais pas un seul *Harry Potter* ?

La femme secoue la tête, désolée. Elsa est extrêmement offensée.

— Un million de livres et pas un seul *Harry Potter*. Et on te laisse t'occuper de gens qui sont détraqués ? Dééééement, marmonne-t-elle.

La femme ne répond pas. Elsa se balance sur son siège, en équilibre sur les deux pieds arrière, de cette façon que sa maman déteste.

— Tu as rencontré ma mamie à l'hôpital après la vague ?

La femme prend une nouvelle pastille à la menthe. Elle amorce un geste bref vers Elsa pour lui en proposer une, mais celle-ci secoue la tête et demande :

— Tu fumes ?

La femme lui lance un regard étonné. Elsa hausse les épaules.

— Mamie mangeait aussi des tonnes de bonbons quand elle n'avait pas le droit de fumer, et elle n'avait généralement pas le droit de fumer à l'intérieur.

— J'ai arrêté, dit la femme.

— C'est un arrêt ou une pause ? Ce n'est pas la même chose, l'informe Elsa.

La femme hoche la tête, battant un nouveau record de lenteur.

— Cette question est presque philosophique. C'est difficile d'y répondre.

Elsa hausse de nouveau les épaules.

— Alors, où est-ce que tu as rencontré mamie ? C'est difficile de répondre à cette question aussi ?

— C'est une longue histoire.

— J'aime les longues histoires.

Les mains de la femme se cachent entre ses genoux.

— J'étais en vacances. Enfin… nous… ma famille et moi. Nous étions en vacances. Et il y a eu… il y a eu un accident.

— Le tsunami, je sais, fait Elsa.

La femme cligne longuement des paupières.

— Je lis plutôt pas mal, explique Elsa d'un ton aimable.

Le regard de la femme virevolte dans la pièce et elle dit comme en passant :

— Ta mamie m'a… m'a trouvée…

Elle suçote la pastille à la menthe en creusant les joues comme la fois où mamie, voulant « emprunter » de l'essence à l'Audi du papa d'Elsa, a essayé de l'aspirer avec un tuyau en plastique.

— Après que mon mari et mes… mes garçons se sont… commence la femme.

Le dernier mot trébuche et dégringole dans un gouffre. La femme donne l'impression d'oublier qu'elle a entamé une phrase.

— Noyés ? complète Elsa, avant de se sentir honteuse lorsqu'elle se rend compte qu'utiliser ce mot à propos de la famille d'une autre personne est certainement très grossier.

Mais la femme acquiesce simplement. A cet instant, Elsa demande prestement dans la langue secrète :

— Toi aussi, tu parles notre langue secrète ?

— Pardon ? s'exclame la femme à la jupe noire en redressant la tête, son regard exprimant une totale incompréhension.

— Euh, rien, marmonne Elsa dans la langue normale en baissant à nouveau les yeux vers ses chaussures.

C'était un test. Elsa est surprise que l'ange de la mer ne comprenne pas, car au Pays-Presqu'Eveillé tout le monde parle la langue secrète. C'est peut-être un autre aspect de la malédiction, songe-t-elle.

La femme regarde sa montre.

— Tu ne devrais pas être à l'école ?

Elsa hausse les épaules.

— C'est les vacances de Noël.

La femme hoche la tête. A un rythme presque normal cette fois.

— Tu es déjà allée à Miamas ? l'interroge Elsa.

— Je… je ne sais pas où il est, dit prudemment la femme.

— « Où c'est », la corrige Elsa.

La femme arbore une expression vide. Elsa roule les yeux.

— Miamas. Tu y es déjà allée ou pas ?

— C'est une sorte de… de plaisanterie ?

— Comment ça, une plaisanterie ?

La femme regarde ses mains, angoissée.

— Oui. Est-ce que c'est le genre de blague qui commence par « Monsieur et madame ont un fils » ?

— Quoi ? Non ! proteste Elsa avec dédain.

La femme a l'air tout d'un coup très malheureuse. Elsa gémit.

— Si c'était une plaisanterie, j'aurais dit : C'est un aveugle qui entre dans un bar. Et une table. Et quelques chaises.

La femme ne répond pas. Elsa lève les bras au ciel.

— Tu comprends ? C'est un homme aveugle qui entre dans un bar et une tab…

La femme acquiesce en croisant son regard. Elle sourit faiblement.

— J'ai compris. Merci.

Elsa hausse les épaules, boudeuse.

— Quand on comprend, on rigole.

La femme inspire comme si sa poitrine était un puits sans fond.

— C'est toi qui l'as inventée ? demande-t-elle ensuite.

— Quoi donc ?

— La blague de l'aveugle.

— Non. C'est mamie qui me l'a racontée.

Les paupières de la femme se ferment vite, puis se relèvent lentement.

— Oh. Mes garçons racontaient… ils avaient… ils racontaient ce genre de blagues. Ils posaient une question bizarre à laquelle il fallait répondre, ensuite ils criaient quelque chose et se mettaient à rire.

Au mot « rire », elle se dresse sur des jambes aussi fragiles que les ailes d'un avion en papier.

Puis tout bascule très vite. Son attitude. Sa voix. Même sa respiration.

— Je crois que tu devrais partir maintenant, dit-elle en allant à la fenêtre, dos tourné.

Sa voix est faible, mais presque hostile.

— Pourquoi ? lance Elsa, étonnée.

— Je veux que tu t'en ailles, répète la femme avec rudesse.

— Mais euh ! Pourquoi ? J'ai traversé la moitié de la foutue ville pour t'apporter la lettre débile de mamie, tu n'as presque rien raconté et maintenant tu veux que je m'en aille ? Tu ne sais pas comme il fait froid dehors ou quoi ? proteste Elsa sur le ton d'un enfant de presque huit ans qui trouve qu'on le traite injustement et qu'en plus il fait vachement froid dehors.

La femme lui tourne toujours le dos.

— Tu… tu n'aurais pas dû venir.

— Je suis venue parce que tu es l'amie de mamie.

— Je n'ai pas besoin de votre foutue charité ! Je me débrouille très bien toute seule ! déclare la femme, résolue.

— *Sure,* tu as l'air de vachement bien t'en sortir. Vraiment. Mais je ne suis pas ici par foutu sens de la charité, réplique Elsa, choquée, en se levant dans un nouveau nuage de poussière.

— Alors disparais à la fin, sale gamine ! Fiche le camp ! siffle la femme, toujours sans se retourner.

Elsa respire difficilement, à la fois effrayée par la soudaine agressivité de la femme et blessée par son refus de la regarder. Elle fait quelques pas, poings serrés.

— Ah ouais ! Mais dans ce cas, ma maman a tort de dire que tu es fatiguée ! C'est mamie qui avait raison ! Tu es juste une espèce de…

Et il arrive alors ce qui advient toujours avec les éruptions de colère. Elles ne sont pas faites d'une seule exaspération, mais de quantités. Une longue série de fureurs s'accumule dans la poitrine jusqu'à provoquer une éruption volcanique. Elsa est en colère contre la femme à la jupe noire qui ne lui raconte rien pour clarifier un peu cette stupide histoire. Elle est en colère contre Cœur-de-Loup qui l'a abandonnée juste parce qu'il a peur de cette stupide psychologue pour charrues. Et surtout, elle est en colère contre mamie. Et contre cette stupide histoire. Ce sont beaucoup trop de colères à la fois. Alors elle sait, avant même que le mot ne s'échappe de ses lèvres, l'erreur qu'elle va commettre :

— ALCOOLIQUE ! TU ES JUSTE UNE ALCOOLIQUE !!!

Elle s'en veut aussitôt terriblement. Mais trop tard. La femme à la jupe noire se retourne. Son visage est déformé en milliers d'éclats de miroir brisé.

— Dehors !

— Je ne voul… commence Elsa.

Elle recule en vacillant et joint les mains en une supplique.

— Pard…

— DEHORS ! crie la femme, hystérique, griffant l'air comme si elle cherchait quelque chose à lancer.

Et Elsa court.

Dehors. Loin.

Elle court dans le couloir, dévale les escaliers et se rue au rez-de-chaussée. Elle trébuche dans l'entrée remplie d'échos, les larmes lui voilant les yeux comme des lentilles de contact laiteuses. Ses sanglots violents lui font perdre l'équilibre et elle tombe de tout son long. Son sac à dos lui cogne l'arrière de la tête et elle se prépare à la douleur qu'elle ressentira quand ses pommettes heurteront le sol.

Mais à l'instant où elle s'attend à donner du front contre le béton, elle sent le doux pelage. Alors elle craque. Elle enlace si fort l'animal gigantesque qu'elle le sent haleter.

— Elsa.

La voix d'Alf lui parvient à quelque distance de la porte. Sur le ton du constat. Pas comme une question.

— Hmm ! gémit-elle dans la fourrure du worse.

— Allez, viens maintenant, merde. On rentre. Tu peux pas continuer à pleurer ici, merde, grogne Alf.

Elsa relève lentement la tête. Elle voudrait hurler toute l'histoire à Alf. L'ange de la mer, mamie qui l'a envoyée dans une aventure stupide où elle ne sait même pas ce qu'elle est censée faire, Cœur-de-Loup qui l'a abandonnée quand elle avait le plus besoin de lui, maman, le pardon qu'elle espérait trouver ici, et la Moitié qui va tout changer, absolument tout. Toute la solitude où elle se noie. Elle voudrait tout crier à Alf. Mais elle sait qu'il ne saisirait pas. Personne ne saisit quand on a presque huit ans. Ou n'importe quel âge.

— Qu'est-ce que tu fais ici ? sanglote-t-elle.

Alf soupire et grommelle une longue harangue qu'Elsa n'entend ni ne comprend. Il use ses semelles contre le sol. Enfin, il marmonne à contrecœur :

— Tu m'as donné l'adresse, merde. Il faut bien que quelqu'un vienne te chercher. Ça fait trente ans que je conduis un taxi et on ne laisse pas les petites filles traîner n'importe où, merde.

Il se tait pendant quelques respirations, avant d'ajouter, s'adressant au sol :

— Ta mamie m'aurait fait la peau si je n'étais pas venu te chercher.

Elsa acquiesce et s'essuie les yeux sur la fourrure du worse.

— Il vient aussi ? demande Alf d'un air maussade en indiquant le worse, qui lui rend un regard approximativement soixante-quinze pour cent plus maussade.

Elsa hoche la tête en s'efforçant de ravaler ses larmes.

— Alors il montera dans le coffre, dit fermement Alf.

Bien sûr, ça ne se passe pas comme ça. Elsa enfouit le visage dans le pelage du worse pendant tout le trajet du retour. C'est l'un des meilleurs, meilleurs avantages des worses. Ils sont étanches.

L'autoradio diffuse de l'opéra. Du moins Elsa le croit-elle. Elle n'en a jamais écouté beaucoup, mais elle en a entendu parler et elle suppose que c'est à ça que cela ressemble. A la moitié du chemin, Alf lui lance un regard embarrassé dans le rétroviseur.

— Tu veux quelque chose ?

— Comme quoi ? sanglote Elsa.

Les sourcils d'Alf se rejoignent au-dessus de son nez.

— Je ne sais pas. Un café ?

Elsa le foudroie du regard.

— J'ai sept ans !

— Je ne vois pas le rapport, merde.

— Tu connais beaucoup d'enfants de sept ans qui boivent du café ou quoi ?

Alf secoue la tête, mécontent.

— Je ne connais pas beaucoup d'enfants de sept ans.

— Ça se voit, rétorque Elsa.

— Nan, nan, nan. Bon, ben, laisse tomber, merde, grogne Alf.

Elsa replonge le visage dans la fourrure du worse. Alf pousse un juron, et au bout d'un moment il lui tend un sachet en papier. Il porte le nom de la boulangerie préférée de mamie.

— C'est un escargot à la cannelle, dit-il, avant d'ajouter : Mais tu n'as pas intérêt à pleurer dessus, merde, sinon il ne sera pas bon.

Elsa pleure dessus. Il est bon quand même.

Quand Alf coupe le moteur dans le garage, Elsa se rue hors du véhicule sans le remercier ni dire au revoir au worse, et sans songer un instant qu'Alf a vu le worse et qu'il risque d'appeler la police. A l'appartement, elle passe devant la table de la cuisine où George a servi le dîner, sans lui dire un mot. Lorsque maman rentre du travail, elle feint de dormir.

Cette nuit, pour la première fois, quand l'ivrogne crie dans l'escalier, Elsa imite les autres occupants de l'immeuble.

Elle fait semblant de ne pas entendre.

## 18

## Fumée

Dans chaque histoire, il y a un dragon. C'est grâce à mamie.

Elsa fait de terribles cauchemars cette nuit. Elle avait toujours cru que le pire qui puisse arriver serait de ne plus pouvoir se rendre au Pays-Presqu'Eveillé la nuit, que la pire chose qui puisse la frapper serait un sommeil désertique. Mais cette nuit, elle apprend qu'il y a bien pire. Elle n'arrive peut-être plus à aller au Pays-Presqu'Eveillé, mais elle en rêve. Elle le voit aussi nettement que si elle s'y trouvait, mais d'en haut. Comme si elle était à plat ventre sur une gigantesque cloche en verre posée dessus. Sans percevoir de parfums, ni entendre de rires, ni sentir le vent sur son visage quand les animaux-nuages s'élèvent vers le ciel. C'est le rêve le plus terrible de toutes les éternités.

Car Miamas est en feu.

Elle voit les princes, la princesse, les worses, les chasseurs de rêve, l'ange de la mer et tous les habitants des royaumes du Pays-Presqu'Eveillé s'enfuir. Les ombres avancent derrière eux, laissant sur leur passage la grisaille d'une mort sans imagination. Elsa essaie de localiser Cœur-de-Loup dans cet enfer, mais il n'est nulle part. Les animaux-nuages massacrés sans pitié gisent en cendres. Miamas brûle autour d'eux. Les histoires de mamie périssent.

Au milieu des ombres erre une autre silhouette. Un homme mince environné d'un nuage de fumée de cigarette. C'est la seule odeur qu'Elsa perçoive depuis la cloche de verre, celle du tabac de mamie. La silhouette lève la tête, et deux yeux bleu clair transpercent la brume. Un filet de fumée s'échappe des lèvres minces. Puis l'homme désigne Elsa d'un index tordu comme une griffe noire en criant un ordre, et un instant plus tard des centaines d'ombres décollent et s'élancent contre la coupole.

Elsa se réveille lorsqu'elle se jette hors de son lit et s'écrase tête la première sur le parquet. Elle reste allongée par terre en haletant, les mains serrées sur la gorge. Des millions de pour toujours s'écoulent sans doute avant qu'elle soit certaine d'être dans le monde réel. Qu'aucune ombre ne l'a mordue. Elle n'a pas fait de cauchemars depuis que mamie et les animaux-nuages l'ont emmenée au Pays-Presqu'Eveillé pour la première fois. Elle avait oublié quel effet ça fait. Elle se lève, couverte de sueur et vidée, en essayant de mettre de l'ordre dans ses pensées.

Elle entend des voix dans le couloir. Une des personnes présentes est furax. Oui, c'est-à-dire « furax » comme le sentiment de colère dans le monde réel. Pas « furax » comme à Miamas, bien entendu. A Miamas, un « furax » est une créature qui ressemble beaucoup à une furie, mais en plus terre à terre. Mamie racontait des histoires sur ces êtres. En fait, c'est justement contre les furies que les furax en ont le plus, car les furies leur ont piqué tous les bons rôles dans les légendes. Cela remonte à de nombreuses éternités, quand un furax a été mis à la porte d'une histoire au dernier moment, en raison de « difficultés avec ses collègues ». Ensuite, les furies ont en quelque sorte volé tous les rôles de divinités vengeresses et sont devenues les stars des tragédies antiques du monde réel, tandis que, d'après les récits de mamie, la plupart des furax doivent se contenter de boulots au service après-vente de différentes administrations un peu partout dans le Pays-Presqu'Eveillé, fument des cigarettes jaunes, se font des petites mèches violettes dans les cheveux et sont extrêmement mécontents de leur existence.

Mais… oui. Cette histoire n'a sans doute rien à voir avec le problème. C'était juste une petite digression.

Nous disions donc : Elsa entend des voix dans le couloir. Il y a quelqu'un de furax. Dans le sens normal. Elsa mobilise toute sa concentration pour chasser les brumes du sommeil et entendre ce qui se passe.

La voix de Britt-Marie s'élève, suivie de celle de maman. Puis de nouveau la voix de Britt-Marie :

— Ah oui ! Mais tu dois comprendre, Ulricka, que c'est tout de même un peu étrange qu'ils te contactent ! Pourquoi n'appellent-ils pas Kent ? C'est Kent le président de cette copropriété, je suis responsable de l'information et il est d'usage que l'expert-comptable téléphone au président pour ce genre de questions. Pas à n'importe qui !

Elsa saisit que « n'importe qui » est une insulte, même si, bien sûr, Britt-Marie parle avec bienveillance, et Elsa devine qu'elle croise les mains et hoche la tête de son air si bienveillant caractéristique.

Maman soupire si profondément qu'Elsa sent presque son pyjama ondoyer dans le courant d'air.

— Je ne sais pas pourquoi ils m'ont appelée, Britt-Marie. Mais l'expert-comptable a dit qu'il viendrait tout expliquer aujourd'hui.

Elsa entrebâille la porte de sa chambre. Britt-Marie n'est pas seule dans le couloir, Lennart et Maud et Alf l'ont accompagnée. Samantha dort sur le palier. Maman n'est vêtue que d'une robe de chambre nouée étroitement autour de son ventre. Maud aperçoit Elsa et lui sourit doucement, une boîte de biscuits dans les bras. Lennart a apporté une Thermos de café d'attente qu'il boit dans le couvercle.

Pour une fois, Alf n'a pas l'air entièrement de mauvaise humeur, ce qui signifie qu'il est juste normalement on ne peut plus énervé. Il adresse un bref mouvement du menton à Elsa, comme si elle lui avait imposé un secret. Elsa ne se souvient qu'à cet instant qu'elle l'a abandonné avec le worse dans le garage la veille. La panique déferle sur elle, mais Alf, d'un geste maussade de la paume vers le sol, lui fait signe de se calmer. Elsa se ressaisit. Elle observe Britt-Marie en essayant de comprendre si sa voisine est indignée parce que le worse a été découvert, ou s'il s'agit de l'indignation normale à propos d'une de ses fixations normales. Dieu merci, on dirait que ce n'est qu'une fixation normale. Et l'indignation de Britt-Marie est aujourd'hui terriblement focalisée sur maman.

— Alors les propriétaires de l'immeuble envisagent soudain de nous vendre les appartements pour en faire une copropriété ? Après toutes ces années que Kent a passées à leur écrire ! Ils ont décidé comme ça, tout d'un coup ! De but en blanc ? Et ensuite, c'est toi qu'ils contactent au lieu de Kent ? C'est très étrange, Ulricka, tu ne trouves pas ça étrange, Ulricka ? lance

Britt-Marie en croisant et décroisant les mains devant son ventre une demi-douzaine de fois.

Maman soupire à nouveau et resserre un peu sa robe de chambre, gênée.

— Ils n'ont sans doute pas réussi à joindre Kent. Et je vis ici depuis très longtemps, alors ils pensaient peu…

— C'est nous qui vivons dans cet immeuble depuis le plus longtemps, Ulricka, l'interrompt Britt-Marie. Kent et moi avons habité ici le plus longtemps !

— C'est Alf qui habite dans l'immeuble depuis le plus longtemps, la corrige maman.

Elsa se tortille.

— C'est mamie qui habitait ici depuis le plus longtemps, marmonne-t-elle.

Mais personne ne semble l'entendre. Surtout pas Britt-Marie.

— Nous habitons ici depuis le plus longtemps et dans ce cas il est tout de même d'usage que l'expert-comptable contacte Kent, Ulricka ! poursuit-elle.

— Ils n'ont peut-être pas réussi à le joindre, répète maman, lasse.

— Il est en déplacement ! Son avion n'a pas encore atterri ! explique Britt-Marie d'un ton un chouïa moins bienveillant.

— C'est sans doute pour ça qu'ils n'ont pas pu le joindre, commence maman. Et que je t'ai appelée dès que l'expert-comptable a raccro…

— Mais il est tout de même d'usage de contacter le président de la copropriété ! l'interrompt Britt-Marie, épouvantée.

— Ce n'est pas encore une copropriété, soupire maman.

— Mais ça va le devenir, insiste Britt-Marie.

Maman hoche la tête en se contenant.

— C'est justement de ça que l'expert-comptable des propriétaires va venir discuter aujourd'hui. C'est ce que je t'ai dit. Je t'ai téléphoné dès qu'il a raccroché. Tu as réveillé tout l'immeuble et maintenant tout le monde est là. Je t'en prie, Britt-Marie, que veux-tu que je fasse de plus ?

— C'était l'expert-comptable qui voulait venir ici aujourd'hui ? C'était l'expert-comptable lui-même qui voulait venir ? dit maintenant Britt-Marie, à mi-chemin entre question et constatation, d'une voix de fausset.

Maman acquiesce et resserre la ceinture de sa robe de chambre. Le buste de Britt-Marie tremble comme si on lui avait versé un seau de tiques en colère sur le chemisier.

— Qu'est-ce que c'est que ces manières, venir un samedi ? Hein ? Qu'est-ce que c'est que ces manières ? On n'organise tout de même pas ce genre d'entretien un samedi, tout de même, Ulricka ? Ce n'est pas ton avis ? Tu trouves ça civilisé ? C'est ton avis, bien sûr, Ulricka !

Maman se masse les tempes. Britt-Marie inspire et expire ostensiblement et se tourne vers Lennart et Maud et Alf en quête de soutien. Maud sourit d'un air encourageant. Lennart propose à Britt-Marie du café d'attente. Alf semble se rapprocher graduellement de son humeur exécrable habituelle.

Britt-Marie aperçoit Elsa.

— Ah ! Eh bien ! Voilà que nous avons réveillé la petite maintenant, oui. Et voilà !

Elle dit « nous » comme si elle pensait « tu ». Maman se tourne vers Elsa et écarte tendrement quelques mèches rebelles sur son front.

— L'expert-comptable de l'entreprise à laquelle appartient l'immeuble a téléphoné pour dire qu'ils envisageaient de convertir nos appartements en une copropriété. Comme Kent et Britt-Marie le veulent depuis longtemps. Il va venir en parler aujourd'hui, explique-t-elle d'une voix fatiguée.

— Si Kent rentre à la maison, oui. Nous ne pouvons pas commencer l'entretien sans Kent, lance Britt-Marie.

— Non, bien sûr, si Kent rentre à la maison, concède maman, épuisée.

Britt-Marie pose si vite les mains l'une sur l'autre qu'on dirait qu'elle serre furtivement une main dans une société secrète composée d'elle seule.

— Nous ferions mieux d'attendre Kent, à mon avis. Voilà mon avis. Ça vaudra mieux si Kent est là pour ce genre de choses, pour que tout aille bien. Il faut vraiment que tout aille bien, Ulricka !

Maman acquiesce et se masse les tempes.

— Oui. Oui. Oui. Appelle Kent dans ce cas, Seigneur.

— Son avion n'a pas encore atterri ! Il est en déplacement, Ulricka ! la rabroue Britt-Marie.

Alf émet un grognement. Britt-Marie fait volte-face. Alf enfonce les mains dans les poches de sa veste et grogne à nouveau.

— Pardon ? disent maman et Britt-Marie d'une seule voix mais d'un ton diamétralement opposé.

— Je dis que j'ai envoyé un SMS à Kent il y a vingt minutes, quand vous avez commencé à vous crêper le chignon, et il a répondu qu'il arrivait, merde, dit Alf. L'imbécile ne manquerait pas ça pour tout le putain d'or du monde, ajoute-t-il amèrement.

Britt-Marie ne semble pas entendre ces derniers mots. Elle chasse des miettes invisibles de sa jupe, joint les mains et lance un regard hautain à Alf. Il est impossible que Kent arrive, puisque son avion n'a pas encore atterri, du fait qu'il est en déplacement. Mais le petit groupe entend la porte d'entrée qui s'ouvre et se referme, puis le bruit des pas de Kent. Ils savent que ce sont les pas de Kent, car ils parlent très fort au téléphone en imitant les nazis dans les films américains :

— Yez, Klaus ! Yez ! We will dizcuzz this in Frankfurt !

Britt-Marie dévale l'escalier pour aller lui raconter l'insolence qui a eu l'insolence de se dérouler pendant son absence.

George surgit de la cuisine derrière maman, vêtu de collants, d'un short, d'un pull vert et d'un tablier encore plus vert. Il regarde gaiement l'assemblée, une spatule fumante à la main.

— Quelqu'un veut prendre le petit déjeuner ? J'ai fait frire des œufs.

Il semble vouloir ajouter qu'il y a même de nouvelles PowerBar protéinées, mais change d'avis, de crainte qu'ensuite il n'y en ait plus.

— J'ai apporté quelques biscuits, répond Maud avec entrain avant de tendre la grosse boîte à Elsa et de lui caresser tendrement la joue. Prends-la, je peux aller en chercher d'autres, souffle-t-elle en entrant prudemment dans l'appartement.

— Il y a du café ? demande Lennart, qui boit nerveusement une grande gorgée de café d'attente en la suivant.

Kent grimpe les dernières marches d'un air imposant et s'avance dans l'encadrement de la porte. Il porte un jean et une veste chère. Elsa le sait parce qu'il lui raconte souvent ce que coûtent ses habits, comme s'il leur attribuait une note dans la finale du concours de l'Eurovision.

Britt-Marie le suit de près d'une démarche rapide en murmurant continuellement :

— Une insolence, pas vrai, Kent ? Une insolence d'appeler n'importe qui au lieu de toi ? Est-ce que ce n'est pas insolent ? Ça ne va tout de même pas se passer comme ça avec Kent, tu crois que ça va se passer comme ça ?

Kent désigne la maman d'Elsa de toute la main et exige :

— Je veux savoir exactement ce qu'a dit l'expert-comptable quand il a appelé ! Je veux savoir exactement ce qu'il a dit !

Britt-Marie acquiesce avec zèle derrière son épaule.

— Kent doit savoir exactement ce qu'a dit l'expert-comptable, Ulricka. Les mots exacts de l'expert-comptable. Il faut que Kent entende tout de suite exactement ce que l'expert-comptable a dit !

Mais avant même que maman ait le temps d'ouvrir la bouche, Britt-Marie débarrasse la manche de la veste de Kent de poussières invisibles et souffle d'un ton complètement différent :

— Tu devrais peut-être d'abord changer de chemise, Kent ?

— Mais je t'en prie, Britt-Marie, nous sommes en plein business, se rebiffe-t-il de la même façon qu'Elsa quand maman veut qu'elle enfile des vêtements verts.

Britt-Marie prend un air malheureux.

— Je peux la mettre à la machine, s'il te plaît, Kent, insiste-t-elle. Il y a des chemises tout juste repassées dans ta penderie. Tu ne peux tout de même pas avoir une chemise froissée sur le dos à l'arrivée de l'expert-comptable, Kent, qu'est-ce que l'expert-comptable va penser de nous ? Que nous ne savons pas repasser les chemises ?

Maman essaie à nouveau de prendre la parole, mais Kent aperçoit George.

— Oh ! Tu as fait des œufs ? s'exclame-t-il, exalté.

George hoche la tête, satisfait. Kent se faufile dans le couloir en passant devant maman. Britt-Marie se précipite après lui, le front plissé. Lorsqu'elle passe devant maman, elle lance d'un ton vexé un « Ah, eh bien, on n'a bien sûr pas le temps de faire le ménage quand on est aussi accaparé que toi par sa carrière, Ulricka, bien sûr » à propos de la pièce. Alors que chaque millimètre-carré de l'appartement est parfaitement organisé.

Maman noue un peu plus fermement sa robe de chambre et inspire profondément avec sang-froid avant de soupirer :

— Mais entrez donc. Je vous en prie.

Elsa se précipite dans sa chambre et enfile un jean aussi vite qu'elle le peut, afin d'aller à la cave s'assurer que le worse va bien pendant que tout le monde est occupé ici. Dans la cuisine, la voix de Kent fait subir un interrogatoire à maman à propos de l'expert-comptable et Britt-Marie approuve d'un « hum » distinct tous les deux mots.

Seul Alf est resté dans le couloir. Elsa glisse les pouces dans les poches de son jean et appuie de la chaussette sur la barre du seuil en évitant son regard.

— Merci de ne pas avoir parlé du… commence-t-elle, s'interrompant avant de dire « worse ».

Alf secoue la tête, maussade.

— Tu n'aurais pas dû te sauver comme ça hier. Si tu décides de t'occuper de cette bête, assume tes responsabilités, merde, même si tu n'es qu'une gamine.

— Je ne suis pas une gamine ! proteste Elsa.

— Alors ne te comporte pas comme une gamine, merde, marmonne Alf.

— *Bull's-eye*, souffle Elsa en regardant par terre.

— L'animal est à la cave. J'ai accroché des morceaux de contreplaqué pour que personne ne le voie. Je lui ai dit de la fermer. J'ai l'impression qu'il a compris. Mais il faut que tu lui trouves une meilleure cachette. A la cave, quelqu'un finira par le découvrir.

Elsa saisit que « quelqu'un » signifie « Britt-Marie ». Elle sait qu'il a raison. Elle a terriblement mauvaise conscience d'avoir laissé tomber le worse. Alf aurait pu appeler la police, et ils l'auraient abattu. Elsa l'a abandonné comme mamie a abandonné maman, et cela la terrifie bien plus que les cauchemars.

— De quoi ils parlent ? demande-t-elle à Alf avec un signe du menton vers la cuisine, pour se défaire de cette pensée.

Alf grogne.

— Des foutus appartements de la copropriété.

— Qu'est-ce que ça veut dire ? demande Elsa.

Alf gémit.

— Mais merde, je vais quand même pas tout expliquer. Bon sang, la différence entre une location et une copropriété, c'est…

— En fait, je sais ce que c'est, une copropriété, je ne suis pas idiote, dit Elsa.

— Alors pourquoi tu demandes, merde ? riposte Alf, sur la défensive.

— Je demandais ce que la discussion signifie ! explicite-t-elle d'une façon pas spécialement explicite.

Alf met les mains dans ses poches en faisant bruisser sa veste en cuir. Il ne l'a pas enlevée bien que la maman d'Elsa dise qu'on ne porte pas de manteau à l'intérieur. Elsa suppose que la maman d'Alf n'est pas aussi pointilleuse sur ce sujet.

— Kent nous serine avec cette foutue copropriété depuis qu'il est revenu habiter ici. Il ne sera pas satisfait avant de pouvoir se torcher avec l'argent qu'il a chié, explique Alf à la manière d'une personne qui ne connaît pas spécialement beaucoup d'enfants de sept ans.

Elsa veut d'abord demander pourquoi il dit que Kent « est revenu habiter ici », mais décide de poser une question à la fois :

— Les autres ne vont pas toucher de l'argent aussi, dans ce cas ? Toi et maman et George et tout le monde ?

— Si nous rendons les appartements et déménageons, oui, grogne Alf.

Elsa réfléchit. Alf fait bruisser sa veste en cuir.

— Mais c'est justement ce que veut Kent, ce salaud. Il a toujours voulu partir d'ici.

Elsa regarde fixement dans le vide et s'égare dans ses pensées. Voilà pourquoi elle fait des cauchemars. Si les créatures du Pays-Presqu'Eveillé débarquent dans l'immeuble, peut-être est-il en train de devenir une partie du Pays-Presqu'Eveillé, mais si tout le monde veut rendre son appartement, alors…

— Alors nous ne fuyons pas Miamas. Nous nous rendons de plein gré, dit Elsa pour elle-même.

— Quoi ? demande Alf.

— Rien, murmure Elsa.

Le bruit de la porte d'entrée qui s'ouvre et se referme résonne dans la cage d'escalier. Puis ils distinguent des pas discrets qui montent les marches. L'expert-comptable, comprennent-ils tous deux.

La voix de Britt-Marie étouffe celle de Kent dans la cuisine. Elle n'a pas obtenu de réponse à propos de la chemise, alors elle compense en s'indignant sur d'autres choses. Qui ne manquent pas. Elle a bien sûr du mal à décider ce qui la scandalise le plus. Tour à tour, elle menace d'appeler la police si maman ne fait pas en sorte que la voiture de mamie soit déplacée sur-le-champ de sa place de garage, d'exiger que la police force le cadenas de la poussette toujours attachée à la rampe et, enfin, annonce qu'elle va réclamer que les propriétaires installent des caméras dans l'escalier afin de démasquer les plaisantins qui s'amusent à afficher des notes sans en informer d'abord la responsable de l'information.

— Je t'en prie, Britt-Marie, on ne peut pas installer des caméras comme ça dans un escalier, soupire la maman d'Elsa.

— Ah oui ! Eh bien ! C'est ce que tu dis, bien sûr, Ulricka, mais quand on n'a rien à cacher, on n'a rien à craindre non plus d'une caméra ! Pas vrai, Kent ? N'avons-nous pas le droit de notre côté, peut-être, Kent ? Pas vrai ?

Elsa n'entend pas la réponse de Kent. Maman pousse un soupir parfaitement audible.

— Certains habitants de l'immeuble bénéficient peut-être d'une nouvelle identité. Il y a des lois sur la surveillance, on ne peut pas juste…

— Qui ça pourrait être ? Des gens avec une nouvelle identité dans l'immeuble, qui est-ce qui pourrait en bénéficier ? s'exclame Britt-Marie, choquée.

Maman se masse les tempes.

— Je n'ai pas dit que c'était le cas, Britt-Marie, j'ai dit qu'il pouvait y avoir des habi…

Britt-Marie se tourne vers Kent sans écouter.

— Qui a une nouvelle identité ici, Kent ? Tu te rends compte ? Ça ne peut bien sûr être que cette personne au premier étage, dans l'appartement voisin de celui du chien de combat, ça doit être ça, Kent ? On s'en doute, qu'ils ont une nouvelle identité, les camés, afin de se camer en paix !

Personne ne semble comprendre la logique derrière le raisonnement. Mais cela importe peu, car Britt-Marie est interrompue par l'homme de très petite taille au visage très sympathique qui est apparu derrière Alf et toque discrètement au chambranle de la porte.

— Je suis l'expert-comptable, dit-il d'un ton sympathique et d'un air tout aussi sympathique.

Lorsqu'il aperçoit Elsa, il lui adresse un clin d'œil. Comme s'ils partageaient un secret. C'est du moins l'impression d'Elsa.

Kent traverse la cuisine à grands pas autoritaires, les mains parfaitement à l'horizontale sur les hanches, et examine l'expert-comptable de haut en bas.

— Alors ? Où en est la copropriété, hein ? A combien sera le mètre carré ? veut-il savoir sur-le-champ.

Britt-Marie se rue après lui hors de la cuisine et tend un index accusateur.

— Comment êtes-vous entré ? Qui vous a ouvert la porte ? Kent, tu as laissé la porte ouverte ? Elle est censée être verrouillée ! C'est exactement de ça que je parle, n'importe qui peut entrer pour afficher des notes ! Les camés peuvent vagabonder ici comme si c'était… comme si c'était un… un… immeuble de camés !

— La porte était ouverte, dit l'expert-comptable d'un ton sympathique.

— Oui, oui, oui, mais où en est la copropriété ? Le mètre carré sera à combien ? l'interroge Kent impatiemment.

L'expert-comptable indique aimablement son porte-documents puis la cuisine.

— Nous pourrions nous asseoir, peut-être ?

— Bien entendu, entrez, dit la maman d'Elsa d'une voix fatiguée derrière Britt-Marie en resserrant un peu sa robe de chambre.

— Il y a du café, annonce Lennart, enjoué.

— Et des biscuits, ajoute Maud.

— Et des œufs ! crie George depuis la cuisine.

— Oui, je vous prie d'excuser le désordre, bien sûr, ils sont tellement pris par leur carrière dans cette famille, explique Britt-Marie à l'expert-comptable avec bienveillance.

Maman s'efforce de prétendre n'avoir pas entendu cette dernière remarque. Elle ne s'en sort pas super-bien.

Quand tout le monde se dirige vers la cuisine, Britt-Marie s'attarde un instant, joint les mains et regarde Elsa d'un air bienveillant.

— Oui, tu dois comprendre, ma petite, que je ne parle naturellement pas de tes amis et de ceux de ta mamie quand je dis « camés ». Je ne peux naturellement pas savoir si l'homme qui est venu te voir hier se came ou pas. Ce n'est pas du tout ce que je voulais dire.

Elsa la regarde bouche bée, sans comprendre.

— Comment ça ? Quels amis ? Qui est venu me voir hier ?

Elle veut demander « Cœur-de-Loup ? » mais se retient, car elle ignore comment Britt-Marie pourrait savoir qu'il est son ami. Celle-ci hoche la tête d'un air bienveillant et ne parle pas du tout de Cœur-de-Loup lorsqu'elle explique :

— Ton ami qui est venu te demander hier. Celui que j'ai chassé du hall. C'est interdit de fumer dans le hall, tu pourras le lui dire. Ça ne se fait pas dans cette copropriété. Je comprends que toi et ta mamie connaissiez beaucoup de gens étranges, mais les règles s'appliquent à tout le monde, c'est comme ça !

Elle lisse un pli invisible de sa jupe, croise les mains devant son ventre et ajoute :

— Tu sais de qui je parle. Il était très mince et il fumait dans l'escalier hier. Il a dit qu'il cherchait un enfant et ensuite il t'a décrite. Il avait vraiment l'air très désagréable, alors je l'ai mis dehors en lui disant que dans cette copropriété on ne fume pas à l'intérieur.

Elsa sent son cœur se serrer et engloutir tout l'oxygène de son corps.

Britt-Marie acquiesce pour elle-même et disparaît vers la cuisine en murmurant :

— Incroyablement désagréable, c'est ce que je me suis dit tout de suite en le voyant. Ce sont des gens incroyablement désagréables, ces camés.

Elsa se retient au montant de la porte pour ne pas s'écrouler. Personne ne la remarque, pas même Alf. Mais elle comprend ce qui va arriver dans cette aventure.

Car dans chaque histoire il y a un dragon.

C'est à cause de mamie.

## 19
## Génoise

Les légendes de Miamas décrivent un nombre infini de façons de vaincre un dragon. Mais si le dragon est une ombre, la forme la plus maléfique de ces êtres, sous une apparence humaine… comment vainc-t-on une telle créature ? Elsa ignore si Cœur-de-Loup lui-même en aurait été capable, même lorsqu'il était le guerrier le plus redouté du Pays-Presqu'Eveillé. Et maintenant ? Alors qu'il a peur de la morve et qu'il n'arrive pas à laver la pensée de sang sur ses propres mains ?

Elsa ne sait rien de l'ombre, si ce n'est qu'elle l'a vue deux fois, d'abord devant le funérarium et ensuite depuis le bus sur le chemin de l'école ce jour-là. Qu'elle en a rêvé et que l'ombre est venue jusqu'à l'immeuble à sa recherche. Il n'y a pas d'accidents à Miamas, il n'y a pas de hasard dans les contes. Tout est toujours comme il se doit.

Alors c'est sans doute ce que mamie voulait dire quand elle a demandé : « Protège le château. Protège tes amis. » Elsa aurait seulement aimé que mamie lui fournisse une armée.

Elle attend jusque tard le soir avant de descendre à la cave, quand l'obscurité est juste assez dense pour qu'un enfant et un worse puissent se faufiler sans être vus sous le balcon de Britt-Marie.

George est sorti faire son jogging, maman est allée tout préparer pour demain. Après l'entretien avec l'expert-comptable ce matin, elle a téléphoné sans interruption avec la femme-baleine du funérarium, le fleuriste, le pasteur, puis avec l'hôpital, et ensuite de nouveau avec le pasteur. Elsa a lu *Spider-Man* dans sa chambre en s'efforçant de ne pas penser à demain. Ça a raté.

Elle apporte des biscuits de Maud au worse, et elle doit écarter si vite la boîte pour que la langue de la taille d'un essuie-mains ne happe pas jusqu'à la dernière miette d'un seul coup que les crocs lui raccourcissent presque les ongles. Mamie disait que la salive de worse est vachement difficile à laver et Elsa a l'intention de rendre la boîte à Maud. Dans quelques jours, bien sûr, quand il sera plus plausible qu'une personne à peu près normale ait dévoré autant de biscuits. C'est une boîte plutôt grande, du moins pour ceux qui ne sont pas des worses.

En revanche, le worse, qui à tout point de vue est un worse, fourrage avec zèle du museau dans le sac à dos comme une bétonnière indocile. Il semble avoir d'immenses difficultés à s'imaginer qu'elle puisse être assez bête pour n'avoir apporté qu'une seule malheureuse boîte.

— Je vais essayer de te trouver plus de biscuits, mais jusque-là, tu vas devoir manger les PowerBar protéinées, dit-elle.

Le worse lui lance le même regard que si elle venait de l'appeler « gros tas ».

— Arrête de faire cette tête ! Elles sont au chocolat ! précise Elsa en lui offrant les barres protéinées.

Le worse n'a pas l'air de trouver que cela change grand-chose, mais il mange tout de même les sept barres. Elsa sort une Thermos.

— C'est de la pâte à génoise. Même si ce n'est peut-être pas encore de la vraie pâte, parce que je ne savais pas comment on la prépare. Je l'ai trouvée dans le placard de la cuisine et il y avait écrit « préparation prête à l'emploi » sur la boîte, mais il n'y avait que de la poudre dedans. Alors j'ai ajouté de l'eau. Mais maintenant, ça ressemble plus à de la bouillie qu'à de la pâte, marmonne Elsa d'un ton d'excuse.

Le worse est sceptique, mais il lèche tout de même toute la bouillie de la Thermos. Par sûreté. La langue super-extensible est l'un des principaux superpouvoirs des worses.

— Il y a un homme qui me cherche, lui chuchote Elsa à l'oreille le plus courageusement possible. Je crois que c'est une ombre. Nous devons rester sur nos gardes.

Le worse lui enfouit le museau dans le cou. Elle l'entoure de ses bras et sent les muscles contractés sous la fourrure. Il essaie de se montrer espiègle, mais elle comprend qu'il fait ce que les worses font le mieux. Il se prépare à la lutte. Elle l'aime pour cela.

— Je ne sais pas d'où il vient, mamie n'a jamais parlé de ce genre de dragons, souffle Elsa.

Le worse lui fourre de nouveau le mufle dans le cou et la regarde de ses grands yeux pleins de regrets, comme s'il souhaitait tout lui raconter. Elsa aimerait que Cœur-de-Loup soit là. Elle a sonné à sa porte un peu plus tôt, mais personne ne lui a ouvert. Elle n'a pas osé crier de peur que Britt-Marie ne l'entende, mais elle a reniflé par le clapet en produisant des bruits qui indiquaient clairement qu'elle était sur le point d'éternuer un camouflage poisseux sur tout ce qui se trouvait à proximité. Pourtant elle n'a pas obtenu de réaction.

— Cœur-de-Loup a disparu, murmure-t-elle au worse.

Celui-ci lui presse le museau dans le cou. Elsa s'efforce d'être courageuse. Elle y arrive très bien pendant qu'ils traversent la cave. Et cela fonctionne encore tandis qu'ils montent les marches. Mais au rez-de-chaussée elle remarque une odeur de tabac, celui-là même que fumait mamie, et les dernières bribes de terreur du cauchemar la pétrifient. Ses chaussures pèsent des tonnes. Sa tête cogne comme si un bourdon tourbillonnait sous son crâne.

C'est curieux comme le sens d'une odeur change vite, en fonction de la voie qu'elle emprunte jusqu'au cerveau. C'est curieux comme l'amour et la peur sont proches.

Ce n'est pas pour de vrai, grosse maligne, tu te fais des idées, il n'y a pas de stupide dragon ici, se morigène fermement Elsa. Cela ne change rien. Le worse attend patiemment près d'elle, mais ses chaussures ne bougent pas.

Un journal volette devant la fenêtre. L'un de ces magazines que l'on reçoit gratuitement dans sa boîte aux lettres même quand on colle une étiquette « Pas de publicité, merci » sur sa porte. Cela rappelle mamie à Elsa. Elle est là avec ses chaussures de plusieurs tonnes et le journal la rend furieuse, il devient une sorte de symbole de tout ce qui l'exaspère, car c'est mamie qui l'a mise dans cette situation. C'est mamie qui l'a envoyée dans cette aventure, ce qui lui ressemble vachement. Tout comme faire des histoires à cause du magazine gratuit qu'on reçoit malgré l'autocollant ressemblait vachement à mamie.

Elsa se souvient en détail du jour où mamie avait téléphoné à la rédaction de la revue et s'était emportée parce qu'ils l'avaient distribuée dans sa boîte aux lettres malgré l'interdiction explicite « Pas de publicité, merci » sur la porte. Elsa s'était toujours demandé pourquoi l'autocollant ajoutait « merci ». Sa maman lui répète que si on n'est pas capable de dire merci sincèrement, il vaut mieux ne pas le dire du tout. Et l'autocollant à la porte de mamie ne semblait pas sincère du tout.

La personne au téléphone avait expliqué à mamie que le journal ne constituait pas de la publicité mais un « magazine d'information » qu'on avait le droit de distribuer, que les gens disent merci ou non. Mamie avait alors exigé de parler au propriétaire de l'entreprise qui diffusait la revue. Le standardiste avait répondu qu'elle devait simplement comprendre que le propriétaire n'avait vraiment pas de temps à perdre avec ce genre de bêtises.

Ils n'auraient pas dû faire ça, car il y avait des tas de choses que mamie ne pouvait pas du tout « simplement comprendre ». En plus, à la différence du propriétaire de la revue, elle avait énormément de temps libre. « N'emmerde jamais quelqu'un qui a plus de temps libre que toi », disait mamie. Ce qu'Elsa traduisait intérieurement par : « N'emmerde jamais une personne qui est en forme pour son âge. »

Les jours suivants, mamie avait récupéré Elsa à l'école comme d'habitude, puis elle avait sonné à toutes les portes du quartier avec un sac jaune de chez IKEA sous le bras. Les gens avaient trouvé ça un peu bizarre, d'autant plus qu'il est interdit d'emporter ces sacs jaunes des magasins, mais si on commençait à poser trop de questions, mamie répondait simplement qu'elle appartenait à une organisation environnementale qui collectait le papier recyclable. Plus personne n'osait protester. « Les gens ont peur des organisations environnementales, ils croient qu'on va débarquer chez eux et les accuser de ne pas trier correctement leurs déchets. Ils regardent trop la télé », avait expliqué mamie à Elsa tandis qu'elles chargeaient les sacs pleins à craquer dans Renault. Elsa n'avait jamais compris dans quels films mamie avait vu ce genre de scènes. En plus, elle savait parfaitement que mamie détestait les organisations environnementales, qu'elle appelait « fascistes du panda ». Et c'est interdit d'emporter les sacs jaunes d'IKEA.

Bien sûr, mamie s'était contentée de hausser les épaules. « Je n'ai pas volé les sacs, c'est juste que je ne les ai pas encore rapportés », avait-elle marmonné à Elsa avant de lui tendre un gros feutre noir. Celle-ci avait alors déclaré qu'elle voulait au moins quatre pots de New York Super Fudge Chunk de Ben & Jerry's. Mamie avait lancé : « Un ! » Elsa avait répliqué « Trois ! » et mamie avait contré d'un « Deux ! », puis Elsa avait tranché : « Trois, ou je le dis à maman ! » Mamie avait crié : « Je ne négocie pas avec les terroristes ! » Elsa avait alors signalé que quand on cherchait « terroriste » sur Wikipédia, de nombreux points de la définition s'appliquaient à mamie, mais pas un seul à elle-même. « Le but des terroristes est d'engendrer le chaos et maman dit que c'est exactement à cela que tu consacres tes journées », avait dit Elsa. Alors, mamie avait accepté de lui acheter quatre pots de crème glacée à la condition qu'elle prenne le feutre et promette de tenir sa langue. Elsa avait obtempéré. Plus tard cette nuit-là, assise dans Renault, elle avait monté la garde pendant que mamie entrait dans un hall d'immeuble à l'autre bout de la ville avec ses sacs jaunes de chez IKEA et en ressortait en courant. Le lendemain matin, le propriétaire du journal gratuit avait été réveillé par ses voisins, vivement indignés parce qu'on avait rempli l'ascenseur de centaines d'exemplaires du magazine. Chaque boîte aux lettres en débordait, des exemplaires avaient été scotchés sur toute la grande porte vitrée du rez-de-chaussée, et d'énormes piles de revues avaient été placées devant chaque appartement, inondant l'escalier lorsqu'on ouvrait la porte. Chaque exemplaire portait le nom de l'homme en grandes lettres soigneusement tracées au feutre et juste en dessous : « Ceci est un magazine d'information !!! »

Sur le chemin du retour, cette nuit-là, mamie et Elsa s'étaient arrêtées à une station-service pour acheter de la glace. Quelques jours plus tard, mamie avait recontacté la rédaction et, après, elle n'avait plus reçu aucune autre revue gratuite.

Elsa observe le journal gratuit qui s'ébat au vent en survolant la neige et se dit que c'était vraiment le genre de mamie de faire ça. Rien ne met Elsa plus en colère en ce moment que tout ce qui ressemble à mamie.

— Tu entres ou tu sors ?

Sa voix tranche les ténèbres de la cage d'escalier comme une torche. Elsa veut instinctivement se jeter dans ses bras, mais elle se retient, car elle devine qu'il détesterait ça sans doute autant que Cœur-de-Loup.

Alf met les mains dans ses poches en faisant crisser sa veste en cuir et désigne la porte du menton.

— Tu entres ou tu sors ? Tu n'es peut-être pas la seule qui ait envie de se promener, tu sais.

Elsa et le worse lui lancent un regard indécis. Il passe devant eux en grommelant et ouvre la porte. Ils le suivent de près, bien qu'il ne les y ait pas conviés. Quand ils tournent au coin de l'immeuble, hors du champ de vision du balcon de Britt-Marie et Kent, le worse s'enfonce dans un buisson et émet un grondement aussi poli que le peut un worse qui a besoin de calme pour se concentrer. Ils se retournent. L'animal soupire avec soulagement depuis les fourrés. La veste en cuir d'Alf bruisse, l'homme à l'intérieur ne semble pas du tout ravi de la compagnie inopinée. Elsa se racle la gorge et essaie de trouver un sujet de conversation pour le retenir.

— Et la voiture, ça va ? lance-t-elle.

Elle a déjà entendu papa demander ça lorsqu'il ne sait pas quoi dire.

Alf hoche la tête. Rien d'autre. Elsa expire bruyamment.

— Qu'est-ce que l'expert-comptable a dit pendant l'entretien ? demande-t-elle à la place, espérant qu'Alf sera assez indigné pour s'épancher comme lors des réunions des locataires.

Les gens parlent plus facilement de ce qui les contrarie que de ce qu'ils aiment, a remarqué Elsa. Et on a moins peur des ombres dans les ténèbres quand quelqu'un parle, peu importe de quoi. Mais le coin des lèvres d'Alf tressaille légèrement à cette question. Elsa n'avait encore jamais vu ça.

— Le foutu expert-comptable a dit que les propriétaires vendront les appartements pour en faire une copropriété à condition que tous les ahuris de l'immeuble soient d'accord.

Elsa observe sa bouche.

— Et c'est drôle ?

Alf lui lance un regard satisfait.

— Tu vis dans le même immeuble que moi ? Le foutu conflit en Palestine sera résolu avant que les locataires de cet immeuble soient d'accord à propos de la moindre merde.

Elsa comprend de quoi il parle, car elle a lu l'article de Wikipédia sur le conflit en Palestine, et elle suppose que par « les locataires » Alf entend Britt-Marie et maman.

— Les voisins voudront quitter leurs appartements si l'immeuble devient une copropriété ?

La bouche d'Alf se lisse à nouveau et reprend presque sa forme normale.

— Il y a vouloir et vouloir. La plupart seront bien obligés.

— Pourquoi ?

— Quartier attractif. Appartements vachement chers. La plupart des habitants ne pourront pas rembourser les foutus emprunts bancaires.

— Tu devras déménager ?

— Sans doute.

— Et maman et George et moi ?

— J'en sais rien, merde.

Elsa réfléchit.

— Et Maud et Lennart ? demande-t-elle ensuite.

— Tu poses une tripotée de questions, note Alf.

— Qu'est-ce que tu fais ici si tu n'as pas envie de discuter ? marmonne Elsa.

La veste d'Alf crisse en direction du worse dans le buisson.

— Je voulais juste faire une foutue promenade, merde. Personne ne vous a invités, toi et celui-là, bon sang.

Elsa hausse les sourcils en accent circonflexe.

— Tu jures vachement souvent, on te l'a déjà dit ? D'après mon papa, c'est le signe d'un vocabulaire limité !

Alf la fusille des yeux. Elle le regarde avec la même expression. Le worse remue dans les buissons. Alf jette un coup d'œil à sa montre et enfonce les mains dans ses poches.

— Maud et Lennart devront déménager. Et la fille avec son gosse au foutu premier étage aussi, sans doute. La foutue psychologue que tu es allée voir hier, je ne sais pas. Elle a sûrement un tas de fric, cette foutue bonne fe…

Il se maîtrise.

— Cette… personne. Elle a sûrement… horriblement beaucoup d'argent, cette… personne, se reprend-il.

— Qu'est-ce que ma mamie pensait ?

Le coin de la bouche d'Alf tressaille de nouveau, très rapidement.

— En général, le contraire de ce que pensait Britt-Marie.

Elsa dessine des anges de neige miniatures avec sa chaussure.

— Mais c'est peut-être une bonne chose ? Si l'immeuble devient une copropriété, tout le monde pourra peut-être aller quelque part de… bien ? avance-t-elle.

— C'est bien ici. Nous habitons ici. C'est chez nous, merde, dit Alf.

Elsa ne proteste pas. Elle n'a jamais eu d'autre maison qu'ici.

La revue gratuite qu'elle a vue par la fenêtre passe devant elle, poussée par le vent. Ou une autre, du même style. Elle s'enroule un instant autour de sa cheville avant de voleter plus loin comme une petite étoile de mer en colère. Elsa est à nouveau furieuse. Le magazine lui rappelle les histoires que mamie était prête à faire afin qu'ils arrêtent de distribuer ces revues dans sa boîte aux lettres. C'était parfaitement le genre de mamie, puisqu'elle a fait ça uniquement pour Elsa. Comme tout ce qui lui ressemblait. C'était toujours pour Elsa.

Mamie aimait bien ces journaux, elle les fourrait dans ses chaussures quand il avait plu. Mais un jour, Elsa avait lu sur Internet le nombre d'arbres nécessaires à la production d'un seul de ces magazines et, étant une grande fan de l'environnement, elle avait mis un autocollant « Pas de publicité, merci » sur les portes de maman et de mamie. Mais les journaux étaient arrivés quand même, et lorsque Elsa avait téléphoné à l'entreprise, ils lui avaient ri au nez. Ils n'auraient pas dû faire ça. On ne rit pas au nez de la petite-fille de mamie.

Mamie détestait l'environnement, mais elle était de ceux qu'on emmène avec soi à la guerre. Elle s'était faite terroriste pour Elsa. Et plus que tout, Elsa est furieuse contre mamie pour ça, en fait, parce qu'elle veut être furieuse contre mamie. Pour tout le reste. Pour les mensonges, pour avoir abandonné maman et pour être morte. Mais c'est super-impossible d'être furieux contre une mamie prête à se faire terroriste pour sa petite-fille. Elsa est furieuse de ne pas pouvoir être furieuse.

Elle ne peut même pas être en colère comme tout le monde. Même ça, ce n'est pas normal avec mamie.

Elle reste en silence à côté d'Alf et cligne des yeux jusqu'à en avoir mal aux tempes. Alf essaie d'être impassible, mais Elsa s'aperçoit qu'il scrute les ténèbres, comme s'il guettait quelque chose. Il observe les environs avec la même expression que Cœur-de-Loup et le worse. Comme s'il montait la garde. Elle plisse les yeux et essaie de le situer dans la vie de mamie telle une pièce de puzzle. Elle ne se souvient pas d'avoir entendu mamie parler tellement de lui, à part quand elle répétait que « ce type ne sait pas lever les pieds » et que c'était pour ça que ses semelles étaient toutes lisses.

— Tu connaissais bien mamie ? demande-t-elle.

La veste en cuir bruisse.

— Il y a connaître et connaître. On était voisins, merde, c'est tout, répond Alf, évasif.

— Qu'est-ce que tu voulais dire quand tu es venu me chercher en taxi, alors ? Quand tu as dit que mamie t'aurait « fait la peau » si tu m'avais laissée là-bas ? l'interroge Elsa, soupçonneuse.

Nouveau crissement.

— Je voulais juste dire, mer… rien de spécial. J'étais dans le coin, c'est tout… mer…

Sa voix est emplie de frustration. Elsa hoche la tête d'un air faussement compatissant qu'Alf n'apprécie pas du tout.

— Qu'est-ce que tu fais ici ? demande-t-elle d'un ton provocant.

— Quoi ?

Elsa hausse les épaules.

— Pourquoi tu es ici avec moi ? Tu n'as pas un taxi à conduire ou autre chose à faire ?

— Vous n'êtes pas les seuls à avoir le fout… vous n'êtes pas les seuls à avoir le droit de vous promener, toi et le… celui-là, grogne Alf en pointant une chaussure dans la direction du worse.

— *Sure, sure*, acquiesce Elsa d'un air faussement dramatique.

La veste en cuir d'Alf crisse un peu plus fort.

— Je ne peux pas te laisser traîner dehors en pleine nuit toute seule avec le clébard. Ta mamie m'aurait fait…

Il s'interrompt, grogne, et soupire.

— Ta mamie ne me l'aurait jamais pardonné s'il t'était arrivé quelque chose.

Il semble regretter immédiatement cet aveu. Alors Elsa ne dit rien. Elle hoche juste encore une fois la tête. Elle essaie de refouler la question qui la démange. Ça ne marche pas très bien :

— Est-ce que mamie et toi, vous aviez une aventure ? demande-t-elle au bout d'une période qui lui paraît plus que raisonnable, mais qui en réalité ne dure qu'une trentaine de secondes.

Alf la dévisage comme si elle lui avait lancé une boule de neige jaune à la figure.

— Tu n'es pas un peu trop petite pour savoir ce que ça veut dire ?

— Il y a beaucoup de choses que je suis trop petite pour savoir et que je sais quand même. Je suis plutôt forte pour ça, répond Elsa.

Alf pousse un grognement, mais ne répond pas. Elsa se racle la gorge.

— Quand j'étais petite, maman m'a expliqué ce qu'elle fait comme métier, parce que j'avais demandé à papa, mais il ne comprenait pas bien. Et maman a dit qu'elle s'occupait du budget. Et j'ai fait : « Quoi ? » Et elle a répondu : « Je calcule combien d'argent a l'hôpital, pour savoir ce que nous pouvons acheter et nous éviter les mésaventures. » Alors j'ai dit : « Et les aventures, c'est bien ? » Et là elle a dit oui, qu'elles valaient mieux que les mésaventures. Et alors j'ai dit que ce n'était pas du tout difficile à comprendre et que papa était bête. Et une fois, j'ai rencontré un type qui s'appelle Micke et qui travaille avec maman, et à une fête quelqu'un a demandé ce que maman faisait dans la vie et j'ai expliqué : « Maman a une aventure avec Micke au travail, mais papa ne comprend rien ! »

L'air épuisé, Alf porte une main à son oreille comme pour enlever une saleté. Elsa toussote, un brin incertaine.

— C'était légèrement compliqué, après, marmonne-t-elle avec un peu plus de retenue.

Alf consulte sa montre. Elsa élève la voix :

— Mais j'ai vu une série télé où deux personnes avaient une aventure. Alors maintenant, je comprends ce que c'est, genre ! Et je pensais que c'était peut-être comme ça, tu vois, que mamie et toi, vous vous connaissiez !

Alf hoche la tête, soulagé, espérant peut-être qu'elle arrêterait de parler, mais Elsa prend une grande inspiration et lance :

— Alors ? Vous aviez une aventure ou pas ?

— Il a pas bientôt fini, le clébard ? Certains d'entre nous doivent bosser, bougonne Alf avec résignation en se tournant vers le buisson.

Elsa l'observe d'un air songeur.

— Je me disais juste que tu es le type de mamie. Parce que tu es un peu plus jeune qu'elle mais vieux quand même, genre. Elle faisait toujours de l'œil aux policiers de ton âge. Ils étaient un peu vieux pour des policiers, en quelque sorte, mais c'était quand même des policiers. Enfin, non pas que tu sois policier. Mais tu es vieux aussi pour quelqu'un qui n'est pas… vachement vieux. Tu comprends ?

Alf ne comprend pas vraiment. Et il a l'air d'avoir un début de migraine.

— Dis donc, toi ! Tu devrais peut-être revoir ton alimentation, grommelle-t-il au worse en s'éventant de la main quand ce dernier ressort du buisson.

Le worse prend l'air offensé d'un worse qui aime les gâteaux mais doit se contenter d'une petite boîte de rien du tout par jour.

Alf fuit les questions d'Elsa. Ils franchissent la porte en file indienne, Elsa au milieu. Ce n'est pas une grande armée, mais c'est déjà ça, se dit-elle, un peu moins effrayée par les ténèbres à présent. Quand ils se séparent au sous-sol, entre le garage et la cave, elle gratte le sol du bout de sa chaussure et demande à Alf :

— Qu'est-ce que tu écoutais comme musique dans ta voiture quand tu es venu me chercher ? De l'opéra ?

— Seigneur. Encore des questions, grogne-t-il.

— Je demande, c'est tout ! Veuillez me pardonner ! fait Elsa, blessée.

Alf s'immobilise sur le pas de la porte et pousse une plainte.

— Mais mer… oui. C'était un foutu opéra.

— C'était quoi comme langue ?

— De l'italien.

— Tu parles italien ?

— Oui.

— Pour de vrai ?

— Il y a d'autres satanées façons de parler italien ? demande-t-il.

— Mais tu parles italien, enfin, genre, vraiment ? Genre, couramment ? insiste Elsa.

Alf regarde sa montre. La veste en cuir crisse. Il désigne le worse pour changer de sujet.

— Il faut que tu lui trouves une nouvelle cachette, je t'ai dit. Les gens vont finir par le trouver !

— Tu parles italien ou pas ? répète Elsa, qui n'a pas la moindre envie de changer de sujet.

— Suffisamment pour comprendre l'opéra. Tu as d'autres foutues… d'autres questions ?

— Alors en gros, tu parles opéralien ? résume Elsa d'un air encourageant.

— Qu'est-ce que tu rabâches ! répond-il.

— De quoi parle l'opéra qu'on a écouté dans la voiture ?

Alf s'avance dans le garage.

— D'amour. Ils parlent tous d'amour, merde.

Il prononce le mot « amour » comme on prononcerait peut-être « électroménager » ou « vis à ailettes ».

— ALORS, TU ÉTAIS AMOUREUX DE MA MAMIE ? lui crie Elsa.

Mais il a déjà refermé la porte.

Elle sourit, amusée. Le worse aussi, elle en est presque sûre. Et c'est beaucoup plus difficile d'avoir peur des ténèbres et des ombres quand on sourit.

— Je crois qu'Alf est notre ami, maintenant, souffle-t-elle.

Le worse semble du même avis.

— Il est plutôt grognon, mais je crois qu'il est gentil. Il n'a dit à personne que tu es là et il nous a tenu compagnie dans le noir. C'est tout de même bien d'avoir un ami comme ça, je crois.

Le worse approuve ça aussi.

— Je crois que nous allons avoir besoin de tous les amis que nous pourrons trouver. Parce que mamie ne m'a pas raconté ce qui arrive dans cette histoire.

Le worse appuie le museau contre son cou.

— Cœur-de-Loup me manque, chuchote Elsa dans son pelage.

Le worse paraît encore une fois du même avis.

Bien qu'extrêmement à contrecœur.

## 20

## Tissu

Aujourd'hui est le jour tant redouté. Il commence par la plus terrifiante des nuits.

Elsa se réveille bouche grande ouverte, mais le cri lui remplit la tête au lieu de se propager dans la chambre. Elle hurle en silence, pleure des larmes sèches, tend les mains pour repousser les couvertures déjà par terre. Elle sort de sa chambre. Une odeur d'œufs frits flotte dans l'appartement. George lui adresse un sourire timide depuis la cuisine. Elle ne le lui rend pas. Il a l'air triste. Elle s'en fiche. Comme toujours.

Elle prend une douche si chaude qu'elle a l'impression que sa peau va se détacher de ses os comme une épluchure de clémentine. Elle retourne dans la salle de séjour. Maman est partie depuis plusieurs heures pour tout préparer, puisque c'est sa spécialité. Tout préparer. Car aujourd'hui est le jour tant redouté.

George appelle Elsa, mais elle ne répond ni n'écoute. Elle enfile les vêtements que lui a choisis maman, traverse le palier et verrouille derrière elle. L'appartement de mamie a perdu son odeur normale. Il sent le propre. Dans le couloir, les piles de cartons de déménagement projettent leurs ombres à la façon de monuments sur tout ce qui ne les dépasse pas en hauteur.

Elle reste dos à la porte, incapable de faire un autre pas. Elle est venue cette nuit, mais la lumière du jour rend les choses beaucoup plus difficiles. Les souvenirs sont plus douloureux quand le soleil filtre par les persiennes. Les animaux-nuages planent dans le ciel derrière les fenêtres. C'est une matinée belle mais terrible. Car aujourd'hui est le jour tant redouté.

La peau d'Elsa brûle toujours du fait de la douche. Cela lui rappelle mamie, dont la douche ne fonctionnait plus depuis plus d'un an et qui, au lieu de téléphoner aux propriétaires de l'immeuble, avait résolu le problème à sa façon habituelle : elle utilisait la douche de maman et George. Parfois, elle oubliait de nouer sa robe de chambre lorsqu'elle traversait leur appartement. Et parfois, elle oubliait sa robe de chambre. Un jour, maman avait aboyé contre elle pendant plus d'un quart d'heure parce qu'elle manquait de respect à George qui habitait là aussi. C'était juste après qu'Elsa avait commencé à lire les œuvres complètes de Charles Dickens ; lire des livres n'étant pas le fort de mamie, Elsa lui faisait la lecture lorsqu'elles roulaient dans Renault, parce qu'elle voulait quelqu'un avec qui en parler. Elle avait lu *Un chant de Noël* plusieurs fois, car mamie adorait les chants de Noël.

Alors, quand maman lui avait dit de ne pas se promener toute nue dans l'appartement par respect pour George, mamie s'était tournée vers lui, toujours nue, et avait déclaré : « Il y a respect et respect, tu es le compagnon de ma fille, bon Dieu ! » Puis elle s'était inclinée bien bas et bien nue et avait ajouté d'un ton solennel : « Je suis l'Esprit des Noëls à venir, George ! »

Maman avait été furieuse contre mamie, mais elle avait essayé de le cacher, pour Elsa. Et Elsa avait essayé de cacher à quel point elle était fière que mamie cite Charles Dickens, pour maman. Ça n'avait pas très bien marché, ni pour l'une ni pour l'autre.

Elsa s'avance enfin dans l'appartement, sans se déchausser. Elle porte cette sorte de chaussures qui rayent les parquets, aussi maman lui a-t-elle défendu de les porter à l'intérieur, mais c'est inutile chez mamie, parce qu'on croirait que quelqu'un y a fait du patin à glace. Un peu parce que le parquet est vieux, et un peu parce que mamie a vraiment patiné dessus un jour.

Elsa ouvre la porte de la grande armoire. Le worse lui lèche la figure. Il sent les barres protéinées et la pâte à génoise. Elsa s'était à peine couchée hier soir qu'elle avait été frappée par la pensée que maman enverrait sans doute George chercher des chaises supplémentaires à la cave aujourd'hui, pour les gens qui viendraient prendre le café. Parce que aujourd'hui est le jour tant redouté, et tout le monde boit le café quelque part après les journées de ce genre.

La cave de maman et George est juste à côté de celle de mamie, la seule d'où le worse est visible, maintenant qu'Alf a posé du contreplaqué. Alors Elsa était descendue en cachette, incapable de décider si elle avait plus peur des ombres, des fantômes ou de Britt-Marie, et avait ramené le worse à l'appartement.

— Tu aurais été un peu moins à l'étroit si mamie n'était pas morte, s'excuse Elsa, car l'armoire n'aurait jamais arrêté de grandir. Mais si mamie n'était pas morte, tu n'aurais pas eu à te cacher du tout, murmure-t-elle ensuite.

Le worse lui lèche à nouveau la figure et passe la tête par la porte en cherchant le sac à dos des yeux. Elsa le rapporte en courant de l'entrée et en sort trois boîtes de rêves et un litre de lait.

— Maud les a montés chez maman hier soir, explique Elsa quand le worse la rejoint.

Mais il lui mordille immédiatement les mains comme s'il voulait manger les biscuits avec leurs boîtes, et elle dresse un index en guise d'avertissement.

— Tu peux avoir deux boîtes, c'est tout ! J'en garde une pour les munitions !

Le worse aboie un peu, mais accepte qu'il ne soit pas en position avantageuse pour négocier. Il dévore docilement le contenu de deux boîtes et seulement la moitié de la troisième. C'est tout de même un worse. Et ce sont tout de même des biscuits.

Elsa attrape le lait et se met en quête du laiteur. Elle se sent un peu longue à la détente, bien sûr, mais elle n'a pas fait de cauchemars depuis plusieurs années et ne s'est rappelé que maintenant qu'elle en a besoin. La première fois que l'ombre est venue la hanter, elle s'est efforcée de refouler ses inquiétudes le lendemain matin. Comme tout le monde. Elle a essayé de se convaincre que « c'était juste un cauchemar ». Mais elle aurait dû savoir à quoi s'en tenir. Tous ceux qui se sont rendus un jour au Pays-Presqu'Eveillé le savent.

Alors, cette nuit, quand elle a refait le même cauchemar, elle a compris où se rendre pour contre-attaquer. Pour reprendre les nuits qu'ils lui ont volées.

— Mirevas ! lance-t-elle fermement au worse lorsqu'elle ressort d'une des petites armoires de mamie, poursuivie par un désordre innommable que maman n'a pas encore réussi à confiner dans des cartons de déménagement. Nous devons aller à Mirevas ! lui dit-elle en brandissant le laiteur.

Mirevas est l'un des royaumes voisins de Miamas, le plus petit du Pays-Presqu'Eveillé, et pour cette raison il est bien souvent oublié. Quand les enfants du Pays-Presqu'Eveillé apprennent la géographie à l'école et doivent réciter le nom des six royaumes, c'est Mirevas qu'ils oublient tous. Même ceux qui y vivent. Car les Mirevasiens sont des êtres incroyablement humbles, chaleureux et prudents, qui ne veulent surtout pas gêner ni prendre trop de place. Mais ils ont une mission importante, voire l'une des missions les plus cruciales qu'on puisse avoir dans un pays où il n'y a pas plus vital que l'imagination : c'est Mirevas qui entraîne les chasseurs de cauchemars.

Seuls les gros futés du monde réel qui n'y comprennent rien débitent des âneries comme « c'était juste un cauchemar ». Il n'y a pas de « juste » avec les cauchemars. Au Pays-Presqu'Eveillé, chacun sait que ce sont des êtres vivants, de petits morceaux obscurs d'incertitude et de regrets qui se faufilent entre les maisons quand tout le monde dort et inspectent portes et fenêtres à la recherche d'une fissure où se glisser pour semer le chaos. C'est pour ça qu'il y a les chasseurs de cauchemars. Quand on a la moindre jugeote, on sait qu'on chasse les cauchemars avec un laiteur, alors tous les chasseurs de cauchemars en ont un. Aux yeux d'un gros futé qui n'y comprend rien, un laiteur ressemble à s'y méprendre à un lanceur de paintball classique auquel une mamie aurait ajouté un réservoir à lait et un lance-pierre, mais Elsa n'est pas une grosse futée. Elle sait ce qu'elle a entre les mains. Elle remplit le réservoir de lait et place un rêve dans l'élastique du lance-biscuit.

On ne peut pas tuer les cauchemars, mais on peut les effrayer. Et les cauchemars ne redoutent rien plus que le lait et les biscuits. C'est un problème d'allergie héréditaire. Une longue histoire. Ça leur donne de l'eczéma et compagnie, aux cauchemars.

— Ils peuvent venir cette nuit, les salauds ! affirme Elsa.

Le worse acquiesce d'un air encourageant. Bien qu'il veuille simplement manger les munitions.

Quand la sonnette retentit juste derrière elle, Elsa sursaute avec un tel effroi qu'à l'immense dépit du worse elle tire sur lui des quantités de lait mais pas de biscuit.

— Pardon, marmonne Elsa maladroitement tandis que le worse tout mouillé et extrêmement allergique au lactose se sauve hors de portée de l'arme.

Pendant un instant, Elsa a cru que c'était un cauchemar qui sonnait, mais ce n'est que George. Il lui adresse un sourire quand elle ouvre. Elle ne le lui rend pas. Il a l'air triste. Elle s'en fiche.

— Je vais chercher des chaises supplémentaires à la cave, dit-il en essayant de faire bonne figure comme tous les papas lorsqu'on leur fait nettement sentir qu'ils ne sont que des papas de pacotille.

Elsa hausse les épaules et lui claque la porte au nez. Puis elle se perche sur le dos du worse pour regarder par le judas et voit George s'attarder une bonne minute avec son air triste. Elsa le déteste pour ça. Maman lui dit toujours que George veut seulement qu'elle l'apprécie, parce qu'il ne s'en fiche pas. Comme si Elsa ne le savait pas. Elle sait qu'il ne s'en fiche pas, c'est bien pour cette raison qu'elle ne peut pas l'aimer. Elle ne pense pas qu'elle ne pourrait pas l'aimer avec un peu d'efforts, au contraire elle est certaine qu'elle y arriverait. Parce que tout le monde aime George. C'est son super-pouvoir.

Et elle sait qu'elle sera déçue quand la Moitié arrivera et que George oubliera son existence. Alors autant ne pas l'aimer du tout dès le départ.

Si on n'aime pas les gens, on n'est pas blessé. Presque tous les enfants de presque huit ans qu'on appelle souvent différents l'apprennent vite.

Elle redescend du dos du worse. Celui-ci referme les mâchoires sur le laiteur et le lui prend doucement mais fermement des mains. Il s'éloigne d'un pas lourd et le pose sur un tabouret hors de portée de l'index d'Elsa. Mais il ne mange pas le biscuit, ce que les gens qui connaissent l'amour des worses pour les biscuits reconnaîtront comme la plus grande marque de respect envers Elsa.

La sonnette retentit de nouveau. Elsa ouvre la porte et s'apprête à rabrouer impatiemment George, quand elle s'aperçoit que ce n'est pas lui.

Le silence dure une bonne demi-douzaine de pour toujours.

— Bonjour, Elsa, dit la femme à la jupe noire d'un air égaré.

Certes, elle porte un jean à la place de sa jupe noire aujourd'hui. Elle sent la menthe et paraît aussi terrifiée que si elle était sur scène et qu'Elsa était sur le point de noter son interprétation de « I Will Always Love You » de Whitney Houston.

— Bonjour, répond Elsa.

La femme respire si lentement qu'elle craint de la voir s'évanouir.

— Je… je suis terriblement désolée de t'avoir crié après dans mon bureau, avoue lentement la femme.

Chacune observe le bout des pieds de l'autre. Elsa ne sait pas auquel des sentiments qui se bousculent en elle se raccrocher.

— C'est pas grave, lâche-t-elle finalement.

Les coins des lèvres de la femme vibrent légèrement. La peau dessine de petits plis.

— J'ai été un peu surprise que tu viennes à mon bureau. Je n'ai pas beaucoup de visites là-bas. J'ai… j'ai du mal avec les visites.

Elsa hoche la tête, honteuse, sans détacher son regard des chaussures de la femme.

— Ça ne fait rien. Pardon d'avoir dit… chuchote-t-elle, incapable de prononcer le dernier mot.

La femme hoche la tête d'un air rassurant.

— C'est ma faute. J'ai beaucoup de mal à parler de ma famille. Ta mamie a essayé de m'y pousser, mais je me suis seulement… oui. Fâchée.

Elsa appuie le bout de l'orteil par terre.

— On boit du vin pour oublier les choses désagréables, hein ?

La femme ferme les yeux et inspire profondément.

— Ou pour supporter de se souvenir. Je crois.

Elsa renifle.

— Toi aussi, tu es détraquée, hein ? Comme Cœur-de-Loup ?

— Détraquée… d'une autre façon. Peut-être.

— Tu ne peux pas te réparer toi-même ?

— Tu veux dire avec mes compétences de psychologue ?

— Ce n'est pas possible ? s'enquiert Elsa.

La femme sourit. Presque.

— Je ne crois pas que les chirurgiens puissent s'opérer eux-mêmes. C'est à peu près la même chose.

Elsa acquiesce. Un instant, la femme au jean amorce un geste vers elle, mais se retient et se gratte distraitement la paume à la place.

— Ta mamie a écrit dans la lettre qu'elle veut que je veille… que je veille sur toi, souffle-t-elle.

Elsa opine du chef.

— Elle a écrit ça dans toutes les lettres, on dirait.

— Tu as l'air en colère.

— Elle ne m'a pas écrit de lettre.

La femme au jean vacille de tout son corps quelques secondes, comme si elle avait subi une anesthésie locale. Puis elle tend la main vers un sac en papier posé par terre.

— Je… j'ai acheté les *Harry Potter* hier. Je n'ai pas encore avancé très loin, mais…

Elsa la dévisage, s'attendant peut-être à ce que la femme agite les mains en hurlant « Je plaisante ! ». Mais celle-ci n'en fait rien.

— Tu n'avais jamais lu *Harry Potter* ? l'interrompt Elsa comme toujours dans cette situation.

La femme fait signe que non. Elsa donne l'impression de devoir se raccrocher pour ne pas tomber dans les pommes.

— Tu as lu tous les bouquins dans ton bureau, mais pas *Harry Potter* ?

La femme recule d'un petit pas et baisse les yeux vers ses mains, réaction tout à fait naturelle quand on comparaît devant un juge de presque huit ans.

— Il y a sûrement beaucoup... beaucoup de livres que j'ai lus et pas toi.

— Pas *Harry Potter* !

La femme lève les yeux. Elsa secoue la tête, déçue. La femme baisse le regard.

— Je... je comprends que *Harry Potter* est important pour toi, avance-t-elle.

— C'est important pour tout le monde ! répond Elsa comme si la femme venait de demander : « Et l'oxygène, tu trouves que c'est important pour toi ? »

La peau se plisse de nouveau aux coins de la bouche de la femme. Celle-ci prend une inspiration si profonde qu'on ne peut la comparer qu'à une inspiration vachement profonde. Puis elle regarde Elsa dans les yeux et déclare :

— Je l'aime beaucoup aussi, c'était ce que je voulais te dire. Je n'avais pas eu de lectures aussi divertissantes depuis longtemps. On n'en a presque jamais quand on est adulte. Ce sont des expériences fantastiques quand on est jeune, et ensuite tout se raréfie avec, eh bien, avec le cynisme, je suppose. Je voulais juste te remercier de me l'avoir rappelé.

Elsa ne l'a jamais entendue prononcer autant de mots sans balbutier. La femme lui tend le contenu du sac. Elsa s'en saisit. C'est aussi un livre. Une histoire. *Les Frères Cœur-de-Lion*, d'Astrid Lindgren. Elsa le sait, car c'est l'une de ses préférées parmi celles qui ne viennent pas du Pays-Presqu'Eveillé. Elle l'a lue plusieurs fois à mamie tandis qu'elles roulaient dans Renault. C'est l'histoire de Biscotin et Jonathan, qui meurent et se rendent à Nanguiyala, où ils doivent se battre contre le tyran Tenguil et le dragon Katla.

Le regard de la femme perd à nouveau pied.

— C'est *Les Frères Cœur-de-Lion*. Je… je l'ai lu à mes garçons quand leur mamie est morte. Je ne sais pas si tu l'as déjà lu. Tu l'as… tu l'as naturellement déjà lu ! s'excuse-t-elle à toute vitesse comme si elle voulait arracher le livre des mains d'Elsa et s'enfuir en courant.

Elsa secoue la tête en serrant fort l'ouvrage.

— Non, ment-elle.

Elle est assez polie pour comprendre que quand on reçoit un livre on doit à la personne qui l'offre de faire semblant de ne pas l'avoir lu. Car le vrai cadeau, c'est d'offrir une lecture fantastique, pas de la recevoir. Cette connaissance fait partie des fichues bonnes manières de base, en fait, quand on n'est pas un gros futé.

La femme au jean a l'air soulagée. Puis elle prend une si grande inspiration qu'Elsa a l'impression que ses clavicules vont se décrocher.

— Tu… tu m'as demandé si nous nous sommes rencontrées à l'hôpital. Ta mamie et moi. Après le tsunami. Mais je… ils… ils avaient étendu tous les morts sur une petite place. Pour que les familles puissent chercher leurs… chercher… je… enfin, c'est là qu'elle m'a trouvée. Sur la place. J'étais restée assise là… je ne sais pas. Plusieurs semaines. Je crois. Elle m'a ramenée et je… elle a dit que je pouvais habiter ici le temps de décider ce que j'allais… ce que j'allais faire.

Les lèvres se frôlent et s'écartent, pêle-mêle, comme si elles étaient électrifiées.

— Je suis juste restée. Je suis juste… restée.

Elsa baisse les yeux, cette fois vers ses propres chaussures.

— Tu viens aujourd'hui ? demande-t-elle.

Au bord de son champ de vision, la femme semble à nouveau vouloir s'enfuir.

— Je ne crois pas que je… je crois que j'ai beaucoup déçu ta mamie.

— Elle était peut-être déçue parce que tu es toi-même déçue, avance Elsa.

La gorge de la femme émet un râle. Elsa met un moment à comprendre qu'elle rit. Comme si cette partie de la gorge n'avait pas servi pendant longtemps et que quelqu'un venait de retrouver la clé et de la remettre en route.

— Tu es vraiment une petite fille spéciale, dit la femme.

— Je ne suis pas une petite fille. J'ai presque huit ans ! la corrige Elsa.

— Oui, pardon, fait la femme, les yeux fermés. Presque huit ans. Tu venais… tu venais de naître. Quand j'ai emménagé ici. Tu venais à peine de naître.

— Il n'y a pas de mal à être spécial, mamie disait que seuls les gens spéciaux peuvent changer le monde !

La femme acquiesce lentement.

— Oui. Pardon. Je… je vais y aller. Je voulais juste dire… pardon.

— C'est rien, murmure Elsa. Merci pour le livre.

Les pupilles de la femme vacillent, mais elle regarde de nouveau Elsa droit dans les yeux.

— Est-ce que ton ami est revenu ? Cœur-de… Comment tu l'as appelé ?

Elsa secoue la tête. La femme arbore une expression qu'Elsa croit être une sollicitude sincère.

— Il fait ça parfois. Il disparaît. Il ne faut pas t'inquiéter. Il… il a peur des gens. Il disparaît un moment. Mais il revient toujours. Il a juste besoin de temps.

— Je crois qu'il a besoin d'aide, dit Elsa d'un ton implorant.

— C'est difficile d'aider une personne qui ne veut pas s'aider elle-même, souffle la femme.

— Une personne qui veut s'aider elle-même n'est peut-être pas celle qui a besoin d'aide, objecte Elsa.

La femme opine du chef sans répondre.

— J'y vais, répète-t-elle enfin.

Elsa veut la retenir, mais elle est déjà au milieu de l'escalier. Elle a presque disparu à l'étage inférieur quand Elsa se penche au-dessus de la balustrade, prend une grande inspiration et appelle :

— Tu les as trouvés ? Tu as trouvé tes garçons sur la place ?

La femme s'immobilise. Elle se cramponne à la rampe.

— Oui.

Elsa se mord les lèvres.

— Tu crois à une vie après la mort ?

La femme lève les yeux vers elle.

— C'est une question difficile.

— Mais enfin, tu comprends, tu crois en Dieu ? interroge Elsa.

— Parfois, c'est difficile de croire en Dieu.

— Parce que tu te demandes pourquoi Dieu n'a pas arrêté le tsunami ?

La femme ferme les yeux.

— Parce que je me demande pourquoi il y a des tsunamis.

Elsa hoche la tête.

— Ça s'appelle un « problème de Théodore », genre. J'ai lu ça sur Wikipédia.

— Tu veux dire un « problème de théodicée » ? la reprend la femme.

— C'est ce que j'ai dit ! la rabroue Elsa.

La femme acquiesce, bien qu'elle n'ait pas du tout dit ça.

— Les gens affirment que « la foi déplace les montagnes », poursuit Elsa sans trop savoir pourquoi, peut-être parce qu'elle ne veut pas perdre encore la femme de vue sans avoir posé la question qui la tourmente.

— J'ai déjà entendu cette expression, répond la femme.

— Mais enfin, ce n'est pas vrai ! proteste Elsa. Parce que ça vient de Miamas et d'une géante qui s'appelait Lafoi. Elle était vachement forte. Mais c'est une histoire méga-longue, alors je n'ai pas envie de la raconter maintenant !

La femme hoche la tête d'un air compréhensif. Elsa continue tout de même :

— Elle s'appelait Lafoi et elle pouvait déplacer les montagnes ! Parce que c'était une géante ! Et les géants sont super-forts !

Elsa se tait et fait la moue, songeuse.

— OK, elle n'était pas si longue que ça, cette histoire…

La femme cherche un prétexte pour reprendre son chemin. Elsa inspire rapidement.

— Tout le monde dit que mamie me manque maintenant mais que ça passera, pourtant je n'en suis pas sûre !

La femme relève à nouveau la tête. Son regard est teinté de sollicitude.

— Pourquoi ?

— Ça n'est pas passé pour toi.

Les paupières de la femme s'abaissent légèrement.

— Il y a peut-être une différence.

— Comment ça ?

— Ta mamie était vieille.

— Pas pour moi. Je ne la connaissais que depuis sept ans.

La femme ne répond pas. Elsa se frotte les mains l'une contre l'autre, imitant Cœur-de-Loup.

— Presque huit, se corrige-t-elle.

— Oui, souffle la femme. Presque… presque huit.

— Tu devrais venir aujourd'hui ! appelle Elsa.

Mais la femme a déjà disparu.

Elsa entend la porte de son appartement se refermer, puis tout est calme jusqu'à ce que la voix de papa s'élève depuis le rez-de-chaussée.

Alors elle se ressaisit, essuie ses joues et force le worse à retourner se cacher dans l'armoire avec la moitié des munitions du laiteur en guise de pot-de-vin.

Les animaux-nuages volent plus bas à présent. Papa porte un costume et est silencieux aussi. Cette tenue est très inhabituelle pour lui. Mais aujourd'hui est le jour tant redouté.

— Tu crois en Dieu, papa ? demande Elsa de la façon qui le surprend toujours, telle une bombe à eau lancée d'un balcon.

Elsa le sait parce que mamie aimait les bombes à eau et que papa n'a jamais appris à ne pas passer juste en dessous de son balcon.

— Je ne sais pas, répond-il.

Elsa le déteste parce qu'il n'a pas de réponse, mais elle l'aime un peu parce qu'il ne ment pas. Audi s'arrête devant une grande grille en métal noir. Ils restent assis sur leurs sièges.

— Je ressemble à mamie ? s'enquiert Elsa en observant toujours le ciel.

— Physiquement ? hésite papa.

— Non, mais genre en tant que personne ! soupire Elsa à la manière d'une enfant de presque huit ans qui s'impatiente contre son papa.

Papa lutte un moment contre son hésitation, comme tout parent d'une fille de presque huit ans. De la même façon que si Elsa venait de lui demander d'expliquer comment on fait les bébés. Une nouvelle fois.

— Tu devrais arrêter de dire aussi souvent « genre ». Il n'y a que les gens au vocabulaire limité… commence-t-il à la place, parce qu'il ne peut pas s'en empêcher.

Il est de ceux qui trouvent très important de dire « ce genre » et pas « c'genre ».

— Mais je m'en fous à la fin ! assène Elsa beaucoup plus méchamment qu'elle ne le voulait, parce qu'elle n'est pas d'humeur à accepter ses corrections aujourd'hui.

En temps normal, c'est leur truc à eux, se reprendre l'un l'autre. Leur seul truc. Papa a une boîte à mots où Elsa met les mots difficiles qu'elle apprend, comme « concis », « outrecuidant » et « restes de fonds de placards ». A chaque fois que la boîte est remplie, elle reçoit une carte cadeau pour télécharger un livre sur son iPad. La boîte à mots lui a acheté toute la série *Harry Potter*, bien qu'elle sache que papa est super-indécis à propos de *Harry Potter*, puisqu'il ne comprend pas les choses trop éloignées de la réalité.

— Pardon, murmure Elsa.

Papa se recroqueville sur son siège. Ils sont embarrassés de concert. Puis il dit, un peu moins hésitant :

— Oui. Tu lui ressembles beaucoup. Tu tiens tous tes plus beaux traits de caractère d'elle et de ta maman.

Elsa garde le silence, car elle ne sait pas si c'était la réponse qu'elle voulait entendre. Papa se tait aussi, car il n'est pas sûr que ce soit ce qu'il aurait dû répondre. Elsa voudrait lui dire qu'elle veut venir plus souvent chez lui. Qu'un week-end sur deux ne suffit plus. Elle voudrait crier que quand la Moitié arrivera, si c'est une personne normale, George et maman ne voudront plus d'Elsa chez eux, parce que tous les parents veulent des enfants normaux, pas des enfants différents. A côté d'Elsa, la Moitié va sans cesse rappeler la différence aux gens. Elle veut crier que mamie se trompait, qu'être différent n'est pas toujours bien, car la différence est une mutation et presque aucun des X-Men n'a de famille.

Elle voudrait crier. Mais elle ne dit rien. Car elle sait qu'il ne comprendrait pas. Qu'il n'a pas envie qu'elle vienne plus souvent chez lui et Lisette, car Lisette a déjà des enfants. Des enfants pas différents.

Papa se tait et arbore l'expression d'une personne qui ne veut pas porter de costume. Cependant, à l'instant où Elsa ouvre la portière d'Audi, il se tourne vers elle, indécis, et dit à voix basse :

— Mais il y a des moments où j'espère que tes plus beaux traits de caractère ne viennent pas TOUS de ta mamie et de ta maman, Elsa.

Alors, celle-ci plisse fort les paupières en appuyant le front contre son épaule. Elle glisse la main dans la poche de son manteau, où elle fait tourner le capuchon du feutre rouge qu'il lui a offert quand elle était petite pour qu'elle puisse tracer des traits d'union, et qui est toujours le plus beau cadeau qu'elle ait reçu de lui.

De n'importe qui.

— J'ai hérité de tes mots, remarque-t-elle.

Il cligne des yeux en essayant de masquer sa fierté. Elle s'en aperçoit. Et elle voudrait lui avouer qu'elle a menti vendredi. Que c'est elle qui a envoyé le SMS depuis le téléphone de maman pour lui dire qu'il n'avait pas besoin de venir la chercher à l'école. Mais elle ne veut pas le décevoir. On ne déçoit presque jamais personne en se taisant. Tous les enfants de presque huit ans le savent.

Papa lui embrasse les cheveux. Elle lève la tête et essaie de demander comme en passant :

— Est-ce que Lisette et toi aurez d'autres enfants ?

— Je ne crois pas, répond papa, triste mais d'un ton assuré.

— Pourquoi ?

— Nous avons tous les enfants qu'il nous faut.

Il se retient de dire « plus d'enfants qu'il ne nous en faut ». Du moins est-ce l'impression qu'il donne.

— C'est à cause de moi que tu ne veux pas avoir d'autres enfants ? questionne Elsa en espérant qu'il dira non.

— Oui, dit-il.

— Parce que je suis différente ?

Il ne répond pas. Et elle n'attend pas. Mais à l'instant où elle veut claquer la portière d'Audi, papa lui attrape le bout des doigts et, quand leurs regards se croisent, il hésite. Comme toujours. Mais ensuite, il souffle :

— Parce que tu es parfaite !

Elle ne l'a jamais entendu si déshésitant qu'en cet instant. Si elle l'avait prononcé tout haut, il aurait rétorqué que ça n'existe pas, comme mot. Et elle l'aime pour ça.

George attend à côté de la grille, l'air triste. Il porte aussi un costume. Elsa passe devant lui en courant et maman l'attrape, le mascara coulant sur ses joues. Elsa appuie le visage contre la Moitié. La robe de maman sent le tissu neuf. Les animaux-nuages volent bas.

C'est le jour où on enterre la mamie d'Elsa.

# 21

# Stéarine

Il y a des conteurs au Pays-Presqu'Eveillé pour dire que nous avons tous une voix intérieure qui nous souffle toujours quoi faire et qu'il nous suffit simplement d'écouter. Elsa n'y a jamais vraiment cru, elle n'aime pas l'idée de la voix d'une autre personne en elle, et mamie disait que seuls les psychologues et les gens qui en ont tué d'autres à coups de fourchette à dessert parlent de « voix intérieures ». Mamie n'aimait pas trop la psychologie. Ni les fourchettes à dessert. Même si elle faisait vraiment des efforts avec la femme à la jupe noire.

Pourtant, dans un moment, Elsa va entendre nettement la voix d'une autre personne dans sa tête. Mais la voix ne va pas murmurer, elle va crier. Elle hurlera : « Cours ! » Et Elsa prendra ses jambes à son cou. L'ombre à ses trousses.

Bien sûr, elle l'ignore quand elle pénètre dans l'église. Le bourdonnement de centaines d'inconnus conversant à voix basse s'élève vers la voûte du plafond comme le chuintement d'un autoradio en panne. L'essaim de gros futés la montre du doigt en chuchotant. Leurs regards l'étouffent.

Elle ne sait pas qui ils sont et elle se sent trahie. Elle ne veut pas partager mamie. Elle ne veut pas se souvenir que mamie était sa seule amie mais que celle-ci en avait des tas d'autres. Elle ne veut partager ni sa vie ni sa mort.

Elle se concentre très fort pour avancer droit à travers la foule. Elle ne veut pas révéler qu'elle a l'impression d'être sur le point de s'écrouler tant le chagrin lui pèse. Le sol de l'église lui aspire les pieds, le cercueil au bout de l'allée lui brûle les yeux.

Le plus grand pouvoir de la mort n'est pas d'emporter des gens, mais de faire souhaiter à ceux qui restent de ne plus vivre, songe-t-elle sans se souvenir où elle a entendu ces paroles. Elle se dit que ça vient peut-être du Pays-Presqu'Eveillé, pourtant c'est peu probable quand on connaît l'opinion de mamie sur la mort. La mort, c'était l'ennemi juré de mamie. C'est pour cela qu'elle ne voulait jamais en parler et qu'elle était devenue chirurgien. Pour emmerder la mort le plus possible.

Mais ça pourrait venir de Miploris, se dit Elsa. Mamie ne voulait jamais visiter ce royaume lorsqu'elles se rendaient au Pays-Presqu'Eveillé, cependant elle le faisait parfois quand Elsa lui cassait les pieds avec ça. D'autres fois, cette dernière y allait seule pendant que, dans une auberge de Miamas, mamie jouait au poker avec un troll ou se plaignait du vin avec un ange de neige.

Miploris est le plus beau des royaumes du Pays-Presqu'Eveillé. Là-bas, les arbres chantent, l'herbe masse les pieds du promeneur et ça sent toujours le pain frais. Les maisons sont si belles que par sécurité il faut s'asseoir pour les regarder, mais nul n'y vit.

Elles servent uniquement de réserves. Car c'est à Miploris que tous les êtres des légendes apportent leur tristesse pour l'y entreposer. Pour toutes les éternités de contes.

Quand un horrible drame se produit dans le monde réel, les gens disent que le chagrin, l'absence et la douleur dans le cœur « diminuent avec le temps », mais c'est faux. Le chagrin et le regret sont constants, mais s'il fallait les porter le restant de nos jours, personne ne tiendrait jamais le coup. La tristesse nous paralyserait. Alors, après quelque temps, nous l'entassons dans des sacs et cherchons un endroit où la déposer.

Voilà ce qu'est Miploris. Un royaume où les voyageurs des histoires se rendent lentement depuis les quatre points cardinaux en traînant des valises déformées par le chagrin qu'elles renferment. Un endroit où l'on peut s'en décharger et reprendre le cours de sa vie. Et quand les voyageurs se détournent, ils repartent d'un pas plus léger, car Miploris est construit de telle façon qu'on a toujours le soleil sur le visage et le vent dans le dos, peu importe la direction que l'on prend.

Les Miplorisiens rassemblent valises, ballots et sacs de tristesse et les consignent avec soin dans de petits blocs-notes. Ils cataloguent minutieusement toutes les sortes de chagrin et de regret dans différents départements et leur attribuent une réserve où ils sont enregistrés. Miploris est très bien organisé, il y a un cadre réglementaire très large avec des départements extrêmement bien définis pour tous les types de chagrin. « Foutus bureaucrates », mamie appelait-elle naturellement les Miplorisiens en raison de tous les formulaires que les gens apportant leur peine doivent remplir aujourd'hui. Mais on ne peut vraiment pas tolérer le désordre quand il s'agit de chagrin, disent les Miplorisiens. Tout le monde serait triste n'importe comment.

Miploris était autrefois le plus petit royaume du Pays-Presqu'Eveillé, mais après la Guerre-Sans-Fin il est devenu le plus grand. C'est pour cela que mamie n'aimait pas y aller, parce que tant de réserves ont un panonceau à son nom.

Et c'est à Miploris qu'on parle de voix intérieures, se souvient maintenant Elsa. Les Miplorisiens croient que les voix intérieures sont celles des défunts qui reviennent pour aider ceux qu'ils aiment.

« Crétins à fourchettes à dessert », les appelait mamie.

Elsa est ramenée dans le monde réel par la main de papa qui se pose prudemment sur son épaule. Elle l'entend souffler « Tu as vraiment bien fait les choses, Ulrica » à maman. Du coin de l'œil, elle voit celle-ci sourire et désigner du menton les livrets de messe placés sur les bancs de l'église en répondant : « Merci d'avoir fait les livrets. C'est vraiment une belle police d'écriture ! »

Assise à l'extrémité du banc au bout de l'allée, Elsa fixe le sol jusqu'à ce que le bourdonnement s'efface et que ses pensées se noient dans le bruit sourd qui résonne lorsque des centaines de fesses se posent en même temps sur les bancs en bois dur. L'église est si remplie que des gens doivent rester debout le long des murs. Nombre d'entre eux portent des vêtements étranges, comme s'ils avaient joué à la roulette vestimentaire chez quelqu'un qui ne sait pas lire les symboles d'entretien.

Il faut qu'elle ajoute « roulette vestimentaire » à la boîte à mots, se dit Elsa. Elle essaie de se raccrocher à cette pensée. Mais elle est ramenée à la réalité lorsqu'elle entend des langues qu'elle ne comprend pas et distingue son nom tordu par des prononciations maladroites. Elle voit les inconnus la désigner plus ou moins discrètement du doigt. La plupart plutôt moins. Ils savent tous qui elle est et ça la rend folle, alors quand elle entrevoit soudain un visage familier près d'un mur, elle a d'abord du mal à le situer. Comme lorsque, dans un café, le cerveau lance « Oh, regarde ! C'est quelqu'un que tu connais, fais-lui coucou ! » et qu'on s'exclame « Ça alors, bonjour ! » par réflexe avant qu'il ait pu ajouter « Ah non, c'est juste quelqu'un que tu as vu à la télé ! ». Le cerveau adore faire passer son propriétaire pour un idiot.

Le visage disparaît quelques secondes derrière une épaule et, quand il réapparaît, il regarde Elsa droit dans les yeux. C'est l'expert-comptable qui est venu parler de la copropriété hier. Mais aujourd'hui, il est habillé en pasteur. Il se cache derrière une autre épaule, resurgit. Il la regarde encore bien en face et lui adresse un clin d'œil.

Une femme pasteur prend la parole à l'avant de l'église et Elsa lui accorde une seconde d'attention avant de se tourner à nouveau vers l'expert-comptable-pasteur. Mais celui-ci s'est déjà évanoui dans la marée humaine. Plusieurs paires d'épaules sont surmontées d'une tête qui regarde Elsa en lui adressant le sourire de gens qui n'ont vu un enfant qu'en photo, sans comprendre que c'est super-terrifiant. Aussi terrifiant qu'un fourgon blanc inconnu devant la cour de l'école, en fait. Quels gros futés ! Elsa a horreur des gens qui l'ont vue en photo à une période si reculée qu'elle ne s'en souvient peut-être même pas. Elle pense que c'est la raison pour laquelle les personnes normales détestent que leurs parents montrent des photos d'eux encore bébés, parce qu'on a le sentiment que quelqu'un nous a dérobé un souvenir.

La femme pasteur parle de mamie, puis de Dieu, mais Elsa n'écoute pas. Elle se demande si c'est ce que mamie aurait voulu. Elle n'est pas certaine qu'elle aimait les églises. Sa grand-mère parlait très peu de Dieu, car elle l'associait à la mort.

Et tout semble faux, ici. Tout n'est que plastique et fard. Comme si tout irait mieux dès qu'ils auraient célébré l'enterrement. Tout n'ira pas mieux pour Elsa, elle le sait. Elle a des sueurs froides. Quelques-uns des inconnus dans les vêtements super-bizarres vont au micro. Certains s'expriment dans des langues étrangères et une petite bonne femme traduit dans un autre micro. Cependant personne ne dit « morte ». Ils répètent tous que mamie est juste « partie » ou qu'ils l'ont « perdue », comme une chaussette disparue dans le sèche-linge. Quelques-uns pleurent, mais cette vue offense Elsa. Ce n'était pas leur mamie. Ils n'ont pas le droit de lui donner le sentiment que mamie avait d'autres pays et royaumes où elle ne l'a jamais emmenée.

Alors, quand une grosse dame qui a l'air de s'être coiffée dans son bain avec un grille-pain commence à lire des poèmes, Elsa trouve que maintenant ça commence vraiment à bien faire et elle se faufile entre les bancs. Elle entend maman lui souffler de revenir, mais elle avance vite en traînant les pieds sur le sol de pierres nues et sort de l'église avant d'être rattrapée.

L'air frais de l'hiver lui donne l'impression d'avoir été tirée d'un bain bouillant par les cheveux. Les animaux-nuages volent bas, tel un mauvais présage. Elsa s'éloigne lentement en inspirant si profondément les vents de décembre que ses yeux s'obscurcissent. Elle aimerait que Tornade soit là. Tornade a toujours été une de ses super-héroïnes préférées, parce que son super-pouvoir est de manipuler le temps. Même mamie reconnaissait que c'était un super-pouvoir vachement cool.

Elsa voudrait que Tornade déclenche une tempête qui emporterait toute la sale église. Tout le sale cimetière. Tout le sale tout.

Les visages aperçus à l'intérieur se bousculent devant sa rétine. A-t-elle vraiment vu l'expert-comptable ? Est-ce qu'Alf était là ? Elle pense que oui. Elle a également reconnu un autre visage, celui de la policière aux yeux verts. Du moins le croit-elle. Elle s'éloigne un peu plus vite de l'église, car elle n'a pas envie qu'un participant la suive et lui demande si elle va bien. Parce qu'elle ne va pas bien. Rien n'ira jamais bien. Elle ne veut plus entendre leur bourdonnement, ne veut plus comprendre qu'ils parlent d'elle. Racontent des choses sur elle. Dans son dos. Mamie ne parlait jamais dans son dos.

Jamais. Jamais dans son dos.

Elle a parcouru une cinquantaine de mètres entre les pierres tombales quand elle remarque l'odeur de fumée. Le parfum a d'abord quelque chose de familier, d'apaisant. Elsa voudrait y enfouir le nez comme dans une taie d'oreiller fraîchement lavée un dimanche matin. Mais ensuite, elle perçoit autre chose

Et la voix intérieure commence à poindre en elle.

Elle sait avant même de se retourner qui est l'homme entre les stèles. Il n'est qu'à quelques mètres d'elle. Il tient nonchalamment sa cigarette entre le bout des doigts. Ils sont trop loin de l'église pour qu'on entende Elsa crier et il lui coupe la retraite avec des mouvements calmes et froids.

Elsa jette un coup d'œil par-dessus son épaule, vers la grille. Vingt mètres. Quand elle se tourne à nouveau vers lui, il a fait un bond vers elle.

Et la voix intérieure s'éveille en Elsa. C'est celle de mamie. Mais elle ne murmure pas. Elle crie.

Mamie lui hurle : « Cours ! »

Elsa sent les doigts frôler son bras, mais glisse entre ses mains rugueuses. Elle court jusqu'à ce que le vent lui écorche les yeux comme des griffes sur un pare-brise couvert de givre. Elle ignore combien de temps. Des éternités. Les éternités du monde réel. Et quand le souvenir du regard et de la cigarette se cristallise dans son cerveau tandis que chaque respiration fait éclater ses poumons, elle comprend qu'il s'est arrêté. Que c'est pour ça qu'elle lui a échappé. Une seconde d'hésitation de plus, et il l'aurait attrapée par sa robe, mais Elsa a trop l'habitude de courir. Elle est trop forte à la course.

Elle court longtemps, jusqu'à ce qu'elle soit certaine qu'il ne la poursuit plus. Et peut-être que rien ne la pourchasse plus. Elle court jusqu'à ne plus savoir si c'est le vent ou le chagrin qui fait pleurer ses yeux.

Elle court jusqu'à s'apercevoir qu'elle est presque arrivée à l'école.

Elle ralentit, regarde autour d'elle. Elle hésite, puis se précipite droit dans le parc obscur de l'autre côté de la rue, sa robe dansant autour d'elle. Même les arbres y semblent hostiles. Le soleil n'a pas la force de filtrer jusque-là. Elle entend des voix isolées, le hurlement du vent dans les branchages, le fourmillement des voitures très, très loin. Elle titube à corps perdu et à bout de souffle vers les profondeurs du parc. Elle perçoit d'autres voix. L'une lui crie : « Eh dis donc ! Petite ! »

Elsa s'arrête, épuisée, et s'écroule sur un banc. Elle entend appeler « Petite ! » et comprend que la voix lui veut du mal. Le parc semble se glisser sous une couverture. Une deuxième voix bredouille et trébuche sur les mots comme si elle s'était trompée de pied en enfilant des chaussures. Les deux voix accélèrent. Elsa se rend compte du danger et en un mouvement elle recommence à courir. Les voix aussi. Elle remarque soudain, désespérée, que l'obscurité de l'hiver rend tous les arbres du parc identiques, qu'elle ignore où est la sortie, que c'était stupide. Seigneur, elle a sept ans et passe vachement de temps devant la télé, comment a-t-elle pu être aussi bête ? C'est de cette manière qu'on finit avec sa photo sur des briques de lait ou Dieu sait où ils diffusent les avis de recherche d'enfants disparus dans les séries télé dernièrement !

Mais trop tard. Elle court entre deux épaisses haies noires qui forment un couloir étroit et sent les battements de son cœur jusque dans sa gorge. Elle ne s'explique pas pourquoi elle s'est ruée dans le parc. Aucune personne saine d'esprit n'y aurait mis les pieds de son plein gré, les camés qui y traînent vont l'attraper et la tuer, exactement comme tous à l'école le répètent. C'est ce qu'ils vont faire le jour de la rentrée, ils vont lancer : « On t'avait prévenue ! » Elsa déteste quand les gens disent ça. Elle aurait dû rester à l'église. Quoique ? Elle ne sait pas qui est l'homme à la cigarette, elle n'est pas tout à fait certaine qu'il soit une ombre du Pays-Presqu'Eveillé, mais elle est rudement sûre que mamie lui a crié de courir.

Mais ici ? Pourquoi a-t-elle couru ici ? Elle est malade ? C'est peut-être ça, se dit-elle. Elle est peut-être malade. Peut-être qu'au fond elle veut se faire attraper et tuer.

Le plus grand pouvoir de la mort n'est pas d'emporter des gens, mais de faire souhaiter à ceux qui restent de ne plus vivre.

Elle n'entend jamais les branches se briser dans les broussailles. Elle n'entend jamais la glace se fendre sous les pas. Mais soudain, les voix bancales dans son dos s'évanouissent et pendant une seconde elle a l'impression de s'être jetée contre un animal-nuage orageux. Ses tympans crissent au point qu'elle voudrait hurler. Puis le silence se fait. Elle décolle doucement du sol. Elle ferme les paupières. Elle ne les relève pas avant d'avoir été portée hors du parc.

Cœur-de-Loup baisse les yeux sur elle. Elle le fixe en retour, avachie dans ses bras. Elle sent sa conscience s'échapper. Si elle n'avait pas su au fond d'elle que le monde ne contenait pas assez de sacs en papier pour calmer Cœur-de-Loup au cas où elle lui baverait dessus en dormant, elle se serait sans doute assoupie sur-le-champ. Mais elle lutte pour garder les yeux ouverts, songeant que dormir serait un peu grossier, surtout qu'il lui a sauvé la vie. Une nouvelle fois.

— Pas courir seule. Jamais courir seule, grogne Cœur-de-Loup.

— Oui, oui, oui, marmonne Elsa à bout de forces en essayant d'ignorer ces mots.

Elle n'est toujours pas sûre d'avoir voulu être sauvée, mais elle est heureuse de le voir. Bien plus heureuse qu'elle ne s'y attendait, en fait. Elle pensait qu'elle serait en colère contre lui.

— Dangereux, grogne Cœur-de-Loup en direction du parc en reposant Elsa sur ses pieds.

— Je sais, murmure-t-elle.

— Plus jamais ! ordonne-t-il.

Et elle entend la peur dans sa voix.

Avant qu'il ait pu redresser son immense corps, elle lui passe les bras autour du cou et chuchote « Merci » dans la langue secrète. Elle le lâche lorsqu'elle s'aperçoit que cela le met très mal à l'aise.

— Je me suis lavé les mains super-soigneusement, je me suis douchée méga-longtemps ce matin !

Cœur-de-Loup ne répond pas, mais elle lit dans ses yeux qu'il va quand même avoir besoin de prendre, genre, un bain de gel désinfectant quand il rentrera.

Elsa regarde autour d'elle. Cœur-de-Loup secoue la tête et frotte ses mains l'une contre l'autre.

— Parti maintenant, la rassure-t-il.

Elsa acquiesce.

— Comment tu savais que j'étais là ?

Le regard de Cœur-de-Loup tombe sur l'asphalte.

— Veille sur toi. Ta mamie a dit… veiller sur toi.

— Même si je ne sais pas toujours que tu es dans les environs ?

La capuche de Cœur-de-Loup s'incline de haut en bas.

— C'est un dragon ? demande Elsa. Celui qui m'a poursuivie ? Enfin, tu comprends, est-ce que c'est une ombre ? Du Pays-Presqu'Eveillé ?

La respiration contenue de Cœur-de-Loup vibre sous sa peau.

— Très dangereux. Très dangereux pour toi. Pour tous. Jamais courir seule !

Elsa hoche la tête et sent que ses jambes menacent de céder sous elle. Elle cligne longtemps des paupières.

— Pourquoi tu as disparu ? Pourquoi tu m'as laissée seule chez la psychologue ? souffle-t-elle d'un ton accusateur.

Le visage de Cœur-de-Loup disparaît sous sa capuche.

— Psychologues veulent parler. Toujours parler. De la guerre. Toujours. Je… ne veux pas.

— Tu irais peut-être mieux si tu parlais ?

Cœur-de-Loup frotte ses mains en silence. Il épie le bout de la rue. Elsa serre ses bras contre elle et se rend compte qu'elle a laissé son manteau et son écharpe Gryffondor à l'église. Ça ne lui est jamais arrivé avant, d'oublier l'écharpe Gryffondor.

Qui inflige une chose pareille à une écharpe Gryffondor, franchement ?

Elle scrute aussi le bout de la rue, sans savoir quoi guetter. A cet instant, la chaleur l'enveloppe et, quand elle se retourne, elle comprend que Cœur-de-Loup lui a posé son manteau sur les épaules. Les manches traînent par terre autour de ses pieds. Le vêtement sent la lessive. C'est la première fois qu'elle voit Cœur-de-Loup sans sa capuche relevée et curieusement il paraît beaucoup plus grand sans elle. Les longs cheveux et la barbe noire flottent au vent, la cicatrice au-dessus de l'œil brille quand le soleil chatouille les animaux-nuages dans le ciel.

— Tu as dit que « Miamas » signifie « J'aime » dans la langue de ta maman, hein ? reprend Elsa en essayant de ne pas fixer sa cicatrice, car il frotte ses mains plus fort quand elle le dévisage.

Il acquiesce tout en guettant le bout de la rue.

— Qu'est-ce que ça veut dire, « Miploris » ?

Comme il garde le silence, elle croit qu'il ne comprend pas sa question, alors elle explique :

— L'un des six royaumes du Pays-Presqu'Eveillé s'appelle Miploris. C'est là qu'on entrepose tout le chagrin. Mamie ne voulait jamais…

Cœur-de-Loup l'interrompt, mais sans grossièreté :

— « Je pleure ». Miploris. Je pleure.

Elsa hoche la tête.

— Et Mirevas ?

— Je rêve.

— Et Miaudacas ?

— J'ose.

— Et Mimovas ?

— Danse. Je danse.

Elsa laisse les mots faire leur effet avant de demander le nom du dernier royaume. Elle pense à ce que mamie lui racontait sur Cœur-de-Loup. Il était le guerrier invulnérable qui avait vaincu les ombres, ce que lui seul pouvait, car il avait le cœur d'un guerrier mais l'âme d'un conteur. Parce qu'il était né à Miamas mais avait grandi à Mibatalos.

— Que veut dire Mibatalos ? s'enquiert-elle.

Il la regarde sans ciller. De ses grands yeux noirs écarquillés par ce que l'on amasse à Miploris.

— Mibatalos. Je me bats. Mibatalos… détruit maintenant. Mibatalos n'existe plus.

— Je sais ! commence Elsa. Les ombres l'ont anéanti pendant la Guerre-Sans-Fin et tous les Mibatalosiens sont morts, sauf toi, parce que tu es le dernier de ton peuple et tu…

Mais les mains de Cœur-de-Loup se frottent si fort l'une contre l'autre qu'elle s'interrompt.

Le visage masqué par les cheveux, il recule d'un pas.

— Mibatalos existe pas. Je me bats pas. Plus jamais.

Et Elsa comprend, comme chacun comprend quand on regarde dans les yeux la personne qui prononce ces mots, qu'il ne s'est pas réfugié dans les forêts aux confins du Pays-Presqu'Eveillé par peur des ombres. Mais par peur de lui-même. Peur de ce que Mibatalos avait fait de lui. Peur de son invincibilité.

C'est du moins ce qu'elle croit lire dans ses yeux. Car il y a des légendes là-dessus.

Puis elle remarque qu'il voit quelque chose arriver au bout de la rue. Elle entend la voix d'Alf. Lorsqu'elle fait volte-face, Taxi est au bord du trottoir, moteur en marche. Les semelles d'Alf traînent sur la neige. La policière demeure à côté de Taxi, ses yeux verts balayant le parc en tous sens comme ceux d'un aigle. Quand Alf soulève Elsa, toujours enveloppée du manteau de la taille d'un sac de couchage, il dit calmement :

— On rentre à la maison, maintenant. Tu ne peux pas rester ici à te geler !

Mais Elsa entend dans sa voix qu'il a peur, comme on peut seulement avoir peur quand on sait ce qui poursuivait Elsa dans le cimetière, et voit au regard vigilant de la policière aux yeux verts qu'elle sait aussi. Que tous en savent beaucoup plus qu'ils ne l'avouent.

Elsa ne se retourne pas tandis qu'Alf la porte vers Taxi. Elle sait que Cœur-de-Loup est déjà loin. Et en se jetant dans les bras de maman à l'église, elle comprend que celle-ci aussi en sait plus qu'elle ne l'admet. Qu'elle en a toujours su plus qu'elle ne l'admet.

Elsa pense à l'histoire des *Frères Cœur-de-Lion*. Elle pense au dragon Katla, qu'aucun humain ne pouvait vaincre. Et à l'effroyable serpent géant, Karm, le seul à pouvoir défaire Katla à la fin. Parce que parfois, dans les contes, la seule chose qui puisse vaincre un terrifiant dragon est une créature encore plus terrifiante.

Un monstre.

# 22

# O'boy

Elsa a déjà été pourchassée. Des centaines de fois. Tous ceux qui affichent leur différence dans une cour d'école l'ont déjà été. Mais jamais elle n'avait été pourchassée comme au cimetière, et cette sorte de peur est nouvelle. Comme une fièvre dans son cœur, elle s'enkyste et la tient sous son emprise, elle résonne dans son crâne longtemps après que l'ombre a disparu.

Parce qu'elle a vu ses yeux juste avant de courir, et ils donnaient l'impression qu'il était prêt à la tuer. Quand on a presque huit ans, on ne se remet jamais tout à fait de voir cette expression dans les yeux de quelqu'un.

Ou de quelque chose.

Elsa essayait de ne jamais avoir peur quand mamie était en vie. Ou du moins de ne jamais le montrer. Car mamie détestait les peurs. Au Pays-Presqu'Eveillé, les peurs sont de petits êtres hargneux couverts d'un pelage rugueux qui, par le plus grand des hasards, évoquent les peluches bleues que l'on trouve dans les sèche-linge, et si on leur donne la moindre chance, elles bondissent pour mordre la peau et arracher les yeux. Les peurs sont comme les cigarettes, disait mamie : avec ces petits saligauds, le plus difficile n'est pas d'arrêter mais de ne pas recommencer.

C'est le Dare-Dare qui avait apporté les peurs au Pays-Presqu'Eveillé, selon une histoire de mamie, il y a plus d'éternités qu'on ne peut en compter. C'était il y a si longtemps qu'il n'y avait encore que cinq royaumes au lieu de six.

Le Dare-dare est un monstre des temps primitifs qui veut que tout arrive immédiatement. A chaque fois qu'un enfant dit « bientôt », ou « plus tard », ou « mais oui, je vais le faire », le Dare-Dare hurle avec une énergie furieuse : « Naaan ! Dare-dare ! TU DOIS LE FAIRE DARE-DARE ! » Il déteste les enfants, le Dare-Dare, car ils ne croient pas à ses mensonges selon lesquels le temps est linéaire. Ils savent que le temps n'est qu'une impression, alors « dare-dare » ne signifie rien pour eux, tout comme pour mamie. George disait que mamie n'était pas une retardataire chronique mais une retardataire athée, et que la seule religion à laquelle elle adhérait était le bouddhisme tardif. Elsa avait été très en colère contre lui, parce que c'était super-drôle, et c'est difficile de ne pas aimer quelqu'un qui est drôle. L'humour est l'un des traits de caractère les plus énervants de George.

Le Dare-Dare a apporté les peurs au Pays-Presqu'Eveillé pour attraper les enfants, car il dévore l'avenir de ses proies. Il laisse sa victime impuissante avec une vie où elle doit manger dare-dare, dormir dare-dare et faire le ménage sur-le-champ. L'enfant ne peut plus jamais repousser une corvée à plus tard ni s'amuser en attendant. Il ne reste plus que maintenant. Une destinée bien pire que la mort, pensait mamie, et l'histoire du Dare-Dare commençait par expliquer qu'il détestait les contes. Car il n'y a rien de tel que les contes pour donner envie aux enfants de repousser le reste à plus tard. Alors, une nuit, le Dare-Dare avait rampé jusqu'au sommet de la montagne des Contes, la plus haute montagne du Pays-Presqu'Eveillé, et déclenché un terrible éboulement qui avait dévalé le flanc de la montagne. Puis il avait attendu, caché dans une grotte obscure. Car la montagne des Contes est la montagne en haut de laquelle les angelots relâchent les légendes dans le monde réel, mais si elles ne peuvent pas quitter la montagne des Contes, le royaume de Miamas étouffe, et ensuite tout le Pays-Presqu'Eveillé étouffe. Parce que les histoires ne peuvent vivre sans enfants pour les écouter.

Quand l'aube se leva, les plus braves guerriers de Mibatalos essayèrent de gravir la montagne pour vaincre le Dare-Dare, mais tous échouèrent. Car le Dare-Dare cultivait les peurs dans les profondeurs de la grotte, comme de petits œufs. Les peurs sont difficiles à cultiver, car elles ont besoin de menaces pour croître. Alors, à chaque fois que, quelque part, des parents menaçaient un enfant, cela faisait l'effet d'engrais. « Plus tard », disait un enfant, et ses parents criaient : « Non, dare-dare ! Parce que SINON… » Et paf ! Une peur brisait sa coquille au fond des grottes du Dare-Dare.

Lorsque les guerriers de Mibatalos arrivèrent au sommet de la montagne, le Dare-Dare relâcha les peurs, et elles se transformèrent immédiatement en ce que chaque guerrier redoutait le plus. Car tous les êtres vivants, même les guerriers de Mibatalos, ont en eux une peur immortelle. L'atmosphère du Pays-Presqu'Eveillé se fit plus rare. Les conteurs eurent de plus en plus de mal à respirer.

Mais bien sûr, à ce moment du récit, Elsa interrompait toujours mamie, plutôt irritée, pour lui signaler qu'elle avait chipé l'idée des peurs qui se transforment à *Harry Potter*, parce que c'est comme ça que fonctionne un épouvantard. Mamie répondait alors avec dédain : « C'est peut-être cet imbécile de Harry qui m'a volé mon idée, tu as pensé à ça ? » Et Elsa feulait : « Harry Potter n'est pas un voleur ! » Ensuite, elles se chamaillaient un long moment, puis mamie abandonnait et marmonnait : « D'accord ! Et puis merde, après tout ! Les peurs ne se transforment pas ! Elles mordent juste en essayant d'arracher les yeux des gens, tu es CONTENTE maintenant ? » Elsa lui accordait cela, et elles reprenaient le récit.

Et, oui, pour raccourcir à peine une histoire superlongue, c'est à ce moment que les deux chevaliers d'or avaient fait leur apparition. Tous essayèrent de les dissuader de gravir la montagne, mais ils n'écoutèrent naturellement pas. Les chevaliers sont obstinés, quelque chose de bien ! Mais quand les peurs surgirent au sommet de la montagne, les chevaliers d'or ne se battirent pas. Ils ne crièrent pas, ne jurèrent pas comme les guerriers qui les avaient précédés. A la place, ils firent la seule chose à faire contre les peurs : ils éclatèrent de rire. Un rire moqueur, haut et provocant. Et les peurs se changèrent en pierres, l'une après l'autre.

Mamie était bien sûr fortement d'avis de conclure l'histoire avec la transformation en pierres, car la fin était la partie des histoires qu'elle racontait le plus mal, mais Elsa ne l'avait jamais laissée faire. Le Dare-Dare avait été condamné à la prison à vie, ce qui l'avait vachement mis en rogne. Et le conseil suprême du Pays-Presqu'Eveillé avait décidé de charger un petit groupe d'habitants de chaque royaume, parmi les guerriers de Mibatalos, les chasseurs de rêves de Mirevas, les veilleurs du chagrin de Miploris, les musiciens de Mimovas et les conteurs de Miamas, de protéger la montagne des Contes. On avait reconstruit le sommet plus haut que jamais avec les peurs devenues pierres, et au pied de la montagne on avait fondé le sixième royaume : Miaudacas. Et dans les champs autour de Miaudacas, on cultivait le courage, pour que personne n'ait plus jamais peur des peurs.

Enfin, oui. Il en fut du moins ainsi jusqu'au jour où mamie avait raconté à Elsa qu'après la récolte on préparait avec les plantes de courage une boisson spéciale qui, lorsqu'on la buvait, rendait très courageux. Elsa avait alors fait quelques recherches sur Google et signalé ensuite à mamie que ce n'était pas une métaphore super-responsable à employer devant un enfant. Mamie avait gémi : « Oui, d'accord, le courage est juste là dans ce cas ! Ils ne le récoltent pas et ne le boivent pas, il EXISTE simplement, d'accord !? »

Et, oui, telle était l'histoire des deux chevaliers d'or qui avaient vaincu les peurs. Mamie la racontait à chaque fois qu'Elsa avait peur de quelque chose, et même si Elsa avait pas mal d'objections sur les techniques de conteur de mamie, cela fonctionnait à chaque fois. Elle n'était plus aussi souvent effrayée.

La seule chose contre laquelle l'histoire ne fonctionnait jamais était la peur de mamie elle-même face à la mort. Et maintenant, elle ne fonctionne plus sur Elsa. Car même les histoires ne peuvent vaincre les ombres.

— Tu as peur ? demande maman.

— Oui, acquiesce Elsa.

Maman acquiesce aussi. Elle ne lui dit pas de ne pas avoir peur, et elle n'essaie pas de lui faire croire qu'elle n'a rien à craindre. Elsa l'aime pour ça.

Elles sont dans le garage, et elles ont incliné les dossiers des sièges de Renault. Le worse recouvre exactement tout l'espace entre elles, et maman caresse sa fourrure d'un air insouciant. Elle ne s'est pas fâchée quand Elsa a avoué l'avoir caché dans la cave. Et elle n'a pas été effrayée quand Elsa le lui a montré. Même pas un peu. Elle l'a juste gratté derrière les oreilles comme si c'était un tout, tout petit chat.

Elsa pose la main sur le ventre de maman et sent les battements réguliers du cœur de la Moitié. La Moitié n'a pas peur non plus. Parce qu'elle est complètement maman, tandis qu'Elsa est à moitié papa et que le papa d'Elsa a peur de tout. Alors Elsa a peur d'à peu près la moitié de tout.

En particulier des ombres.

— Tu sais qui c'était ? L'homme qui m'a poursuivie ? demande-t-elle.

Le worse la bouscule doucement de la tête. Maman lui caresse prudemment la joue.

— Oui. Nous savons qui il est.

— Qui « nous » ?

Maman souffle par le nez.

— Lennart et Maud. Et Alf. Et moi.

Elle semble vouloir énumérer d'autres noms, mais s'arrête.

— Lennart et Maud ? s'exclame Elsa.

— Oh oui, ma chérie. Je crains que personne ne le connaisse mieux qu'eux.

— Pourquoi tu ne m'as jamais parlé de lui, alors ?

— Je ne voulais pas t'effrayer, répond maman.

— Ça a super-bien marché ! la rembarre Elsa, absolument pas rassurée.

Maman soupire. Elle gratte le pelage du worse. A son tour, celui-ci lèche le visage d'Elsa. Il sent toujours la pâte à génoise. C'est malheureusement très difficile d'être en colère quand quelqu'un qui sent la génoise nous lèche la figure.

— C'était une ombre, chuchote Elsa.

— Je sais, chuchote maman.

— Ah bon ?

Maman inspire jusqu'au bout des ongles.

— Ta mamie avait essayé de me raconter les histoires, ma chérie. Sur le Pays-Presqu'Eveillé et les ombres.

— Sur Miamas ? demande Elsa.

Maman secoue la tête.

— Non. Je sais que vous partagiez des choses qu'elle ne m'avait jamais montrées. Et c'était il y a longtemps. J'avais ton âge. Le Pays-Presqu'Eveillé était encore très petit. Les royaumes n'avaient pas de noms…

Elsa l'interrompt impatiemment :

— Je sais ! Ils ont reçu leurs noms quand mamie a rencontré Cœur-de-Loup, elle les a baptisés d'après des mots de la langue de sa maman. Et elle a créé le langage secret à partir de sa langue à lui, pour qu'il la lui apprenne et pour parler avec lui. Mais pourquoi ne t'a-t-elle pas emmenée là-bas, dans ce cas ? Pourquoi ne t'a-t-elle pas montré le reste du Pays-Presqu'Eveillé ?

Maman se mord les lèvres.

— Elle voulait m'y emmener, ma chérie. De nombreuses fois. Mais j'étais contre.

— Pourquoi ?

— J'avais grandi. J'étais adolescente. J'étais en colère. Et je ne voulais plus que ma maman raconte des fables au téléphone, je voulais qu'elle soit près de moi. Je voulais l'avoir dans le monde réel.

Elsa ne l'a presque jamais entendue dire ça. « Ma maman ». Elle dit toujours « ta mamie ».

Maman essaie de sourire. Ça ne marche pas tellement bien.

— Je n'étais pas une enfant facile, ma chérie. Je faisais beaucoup d'histoires. Je disais tout le temps non. Ta mamie m'appelait toujours « la Fille qui disait non ».

Elsa écarquille les yeux. Maman soupire et sourit à la fois, comme si chaque sentiment essayait d'engloutir l'autre.

— Oui, j'étais beaucoup de choses différentes dans les fables de ta mamie, bien sûr. A la fois la fille et la reine, je crois. A la fin, je ne savais plus où s'arrêtait l'histoire et où commençait la réalité. Parfois, je crois que ta mamie se le demandait elle-même. J'avais du mal à vivre avec ça quand j'étais jeune. J'ai toujours du mal. J'ai besoin d'énormément de réalité.

Elsa fixe le plafond de Renault en silence, le souffle du worse lui chatouillant l'oreille. Elle pense à Cœur-de-Loup et à l'ange de la mer, qui ont habité des années dans l'immeuble sans que nul sache qui ils étaient. Sans que quiconque le leur demande. Les voisins vivaient leur vie si près les uns des autres que si on avait percé des trous dans les murs et les sols, ils auraient pu se toucher du bout des doigts, et pourtant ils ignoraient tout les uns des autres. Et les années étaient juste passées.

— Tu as trouvé la clé ? demande Elsa en indiquant le tableau de bord.

Maman secoue la tête.

— Je crois que ta mamie l'a cachée. Probablement pour embêter Britt-Marie. C'est bien pour ça que la Renault est garée sur sa place…

— Britt-Marie n'a pas de voiture ? s'étonne Elsa qui, même étendue dans Renault, aperçoit BMW, la voiture de Kent et la plus grosse qu'elle ait jamais vue.

— Non. Mais elle en avait une il y a de nombreuses années. Une blanche. Et c'est toujours sa place de garage. Je crois que c'est une question de principe. C'est souvent une question de principe avec Britt-Marie, dit maman avec un sourire oblique.

Elsa ne comprend pas vraiment ce que cela signifie. Elle ne sait pas non plus si c'est important.

— Comment Renault est arrivé jusqu'ici, alors ? Si personne n'a la clé ? pense-t-elle tout haut, sans s'attendre à ce que maman lui réponde puisqu'elle ne le sait pas non plus.

Elle a vu juste. Maman ne répond pas. Alors Elsa gonfle ses poumons et ferme les yeux.

— Je veux que tu me racontes l'histoire de l'ombre, dit-elle en essayant de parler avec ce que l'on récolte à Miaudacas, bien que sa voix tremble dans sa gorge comme une voile décrochée.

Maman lui caresse à nouveau la joue et se redresse péniblement sur son siège, une main sur la Moitié.

— Je crois que c'est à Maud et Lennart de parler de lui, ma chérie.

Elsa veut protester, mais elle n'a pas d'autre choix que de suivre maman, car celle-ci est déjà descendue de Renault. Après tout, c'est le super-pouvoir de maman. Celle-ci emporte le manteau de Cœur-de-Loup. Elle dit qu'elle va le laver pour le lui rendre à son retour. Elsa aime cette idée. Celle de son retour.

Elles déploient des couvertures sur le worse étendu sur le siège arrière et maman lui ordonne calmement de rester complètement immobile s'il entend quelqu'un approcher. Le worse obtempère. Elsa lui promet plusieurs fois de lui trouver une meilleure cachette, même s'il ne semble pas vraiment y voir d'intérêt. En revanche, il semble très intéressé par la perspective de nouveaux biscuits.

Alf monte la garde au pied de l'escalier de la cave.

— J'ai fait du café, marmonne-t-il.

Maman prend une tasse avec gratitude. Alf tend l'autre à Elsa.

— Je t'ai dit que je ne bois pas de café, dit Elsa d'un ton las.

— C'en est pas, merde, c'est du O'boy à la noix, rétorque Alf, vexé.

Elsa regarde le contenu de la tasse, étonnée.

— Où est-ce que tu as trouvé du O'boy ? demande-t-elle.

Maman ne la laisse jamais en boire à la maison parce que c'est bourré de sucre.

— Chez moi, marmonne Alf.

— Tu as du O'boy ? demande Elsa, sceptique.

— Ça arrive de faire les courses, merde ! Vu que tu bois pas de café ! répond Alf, boudeur.

Elsa lui sourit. Elle envisage d'appeler Alf « le Chevalier du Juron », car elle a lu l'article de Wikipédia sur les jurons et elle trouve qu'il n'y a pas assez de chevaliers de ce genre. Puis elle prend une gorgée d'O'boy et manque de la recracher sur la veste en cuir d'Alf.

— Ouh, la vache ! Tu as mis combien de cuillères d'O'boy là-dedans ?

— Qu'est-ce que j'en sais ? Quatorze ou quinze, peut-être, grommelle-t-il, sur la défensive.

— On en met genre TROIS !

Alf prend un air offusqué. C'est du moins l'impression qu'a Elsa. Elle a mis « offusqué » dans la boîte à mots de papa il y a longtemps, et elle pense que c'est à ça que ça ressemble.

— Il faut tout de même que ça ait un peu de goût, merde, marmonne Alf.

Elsa mange le reste du O'boy à la cuillère.

— Toi aussi, tu connais l'homme qui était après moi au cimetière ? demande-t-elle à Alf, la moitié du O'boy étalée au coin des lèvres et sur le bout du nez.

La veste en cuir bruisse doucement. Les poings se serrent.

— Il n'est pas après toi.

— Ohé ! C'est moi qu'il a poursuivie ! proteste Elsa en toussant, ce qui projette tout de même quelques gouttes d'O'boy sur la veste d'Alf.

Mais celui-ci se contente de secouer lentement la tête.

— Non. Ce n'est pas toi qu'il poursuit.

## 23

# Eponge

Elsa a mille questions mais n'en pose aucune, car maman est si fatiguée quand elles arrivent à l'appartement qu'elle et la Moitié doivent aller se coucher. Elle est souvent fatiguée ces derniers temps, à croire que son chargeur est débranché. C'est de toute évidence la faute de la Moitié, George dit qu'elle fait dormir maman pendant neuf mois pour compenser les dix-huit prochaines années où elle va tous les tenir éveillés. Assise au bord du lit, Elsa caresse les cheveux de maman, qui lui embrasse les mains en soufflant « Tout ira mieux, ma chérie. Tout ira bien ». A la façon de mamie. Elsa veut vraiment, vraiment y croire. Maman sourit, somnolente.

— Britt-Marie est toujours là ? demande-t-elle avec un signe de tête vers la porte.

La voix de leur voisine s'élève dans la cuisine, rendant la question immédiatement obsolète. Britt-Marie exige de George une « réponse » à propos de Renault, qui occupe toujours sa place de stationnement.

— On ne peut pas vivre sans règles, George ! Même Ulricka doit le comprendre ! dit-elle avec bienveillance d'un ton pas spécialement bienveillant.

George répond gaiement que, bien sûr, il comprend, car George est très compréhensif. C'est un trait de caractère super-énervant qui semble provoquer sérieusement Britt-Marie. Puis George lui propose des œufs, sur quoi Britt-Marie, absolument pas bienveillante, annonce que tous les propriétaires des appartements devront « se soumettre à une enquête approfondie » au sujet de la poussette toujours cadenassée en bas de l'escalier. Parce qu'on avait d'abord accroché une note sans l'en avertir, et maintenant quelqu'un a enlevé l'affichette sans l'en aviser non plus. Britt-Marie ajoute qu'elle a « interrogé tous les suspects avec la plus grande minutie ! Avec la plus grande minutie ! ». George promet d'interroger un peu les suspects, même s'il n'a pas l'air de bien savoir de qui il peut s'agir. L'approbation de George semble donner un regain d'énergie à Britt-Marie, qui s'indigne un moment contre les poils de chien qu'elle a vraiment trouvés dans l'escalier. Ce qui « prouve sans l'ombre d'un doute que cette bête se promène toujours dans le bâtiment ! C'est certain ! Elle rôde dans les parages ! ». Elle exige ensuite que George « agisse ». Celui-ci n'a pas l'air de comprendre ce que cela signifie. Britt-Marie l'informe rudement qu'elle va vraiment en parler à Kent, que ça soit bien clair pour tout le monde, puis elle part en trombe avant que George ait le temps de répondre. Ce qu'il ne paraissait de toute façon pas avoir l'intention de faire. Puis leur odorat leur apprend que George s'est remis à frire des œufs.

— Crétine d'abrutie de Britt-Marie ! marmonne Elsa dans la chambre à coucher.

— Ne t'inquiète pas, ma chérie, nous allons trouver une meilleure cachette pour ton ami demain, murmure maman, à moitié endormie. Nous pourrions peut-être le cacher dans la poussette ? ajoute-t-elle avec un sourire.

Elsa rit un peu. Mais juste un peu. Elle songe ensuite que le mystère de la poussette cadenassée évoque un super-mauvais roman d'Agatha Christie. Elle le sait, parce qu'elle les a presque tous sur son iPad, et Agatha Christie n'aurait jamais eu dans ses histoires de méchant aussi stéréotypé que Britt-Marie. En victime, peut-être, car Elsa se dit que dans une partie de Cluedo grandeur nature où Britt-Marie aurait été tuée avec un chandelier dans la bibliothèque, on aurait pu attribuer comme mobile à tout son entourage le fait que « la vieille était une abrutie ! ». Puis Elsa a un peu honte d'avoir de telles réflexions. Mais juste un peu.

— Britt-Marie ne pense pas à mal, elle a seulement besoin de se sentir importante, avance maman.

— C'est quand même une espèce d'abrutie, s'entête Elsa.

Maman sourit.

— Oui. C'est un peu une abrutie. D'accord.

Puis elle se redresse et Elsa l'aide à caler un oreiller sous son dos. Maman souffle en lui caressant la joue :

— Je veux que tu me racontes les histoires maintenant, ma chérie, si ça ne t'embête pas. Je veux entendre les histoires de Miamas.

Elsa lui murmure en se contenant qu'elle doit presque fermer les yeux. Maman obéit. Elsa a mille questions mais n'en pose aucune. A la place, elle raconte les histoires des animaux-nuages, des angelots, des regretteurs, du lion, des trolls, des chevaliers, du Dare-Dare, de Cœur-de-Loup, des anges de neige, de l'ange de la mer, des chasseurs de rêves, et lorsqu'elle entame la légende de la princesse de Miploris, des deux frères qui se sont battus pour son amour et de la sorcière qui lui a dérobé son trésor, maman et la Moitié s'endorment.

Elsa a mille questions mais n'en pose aucune. Elle se contente de les border toutes les deux et d'embrasser maman sur la joue en s'efforçant d'être courageuse. Car elle doit tenir la promesse qu'elle a faite à mamie : protéger le château, protéger sa famille, protéger ses amis.

La main de maman tâtonne dans sa direction quand elle se lève pour partir et maman souffle, juste presque réveillée :

— Les gens n'auraient jamais dit que ton papi était un mauvais père si c'était lui qui était parti sauver des vies au lieu de ta mamie…

— Si, moi ! Moi, je l'aurais dit ! assène Elsa.

— Je sais, c'est pour ça que tu es l'avenir, déclare maman dans un sourire en se tournant maladroitement.

Elsa est sur le pas de la porte quand les mots pâteux jaillissent du rêve :

— Toutes les photos au plafond de la chambre de ta mamie, ma chérie. Tous les enfants sur les photos. Ce sont eux qui sont venus à l'enterrement aujourd'hui. Ils sont adultes maintenant. Ils ont pu devenir adultes parce que ta mamie leur a sauvé la vie…

Puis maman se rendort. Elsa n'est pas tout à fait sûre qu'elle ait été vraiment réveillée.

— *No shit, Sherlock.* Je ne suis pas complètement idiote, chuchote Elsa en éteignant la lumière.

Ce n'était pas franchement difficile de deviner qui étaient tous ces inconnus. Ce qui est difficile, c'est de le leur pardonner.

Maman dort avec un sourire sur les lèvres. Elsa ferme prudemment la porte.

L'appartement sent l'éponge à vaisselle. George range les tasses. Les inconnus sont venus prendre le café ici après l'enterrement. Tous ont souri à Elsa avec compassion et elle les déteste pour ça. Elle va s'allonger sur le lit de mamie. La lumière des lampadaires joue avec les reflets des photos au plafond comme des chiens avec un arroseur automatique, et Elsa ne sait toujours pas si elle pardonnera à mamie d'avoir laissé maman toute seule pour aller sauver les enfants de tous les autres. Elle ne sait pas non plus si maman y arrivera. Même si elle s'y efforce.

Elle ressort de l'appartement et envisage un instant d'aller voir le worse dans le garage. A la place, elle se laisse glisser sur le sol du palier, exténuée. Elle reste là pour toujours. Elle essaie de réfléchir, mais ne trouve que vide et silence là où auraient dû être les pensées.

Elle entend les pas approcher quelques étages plus bas, c'est le genre d'immeuble où on entend tout. Les pas sont doux, feutrés, comme s'ils s'étaient égarés. Pas du tout la démarche stressée de la femme à la jupe noire quand elle sentait encore la menthe et parlait dans son câble blanc. Elle porte un jean, maintenant. Et plus de câble. Elle s'arrête à une dizaine de marches d'Elsa.

— Bonsoir, dit la femme.

Elle a l'air petite. Sa voix est fatiguée, mais c'est un autre genre de fatigue que d'habitude. Une meilleure fatigue. Et elle ne sent ni le vin ni la menthe. Juste le shampooing.

— Bonsoir, répond Elsa.

— Je suis allée au cimetière aujourd'hui, dit lentement la femme.

— Je ne t'ai pas vue à l'enterrement.

La femme secoue la tête d'un air de regret.

— Je ne suis pas entrée. Pardon. Je… je ne pouvais pas. Mais je…

Elle ravale ses mots, baisse les yeux vers ses mains.

— Je me suis recueillie sur… sur la tombe de mes garçons. Je n'y étais pas allée depuis très longtemps.

— Ça t'a fait du bien ? s'enquiert Elsa.

Les lèvres de la femme s'effacent.

— Je ne sais pas.

Elsa hoche la tête. Les lumières de l'escalier s'éteignent. Elle attend que ses yeux s'accoutument à l'obscurité. Enfin, la femme rassemble toutes ses forces afin de sourire, et la peau au coin de ses lèvres ne paraît plus se fissurer autant.

— Comment s'est passé l'enterrement ? demande-t-elle.

Elsa hausse les épaules.

— Comme un enterrement normal. Vachement plein de monde.

La femme acquiesce aussi péniblement que si elle avait une enclume accrochée à la tête.

— Parfois, c'est difficile de partager sa peine avec des gens qu'on ne connaît pas. Mais je crois que… que beaucoup de gens aimaient énormément ta… ta mamie.

Elsa a le visage voilé par ses cheveux. La femme se racle la gorge.

— C'est… je veux dire… c'est… je sais que c'est dur. Savoir que ta mamie a tout abandonné pour aider des inconnus… pour venir à l'aide… à des gens comme moi.

Elsa souffle vigoureusement par le nez, méfiante, avec l'impression que la femme lit dans ses pensées. Elle n'apprécie pas du tout ça. Et en plus, on dit « venir à l'aide de gens », pas « à des gens ». La femme semble gênée.

— Je… enfin, je… pardon. Ça s'appelle « le dilemme du tramway ». En éthique. Je veux dire… pendant les études. A l'université. C'est… enfin… la discussion sur le droit moral de sacrifier une personne pour en sauver plusieurs autres.

Elsa voudrait répondre, mais ne sait que dire. La femme hoche la tête d'un air d'excuse.

— Tu trouveras sûrement des explications sur Wikipédia.

Elsa hausse les épaules. La femme arbore une expression déprimée.

— Tu as l'air en colère, note-t-elle.

Elsa souffle vigoureusement en essayant de déterminer ce qui la met le plus en colère. La liste est longue.

— Pas après toi. Je suis juste en colère après cette crétine de Britt-Marie, décide-t-elle finalement.

La femme acquiesce, confuse.

— Je comprends.

Elsa en doute, alors elle explique :

— Britt-Marie est une fichue crétine, c'est tout ! C'est une telle fichue crétine qu'on croirait qu'on va attraper le virus de la crétinerie si on reste près d'elle trop longtemps !

La femme observe ce qu'elle tient entre ses mains, puis pianote dessus du bout des doigts.

— « Ne te bats pas contre des monstres, car tu risques d'en devenir un. Si ton regard pénètre longtemps au fond de l'abîme, l'abîme pénètre en toi. »

— Qu'est-ce que tu racontes ? s'exclame Elsa.

Mais elle apprécie tout de même la femme, car elle ne lui parle pas comme à un enfant. C'est un trait de caractère très sympathique aux yeux d'un enfant.

— Pardon, c'était… c'est de Nietzsche, dit la femme, égarée.

Elle se racle encore la gorge.

— C'était un philosophe allemand. C'est… bah, je l'ai sûrement mal cité. Mais je crois que ça signifie peut-être que si tu hais quelqu'un, tu risques de devenir la personne que tu hais.

Les épaules d'Elsa bondissent de chaque côté de son cou.

— Mamie disait toujours : « Ne shoote pas dans la merde, ça pue ! »

C'est la première fois qu'Elsa entend rire tout haut la femme à la jupe noire. Même si elle porte un jean.

— Oui, oui, bien sûr, c'est peut-être une meilleure manière d'exprimer cette idée.

Elle est belle quand elle rit. Ça lui va bien. Puis elle fait deux pas vers Elsa et s'étire autant qu'elle peut pour lui tendre l'enveloppe sans devoir trop s'approcher. Ses paroles sombrent de nouveau dans un gouffre obscur.

— C'était sur la… mes garçons… sur leur tombe. Je ne… sais pas qui l'a mise là. Mais ta mamie… elle avait peut-être deviné que je viendrais…

Elsa prend l'enveloppe. La femme en jean disparaît dans l'escalier avant qu'elle ait pu lever les yeux. Il est écrit : « POUR ELSA ! FÈRE SUIVRE À LENART ET MOD ! »

C'est ainsi qu'Elsa obtient la troisième lettre de mamie.

Lennart a une tasse de café à la main lorsqu'il lui ouvre. Maud et Samantha sont derrière lui, l'air gentilles. Ils sentent les gâteaux.

— J'ai une lettre pour vous, annonce Elsa.

Lennart la prend et s'apprête à répondre, mais Elsa poursuit :

— C'est de la part de ma mamie ! Elle vous salue certainement et vous demande pardon, parce que c'est ce qu'elle fait dans toutes les lettres !

Lennart acquiesce gentiment. Maud acquiesce encore plus gentiment.

— Nous sommes terriblement désolés pour ta mamie, ma chère petite Elsa. Mais nous avons trouvé l'enterrement incroyablement beau. Nous sommes très heureux d'avoir pu venir.

— Le café était excellent ! approuve Lennart, appréciateur, en faisant signe à Elsa d'entrer.

— Oui ! Entre, entre, il y a des rêves ! l'encourage Maud.

— Oui ! Je peux refaire du café ! lance Lennart.

— Et il y a du O'boy, Alf nous a apporté du O'boy, raconte Maud, enthousiaste.

Samantha aboie. Même l'aboiement est gentil. Elsa prend un rêve dans la boîte remplie à ras bord que lui tend Maud. Elle lui sourit d'un air affable.

— J'ai un ami qui adore les rêves. Et il a passé la journée tout seul. Est-ce que je pourrais le ramener ?

Maud et Lennart font signe que oui, naturellement, à la manière des gens qui ne savent pas comment on secoue la tête.

— Bien sûr que tu peux le ramener, ma chère petite ! s'exclame Maud.

— Je refais du café ! lance gaiement Lennart.

Maud caresse le bras d'Elsa et répète avec insistance :

— Bien sûr que tu peux amener un ami ! Bien SÛR !

Maud n'a plus l'air tout à fait bien sûre une fois que le worse a pris place sur son tapis de cuisine, un peu plus tard. Voilà un bon résumé.

D'autant moins qu'il a littéralement pris place sur tout le tapis.

## 24

# Rêves

— Je vous avais bien dit qu'il adore les rêves ! lance joyeusement Elsa.

Maud hoche la tête, sans voix. Lennart est assis de l'autre côté de la table, une Samantha infiniment terrifiée sur les genoux. Le worse engloutit les rêves par douzaines.

— C'est quoi comme race ? demande tout doucement Lennart à Elsa, comme s'il craignait d'offenser l'animal.

— Un worse ! répond Elsa, comblée.

Lennart acquiesce avec l'expression de celui qui n'y comprend rien. Maud ouvre une nouvelle boîte de rêves, qu'elle pousse prudemment de la pointe du pied. Le worse la vide en trois bouchées, puis lève vers Maud des yeux de la taille de vinyles. Elle prend deux autres boîtes en essayant de ne pas avoir l'air flattée. Ça ne réussit pas très bien.

— Est-ce que cette race est inscrite au club du chien d'utilité ? demande Lennart quand le worse plonge le museau dans l'océan de gâteaux.

— Je ne crois pas, dit Elsa.

— Moi non plus, dit Lennart en tentant d'empêcher Samantha d'essayer de cacher la tête entre son oreille et son épaule.

— C'est un chien de compagnie, alors ? interroge maladroitement Maud, qui donne peu à peu l'impression de vouloir le caresser.

Elsa observe le worse, songeuse.

— Je ne sais pas trop. Les worses veillent sur les châteaux des princesses dans les histoires. Alors je suppose que oui.

— Un chien de garde, donc, constate Lennart.

Elsa hoche la tête. Lennart semble immédiatement satisfait et détendu, maintenant qu'il a réussi à classer la créature dans une catégorie.

— Ah bon, c'est un chien royal ? dit Maud, impressionnée.

— Quelque chose de ce genre, répond Elsa.

— En tout cas, il raffole vraiment des rêves, observe Maud avec un sourire en lui présentant deux autres boîtes.

— Tout va bien avec le café ? demande Lennart, redoutant peut-être que la boisson n'ait pris la fuite.

Puis il se lève, le bichon frisé agrippé à son ventre comme un petit kangourou.

On peut dire ce qu'on veut sur Samantha, mais il faut plus qu'un statut royal pour la calmer. Surtout si l'altesse en question est assez grosse pour la prendre pour une saleté entre ses griffes.

— Tu veux un escargot à la cannelle, ma petite Elsa ? Je peux en passer au micro-ondes, propose Maud.

Elsa hoche la tête, parce qu'il faudrait être stupide pour refuser des escargots à la cannelle chez Maud.

— Excuse-moi, tu manges aussi des escargots à la cannelle ? demande Maud au worse en articulant chaque syllabe d'« escargots à la cannelle » comme s'il se tenait de l'autre côté du bar dans un local avec de la musique très forte.

Le worse en mange aussi.

— Je crois que nous allons bien nous entendre, toi et moi, lui souffle Maud d'un ton confidentiel en reprenant quatre autres sachets d'escargots dans le congélateur vingt secondes plus tard.

Il semble trouver cette perspective très alléchante.

Elsa observe la lettre de mamie, dépliée sur la table. Lennart et Maud l'on lue pendant qu'elle allait chercher le worse à la cave. Lennart remarque son regard et lui pose la main sur l'épaule.

— Tu avais raison. Ta mamie demande pardon.

— Pour quoi ? s'enquiert Elsa.

Maud donne les escargots à la cannelle et une demi-brioche tressée au worse.

— Ah ça ! La liste est longue. Après tout, ta mamie était…

— Différente, complète Elsa.

Maud éclate d'un rire chaleureux et caresse la tête du worse. Lennart désigne la lettre du menton.

— Elle demande pardon en premier de nous avoir crié dessus si souvent. D'avoir été si souvent en colère. Et d'avoir fait des histoires et causé des soucis. Mais ce n'est vraiment rien qui exige des excuses, dit-il, l'air de s'excuser que mamie ait présenté ses excuses. Ça arrive à tout le monde !

Pas à vous, songe Elsa. Elle les aime pour ça. Maud pouffe de rire.

— Et elle demande pardon pour la fois où elle a tiré sur Lennart depuis son balcon avec son lanceur de pinteballe !

Elle prend soudain un air confus.

— Ça s'appelle bien comme ça ? Pinteballe ?

Elsa acquiesce. Même si ça ne s'appelle pas comme ça. Maud rayonne de fierté.

— Un jour, ta mamie a tiré sur Britt-Marie, et ça a fait une grosse tache rouge sur sa veste à fleurs. C'était la veste préférée de Britt-Marie et elle n'a pas réussi à la nettoyer, même avec du Vanish ! Tu imagines ?

Maud glousse, juste avant de prendre un air très honteux.

— Britt-Marie était extrêmement en colère, bien sûr. Ce n'est bien sûr pas gentil du tout de ma part de rire.

Elsa trouve que ce n'est pas grave.

— Pour quoi d'autre mamie a demandé pardon ?

Elle espère entendre plus d'histoires où on tire des pinteballes sur Britt-Marie. Ou n'importe quoi d'autre, elle n'est pas exigeante. Mais le menton de Lennart s'affaisse sur sa poitrine. Il regarde Maud, qui hoche la tête et se tourne vers Elsa.

— Ta mamie demande pardon parce qu'elle nous enjoint de te raconter toute l'histoire. Tout ce que tu as besoin de savoir.

— Quelle histoire ?

Mais à peine Elsa a-t-elle prononcé ces mots qu'elle sent une présence dans son dos.

Elle pivote sur sa chaise. Le garçon au syndrome est à la porte de la chambre à coucher, un lion en peluche dans les bras. Il observe Elsa, mais quand elle lui rend son regard, il baisse la tête en se cachant derrière ses cheveux. De la même façon qu'elle. Il a un an et quelques mois de moins qu'elle mais a presque la même taille, et ils ont la même coiffure et une couleur de cheveux presque identique. La seule différence est qu'Elsa est différente tandis que le garçon a un syndrome. Un syndrome est une sorte de différence spéciale.

Le garçon ne dit rien, car il ne parle jamais. Mais Maud lui embrasse le front et souffle : « Cauchemar ? » Il acquiesce. Maud s'arme d'un grand verre de lait et d'une boîte de rêves, puis elle le ramène par la main dans la chambre à coucher en disant d'un air de défi :

— Viens, on va le faire partir tout de suite !

Lennart se tourne vers Elsa.

— Je crois que ta mamie voulait que je commence par le commencement.

Ce jour-là, Elsa apprend l'histoire du garçon au syndrome. Une histoire qu'elle n'a encore jamais entendue. Une de ces histoires terrifiantes qui donnent envie de se rouler en boule. Lennart parle du papa du garçon, qui avait en lui plus de haine qu'on n'en imaginerait jamais chez une seule et même personne. Le papa prenait des stupéfiants, et Lennart s'interrompt, l'air de redouter qu'Elsa n'ait peur, mais elle se redresse et enfouit les mains dans la fourrure du worse en disant que ça ne fait rien. Il demande si elle sait ce que sont des stupéfiants et elle l'informe qu'elle a lu l'article de Wikipédia à ce sujet.

Lennart raconte comment le papa devenait une autre personne quand il prenait ces choses expliquées sur Wikipédia. Comment son âme s'emplissait de ténèbres. Il battait la maman du garçon alors qu'elle était enceinte, parce qu'il ne voulait pas devenir papa. Lennart cligne plus longtemps des yeux et ajoute que le papa craignait peut-être que l'enfant ne soit comme lui. Plein de haine et de violence. Alors, à la naissance du garçon, quand les médecins ont annoncé qu'il avait un syndrome, le papa a explosé de colère. Il ne pouvait pas tolérer que l'enfant soit différent. Peut-être parce qu'il détestait ce qui était différent. Peut-être parce que quand il regardait le garçon, il voyait sa propre différence.

Alors il buvait de l'alcool, consommait encore de ces choses sur Wikipédia et disparaissait des nuits, voire des semaines entières, sans que quiconque sache où il allait. Il rentrait, parfois, calme et prudent. Par moments, il pleurait et expliquait qu'il devait s'éloigner jusqu'à ce qu'il ait évacué toute sa colère. Comme si une chose sombre vivait en lui et essayait de le transformer, et qu'il luttait contre elle. Le calme pouvait ensuite perdurer pendant des semaines. Des mois.

Mais un soir, les ténèbres l'ont complètement submergé. Il les a battus, battus, battus, jusqu'à ce qu'aucun ne bouge plus. Ensuite, il a couru.

La voix feutrée de Maud vient troubler le silence que Lennart a laissé s'installer dans la cuisine. Le garçon au syndrome ronfle dans la chambre à coucher, le premier son qu'Elsa l'ait jamais entendu émettre. Les doigts de Maud tapotent les boîtes de gâteaux vides sur le plan de travail.

— Nous les avons trouvés. Nous avions essayé si longtemps de la convaincre de partir avec le garçon, mais elle avait si peur. Nous avions tous si peur. C'est un homme terriblement dangereux, souffle-t-elle.

Elsa se cramponne plus fort au worse.

— Qu'est-ce que vous avez fait ?

Maud s'affaisse à la table de la cuisine. Elle tient une enveloppe identique à celle qu'a apportée Elsa.

— Nous connaissions ta mamie. Par le biais de l'hôpital. Oui, tu vois, ma chère petite Elsa, nous avions un café à l'époque, Lennart et moi. Dans le hall de l'hôpital. Ta mamie venait tous les jours. Elle achetait toujours nos rêves.

— Elle les appelait les « biscuits de Mirevas », se souvient Lennart.

Maud hoche la tête.

— Oui, alors à la fin, nous avons baptisé les gâteaux ainsi. Les « mirevasiens ». Une douzaine de mirevasiens et une demi-douzaine d'escargots à la cannelle, c'est ce qu'achetait fidèlement ta mamie jour après jour. Ma sœur a toujours une petite boulangerie au sud de la ville, je fais encore des pâtisseries pour elle de temps à autre, et ta mamie a continué à acheter des escargots à la cannelle chez elle pendant toutes ces années, même après que nous…

Elle s'interrompt et agite la main d'un air embarrassé, à la manière d'une personne âgée qui se surprend à ressasser de vieilles histoires.

— En fait, je ne sais pas comment tout a commencé. Mais ta mamie est le genre de personne auquel on raconte tout, tu vois ce que je veux dire ? Je ne savais pas quoi faire. Je ne savais pas vers qui me tourner. Nous avions tous tellement peur, alors je l'ai appelée. Elle est venue en pleine nuit dans sa vieille voiture rouillée…

— Renault ! s'exclame Elsa, qui trouve qu'il mérite d'être nommé dans l'histoire puisqu'il les a tous sauvés.

Lennart se racle la gorge avec un sourire triste.

— Sa Renault, oui. Elle est arrivée dedans. Nous avons emmené le garçon et sa maman, et ta mamie nous a conduits ici. Elle nous a donné les clés des appartements. Je ne sais pas trop comment elle les a obtenues, mais elle a dit qu'elle arrangerait tout avec les propriétaires. Depuis, nous vivons ici.

— Et le papa ? Que s'est-il passé quand il a découvert que vous étiez tous partis ? veut savoir Elsa, même si elle ne veut pas le savoir du tout.

La main de Lennart cherche celle de Maud.

— Nous l'ignorons. Mais ta mamie est venue nous voir avec Alf, nous l'a présenté et a dit qu'il irait chercher les affaires du garçon. Ta mamie et Alf sont retournés là-bas, le papa du garçon est arrivé et il était… il était seulement plein de noirceur. Noir jusqu'au plus profond de lui-même. Il a horriblement blessé Alf…

Lennart se tait soudain en se souvenant qu'il parle à un enfant. Le récit fait un bond en avant.

— Oui, bien sûr, il était déjà loin à l'arrivée de la police. Et Alf, Seigneur, je ne sais pas. Il est allé à l'hôpital, puis il est rentré chez lui tout seul et n'a plus jamais évoqué cette histoire. Deux jours plus tard, il conduisait de nouveau son taxi. Il est solide comme un roc, ce gaillard.

— Et le papa ? insiste Elsa.

— Il s'est volatilisé. Nous n'avons plus entendu parler de lui pendant quelques années. Nous pensons qu'il nous a cherchés depuis ce jour, surtout le garçon, mais il avait disparu si longtemps que nous espérions…

Lennart s'interrompt, comme si les mots étaient trop lourds pour sa langue.

— Cependant il nous a retrouvés, complète Maud.

— Comment a-t-il fait ? demande Elsa.

Le regard de Lennart parcourt la table.

— Alf pense qu'il a vu l'avis de décès de ta mamie, tu comprends ? Ce qui lui a permis de trouver le funérarium. Et là il… commence Lennart avant de se ressaisir.

— M'a trouvée ! souffle Elsa, le cœur battant comme une volée de cloches.

Lennart acquiesce. Maud lâche sa main, contourne vivement la table et serre Elsa contre elle.

— Ma chère, ma chère petite Elsa ! Il faut que tu comprennes qu'il n'a pas vu le garçon depuis des années. Et vous avez la même taille et la même coiffure. Il t'a prise pour notre petit-fils.

Elsa ferme les yeux. Les tempes lui font aussi mal que si deux aimants essayaient de lui traverser le crâne à chaque respiration, et pour la première fois de sa vie elle se rend au Pays-Presqu'Eveillé par la seule force de sa volonté pure et furieuse. Avec l'imagination la plus puissante qu'elle puisse rassembler, elle conjure un animal-nuage et s'envole pour Miaudacas. Elle rassemble autant de courage qu'elle peut en porter. Puis elle fixe Lennart et Maud et demande :

— Vous êtes les grands-parents maternels du garçon ?

Les larmes de Lennart coulent le long de l'arête de son nez et s'écrasent sur la nappe.

— Non. Nous sommes ses grands-parents paternels.

Elsa plisse les yeux.

— Vous êtes les parents du papa du garçon ?

La poitrine de Maud se soulève et s'abaisse. Après avoir caressé la tête du worse, Maud apporte un gâteau au chocolat. Samantha observe le worse d'un air circonspect. Lennart va se verser du café. La tasse tremble en tintant sur le plan de travail.

— Je sais que ça paraît terrible, Elsa, chuchote-t-il d'un ton mélancolique, d'enlever un enfant à son papa.

De faire ça à son propre fils. Mais quand on devient grand-mère et grand-père, on est d'abord grand-mère et grand-père…

— On est avant tout grand-mère et grand-père ! Toujours ! renchérit Maud avec un entêtement farouche, ses yeux brûlant d'un feu qu'Elsa n'aurait jamais imaginé dans son regard.

Puis elle lui donne l'enveloppe qu'elle a rapportée de la chambre à coucher. C'est l'écriture de mamie. Elsa ne reconnaît pas le nom, mais comprend qu'il s'agit de la maman du garçon.

— Elle s'appelait comme ça. Avant que la police nous donne de nouvelles identités ou quel que soit le terme exact, raconte Maud. Ta mamie nous a confié cette lettre il y a plusieurs mois. Elle a dit que c'était à toi de l'apporter. Elle savait que tu viendrais, ajoute-t-elle de sa voix la plus douce.

Elsa acquiesce en fermant les yeux.

— Je sais. C'est une chasse au trésor. Mamie adorait les chasses au trésor.

Lennart pousse un soupir malheureux. Il échange un regard avec Maud et reprend :

— Mais je crains que nous ne devions d'abord te parler de notre fils, Elsa. Nous devons te parler de Sam. Oui, il s'appelle Sam. Et c'est l'une des choses pour lesquelles ta mamie demande pardon dans sa lettre. Elle demande pardon d'avoir… sauvé la vie de Sam…

La voix de Maud se brise, les mots ne sont plus que de petits sifflements :

— Ensuite, elle a demandé pardon d'avoir présenté ces excuses, pardon de regretter d'avoir sauvé notre fils.

Pardon de ne plus savoir si elle trouvait qu'il méritait de vivre. Alors qu'elle était médecin…

La nuit avance de l'autre côté des fenêtres. La cuisine sent le café et le gâteau au chocolat. Et Elsa apprend l'histoire de Sam. Le fils des première et deuxième personnes les plus gentilles du monde, qui est devenu plus mauvais que nul ne peut l'imaginer. Qui est devenu le papa du garçon au syndrome, qui, lui, renfermait moins de mal qu'on ne le croirait possible, comme si son papa avait endossé toute la noirceur du monde. Elle apprend l'histoire de Sam qui était autrefois un petit garçon, de Lennart et Maud qui avaient tant désiré un enfant et l'aimaient comme les parents aiment leurs enfants. Comme tous les parents, même les pires, pires, pires de tous, ont dû un jour aimer leurs enfants. C'est ainsi que Maud s'exprime.

— Sinon, on n'est pas humain, je ne vois pas comment être humain autrement, déclare-t-elle.

Elle affirme ensuite que ça doit être sa faute, car elle n'arrive pas à croire qu'un enfant naisse mauvais. C'est sans doute la faute de la maman si un garçon autrefois petit et vulnérable devient un adulte aussi terrifiant, elle en est certaine. Même si la mamie d'Elsa disait que certaines personnes sont simplement des ordures, et que nul n'est responsable en dehors des ordures.

— Mais Sam était toujours en colère, je ne sais pas d'où venait toute cette colère. Il devait y avoir en moi une noirceur que j'ignorais et lui ai transmise, souffle Maud, accablée.

Et elle raconte l'histoire d'un garçon qui se battait toujours, tourmentait les autres enfants à l'école, pourchassait ceux qui étaient différents. Comment, adulte, il se fit soldat et partit dans des pays lointains parce qu'il avait soif de guerre, et comment il y trouva un ami. Son premier vrai ami. Ceux qui le connaissaient dirent qu'il avait changé, qu'une bonté avait éclos en lui. L'ami était aussi soldat, mais d'un autre genre, sans cette soif. Ils étaient inséparables. Sam disait qu'il n'avait jamais vu de guerrier aussi courageux que son ami.

Ils revinrent ensemble, l'ami présenta Sam à une fille, elle vit quelque chose en Sam et, pendant un bref instant de leur vie, Lennart et Maud aperçurent aussi cet éclat d'autre chose. Un Sam au-delà de la noirceur.

— Nous croyions qu'elle allait le sauver, nous espérions si ardemment qu'elle allait le sauver, comme dans un conte de fées. Quand on a vécu si longtemps dans l'obscurité, c'est ridiculement difficile de ne pas vouloir croire aux contes de fées, avoue Maud, les mains de Lennart autour des siennes.

— Mais ainsi va la vie, soupire ce dernier, comme dans de nombreux contes. Et ce n'était peut-être pas la faute de Sam. Ou alors, c'était entièrement la faute de Sam. C'est peut-être le rôle de personnes plus clairvoyantes que nous de décider si chacun est entièrement responsable de ses actions ou pas, poursuit-il. Mais Sam est retourné à la guerre. Et il en est revenu plus sombre.

— Autrefois, c'était un idéaliste, malgré toute sa haine et sa colère, c'était un idéaliste, c'est pour ça qu'il voulait devenir soldat, lance Maud, affligée.

A cet instant, Elsa demande l'autorisation d'utiliser l'ordinateur de Maud et Lennart.

— Enfin, si vous avez un ordinateur ! ajoute-t-elle d'un ton d'excuse en se souvenant qu'elle a déjà mené cette conversation avec Cœur-de-Loup.

— Bien sûr que nous en avons un, dit Lennart sans comprendre.

— Tout le monde a un ordinateur de nos jours, non ? renchérit Maud avec un doux sourire.

Ouuuui, exaaaactement ! songe Elsa en décidant de répéter ces mots à Cœur-de-Loup la prochaine fois qu'il se montrera.

S'il y a une prochaine fois.

Elsa passe devant la chambre à coucher à la suite de Lennart, et remarque que Maud a posé les rêves en cercle autour du lit du garçon. Dans le petit bureau tout au fond de l'appartement, Lennart explique que leur ordinateur est très vieux, bien sûr, et qu'elle devra s'armer d'un peu de patience. Sur une table trône l'appareil le plus pataud qu'Elsa ait jamais vu, avec une gigantesque boîte collée derrière et une autre boîte par terre.

— Qu'est-ce que c'est que ça ? demande-t-elle en tendant l'index.

— C'est l'ordinateur, dit Lennart.

— Ça ? fait Elsa en désignant l'appareil sur la table.

— C'est le moniteur, explique Lennart en appuyant sur un gros bouton de la boîte par terre. Oui, il met quelques minutes à démarrer, alors il faut attendre un peu.

— Quelques MINUTES ? s'exclame Elsa. Waouh, il est vraiment vieux, marmonne-t-elle.

Mais quand l'antique ordinateur a enfin démarré, que Lennart, après maints efforts, a réussi à lancer Internet et qu'Elsa a trouvé ce qu'elle cherchait, elle retourne s'asseoir en face de Maud dans la cuisine.

— Ça veut dire rêveur. « Idéaliste ». Ça veut dire rêveur.

— Oui, on peut appeler ça comme ça, fait Maud en souriant gentiment.

— On ne peut pas appeler ça comme ça. C'est ce que ça veut dire, la corrige Elsa.

Maud acquiesce encore plus gentiment. Puis elle raconte l'histoire d'un idéaliste devenu cynique, et Elsa sait ce que ça veut dire, parce qu'un jour un professeur de l'école a dit qu'Elsa en était une. Ça a fait un sacré grabuge quand maman l'a appris, mais le professeur n'en a pas démordu. Elsa ne se souvient plus trop des détails, mais il lui semble que ce jour-là elle avait raconté aux autres élèves comment on fabrique les saucisses.

Elle se dit que ces pensées sont peut-être un mécanisme de défense. Parce que cette histoire est simplement beaucoup trop réelle. Ça arrive vite quand on a presque huit ans, qu'une histoire devienne trop réelle.

Maud raconte comment Sam partit se battre dans une nouvelle guerre. Accompagné de son ami, ils défendirent plusieurs semaines un petit village contre les attaques d'hommes qui, ce qui dépasse l'entendement de Maud, voulaient tuer tous ses habitants. Finalement, ils reçurent l'ordre par radio de quitter le village, car la situation était trop dangereuse, mais l'ami de Sam refusa. Il persuada Sam et les autres soldats de rester jusqu'à l'arrivée de renforts et, une fois le village sécurisé, ils installèrent autant d'enfants blessés qu'ils le pouvaient dans leurs voitures et partirent pour l'hôpital le plus proche, à plusieurs dizaines de kilomètres. Car l'ami de Sam y connaissait une femme médecin que tout le monde appelait « le meilleur chirurgien du monde ».

Ils traversaient le désert quand ils roulèrent sur la mine. L'explosion fut sans pitié. Une pluie de feu et de sang.

— Quelqu'un est mort ? demande Elsa, bien qu'elle ne veuille pas entendre la réponse.

— Tout le monde, répond Lennart, bien qu'il ne veuille pas prononcer ces mots.

Tout le monde, sauf l'ami de Sam et Sam lui-même. Ce dernier était inconscient, mais son ami le sortit du brasier. Sam fut le seul qu'il put sauver. L'ami avait reçu des éclats de métal au visage et de terribles brûlures, mais quand il entendit les coups de feu et comprit qu'on leur avait tendu une embuscade, il saisit son fusil et se précipita dans le désert, et n'arrêta de tirer que lorsque Sam et lui furent les derniers qui respiraient et saignaient dans le désert.

Ils n'étaient que des garçons, ceux qui leur avaient tiré dessus. Des enfants, exactement comme ceux que les soldats avaient essayé de sauver. L'ami de Sam ne le découvrit qu'une fois près de leurs corps, leur sang sur les mains. Il ne fut plus jamais le même.

Il porta Sam à travers le désert, sans répit. Il ne s'écroula qu'arrivé à l'hôpital, quand la mamie d'Elsa se rua vers eux. Elle sauva la vie de Sam. Celui-ci boiterait un peu, mais il survivrait, et c'est dans cet hôpital qu'il commença à fumer les cigarettes de la grand-mère d'Elsa. Mamie demande pardon pour ça aussi dans sa lettre.

Maud pose prudemment l'album devant Elsa, comme si c'était un petit être fragile. Elle indique une photo de la maman du garçon au syndrome. Elle est entre Lennart et Maud, dans une robe de mariée, et ils rient tous les trois.

— Je crois que l'ami de Sam était amoureux d'elle. Mais lorsqu'il l'a présentée à Sam, ils sont tombés amoureux tous les deux à la place. Je pense que son ami n'a jamais rien dit. Ils étaient comme des frères, ces deux-là, tu imagines ? Je crois que son ami était trop gentil pour dire ce qu'il ressentait pour elle, tu comprends ?

Elsa fait signe que oui. Maud sourit.

— Il a toujours été un garçon très doux, l'ami de Sam. J'ai toujours trouvé qu'il avait l'âme d'un poète. Ils étaient si différents, lui et Sam. C'est horriblement difficile de songer que tout ce qu'il a dû faire, il l'a fait pour sauver la vie de Sam. Que cet endroit ferait de lui un aussi terrible…

Elle se tait longtemps. Son chagrin s'écrase sur la nappe.

— Guerrier, souffle-t-elle en tournant une page de l'album.

Elsa n'a pas besoin de voir la photo pour savoir qui y figure.

C'est Sam. Il est dans un désert. Il porte un uniforme et s'appuie sur des béquilles. Près de lui, il y a la mamie d'Elsa avec un stéthoscope autour du cou. Et entre eux, le meilleur ami de Sam. Cœur-de-Loup.

## 25

# Sapin

Bon, ce n'est pas que mamie ait été du genre à tailler un costard aux animaux-nuages. Bien sûr que non. Enfin, elle n'était pas du genre à dire tout le temps du mal des animaux-nuages. Ou en tout cas, pas quand on pouvait l'entendre. Du moins, pas quand les animaux-nuages risquaient de l'entendre.

« Mais par moments, ce sont de vrais petits salopiauds ! » soutenait mamie malgré les protestations d'Elsa.

Car Elsa est une grande fan des animaux-nuages, ils sont incroyablement importants pour les habitants du Pays-Presqu'Eveillé, et en plus ce sont des coéquipiers géniaux quand on joue aux charades.

« Mais le problème est justement qu'ils le SAVENT ! Ça les rend vachement PRÉTENTIEUX, ces petits salopiauds ! » s'énervait mamie.

Pour comprendre, il faut peut-être d'abord savoir que mamie et Elsa avaient un système d'insultes assez complexe.

Un salopiaud est légèrement plus énervant qu'un imbécile, pas nécessairement aussi bouché qu'un nigaud, mais nettement plus énervant qu'un chouineur, par exemple. Néanmoins, pas aussi énervant qu'une ordure, la forme la plus bouchée de salopiaud. Et naturellement pas aussi énervant non plus qu'un gros futé, qui est à la fois un salaud et un chouineur.

Si mamie et Elsa avaient dû l'expliquer à quelqu'un qui n'y comprenait rien, cette personne n'aurait très vraisemblablement toujours rien compris, et dans ce cas il aurait été certainement très concevable que cette personne se demande aussi ce qu'un abruti pouvait bien être, étant donné qu'Elsa et mamie traitaient les gens d'abrutis presque sans arrêt.

Mais ç'aurait été une question idiote. Un abruti est un abruti. Chacun sait ça.

A moins que ça ne soit un crétin d'abruti, bien sûr. Ce qui est la plus abrutie des formes d'abrutis.

Quoi qu'il en soit, ce sont les animaux-nuages qui sauvèrent l'élu, lorsque les ombres vinrent en secret au royaume de Mimovas pour le kidnapper. Car si Miamas est construit avec de l'imagination, Mimovas est fait d'amour. Il n'y a pas de musique sans amour, sans musique Mimovas n'existe pas, et l'élu était la personne la plus aimée de tout le royaume. Si les ombres l'avaient capturé, cela aurait écrasé le Pays-Presqu'Eveillé tout entier au bout du compte. Si Mimovas tombe, Mirevas disparaît, si Mirevas disparaît, Miamas s'effondre, si Miamas s'effondre, Miaudacas sombre, et si Miaudacas sombre, Miploris périt. Car sans musique il n'y a pas de rêves, sans rêves pas de contes, sans contes pas de courage, sans courage personne ne supporterait la peine, et sans musique, rêves, contes, courage et peine il ne resterait plus qu'un royaume au Pays-Presqu'Eveillé : Mibatalos. Mais Mibatalos ne peut survivre seul, les guerriers seraient inutiles sans les autres royaumes, puisqu'ils n'auraient plus rien qui vaille toutes les batailles.

Ça aussi, mamie l'avait chipé à Harry Potter, ce qui vaut la peine de se battre. Mais Elsa lui pardonne, parce que c'était vraiment bien. On a le droit de chiper si le résultat est bien.

Ce sont donc les animaux-nuages qui virent les ombres se faufiler entre les maisons à Mimovas, et ils firent ce que font les animaux-nuages : ils fondirent comme des flèches et reprirent leur envol comme des bateaux majestueux, ils se transformèrent en dromadaires, en pommes et en vieux marins pêcheurs avec la pipe au bec, et les ombres tombèrent droit dans le piège. Bientôt, elles ne surent plus qui ou quoi elles pourchassaient. Les nuages disparurent dans un souffle céleste, emportant l'élu avec eux. Jusqu'à Miamas.

C'est ainsi que commença la Guerre-Sans-Fin. Mais sans les animaux-nuages, elle se serait également conclue le même jour avec la victoire des ombres. Elsa trouve tout de même qu'on peut témoigner une certaine reconnaissance aux animaux-nuages. Même si ce sont des salopiauds.

Elsa est au Pays-Presqu'Eveillé toute la nuit. Elle arrive à s'y rendre à volonté maintenant, à croire qu'elle n'a jamais eu de difficultés. Elle n'est pas tout à fait certaine, mais elle suppose que c'est parce qu'elle n'a plus rien à perdre. L'ombre est dans le monde réel maintenant, Elsa sait qui il est, elle sait qui était mamie et qui est Cœur-de-Loup, et tout concorde. Elle n'a plus peur. Elle sait que la guerre va venir, que le conflit est inévitable, et curieusement cela l'apaise.

Le Pays-Presqu'Eveillé ne brûle pas comme dans son cauchemar. Il est aussi beau et paisible qu'à chaque fois qu'elle l'explorait sur son cheval. Ce n'est qu'à son réveil qu'elle s'aperçoit qu'elle a évité Miamas. Elle a visité tous les autres royaumes, même les ruines de Mibatalos, mais pas Miamas. Elle ne veut pas découvrir si mamie est là.

Elle ne veut pas découvrir si mamie n'est pas là.

Papa apparaît dans l'encadrement de la porte de la chambre d'Elsa. Soudain, elle est aussi alerte que si on lui avait vaporisé du spray au menthol dans le nez. Ce qui, entre parenthèses, est une méthode super-efficace. Elsa le sait parce qu'on sait ce genre de choses quand on a une mamie comme la sienne.

— Qu'est-ce qui s'est passé ? Maman est malade ? C'est la Moitié ? lâche Elsa en se levant en toute hâte, les paupières toujours alourdies par les peurs et les ombres.

Papa prend un air hésitant. Et un peu confus. Elsa cligne des paupières pour chasser les gouttes de rosée et se souvient que maman a une réunion à l'hôpital, qu'elle avait essayé de la réveiller avant de partir, mais qu'elle-même avait fait semblant de dormir. George s'affaire dans la cuisine, où il prépare des œufs, il est venu lui en proposer il y a un moment, mais elle a continué à faire semblant.

Elle regarde papa d'un air troublé.

— Qu'est-ce que tu fais ici ? Ce n'est pas ton tour de t'occuper de moi.

Lui se racle la gorge, hésitant. Il arbore l'expression caractéristique des papas qui comprennent qu'une tradition à laquelle ils se plient parce qu'elle est importante pour leurs filles est devenue une tradition à laquelle les filles se plient parce qu'elle est importante pour leurs pères. C'est une frontière très mince. Ni les pères ni leurs filles n'oublient jamais le jour où ils la franchissent.

Elsa compte les jours dans sa tête.

— Pardon, murmure-t-elle quand elle se souvient.

— Ça ne fait rien, je me doute que tu as beaucoup à faire, dit papa, hésitant, en se détournant.

— Mais euh, attends ! feule Elsa sans avoir vraiment eu l'intention de feuler.

Elle avait raison, ce n'est pas le tour de papa. Mais elle avait tort, parce que c'est l'avant-veille de Noël, et c'est vraiment super-dément d'oublier une chose pareille quand on a presque huit ans. Parce que l'avant-veille de Noël est leur jour, à papa et elle. Le jour du sapin.

Oui, c'est bien sûr un peu une des fameuses « voies de garage », cette histoire. Mais le jour du sapin est, comme son nom l'indique avec subtilité, le jour où Elsa et papa achètent un sapin. En plastique, naturellement, puisqu'elle refuse d'en prendre un vrai. Mais étant donné que papa se réjouit tellement d'aller choisir un sapin avec elle, Elsa insiste pour acheter un nouveau sapin artificiel chaque année. Il y a bien entendu des gens pour trouver cette tradition bizarre, mais mamie disait souvent que « tous les enfants de parents divorcés ont le droit d'être un peu foutûment farfelus de temps en temps ».

Maman, qui aime l'odeur des vrais sapins, était évidemment très en colère contre mamie, disant que l'histoire du sapin en plastique était juste un truc dans lequel elle avait entraîné Elsa. Un mensonge éhonté, affirmait mamie, ce qui bien sûr était en soi un mensonge éhonté. Car c'était mamie qui avait parlé à Elsa de la danse des sapins à Miamas et, après avoir entendu cette histoire, il aurait fallu être un gros futé complet pour vouloir un sapin qu'on avait amputé des pieds et réduit en esclavage.

A Miamas, les sapins sont des êtres vivants et doués de raison, avec un intérêt pour le design d'intérieur déraisonnablement trop grand de la part de conifères. Ils ne vivent pas dans les forêts mais dans les quartiers méridionaux du centre-ville de Miamas, devenus assez branchés ces dernières années ; ils travaillent souvent dans la publicité et portent des écharpes à l'intérieur. Et une fois par an, juste après la première chute de neige de l'année, tous les sapins se rassemblent sur la grande place au pied du château et se disputent l'attribution des maisons pour la période de Noël. Car ce sont les sapins qui choisissent les maisons, pas l'inverse, et la répartition est décidée au moyen d'un concours de danse. Autrefois, ils avaient recours à des duels au revolver, mais les sapins visent généralement si mal que ça prenait trop de temps. Alors maintenant, ils exécutent la danse des sapins, ce qui a l'air un peu curieux étant donné qu'ils n'ont pas de pieds. Si quelqu'un d'autre qu'un sapin veut les imiter, il lui suffit de danser pieds joints. Très pratique dans une discothèque bondée, par exemple.

Elsa le sait parce que quand papa boit une flûte et demie de champagne le soir du Nouvel An, il exécute parfois la danse des sapins dans la cuisine avec Lisette. Bien que pour lui ça ne soit bien sûr qu'une « danse ».

— Pardon, papa, je sais quel jour on est ! crie Elsa en enfilant en quatrième vitesse jean, pull et manteau avant de se précipiter dans le couloir. J'ai juste un truc à faire d'abord ! lance-t-elle en dévalant l'escalier.

Papa aurait peut-être réussi à la retenir s'il n'avait pas été si hésitant. Mais puisqu'il l'est, il n'en a rien fait.

Elsa a caché le worse dans Renault hier soir. Elle lui a apporté un seau d'escargots à la cannelle de Maud, et lui a enjoint de se cacher sous les couvertures sur la banquette arrière si quelqu'un venait dans le garage.

« Fais semblant d'être un tas de vêtements, ou une télé, ou n'importe quoi ! » avait-elle dit.

Le worse n'avait pas eu l'air très convaincu qu'il réussira à imiter une télé.

Alors, Elsa était allée chercher un sac de rêves chez Maud, et le worse avait cédé et s'était glissé sous les couvertures. En effet, il n'avait pas le moins du monde ressemblé à une télé.

Il avait gémi de douleur en se contorsionnant. Il croyait sans doute qu'Elsa n'avait rien remarqué et elle avait fait semblant de rien. Car les worses sont assez fiers pour ne pas vouloir être traités de douillets juste parce qu'ils ont les articulations un peu raides.

Elsa lui avait souhaité bonne nuit puis avait remonté discrètement l'escalier dans l'obscurité jusqu'à l'appartement du garçon au syndrome et de sa maman. Elle n'avait pas pu se résoudre à sonner. Elle ne voulait plus entendre d'histoires. Elle ne voulait plus rien savoir sur les ombres et les ténèbres. Aussi, elle avait glissé l'enveloppe dans le clapet à courrier et était repartie en courant.

Leur porte est verrouillée aujourd'hui. C'est le genre de matinée encore peu avancée où les habitants de l'immeuble qui sont debout sont déjà sortis et où ceux qui ne sont pas sortis ne sont pas encore debout. Alors Elsa entend la voix de Kent chuchoter plusieurs étages plus bas, l'acoustique de l'escalier fonctionnant comme ça. Elsa le sait parce que le terme « acoustique » figure dans la boîte à mots. Kent souffle :

— Oui, c'est promis, je viens ce soir.

Mais quand elle descend les dernières marches à hauteur des appartements du worse et du Monstre et de celui du garçon et de sa maman, Kent se met soudain à parler très fort :

— Yez, Klaus ! In Frankfurt ! Yez, yez, yez !

Puis il se retourne et feint d'être surpris de découvrir Elsa derrière lui.

— Qu'est-ce que tu fais ? demande-t-elle, soupçonneuse.

Kent prie Klaus à l'autre bout du fil d'attendre un instant, de la même façon que quand ce n'est pas Klaus à l'autre bout du fil. Il porte un polo avec des chiffres et un petit bonhomme sur un petit cheval brodés sur la poitrine. Kent a raconté à Elsa que ce genre de polo coûte plus de mille couronnes, et mamie disait toujours que l'avantage de ces polos, c'est que le cheval signale qu'en dessous il y a très vraisemblablement un crétin d'abruti.

— Qu'est-ce que tu veux ? riposte Kent d'un air forcé.

Elsa le regarde fixement. Puis elle remarque les petits bols en plastique rouge remplis de viande qu'il est en train de placer dans l'escalier.

— Qu'est-ce que c'est ? halète-t-elle.

Kent tend vivement les paumes vers elle, manquant de lancer Klaus contre un mur.

— Ce chien de combat traîne toujours dans les parages, ça fait baisser la valeur des appartements !

Elsa recule prudemment, sans quitter les bols de viande des yeux. Kent laisse retomber ses bras le long de son corps et, s'apercevant sans doute qu'il s'est peut-être exprimé un chouïa maladroitement, fait une nouvelle tentative, du ton que les hommes de son âge croient devoir employer pour que les femmes de l'âge d'Elsa comprennent :

— Britt-Marie a trouvé des poils de chien dans l'escalier, tu comprends, ma petite ? On ne peut pas laisser des chiens de combat enragés traîner dans l'escalier, tu comprends, n'est-ce pas, ma petite ? Ça fait baisser la valeur des appartements, tu saisis ?

Il lui adresse le sourire que les adultes qui ne comprennent rien adressent aux enfants, croyant que ceux-ci n'ont pas de cerveau. Elle le voit jeter des regards incertains au téléphone.

— Ce n'est pas comme si on allait tuer l'ordu… le chien ! Je veux dire le chien ! Il va juste « dormir » un peu, d'accord ? Hein ? Et ensuite, il va aller dans une « ferme » où il pourra traîner avec d'autres ordures. Enfin, oui, tu vois ce que je veux dire ? D'accord ? Ça se passera bien ? Et maintenant, s'il te plaît, sois mignonne et retourne chez ta maman.

Elsa ne se sent pas d'humeur mignonne. Et elle n'aime pas la façon dont Kent dessine des guillemets en l'air quand il dit « ferme ». Il n'y a que les gens au vocabulaire limité qui dessinent des guillemets en l'air.

— Tu téléphones à qui ? demande-t-elle.

— A Klaus, un partenaire commercial en Allemagne, répond Kent du ton qu'on utilise quand ce n'est pas du tout le cas.

— *Sure*, dit Elsa.

Les sourcils de Kent s'abaissent comme s'ils avaient pris l'eau.

— Qu'est-ce que c'est que ce ton, gamine ?

Elsa hausse les épaules.

— Je peux parler à « Klaus », dans ce cas ? exige-t-elle en dessinant des guillemets ironiques en l'air.

Ce sont des guillemets normaux, mais employés par une personne au vocabulaire plus étendu.

— Je crois que tu devrais retourner chez ta maman, répète Kent, un chouïa plus menaçant.

Elsa ne bouge pas. Elle désigne les bols.

— C'est du poison ?

Kent referme le poing sur Klaus avec un peu plus d'assurance.

— Dis donc, gamine, écoute-moi maintenant : les chiens errants sont des nuisibles ! Et les nuisibles, on les tue…

Il prend une inspiration, irrité, et se corrige :

— On s'en occupe avec du poison. On ne peut pas avoir des nuisibles dans l'escalier, des tas de ferraille dans le garage et toutes les merdes possibles. Ça va faire baisser la valeur de l'immeuble, il faut bien que quelqu'un nettoie les merdes pour qu'elles ne fassent pas baisser sa valeur ! constate-t-il comme s'il n'agissait que pour le confort de tous.

Mais Elsa a entendu une note alarmante dans sa voix quand il a dit « tas de ferraille ». Elle passe devant lui en le bousculant, submergée par un mauvais pressentiment. Elle dévale l'escalier du sous-sol, ouvre la porte du garage en coup de vent et s'arrête brutalement, le cœur battant violemment. Elle remonte à toute allure en se cognant les genoux contre chaque marche.

— OÙ EST RENAULT ? QU'EST-CE QUE TU AS FOUTU AVEC RENAULT !? hurle-t-elle à Kent en brandissant les poings vers lui.

Mais elle n'atteint que Klaus, qui s'écrase dans l'escalier du sous-sol, où l'écran en verre et la coque en plastique se brisent et poursuivent leur descente vers les caves comme une petite avalanche électronique.

— Mais tu es complètement cingl… bon Dieu, qu'est-ce que tu f… tu es complètement folle, sale mioche ? Tu sais combien il coûte, ce téléphone ? hurle Kent avant de préciser qu'il coûte huit mille foutues couronnes.

Elsa l'informe qu'elle n'en a carrément rien à foutre, du prix du téléphone. Alors, Kent lui apprend avec une lueur sadique dans le regard ce qu'il a fait de Renault. Parce que Renault est « un tas d'ordures qui baisse la valeur des appartements ! ».

Elsa le sait. Wikipédia a un article sur le sadisme.

Elle remonte l'escalier quatre à quatre pour aller chercher papa, mais s'immobile à l'avant-dernier étage. Britt-Marie est sur le pas de la porte de leur appartement, à elle et Kent. Elle pose une main sur l'autre devant son ventre, incertaine, et Elsa s'aperçoit qu'elle transpire. La cuisine derrière elle diffuse une odeur de spécialités de Noël et elle porte sa veste à fleurs avec une large broche. On ne voit presque pas la tache rouge du lanceur de paintball.

Elsa écarquille les yeux en une supplique.

— Ne laisse pas Kent le tuer, Britt-Marie, s'il te plaît, c'est mon ami… souffle-t-elle.

Le regard de Britt-Marie croise le sien et pendant une brève seconde ses yeux brillent d'une lueur d'humanité. Elsa la remarque. Mais un instant plus tard, la voix de Kent crie à Britt-Marie d'apporter plus d'appâts. Celle-ci ferme brièvement les paupières et l'habituelle crétine de Britt-Marie reprend le dessus.

— Les enfants de Kent viennent demain. Ils ont peur des chiens, explique-t-elle fermement.

Elle lisse un pli imaginaire de sa jupe et chasse une poussière invisible de sa veste à fleurs.

— Nous allons manger un dîner de Noël traditionnel ici demain. Avec des plats de Noël normaux. Comme une famille un peu civilisée. Nous ne sommes pas des sagouins, contrairement à d'autres, poursuit-elle sèchement pour bien montrer que « d'autres » signifie « ta famille ».

Puis elle claque la porte. Seule sur le palier, Elsa se rend compte que papa ne pourra pas arranger ça, parce que l'indécision n'est pas un super-pouvoir spécialement utile dans l'urgence. Elle a besoin de renforts.

Elle tambourine à la porte plus d'une minute avant d'entendre la démarche traînante d'Alf. Quand il lui ouvre, sa tasse de café dégage une odeur si forte qu'Elsa est quasi certaine qu'elle pourrait y planter une cuillère.

— Je dors, grogne-t-il.

— Il va tuer Renault ! sanglote Elsa.

— Tuer ? Mais enfin, bon sang. C'est juste une voiture, bon sang, dit Alf en bâillant avant de boire une gorgée de café.

— Ce n'est pas une fichue voiture ! C'est RENAULT ! crie-t-elle, complètement désespérée.

Alf prend une autre gorgée. Mais les rides au coin de ses yeux tressaillent très prudemment. Ses tempes frémissent.

— Quel imbécile t'a dit qu'il allait tuer Renault ? demande-t-il, songeur.

— Kent !

Elsa n'a pas le temps d'expliquer ce qu'il y a sur la banquette arrière de Renault qu'Alf s'est déjà débarrassé de sa tasse, a enfilé ses chaussures et a détalé vers les étages inférieurs. Elle entend Alf et Kent hurler si effroyablement qu'elle doit se couvrir les oreilles de tout l'avant-bras. Elle ne distingue pas ce qu'ils crient, en dehors des nombreux jurons et des arguments de Kent à propos de la copropriété et des « tas de ferraille rouillés » qu'on ne peut pas laisser dans le garage, sinon les gens vont croire que les habitants de l'immeuble sont des « socialistes ». Ce qui est la façon de Kent de dire « foutus crétins », comprend Elsa. Puis Alf hurle « foutu crétin », ce qui est sa façon à lui de le dire, parce qu'il n'est pas du genre à tourner autour du pot.

Alf remonte lourdement l'escalier, le regard enragé, et marmonne :

— Ce salaud a trouvé un salaud pour remorquer la voiture.

— Je sais ! Et le worse est sur la banquette arrière ! halète Elsa, désespérée.

Les sourcils d'Alf disparaissent dans deux plis qui lui traversent le front comme des canyons.

— Ton père est là ? J'ai vu son espèce d'Audi par la fenêtre.

Elsa hoche la tête. Sans un mot de plus, Alf monte l'escalier à toute allure, et un petit moment plus tard Elsa a pris place dans Taxi avec papa, quoique celui-ci n'en ait pas la moindre envie.

— Je ne suis pas sûr d'en avoir envie…, hasarde-t-il.

— Il faut bien que quelqu'un conduise la foutue Renault jusqu'à l'immeuble, grogne Alf.

— Comment on va trouver où Kent l'a envoyée ? demande Elsa, tandis que papa fait de son mieux pour ne pas avoir l'air complètement hésitant.

— Ça fait trente ans que je conduis un taxi, dit Alf.

— Et ? le rembarre Elsa.

— Et je sais comment on retrouve une Renault en route pour la casse ! rétorque Alf.

Puis il appelle tous les chauffeurs de taxi qu'il connaît. Et Alf connaît tous les chauffeurs de taxi.

Vingt minutes plus tard, dans une casse automobile en dehors de la ville, Elsa enlace le capot de Renault de la seule façon dont on peut enlacer un animal-nuage. De tout le corps. Elle remarque que la télé sur la banquette arrière remue, contrariée parce qu'elle ne lui fait pas de câlin en premier. Mais quand on a presque huit ans et qu'on oublie un worse dans une Renault, alors on ne s'inquiète pour ainsi dire pas autant pour le worse que pour le pauvre employé de la casse qui aura la malchance de le trouver.

Alf et le gros employé de la casse se chamaillent un petit moment à propos du prix à payer pour récupérer Renault. Puis Alf et Elsa se chamaillent un long moment quand il lui demande pourquoi elle n'a pas dit plus tôt qu'elle n'avait pas la clé de Renault. Puis le gros bonhomme observe les environs et se gratte le crâne en marmonnant :

— Bordel, z'avez pas vu une mob dans l'coin ? Chuis sûr qu'y en avait une là c'matin !

Puis Alf et le gros bonhomme négocient le tarif à payer pour remorquer Renault jusqu'à l'immeuble. Puis papa règle le tout.

C'est le plus beau cadeau qu'il ait jamais fait à Elsa. Encore plus beau que le feutre rouge. Lorsqu'elle le lui dit, il a l'air un soupçon moins hésitant.

Alf gare Renault sur la place de mamie au lieu de celle de Britt-Marie. Papa fixe le worse avec l'expression d'une personne qui se prépare à subir une obturation radiculaire quand Elsa fait les présentations. Le worse lui renvoie un regard assez fier. Un peu trop fier, de l'avis d'Elsa, qui exige de savoir s'il a dévoré la mobylette de l'employé de la casse. L'animal quitte son air arrogant et s'étend sous les couvertures avec une expression disant peut-être que si les gens ne veulent pas qu'il dévore leurs mobylettes, ils n'ont qu'à lui apporter plus d'escargots à la cannelle. Elsa lui dit que dévorer les mobylettes, c'est du vol. Ou du moins une « appropriation illégale de moyens de transport », l'informe-t-elle après avoir emprunté l'iPhone de papa pour faire une recherche sur Google. Mais le worse fait semblant de dormir.

— Dégonflé, marmonne Elsa.

Elle annonce à papa, au soulagement infini de ce dernier, qu'il peut attendre dans Audi. Puis elle parcourt avec Alf l'escalier pour rassembler dans un grand sac-poubelle noir tous les bols rouges contenant les appâts.

— Ces déchets vont au tri sélectif ! ordonne rudement Alf quand Kent et Britt-Marie ouvrent la porte et qu'Elsa projette le sac-poubelle sur le tapis du couloir si vigoureusement qu'une pile de revues de mots croisés de Britt-Marie dégringole d'un tabouret.

Elsa joint les mains à hauteur des hanches et sourit.

— Il y a des règles de tri sélectif dans cette location, et les règles valent pour tout le monde, Britt-Marie ! dit Elsa.

Avec bienveillance.

Kent leur hurle que le poison a coûté six foutus sacs. Britt-Marie garde le silence.

Puis Elsa va acheter un sapin en plastique avec papa. Parce que Britt-Marie a tort, ses parents ne sont pas des sagouins. Parce que « sagouin » est le nom qu'on donne à Miamas aux gens qui tuent des vrais sapins pour les vendre en esclavage. Tous ceux qui ne sont pas des gros futés le savent.

— Je le prends pour trois cents couronnes, déclare Elsa au vendeur.

— Dis donc, ma petite dame, on ne marchande pas dans ce magasin, répond l'homme sur le ton qu'emploient les vendeurs pour dire ce genre de choses.

— *Sure !* fait Elsa.

— Il coûte quatre cent quatre-vingt-quinze couronnes, assène-t-il.

— Je vous paie deux cent cinquante couronnes, réplique Elsa.

L'homme ricane.

— Comme je viens de te le dire, ma p-e-t-i-t-e dame, on ne marchande pas dans ce maga… commence-t-il.

— Plus que deux cents, l'informe-t-elle.

Le commerçant lance un coup d'œil au papa d'Elsa. Celui-ci contemple ses chaussures. Elsa regarde l'homme et secoue la tête d'un air grave.

— Mon papa ne t'aidera pas. Deux cents !

Le vendeur étire les lèvres en une grimace équivalant certainement au sourire qu'on adresse aux enfants qui sont bien mignons mais complètement givrés.

— Ce n'est pas comme ça que ça fonctionne, ma petite dame.

Elsa hausse les épaules.

— J'ai appelé il y a une semaine pour commander ce sapin.

— Je sais. Mais on ne marchande pas dans ce magasin, ma petite da…

— Vous fermez à quelle heure aujourd'hui ? demande nonchalamment Elsa.

— Dans cinq minutes, soupire l'homme.

— Vous avez beaucoup de place dans l'arrière-boutique ?

— Je ne vois pas le rapport, fait le détaillant.

— Je me posais juste la question, dit Elsa.

— Non. Nous n'avons pas d'arrière-boutique du tout.

Il regarde Elsa. Elsa le regarde.

— Vous êtes ouverts la veille de Noël ?

— Non.

Elsa se tapote la lèvre de l'index, feignant l'étonnement.

— Vous avez donc un sapin ici. Et pas d'arrière-boutique. Et quel jour c'est demain, mon petit monsieur ?

Elsa paie deux cents couronnes pour le sapin. Elle obtient aussi une boîte de décorations pour le balcon et un élan en plastique vachement grand en prime.

— Je T'INTERDIS de retourner payer ! lance-t-elle à papa en dressant un index menaçant pendant qu'il charge le tout dans Audi.

Papa soupire.

— Je n'ai fait ça qu'une fois, Elsa. Une seule fois. Et tu avais vraiment été très désagréable avec le vendeur.

— C'est comme ça qu'on marchande ! rétorque-t-elle.

C'est mamie qui a enseigné ça à Elsa. Papa détestait faire les courses avec elle aussi.

Audi s'arrête devant l'immeuble. Papa a baissé le volume de l'autoradio, comme d'habitude, pour épargner sa musique à Elsa. Alf vient les aider, mais papa insiste pour porter le carton lui-même. C'est la tradition, apporter le sapin chez sa fille. Avant qu'il ne s'en aille, Elsa a envie de lui dire qu'elle souhaite habiter plus souvent chez lui après l'arrivée de la Moitié. Mais elle ne veut pas lui faire de peine, alors elle souffle simplement : « Merci pour le sapin, papa. » Il la regarde d'un air réjoui puis repart chez lui, où l'attendent Lisette et ses enfants. Et Elsa le suit des yeux.

Parce que personne n'est triste si on ne dit rien. Tous les enfants de presque huit ans le savent.

# 26

# Pizza

A Miamas, les fêtes n'ont pas lieu le soir du réveillon mais la veille, parce que c'est ce jour-là qu'on raconte des contes de Noël. Bien sûr, à Miamas, tous les contes sont révérés comme des trésors, mais les contes de Noël sont tout particuliers. Une histoire tout à fait normale est soit drôle, soit triste, soit haletante, soit effrayante, soit dramatique, soit sentimentale, mais un conte de Noël doit être tout ça à la fois. « Un conte de Noël se raconte à mille voix », disait mamie. Et ils doivent finir bien, a décidé Elsa. Sinon, ils peuvent tous aller au diable.

Parce que Elsa n'est pas idiote, elle sait que s'il y a un dragon au début d'une histoire, il reviendra avant la fin. Elle sait que les événements doivent prendre une tournure sombre et terrible avant que tout finisse bien. Les meilleures histoires fonctionnent ainsi.

Elle sait qu'elle devra se battre, mais elle est fatiguée de se battre. Il a intérêt à bien finir, ce conte.

Il a vraiment intérêt.

L'odeur de pizza dans l'escalier lui manque. Mamie disait qu'à Miamas c'était la loi de manger de la pizza à Noël. Elle racontait bien sûr beaucoup de conneries, mamie, mais Elsa faisait semblant de la croire parce qu'elle aime la pizza, et le repas de Noël craint vraiment quand on est végétarien.

La pizza avait également l'avantage de diffuser son odeur dans la cage d'escalier, ce qui rendait Britt-Marie folle tous les ans. L'avant-veille de Noël, Britt-Marie accroche toujours des décorations à la porte de l'appartement qu'elle partage avec Kent, car les enfants de celui-ci doivent arriver le soir du réveillon et elle tient juste à « décorer un peu la cage d'escalier, pour le confort de tous ! », comme elle l'explique chaque année à maman et George. Or, les décorations de Noël sentaient la pizza le reste de l'année, se plaignait-elle en traitant mamie de « sauvage ».

« Elle est mal placée pour me traiter de sauvage, cette vieille ! Il n'y a pas plus civilisé que moi, nom de Dieu ! » rétorquait dédaigneusement mamie chaque fois, en se faufilant dans l'escalier la nuit, selon la tradition, pour répandre de minuscules morceaux de Calzone sur les décorations de Britt-Marie. Et quand celle-ci venait voir maman et George le matin du réveillon, si en colère qu'elle disait tout deux fois, mamie rétorquait que c'était de la « pizza de Noël » et qu'elle voulait juste « décorer un peu, pour le confort de tous ! ». Un jour, elle avait même malencontreusement fait tomber la Calzone entière par le clapet à courrier de Britt-Marie et Kent, et celle-ci était tellement hors d'elle le matin du réveillon qu'elle avait oublié de mettre sa broche sur sa veste à fleurs.

Pour dire la vérité, personne n'a jamais bien compris comment on s'y prend pour perdre une Calzone entière. Dans un clapet à courrier.

Elsa prend de longues inspirations dans l'escalier, parce que c'est ce que maman lui dit de faire si elle sent venir la colère. Maman fait vraiment tout le contraire de mamie. Inviter Britt-Marie et Kent à venir partager le repas du réveillon avec les autres voisins, par exemple. Mamie n'aurait jamais accepté. « Plutôt mourir ! » aurait-elle hurlé si maman l'avait suggéré. Elle n'aurait pas pu faire d'histoires à ce sujet si elle était morte, songe Elsa, mais tout de même. C'est une question de principe, genre. C'est ce qu'aurait dit mamie si elle avait été là. Même si elle détestait les principes. En particulier ceux des autres.

Mais Elsa ne peut pas refuser, car après une longue discussion maman l'a autorisée à cacher le worse dans l'appartement de mamie pendant les fêtes. C'est très difficile de dire non à une maman qui laisse son enfant ramener un worse à la maison, même si maman soupire toujours qu'Elsa « exagère » quand elle dit que Kent essaie de le tuer.

En revanche, Elsa est contente que le worse ait montré dès le début qu'il n'aime pas du tout George. Non pas qu'Elsa soit nécessairement contente que quelqu'un déteste George, mais c'est tellement rarissime que le changement est le bienvenu.

Le garçon au syndrome et sa maman sont en train d'emménager dans l'appartement de mamie. Elsa le sait, parce qu'elle a passé l'après-midi à jouer à cacher la clé avec le garçon pendant que maman, George, Alf, Lennart, Maud et la maman du garçon discutaient en secret autour de la table de la cuisine. Ils nient, bien sûr, mais Elsa sait à quoi ressemblent des discussions confidentielles. On le sait quand on a presque huit ans. Elle déteste quand maman fait des mystères. Lorsqu'on sait que quelqu'un fait des mystères, on se sent complètement idiot, et personne n'aime ce sentiment.

Maman devrait le comprendre. S'il y a une personne qui devrait le comprendre, c'est bien maman.

Elsa sait qu'ils disent que l'appartement de mamie est plus facile à défendre si Sam s'approche. Non pas qu'ils le nomment, mais Elsa n'est pas idiote, puisqu'elle a presque huit ans. Elle sait que Sam viendra tôt ou tard, et que maman planifie de rassembler l'armée de mamie au complet au dernier étage, même si elle n'appellerait jamais l'armée une armée. Elsa était avec le worse dans l'appartement de Lennart et Maud quand maman a dit à cette dernière de n'emporter « que l'essentiel » en essayant de parler comme si la situation n'était pas sérieuse du tout. Maud et le worse avaient alors fourré toutes les boîtes de biscuits qu'ils avaient pu trouver dans de grands sacs, et à cette vue maman avait soupiré :

« Mais s'il te plaît, Maud, j'ai dit seulement l'essentiel ! »

Celle-ci avait regardé maman sans comprendre et avait répondu :

« Les biscuits sont essentiels. »

Le worse avait grogné d'assentiment en fixant maman d'un air plus déçu que fâché, et avait ostensiblement poussé dans le sac une boîte supplémentaire de biscuits au chocolat et aux cacahuètes. Puis ils avaient tout transporté jusqu'à l'appartement de mamie, et George avait offert du vin chaud aux épices à l'assemblée. Le worse en avait bu plus que tous les autres. Et maintenant, les adultes font des mystères dans la cuisine de maman et George.

Elsa sait. Elle a presque huit ans.

La porte de Britt-Marie et Kent est recouverte de décorations de Noël, mais personne n'ouvre quand Elsa sonne. Elle trouve Britt-Marie dans le hall de l'immeuble. Les mains jointes sur le ventre, celle-ci lance des regards sombres à la poussette toujours cadenassée à la rampe. Elle porte sa veste à fleurs et sa broche. Une nouvelle note est accrochée au mur.

La première affiche était celle disant qu'il était défendu de laisser des poussettes à cet endroit. Puis on l'avait retirée. Et maintenant, il y a une nouvelle note. La poussette est toujours là. En fait, ce n'est pas une note, constate Elsa en s'approchant. C'est une grille de mots croisés.

Britt-Marie sursaute en apercevant Elsa.

— Eh bien, eh bien, c'est naturellement une autre invention de ta famille, bien sûr, comme d'habitude ! Bien sûr !

Elsa secoue la tête, boudeuse.

— Peut-être que ce n'est pas vrai du t-o-u-t.

Britt-Marie chasse des poussières invisibles du revers de sa veste et sourit avec bienveillance sans en ressentir aucune, ce qui est en quelque sorte son champ de compétence primaire.

— Vous trouvez naturellement ça drôle. Je m'en rends bien compte. Toi et ta famille. Tourner les autres habitants de l'immeuble en dérision. Mais j'irai jusqu'au fond des choses et je démasquerai les responsables, vous pouvez en être certains. C'est un risque d'incendie que de laisser des poussettes dans l'entrée et de scotcher des papiers aux murs ! Le papier pourrait prendre feu !

Elle lisse un pli inexistant de sa jupe et frotte une tache qu'il n'y a jamais eu sur sa broche.

— Je ne suis pas idiote, vraiment pas. Je sais que vous parlez dans mon dos dans cette copropriété, je le sais !

Elsa ne sait pas trop ce qui lui prend, c'est sans doute l'association des mots « pas idiote » et « dans mon dos ». Quelque chose de très désagréable, d'aigre et de malodorant la prend à la gorge et persiste un long moment avant qu'elle soit forcée de reconnaître, écœurée, que c'est de la compassion.

Pour Britt-Marie.

Personne n'aime se sentir idiot.

Alors, Elsa ne suggère pas à Britt-Marie d'essayer de ne pas se comporter tout le temps comme une espèce de crétine d'abrutie si elle veut que les gens lui parlent. Elle ne dit même pas que cet immeuble n'est pas une copropriété. Elle ravale simplement toute la fierté qu'elle peut et murmure :

— Maman et George vous invitent, toi et Kent, à prendre le dîner du réveillon chez nous demain. Tous les autres voisins seront là. Enfin à peu près tous, en tout cas.

Le regard de Britt-Marie vacille, seulement pendant un bref instant. Elsa observe fugacement ce qu'elle a remarqué ce matin, quand Britt-Marie ne semblait pas vouloir que Kent empoisonne le worse. Mais celle-ci cligne des paupières et répond :

— Eh bien, eh bien, je ne peux pas accepter d'invitations comme ça. Kent est au travail, parce que certaines personnes dans cet immeuble ont des responsabilités. Tu peux dire ça à ta mère. Tout le monde n'est pas en congé pendant les fêtes. Et les enfants de Kent viennent demain et en fait ils n'aiment pas s'inviter chez les autres, ils aiment passer du temps à la maison avec Kent et moi. Et nous prendrons un repas de Noël normal, comme les familles un peu civilisées. Voilà ce que nous ferons. Tu peux le dire à ta mère !

Puis Britt-Marie balaie de sa veste assez de miettes inexistantes pour reconstituer une miche de pain invisible et monte énergiquement les marches sans laisser Elsa répondre.

Cette dernière secoue la tête en marmonnant « crétine, crétine, crétine ». Elle observe les mots croisés au-dessus de la poussette. Elle ignore qui a accroché la grille, mais elle aurait aimé le faire elle-même, parce que ça rend Britt-Marie de toute évidence complètement chèvre.

Elsa sonne chez la femme à la jupe noire. Celle-ci porte un jean. Elle a l'air fatiguée dans le bon sens du terme.

— Nous prenons le dîner de Noël à la maison demain. Tu es invitée, dit Elsa. Ça sera sûrement très amusant, parce que Britt-Marie et Kent ne viennent pas !

La femme au jean se passe la main dans les cheveux et semble parcourue d'un frisson.

— Non… non, je… voir des gens, ce n'est pas mon fort.

Elsa acquiesce.

— Je sais. Mais on dirait que rester toute seule, ce n'est pas spécialement ton fort non plus.

La femme l'observe longuement. Elsa lui rend son regard sans ciller. Le coin des lèvres de la femme tressaille.

— Je… je viendrai peut-être. Un… un petit moment.

— On peut acheter de la pizza ! Si jamais, enfin, tu sais, si tu n'aimes pas les plats de Noël, dit Elsa, pleine d'espoir.

La femme sourit. Elsa aussi.

Alf émerge de l'appartement de mamie à l'instant où Elsa arrive au dernier étage. Le garçon au syndrome décrit une ronde joyeuse autour de lui. Alf essaie de cacher l'énorme caisse à outils qu'il tient à la main lorsqu'il aperçoit Elsa.

— Qu'est-ce que vous faites ? demande cette dernière.

— Rien, répond Alf, évasif.

Le garçon au syndrome saute à pieds joints dans l'appartement de maman et George, en direction d'un grand bol de pères Noël en guimauve. Alf tente de contourner Elsa, mais elle ne s'écarte pas.

— Qu'est-ce que c'est ? demande-t-elle en désignant la caisse à outils.

— Rien ! répète Alf en s'efforçant de la dissimuler dans son dos.

Il sent la sciure, observe Elsa.

— *Sure,* rien du tout ! fait-elle en boudant.

Elle essaie de ne pas se sentir idiote. Ça ne réussit pas super-bien.

Elle regarde le garçon au syndrome. Il a l'air heureux d'un enfant de presque sept ans à la vue de tout un bol de pères Noël en guimauve. Elle se demande s'il attend le vrai père Noël, celui qui n'est pas en guimauve, et suppose que oui. Bien sûr, Elsa sait qu'il n'existe pas, mais elle croit profondément aux gens qui y croient. Quand elle était petite, elle écrivait au père Noël tous les ans, pas simplement des listes de vœux, mais de vraies lettres. Bien sûr, elle y parlait peu de Noël et beaucoup de politique. En effet, Elsa trouvait qu'il ne s'engageait pas assez dans les questions de société récentes et qu'il fallait le tenir au courant de l'actualité, au milieu de l'abondance de lettres complaisantes et avides qu'elle avait compris que les autres enfants lui envoyaient chaque année. Il fallait bien que quelqu'un assume cette responsabilité, d'après elle. Un jour, elle avait vu la publicité de Coca-Cola et la lettre de cette année-là avait longuement reproché au père Noël d'être « une espèce de vendu ». Une autre fois, elle avait vu à la télé un documentaire sur le travail des enfants, et juste après ça de nombreuses comédies de Noël américaines, et comme elle ne savait pas exactement si ce que le père Noël appelait « elfes » correspondait aux créatures de la mythologie scandinave, aux êtres qui peuplent les forêts de l'univers de Tolkien ou, dans un sens plus général, aux « demi-portions, genre », elle avait sur-le-champ exigé une réponse de sa part.

Le père Noël n'avait pas réagi, alors Elsa avait envoyé une longue missive furibonde qu'on pouvait peut-être résumer par le mot « dégonflé ! ». Et l'année suivante, Elsa avait appris à utiliser Google et découvert que la raison pour laquelle le père Noël ne lui répondait pas était qu'il n'existait pas. Elle n'avait plus écrit.

Plus tard, elle avait raconté par hasard à mamie et maman que le père Noël n'existait pas. Maman avait été si horrifiée qu'elle avait avalé son vin chaud de travers, et mamie s'était tournée vers Elsa d'un air dramatique en faisant mine d'être encore plus horrifiée et s'était exclamée :

« Ça ne se dit pas, Elsa ! On dit que la réalité est mise à l'épreuve ! »

Maman n'avait pas ri du tout, mais ce n'était pas grave parce que mamie et Elsa riaient ; c'était suffisant pour elle. Et l'avant-veille de Noël, Elsa avait reçu une lettre où le père Noël lui remontait les bretelles pour s'être montrée « impertinente », avant de se lancer dans une longue harangue qui commençait par « espèce de gamine ingrate » et annonçait que puisqu'elle ne croyait plus au père Noël, les elfes n'avaient pas obtenu de convention collective cette année.

« Je sais que c'est toi qui l'as écrite, avait sifflé Elsa à mamie.

— Comment ça ? avait rétorqué celle-ci d'un ton sarcastique.

— Parce que même le père Noël n'est pas assez bête pour croire que "convention" s'écrit avec un "a" ! » avait crié Elsa.

Mamie lui avait présenté des excuses, un peu moins sarcastique. Puis elle avait essayé de la persuader de courir lui acheter un briquet pendant qu'elle la « chronométrait ». Mais Elsa n'avait pas l'intention de se faire encore avoir.

Alors mamie avait enfilé son costume de père Noël tout neuf d'un air maussade, puis elle avait emmené Elsa à l'hôpital pour enfants où travaillait un de ses copains. Elle avait rendu visite aux enfants atteints de terribles maladies et leur avait raconté des histoires toute la journée tandis qu'Elsa distribuait des jouets. Cette dernière n'avait jamais vécu de plus beau Noël. Elles en feraient une tradition, avait promis mamie, mais c'était devenu une tradition super-nulle, parce qu'elles n'eurent qu'une seule occasion de faire cette tournée avant que mamie ne meure.

Elsa observe le garçon au syndrome. Puis elle jauge Alf du regard. Quand le garçon au syndrome disparaît dans l'appartement après avoir aperçu un bol de lapins en chocolat, Elsa se faufile dans le couloir et prend le costume de père Noël dans la malle. Elle ressort sur le palier et fourre l'habit dans les bras d'Alf.

Celui-ci le regarde comme si le déguisement venait d'essayer de le chatouiller.

— Qu'est-ce que c'est ?

— A quoi ça ressemble ? demande Elsa.

— Dans tes rêves ! se défend Alf en lui tendant le costume.

— C'est toi qui rêves ! réplique Elsa en repoussant ses mains.

— Ta mamie a dit que tu ne croyais même pas au foutu père Noël, marmonne Alf.

Elle lève les yeux au ciel.

— Nan, mais il ne s'agit pas toujours de moi, quand même ?

Elle indique l'appartement du doigt. Le garçon au syndrome est assis par terre en face de la télé. Alf grogne.

— Pourquoi Lennart ne pourrait pas se déguiser ?

— Parce que Lennart ne peut rien cacher à Maud, répond Elsa d'un ton impatient.

— Quel est le rapport ?

— Le rapport est que Maud ne peut rien cacher à personne !

Alf la regarde en plissant les yeux. Puis il marmotte à contrecœur que nan, nan, bien sûr. Maud n'arriverait pas à garder un secret même en se le collant aux mains. Quand George jouait à cacher la clé avec Elsa et le garçon au syndrome dans la soirée, Maud s'était sans arrêt approchée pour leur souffler : « Vous devriez peut-être jeter un coup d'œil dans le vase de la bibliothèque. » La maman d'Elsa avait signalé que chercher la clé était justement le but du jeu, mais Maud avait dit d'un air déprimé : « Les enfants ont l'air si tristes quand ils cherchent partout, je ne veux pas qu'ils soient tristes. »

— Donc, c'est toi qui dois te déguiser, résume Elsa.

— Et George alors ? avance Alf.

— Il est trop grand. Et en plus, tout le monde saura que c'est lui parce qu'il va enfiler son short de jogging sur le costume de père Noël, explique Elsa.

Alf ne semble pas trouver que ça fasse une grande différence. Il traverse le palier d'une démarche contrariée et jette un coup d'œil dans la malle dans le couloir, comme s'il espérait y trouver une meilleure option. Mais il n'y a là que du linge de lit et le costume de Spider-Man d'Elsa.

— Qu'est-ce que c'est que ça ? demande-t-il en le désignant d'un air méfiant.

— Mon costume de Spider-Man, grogne Elsa en essayant de rabattre le couvercle.

— Tu portes ça quand ? s'enquiert Alf comme s'il y avait tous les ans une journée Spider-Man à une date précise.

— Je voulais le mettre à la rentrée prochaine. Nous devons faire des exposés, élude Elsa en refermant la malle d'un coup sec.

Le costume de père Noël dans les mains, Alf n'a pas l'air très intéressé, en fait. Elsa gémit.

— Si tu t-i-e-n-s à tout savoir, je ne mettrai pas le costume parce que les filles n'ont apparemment pas le droit de se déguiser en Spider-Man !

Alf n'a franchement pas l'air de tenir à tout savoir. Elsa siffle :

— Alors je vais laisser tomber parce que je n'en peux plus de me battre tout le temps avec tout le monde !

Alf est déjà sur le palier. Elle ravale ses larmes pour qu'il ne l'entende pas. Il l'entend quand même, peut-être. Il s'arrête à côté de la rampe. Il serre le poing sur le costume, soupire et lâche quelques mots inaudibles.

— Quoi ? fait Elsa, irritée.

Il soupire de nouveau, plus fort.

— J'ai dit : je crois que ta mamie aurait voulu que tu te déguises en ce qui te chante, répète-t-il d'un ton brusque sans se retourner.

Elsa met les mains dans les poches et regarde fixement par terre.

— A l'école, ils disent que les filles ne peuvent pas faire Spider-Man…

Alf descend deux marches en traînant les pieds, puis se tourne vers elle.

— Tu crois que les salauds n'ont pas dit ça à ta mamie ?

Elsa lui lance un regard en coin.

— Elle se déguisait en Spider-Man ?

— Non.

— Alors qu'est-ce que tu racontes ?

— Elle se déguisait en médecin.

Elsa lève les yeux.

— Les gens lui disaient qu'elle ne pouvait pas être médecin ? Parce que c'était une fille ?

Alf fait de la place dans la boîte à outils qu'il porte d'une main et fourre le costume dedans de l'autre.

— Ils lui ont sans doute dit qu'il y avait plein de foutus trucs qu'elle n'avait pas le droit de faire pour tout un tas de foutues raisons. Mais elle a foutu ce qu'elle voulait quand même. Quelques années avant sa naissance, ils disaient encore que les femmes ne pouvaient pas voter, et regarde comme elles votent maintenant. C'est comme ça qu'on tient tête aux salauds qui nous disent ce qu'on a le foutu droit de faire ou pas. En foutant ce qu'on veut.

Elsa contemple ses chaussures. Alf contemple sa caisse à outils. Elsa prend deux pères Noël en guimauve dans le couloir, en mange un et lance l'autre à Alf, qui l'attrape de sa main libre. Il hausse les épaules.

— Je crois que ta mamie aurait voulu que tu te déguises en ce qui te chante.

Elsa acquiesce. Il s'en va en grommelant. Quand elle l'entend fermer la porte de son appartement et qu'un chant en opéralien s'élève, elle va chercher le bol de pères Noël en guimauve. Puis elle prend le garçon au syndrome par la main, appelle le worse, et tous trois se blottissent dans l'armoire enchantée qui a arrêté de grandir après la mort de mamie. Elle sent la sciure. Comme par magie, elle s'est élargie juste assez pour accueillir deux enfants et un worse.

Le garçon au syndrome ferme juste presque entièrement les yeux et Elsa l'emmène au Pays-Presqu'Eveillé. Ils survolent les six royaumes et, quand ils descendent vers Mimovas, le garçon semble reconnaître l'endroit. Il saute de l'animal-nuage et se met à courir. Lorsqu'il arrive aux portes de la cité, la musique de Mimovas le submerge et il commence à danser. Une danse fantastique. Et Elsa danse avec lui.

Ce n'est pas grave que les garçons ne sachent pas parler s'ils dansent une danse si fantastique.

## 27

# Epices

Le worse réveille Elsa au milieu de la nuit parce qu'il a envie de faire pipi. Enfin, d'accord, ce n'est peut-être pas le milieu de la nuit, mais c'est l'impression qu'elle a. Il fait sombre dehors, alors Elsa, somnolente, marmonne au worse que, sérieusement, il devrait y réfléchir à deux fois avant de boire autant de vin chaud aux épices quand il est sur le point d'aller se coucher. En plus, le worse affiche l'expression d'un worse qui envisage de se soulager sur une écharpe Gryffondor, aussi Elsa tire-t-elle l'écharpe hors de portée et consent-elle malgré tout à sortir.

Quand ils sortent de l'armoire, maman fait les lits dans la chambre d'amis de mamie avec la maman du garçon au syndrome.

— Il a envie de faire pipi, explique Elsa d'une voix fatiguée lorsque maman les aperçoit.

Celle-ci acquiesce à contrecœur.

— Dans ce cas, emmène aussi Alf, exige-t-elle.

Elsa hoche la tête. La maman du garçon au syndrome lui sourit et laisse échapper un oreiller de la taie qu'elle est en train d'enfiler dessus. Quand elle ramasse l'oreiller, elle perd la taie. Et ses lunettes. Elle se redresse en les serrant dans ses bras et sourit de nouveau à Elsa.

— J'ai cru comprendre aux explications de Maud que c'est sans doute toi qui as déposé la lettre de ta mamie dans notre boîte aux lettres hier.

Elsa baisse les yeux vers ses chaussettes.

— J'ai d'abord pensé sonner, mais je ne voulais pas… tu sais. Déranger. Genre.

La maman du garçon sourit. Elle lâche la taie d'oreiller.

— Elle demande pardon. Ta mamie, je veux dire.

— Je sais, elle demande pardon à tout le monde, confirme Elsa.

La maman du garçon ramasse la taie.

— Elle demande pardon de ne plus pouvoir nous protéger. Et elle m'a écrit de te faire confiance. Toujours. Ensuite, elle m'a recommandé d'essayer de gagner ta confiance.

Elle fait tomber l'oreiller. Elsa enjambe le seuil et le ramasse. Elle observe la maman du garçon.

— Je peux demander un truc qui est peut-être malpoli, genre ?

— Absolument, répond la maman du garçon en faisant tomber ses lunettes dans la taie d'oreiller.

Elsa se masse la paume.

— Comment est-ce qu'on arrive à vivre quand on a tout le temps peur ? Enfin, quand on sait qu'on est pourchassé par quelqu'un comme Sam, comme est-ce qu'on vit avec ?

— S'il te plaît, Elsa… souffle maman en lançant un sourire contrit à la maman du garçon.

Mais cette dernière agite la main d'un air rassurant.

Malheureusement, dans ce même mouvement, elle lance la taie d'oreiller avec les lunettes à travers la pièce. La taie atterrit sur le worse qui attend sur le seuil en essayant d'appuyer ses pattes sur sa vessie. Elsa ramasse la taie. La maman du garçon remet ses lunettes avec un sourire de gratitude.

— Ta mamie disait que parfois il faut prendre des risques, parce que sans ça nous ne sommes pas des êtres humains, mais seulement des vers de terre.

— Elle a chipé ça aux *Frères Cœur-de-Lion*, dit Elsa.

— Je sais, dit la maman du garçon en souriant.

Elsa hoche la tête. La maman du garçon sourit encore et se tourne vers la maman d'Elsa pour changer de sujet. Peut-être plus dans l'intérêt d'Elsa que dans le sien.

— Vous savez si c'est une fille ou un garçon ? demande-t-elle avec un geste doux vers le ventre de maman, avant de perdre ses lunettes.

Celle-ci a un sourire presque honteux et secoue la tête.

— Nous voulons attendre jusqu'à sa naissance.

— C'est une Moitié, l'informe Elsa depuis le seuil.

Maman a l'air gênée.

— Oui. Enfin, nous n'avons pas demandé. George ne veut pas… euh… tu comprends. Nous serons contents quel que soit le sexe !

La maman du garçon secoue la tête, enthousiaste.

— Je ne voulais pas savoir non plus avant sa naissance, je voulais tout apprendre sur lui en une seule fois !

Maman pousse un soupir soulagé, comme quand on attend un enfant et qu'on a l'habitude que les personnes pas enceintes se sentent obligées de poser des questions sur la naissance prochaine à la moindre occasion, sur un ton généralement réservé aux chefs des interrogatoires de la brigade des stups. Elle sourit de toutes ses dents.

— Oui, exactement, c'est tout à fait mon avis. Peu importe que ça soit une fille ou un garçon, du moment qu'il est en bonne santé !

La culpabilité envahit le visage de maman à l'instant où le dernier mot saute par-dessus sa lèvre. Elle jette un regard en coin à l'armoire, derrière Elsa, où dort le garçon au syndrome.

— Pardon. Je ne voulais pas… articule-t-elle.

Mais la maman du garçon l'interrompt :

— Chut, ne t'excuse pas. Ce n'est rien. Je sais ce que disent les gens. Mais il est en bonne santé. Il est juste beaucoup de tout, peut-on dire.

— J'adore beaucoup de tout ! s'écrie joyeusement Elsa, avant de prendre aussi un air honteux et de se racler la gorge pour murmurer : Sauf dans les burgers Quorn. J'enlève les tomates.

Les deux mamans éclatent d'un rire qui fait vibrer l'appartement de mamie. Elles semblent vraiment en avoir besoin plus que n'importe qui. Alors, même si ce n'était pas l'effet recherché, Elsa décide qu'elle peut s'arroger ce mérite.

Alf attend Elsa et le worse sur le palier. Elle ignore comment il savait qu'ils sortaient. Les ténèbres autour de l'immeuble sont si denses que si on lançait une boule de neige, on la perdrait de vue avant qu'elle ait quitté le gant. Ils se faufilent discrètement sous le balcon de Britt-Marie pour qu'elle ne voie pas le worse, mais restent contre la façade même après avoir tourné au coin de l'immeuble, où les doigts des ténèbres ne peuvent pas vraiment les atteindre. Le worse recule dans un buisson avec l'expression d'une personne qui aurait aimé avoir un journal. Elsa et Alf se détournent avec tact.

Elle se racle la gorge.

— Merci de m'avoir aidée à ramener Renault.

Alf pousse un grognement. Elsa met les mains dans les poches.

— Kent est un crétin d'abruti. C'est lui qu'il faudrait empoisonner !

Alf secoue lentement la tête.

— Ne dis pas ça.

— Quoi ? s'exclame Elsa.

— Arrête de dire ça, répète Alf d'un ton amer.

— Pourquoi ? C'est vraiment un crétin d'abruti ! insiste-t-elle.

— C'est possible. Mais je t'interdis de l'insulter devant moi.

Elle renifle de dédain.

— Tu le traites sans arrêt de « gros con » !

Alf acquiesce.

— Oui. J'ai le droit. Pas toi.

Elsa lève les bras d'un air indigné. Du moins pense-t-elle que c'est un air indigné.

— Et pourquoi ? crache-t-elle.

La veste en cuir d'Alf bruisse.

— Parce que je dis ce que je veux sur mon petit frère. Pas toi.

Elsa met de nombreuses sortes d'éternités différentes à assimiler cette information.

— Je ne savais pas, lâche-t-elle enfin.

Alf grogne. Elsa se racle la gorge.

— Pourquoi vous êtes aussi vaches l'un avec l'autre si vous êtes frères ?

— On ne choisit pas sa famille, marmonne Alf.

Elsa ne sait pas trop quoi répondre. Elle pense à la Moitié. Elle ne préfère pas y penser, alors elle essaie de changer de sujet.

— Pourquoi tu n'as pas de copine ? demande-t-elle avec une curiosité non feinte.

— Ça ne te regarde pas tellement, répond Alf avec une mauvaise humeur non feinte.

— Tu as déjà été amoureux ?

La veste d'Alf bruisse et il lui lance un regard déçu.

— Je suis un adulte, merde. Evidemment que j'ai déjà été amoureux, merde. Tout le monde est déjà tombé amoureux.

— Tu avais quel âge ?

— La première fois ? grommelle Alf.

— Oui.

— Dix ans.

— Et la deuxième fois ?

La veste d'Alf bruisse. Il regarde sa montre et se dirige vers l'entrée.

— Il n'y a pas eu de deuxième fois.

Elsa veut poser plus de questions. Mais c'est à cet instant qu'ils le discernent. Enfin, le worse le discerne avant eux. Le cri. Le worse se rue hors du buisson et s'élance dans l'obscurité tel un javelot noir. Puis Elsa l'entend aboyer pour la première fois. Elle croyait avoir déjà entendu ses aboiements, mais elle se trompait. Tout ce qu'elle a entendu jusqu'ici n'étaient que des jappements et gémissements par rapport à ça. Cet aboiement fait trembler son cerveau et vibrer les murs de béton. On dirait un cri de guerre.

Elsa arrive la première. Elle court plus vite qu'Alf.

Britt-Marie est à quelques mètres de la porte, livide. Elle a lâché son sac de commissions dans la neige. Des sucettes et des revues de BD en sont tombées. Sam n'est qu'à quelques mètres d'elle. Elsa ne distingue pas son visage, mais elle sait que c'est lui à la terreur qui la paralyse tout entière depuis l'intérieur.

Et elle remarque le couteau dans sa main.

Le worse se tient entre eux, la queue dressée comme un fouet protecteur devant Britt-Marie. Les pattes avant plantées dans la neige comme des piliers en béton, il montre les dents. Sam ne bouge pas, mais Elsa le voit hésiter. Il se retourne lentement et, quand il l'aperçoit, son regard lui émiette la colonne vertébrale. Elsa sent ses genoux près de ployer et de disparaître dans la neige. Le couteau scintille sous les cônes de lumière épars des lampadaires. La main de Sam est tendue, immobile, le corps détendu et hostile. Ses yeux rongent Elsa, froids et belliqueux. Mais le couteau n'est pas tourné vers elle.

La respiration de Britt-Marie vibre dans les ténèbres. Elle sanglote. Et Elsa ne sait pas d'où lui vient ce réflexe, ou ce courage, peut-être est-ce de la témérité pure et simple. Mamie disait toujours qu'au fond Elsa et elle étaient un peu stupides et que tôt ou tard ça leur causerait des ennuis.

Elsa court. Droit vers Sam. Elle voit le couteau s'abaisser de quelques centimètres, l'autre main s'élever comme une serre pour l'attraper au vol. Mais elle n'atteint jamais son but.

Elle n'a pas le temps de percevoir de mouvement avant d'entrer en collision avec une masse sèche et noire. Sa tête rebondit en arrière. Elle sent l'odeur du cuir sec. Elle entend le bruissement de la veste d'Alf.

Ce dernier fait face à Sam avec la même attitude inquiétante. Elsa remarque le mouvement infime de sa main droite. Elle voit le marteau caché dans la manche glisser dans sa paume. Le marteau pivote calmement. Le couteau ne bouge pas. Alf et Sam ne se lâchent pas du regard.

Elsa ne sait pas combien de temps ils restent plantés là. Combien d'éternités de contes. On dirait que toutes les éternités s'écoulent. Elle a le sentiment qu'elle va mourir. Que la terreur va faire exploser son cœur.

— La police est en route, dit finalement Alf tout bas.

Il a l'air de le regretter. De ne pas pouvoir mettre un terme à cette histoire ici et maintenant.

Le regard de Sam va calmement d'Alf au worse. La fourrure de l'animal est hérissée et son grognement roule dans sa poitrine comme le tonnerre. Un faible sourire glisse sur les lèvres de Sam avec une lenteur insoutenable. Puis il recule d'un pas et les ténèbres l'engloutissent.

La voiture de police arrive dans la rue en dérapant, mais Sam est déjà loin. Elsa s'affaisse dans la neige comme si ses vêtements s'étaient soudain vidés de leur contenu. Elle sent la large main d'Alf la relever, et sa voix siffler au worse de se cacher dans l'escalier avant que les policiers ne l'aperçoivent. Elle entend Britt-Marie haleter et les chaussures des policiers faire crisser la neige. Mais sa conscience est déjà très loin.

Elle a honte d'avoir peur au point de ne pouvoir que fermer les yeux et s'enfuir dans sa tête. Aucun chevalier de Miamas n'aurait été paralysé par l'effroi de la sorte. Un vrai chevalier se serait dressé, le dos droit, au lieu de se réfugier dans le sommeil. Mais elle ne peut pas s'en empêcher.

C'est trop de réalité pour une enfant de presque huit ans. Trop pour n'importe qui de presque n'importe quel âge.

Elle se réveille dans le lit de mamie. Elle a chaud. Elle sent le museau du worse dans le creux de sa gorge et lui caresse la tête.

— Tu es très courageux, souffle-t-elle.

Le worse la regarde comme s'il trouvait qu'il a sans doute mérité un gâteau. Elsa se lève en repoussant les draps humides de sueur. Par la porte entrebâillée, elle voit maman dans le couloir, le visage grisâtre. Elle hurle contre Alf. Celui-ci ne se défend pas. Elsa se précipite dans les bras de maman, elle sent à ses mains qu'elle est si en colère qu'elle en pleure.

— Ce n'est pas leur faute, ils essayaient juste de me protéger ! exhale Elsa.

La voix de Britt-Marie l'interrompt :

— Non, c'était ma faute, bien sûr ! Ma faute. Tout était bien sûr de ma faute, Ulricka.

Elsa se tourne vers Britt-Marie. Maud, Lennart et la maman du garçon au syndrome sont là aussi. Tous observent Britt-Marie, qui joint les mains à hauteur des hanches.

— Il était caché près de l'entrée, mais j'ai remarqué l'odeur de cigarette. Alors je lui ai dit que dans cette copropriété on ne fume pas dans l'entrée, que ça ne se fait vraiment pas ! C'est là qu'il a sorti son…

La voix de Britt-Marie se brise lorsqu'elle essaie de prononcer le mot « couteau ». Elle a l'air offensée. Comme quand tout le monde fait des mystères et qu'on se sent complètement stupide.

— Bien sûr, vous savez tous qui c'est. Vous le savez, naturellement ! Mais bien sûr, personne n'a eu l'idée de m'avertir, surtout pas. Alors que je suis responsable de l'information de cette copropriété !

Elle lisse un pli de sa jupe. Un vrai pli, cette fois. Le sachet avec les sucettes et les revues est posé à ses pieds. Maud essaie de poser une main douce sur le bras de Britt-Marie, mais celle-ci s'écarte. Maud sourit avec mélancolie.

— Où est Kent ? demande-t-elle doucement.

— Il a une réunion d'affaires ! répond Britt-Marie d'un ton rude.

Alf la considère, baisse les yeux vers le sac de courses, puis relève la tête.

— Qu'est-ce que tu faisais dehors à une heure pareille ? veut-il savoir.

Elle le foudroie du regard.

— Nous offrons toujours des sucettes et des revues de BD aux enfants de Kent quand ils viennent pour Noël ! Toujours ! J'étais au supermarché ! Et je n'ai pas à me justifier, parce que ce n'est pas moi qui attire des camés armés de couteaux, ce n'est pas moi !

Maud essaie à nouveau de lui toucher le bras, mais Britt-Marie repousse sa main. Maud tend avec obstination les doigts vers elle.

— Pardon, Britt-Marie. Nous ne savions pas quoi dire, c'est tout. S'il te plaît, Britt-Marie. Tu ne peux pas au moins passer la nuit ici ? C'est peut-être plus sûr de rester tous ensemble ?

Britt-Marie joint brusquement les mains sur son ventre et regarde le petit groupe de haut.

— Je vais passer la nuit chez moi. Kent rentre ce soir et je serai à la maison. Je suis toujours à la maison au retour de Kent. Voilà où je suis. Toujours !

La policière aux yeux verts apparaît sur le palier derrière elle. Britt-Marie fait volte-face. Les yeux verts l'observent d'un air inquisiteur.

— Eh bien, eh bien, il était temps que vous arriviez ! lance Britt-Marie avec un sourire bienveillant bien qu'elle ne le soit pas du tout, avant de reculer instinctivement d'un petit pas quand elle croise le regard de la policière.

Les yeux verts ne disent rien. Un autre policier fait son apparition et Elsa s'aperçoit qu'il a l'air égaré, car il vient de remarquer Elsa et maman. Il semble se souvenir parfaitement de les avoir escortées jusqu'à l'hôpital pour se faire lâcher sur le parking.

— Nous allons fouiller les environs avec des chiens, dit le policier saisonnier en s'adressant au sol.

Lennart tente de les inviter à boire un café et le policier saisonnier semble préférer cette perspective à celle de contrôler les environs avec des chiens, mais il jette un coup d'œil aux yeux verts puis secoue la tête en regardant par terre. La policière prend la parole d'une voix qui emplit la pièce sans qu'elle ait besoin de hausser le ton :

— Nous allons le trouver, dit-elle, le regard toujours rivé à Britt-Marie.

Celle-ci semble vouloir répondre, sans doute pour se plaindre avec colère que tout le monde connaît visiblement l'identité de l'homme au couteau sauf elle, et peut-être s'indigner, encore plus en colère, que rien n'aille dans cet immeuble. Des poussettes, des notes, des grilles de mots croisés et des hommes armés de couteaux dans tous les sens. L'anarchie totale. Mais elle ne dit rien, car les yeux verts font légèrement vaciller son assurance.

Les yeux verts haussent les sourcils et demandent :

— Et le chien de combat dont Kent a parlé hier, Britt-Marie ? Il a dit que vous aviez trouvé des poils de chien dans l'escalier. Tu l'as vu ce soir ?

Elsa retient son souffle. Au point qu'elle en oublie de se demander pourquoi elle appelle Kent et Britt-Marie par leurs prénoms. Comme si les yeux verts les connaissaient.

Britt-Marie jette un coup d'œil autour d'elle, à Elsa, maman, Maud, Lennart et à la maman du garçon au syndrome. Et en dernier, à Alf. Il affiche un visage inexpressif. Les yeux verts inspectent le couloir. Les paumes d'Elsa se couvrent de sueur quand elle les ouvre et les ferme pour empêcher ses mains de trembler. Le worse est dans la chambre de mamie, à quelques mètres derrière elle. Elle sait que tout est perdu et elle ignore quoi faire. Elle n'arrivera jamais à l'aider à s'enfuir avec tous les policiers qu'elle entend dans l'escalier, même un worse n'y parviendra pas. Ils vont lui tirer dessus. Le tuer. Elle se demande si c'était le plan de l'ombre depuis le début. Parce qu'elle n'osait pas affronter le worse elle-même. Sans le worse et Cœur-de-Loup, le château est sans défense.

Britt-Marie pince les lèvres lorsqu'elle remarque le regard que lui lance Elsa. Elle change ses mains de place et, avec un soudain regain de supériorité, répond dédaigneusement aux yeux verts :

— Nous nous sommes peut-être trompés hier, Kent et moi, peut-être. Ce n'était peut-être pas des poils de chien, c'était sans doute une autre sorte de saletés, bien sûr. Ça n'aurait rien d'étonnant, avec tous les gens bizarres qui traînent dans cet escalier, ces derniers temps, dit-elle d'un ton à la fois contrit et accusateur en redressant sa broche sur sa veste à fleurs.

Les yeux verts lancent un bref regard à Elsa, puis acquiescent rapidement, comme si l'affaire était close.

— Nous allons placer l'immeuble sous surveillance cette nuit.

Elle est dans l'escalier avec le policier saisonnier sur les talons avant qu'ils puissent répondre. La maman d'Elsa respire lourdement. Elle tend la main vers Britt-Marie, mais cette dernière l'évite.

— Vous trouvez ça drôle de me cacher des secrets, bien sûr. C'est drôle de me faire passer pour une imbécile, n'est-ce pas ?

— S'il te plaît, Britt-Marie… commence Maud.

Mais Britt-Marie secoue la tête et ramasse son sac de courses.

— Je retourne chez moi maintenant, Maud ! Kent rentre ce soir et je serai à la maison ! Les enfants de Kent viennent demain et nous prendrons le repas de Noël comme une famille civilisée normale dans une copropriété civilisée normale !

Sur ces mots, elle sort d'un pas lourd. Bien que bienveillant.

Mais Elsa remarque le regard d'Alf tandis qu'il la suit des yeux. A la porte de la chambre à coucher, le worse affiche la même expression. Elsa sait maintenant qui est Britt-Marie.

Maman descend aussi l'escalier, Elsa ignore pourquoi. Lennart fait du café. George apporte des œufs et refait du vin chaud. Maud sort des gâteaux. La maman du garçon au syndrome se glisse dans l'armoire et Elsa l'entend faire rire le garçon. C'est un bon super-pouvoir.

Alf sort sur le balcon et Elsa le suit. Elle reste un long moment derrière lui, indécise, avant de le rejoindre et de regarder par-dessus la balustrade. Les yeux verts discutent avec maman dans la neige. Les yeux verts sourient faiblement, comme la fois avec mamie au poste de police.

— Elles se connaissent ? demande Elsa, surprise.

Alf hoche la tête.

— Du moins elles se connaissaient. Elles étaient les meilleures amies du monde quand elles avaient ton âge.

Elsa observe maman, qui a encore l'air en colère. Puis elle jette un coup d'œil au marteau qu'Alf a posé dans un coin du balcon.

— Tu voulais tuer Sam ? demande-t-elle.

Le regard d'Alf est empli de regret, mais sincère.

— Non.

— Alors pourquoi maman était si en colère après toi ?

La veste en cuir d'Alf se plisse doucement.

— Elle était en colère parce que ce n'est pas elle qui tenait le marteau.

Les épaules d'Elsa s'affaissent, elle s'entoure de ses bras pour se protéger du froid. Alf lui pose sa veste sur les épaules et elle se blottit dedans.

— Parfois, je voudrais que quelqu'un tue Sam.

Alf ne répond pas. Elsa contemple le marteau.

— Enfin… du genre tuer, en tout cas. Je sais qu'il ne faut pas dire que certaines personnes devraient mourir. Mais parfois, je ne suis pas sûre que des gens comme ça aient le droit de vivre…

Alf s'appuie à la balustrade.

— C'est humain.

— C'est humain de dire que certaines personnes devraient mourir ?

Alf secoue calmement la tête.

— C'est humain de ne pas être sûr.

Elsa se recroqueville encore plus sous la veste. Elle essaie d'être courageuse.

— J'ai peur, souffle-t-elle.

— Moi aussi, dit Alf.

Et ils n'en parlent plus.

Ils se faufilent dehors avec le worse pendant que tout le monde dort, mais Elsa sait que maman les voit sortir. Elle est certaine que la policière aux yeux verts les observe aussi. Qu'elle veille sur eux quelque part dans l'obscurité, de la même façon que Cœur-de-Loup s'il avait été là. Elsa essaie de ne pas en vouloir à ce dernier d'avoir disparu. De l'avoir abandonnée alors qu'il avait promis de toujours la protéger. Ça marche plutôt mal.

Elle ne parle pas à Alf. Il ne dit rien non plus. C'est l'avant-veille de Noël, mais l'atmosphère est juste complètement bizarre. C'est vraiment un conte de Noël hyper-louche, songe Elsa.

Quand ils remontent l'escalier, Alf s'arrête brusquement devant la porte de Britt-Marie. Elsa remarque son expression. Il fixe la porte comme s'il y avait eu une première fois, mais pas de deuxième. Elsa regarde les décorations, qui, fait exceptionnel, ne sentent pas la pizza.

— Quel âge ont les enfants de Kent ? demande-t-elle.

— Ils sont adultes, répond amèrement Alf.

— Alors pourquoi Britt-Marie a dit qu'ils veulent des revues de BD et des sucettes ? s'étonne Elsa.

— Britt-Marie les invite à dîner chaque Noël. Ils ne viennent jamais. Ils étaient encore petits la dernière fois qu'ils leur ont rendu visite. Ils aimaient les revues de BD et les sucettes, à l'époque, répond Alf d'un ton monocorde.

Quand il se remet en mouvement de sa démarche traînante, Elsa dans son sillage, le worse ne les suit pas. Pour une fillette aussi intelligente, Elsa a mis vraiment un temps fou à comprendre pourquoi.

La princesse de Miploris était tant aimée que deux princes se sont battus pour son amour, au point de se haïr. La princesse de Miploris, qui avait vu son trésor dérobé par une sorcière et vit dans le royaume du chagrin.

Le worse veille sur la porte de son château. C'est ce que font les worses dans les contes.

# 28
# Purée

Elsa n'écoutait pas aux portes. Elle n'est absolument pas du genre à écouter aux portes.

Elle était juste par hasard dans l'escalier tôt le lendemain et avait entendu les voix de Britt-Marie et Kent. Ce n'était pas son intention du tout. Elle cherchait juste le worse. Et son écharpe Gryffondor. Et la porte de l'appartement de Kent et Britt-Marie était ouverte. Un air froid s'engouffrait dans l'escalier parce que Britt-Marie aérait le costume de Kent devant une fenêtre. Et Elsa n'avait pas l'intention d'écouter aux portes, vraiment. Mais au bout d'un moment, elle avait compris que si elle poursuivait sa descente, Kent et Britt-Marie la verraient passer et croiraient qu'elle les écoutait. Alors il valait mieux rester où elle était.

Ce n'est pas écouter aux portes par définition, vraiment.

« Britt-Marie ! avait braillé Kent, depuis la salle de bains à en juger par l'écho. Britt-Marie ! avait-il répété immédiatement, comme si elle était très loin de là.

— Oui ? avait répondu Britt-Marie, apparemment toute proche, à la porte de la salle de bains, par exemple.

— Par où il est, mon foutu rasoir électrique ? » avait glapi Kent sans s'excuser d'avoir braillé.

Elsa lui en avait profondément voulu. Parce qu'on dit : « Où il est ? »

« Deuxième tiroir, avait répondu Britt-Marie.

— Pourquoi tu l'as rangé là ? Il se met dans le premier tiroir ! avait affirmé Kent.

— Il a toujours été rangé dans le deuxième tiroir », avait répondu Britt-Marie.

Puis Elsa avait entendu le coulissement du deuxième tiroir, suivi du bourdonnement d'un rasoir électrique. Mais pas le moindre « merci » de la part de Kent. Britt-Marie avait tendu le costume de Kent au-dessus du pas de sa porte et enlevé prudemment des peluches invisibles d'une manche. Elle n'avait pas vu Elsa, du moins celle-ci ne le croyait pas. Quand le doute s'était insinué en elle, Elsa avait compris qu'elle n'avait plus d'autre choix que de rester et de prétendre qu'elle n'avait pas eu l'intention de se trouver là. Comme si elle était juste venue inspecter la qualité de la rampe d'escalier, par exemple. Pas du tout pour écouter aux portes. Ça s'était vraiment compliqué, tout ça.

Britt-Marie était retournée dans l'appartement.

« Tu as parlé à David et Pernilla ? avait-elle demandé d'un ton aimable à la salle de bains.

— Oui, oui, oui, avait répondu Kent d'un ton peu aimable.

— Quand est-ce qu'ils arrivent ? avait voulu savoir Britt-Marie.

— Qu'est-ce que j'en sais, avait rétorqué Kent.

— Mais il faut que je planifie le repas, Kent, avait insisté Britt-Marie.

— Qu'est-ce que ça peut faire, on mangera quand ils arriveront, avait éludé Kent.

— Le mieux serait de manger à six heures, à mon avis, avait dit Britt-Marie, qui brossait apparemment la manche de la chemise de Kent tout en parlant.

— Oui, oui, oui, mais ils arriveront sûrement à six heures, six heures et demie, avait dit Kent comme s'il s'en fichait.

— Il faudrait savoir. Six heures ou six heures et demie ? avait demandé Britt-Marie, qui ne s'en fichait pas du tout.

— Bonté divine, Britt-Marie, mais qu'est-ce que ça peut bien faire ? avait éructé Kent d'un ton un peu trop hautain.

— Si ça n'a pas d'importance, peut-être que six heures serait plus convenable ? avait suggéré Britt-Marie d'un ton un peu trop bas.

— Oui, oui, oui, ils vont sûrement arriver dans ces eaux-là, avait gémi Kent.

— Tu leur as dit que nous mangeons à six heures ? avait demandé Britt-Marie.

— Nous mangeons toujours à six heures.

— Mais tu l'as dit à David et Pernilla ?

— Nous mangeons à six heures tous les soirs depuis la nuit des temps, alors ils s'en doutent certainement, avait soupiré Kent.

— Eh bien. Ça pose un problème, tout d'un coup ? avait voulu savoir Britt-Marie.

— Non, non. Disons six heures, alors. Et s'ils sont en retard, ils sont en retard, avait répondu Kent, qui semblait sûr qu'ils seraient en retard de toute façon.

— J'essaie juste d'organiser un réveillon agréable pour toute la famille, Kent, avait dit Britt-Marie d'un ton bourru, comme si elle brossait autre chose, quoi que ce soit.

— Il faut que j'y aille maintenant, j'ai un rendez-vous avec l'Allemagne, avait dit Kent en sortant de la salle de bains.

— Mais quand est-ce que je dois faire la purée ? avait lancé Britt-Marie.

— Quand tu veux, avait répondu Kent.

— Les enfants ne peuvent pas manger du hachis froid, Kent. Ce n'est vraiment pas possible, avait insisté Britt-Marie.

— Nan, nan, nan ! avait soupiré Kent.

— Nous allons prendre le repas de Noël sans David et Pernilla, alors ? C'est ce que tu veux dire ? avait demandé Britt-Marie.

— Mais ils peuvent parfaitement se réchauffer leurs assiettes quand ils arrivent ! avait dit Kent.

— Si j'ai le droit de savoir quand ils arrivent, je peux faire en sorte que tout soit chaud pour eux, avait dit Britt-Marie.

— Non, non, non ! Mais on n'a qu'à bouffer quand ils arrivent alors, si c'est tellement important ! avait crié Kent.

— Et quand est-ce qu'ils seront là ? avait demandé Britt-Marie.

— Bon sang, Britt-Marie ! Tu sais bien comment sont les gosses. Ils peuvent arriver à six heures comme ils peuvent arriver à huit heures et demie ! »

Britt-Marie avait gardé le silence pendant quelques secondes résolues. Puis elle avait pris une grande inspiration et essayé de calmer sa voix comme quand on essaie de ne pas montrer qu'on hurle intérieurement.

« Nous ne pouvons pas manger à huit heures et demie, Kent.

— Mais je le sais bien ! Les gosses mangeront quand ils arriveront ! avait répondu Kent.

— Ce qui fera quelle heure ? avait demandé Britt-Marie.

— Je n'en sais rien ! Ils ont dit six heures. Pernilla arrivera peut-être à six heures, elle. En général, elle est ponctuelle. Ou bien six heures et quart, peut-être, s'il y a du monde à la sortie d'autoroute. Il y a tout le temps des travaux, avait dit Kent de la voix étouffée de celui qui ne prévoit pas une longueur suffisante autour de son cou quand il noue sa cravate.

— Si nous mangeons à six heures, Pernilla va arriver en plein milieu du repas, l'avait informé Britt-Marie, comme si elle avait commencé à nouer la cravate pour lui, obligeante.

— J'ai bien compris ! avait asséné Kent du ton très désobligeant des hommes comme Kent quand des femmes comme Britt-Marie nouent leurs cravates.

— Ce n'est pas la peine de me parler d'un ton aussi agressif, avait dit Britt-Marie d'un ton un peu agressif.

— Par où ils sont, mes boutons de manchette ? avait demandé Kent en titubant dans l'appartement, sa cravate à moitié nouée.

— Dans le deuxième tiroir de la commode, avait répondu Britt-Marie.

— Ils ne sont pas dans le premier tiroir, d'habitude ? avait dit Kent.

— Ils ont toujours été dans le deuxième », avait dit Britt-Marie.

Et voilà la situation d'Elsa. Qui n'écoute pas aux portes, évidemment. Mais un grand miroir est accroché dans leur couloir près de la porte et depuis l'escalier Elsa y voit le reflet de Kent. Britt-Marie rabat soigneusement le col de sa chemise sur sa cravate, puis elle brosse prudemment le revers de sa veste.

— Quand est-ce que tu rentres ? demande-t-elle tout bas.

— Mais je n'en sais rien, bon sang, tu sais comment sont les Allemands, ne m'attends pas pour dormir, élude Kent en sortant de l'appartement.

— Mets ta chemise directement dans la machine à laver quand tu rentres, s'il te plaît, dit Britt-Marie en le suivant à petits pas feutrés pour brosser la jambe de son pantalon, avec l'attitude d'une femme qui a bien l'intention d'attendre.

Kent regarde sa montre à la manière des hommes qui portent des montres très chères. Elsa le sait parce que Kent a informé la maman d'Elsa que sa montre est plus chère que Kia.

— Dans la machine à laver, s'il te plaît, Kent ! Dès que tu rentres ! répète Britt-Marie.

Kent se dirige vers les premières marches sans répondre. Il remarque Elsa. Il n'a pas du tout l'air de croire qu'elle écoutait aux portes, mais n'est pas non plus enchanté de la voir.

— Yo ! dit-il avec un petit sourire, de la façon dont les adultes disent « yo » aux enfants parce qu'ils croient que les enfants parlent comme ça.

Elsa ne répond pas. Vu qu'elle ne parle pas comme ça. Le téléphone de Kent sonne. C'en est un neuf, constate Elsa. Kent a l'air de vouloir dire combien il a coûté.

— C'est l'Allemagne qui m'appelle ! informe-t-il Elsa.

Puis il semble se rappeler qu'elle était impliquée jusqu'au cou dans l'accident d'escalier qui a mis l'appareil précédent hors d'usage la veille.

Il se souvient apparemment aussi du poison et de ce qu'il coûtait. Elsa hausse les épaules, comme si elle le mettait au défi de se battre. Kent crie « Yez, Klaus ! » dans son nouveau téléphone et disparaît dans l'escalier, les sourcils aussi bas que s'il les avait trempés dans du béton.

Elsa fait quelques pas vers les marches mais s'arrête devant la porte ouverte. La salle de bains se reflète dans le miroir du couloir. Britt-Marie enroule soigneusement le câble du rasoir électrique de Kent avant de le ranger dans le troisième tiroir.

Lorsqu'elle sort de la pièce, elle aperçoit Elsa. Elle joint les mains devant le ventre.

— Eh bien, eh bien, constate-t-elle.

— Je n'écoutais pas aux portes ! se défend tout de suite Elsa.

Britt-Marie ajuste les vêtements sur les cintres dans le couloir et passe soigneusement le dos de la main sur les manteaux et les blousons de Kent. Elsa glisse le bout des doigts dans les poches de son jean et chuchote :

— Merci.

Britt-Marie se retourne, étonnée.

— Pardon ?

Elsa gémit à la façon d'un enfant de presque huit ans qui doit dire merci une deuxième fois.

— J'ai dit merci. De ne pas avoir dit aux policiers que le…

Elle s'interrompt avant de prononcer le mot « worse ».

Britt-Marie semble néanmoins comprendre. Elle joint les mains à hauteur des hanches.

— Nous devons avoir des règles, tu dois vraiment le comprendre, Elsa. Et je suis responsable de l'information. S'il y a un chien de combat dans l'immeuble, il est d'usage de m'en informer !

— Ce n'est pas un chien de combat, rétorque Elsa d'une voix qui tourne comme une mayonnaise.

Britt-Marie brosse sa jupe, puis joint les mains.

— Non, non, ce ne sont jamais des chiens de combat. Pas avant qu'ils ne mordent quelqu'un.

— Il ne mordra personne. Et il t'a protégée de Sam ! siffle Elsa.

Britt-Marie veut riposter, mais n'en fait rien. Car elle sait que c'est la vérité. Et Elsa veut aussi ajouter quelque chose, mais se retient. Parce qu'elle sait que Britt-Marie a payé sa dette.

Elle regarde l'appartement qui se reflète dans le miroir.

— Pourquoi tu as rangé le rasoir électrique dans le mauvais tiroir ? demande-t-elle.

Britt-Marie brosse, brosse, brosse sa jupe. Puis elle joint les mains.

— Je ne comprends pas de quoi tu parles, dit-elle, bien qu'Elsa se rende compte qu'elle comprend parfaitement.

— Kent a dit que le rasoir va dans le premier tiroir, d'habitude. Mais tu lui as répondu qu'il est toujours dans le deuxième. Et quand il est parti, tu l'as mis dans le troisième tiroir, explique Elsa.

Pendant quelques instants, Britt-Marie paraît distraite. Puis autre chose. Abandonnée, peut-être. Et elle murmure :

— Ah oui, ah oui, j'ai peut-être fait ça. Peut-être.

Elsa penche la tête sur le côté.

— Pourquoi ?

Le silence se prolonge des éternités de contes d'éternités de contes. Alors, Britt-Marie souffle, comme si elle avait oublié la présence d'Elsa :

— Parce que j'aime qu'il appelle mon nom.

Puis Britt-Marie ferme la porte.

Elsa essaie de la détester. Ça ne marche pas superbien.

## 29

# Meringue

Il faut avoir la foi. Mamie disait toujours ça. Il faut croire en quelque chose pour comprendre les histoires. « On s'en fiche de savoir en quoi, mais il faut croire en quelque chose, sinon, autant tout envoyer balader. »

Et c'est peut-être uniquement de ça qu'il s'agit.

Elsa trouve son écharpe Gryffondor dans la neige devant l'immeuble. Elle l'a perdue là lorsqu'elle a couru vers Sam. Les yeux verts montent la garde quelques mètres plus loin. Le soleil commence tout juste à poindre. La neige crisse sous leurs pieds comme du pop-corn.

— Bonjour, dit Elsa.

Les yeux verts hochent la tête sans un mot.

— Tu n'es pas très causante, hein ? fait Elsa.

Les yeux verts sourient, mais pas avec les lèvres.

— Pas très causante.

Elsa enroule son écharpe autour de son cou.

— Tu connaissais ma mamie ?

Les yeux verts scrutent le bout de la petite rue devant l'immeuble.

— Tout le monde connaissait ta mamie.

Elsa cache ses mains dans les manches de son manteau.

— Et ma maman ?

Les yeux verts acquiescent de nouveau. Elsa la regarde en plissant les paupières.

— Alf dit que vous étiez les meilleures amies du monde.

Les yeux verts balaient le secteur derrière Elsa, avant de se poser sur elle. Ils acquiescent. Elsa se demande quel effet ça fait. D'avoir un meilleur ami du même âge que soi. Puis, à côté des yeux verts, elle contemple en silence le soleil qui se lève. C'est un beau matin de réveillon. Malgré tout.

Elle se racle la gorge et retourne vers l'immeuble, mais elle s'arrête, la main sur la poignée de la porte.

— Tu as monté la garde toute la nuit ? s'enquiert-elle.

Les yeux verts observent la rue. Ils acquiescent. Elsa abaisse la poignée, indécise.

— Tu vas tuer Sam s'il revient ?

Les yeux verts trottinent sur la neige jusque devant Elsa. Ils ont l'air sérieux.

— J'espère que non.

— Pourquoi pas ? demande Elsa.

— Mon travail, ce n'est pas de tuer, répondent les yeux verts.

— Et qu'est-ce que c'est ?

— Protéger.

— Lui ou nous ? interroge Elsa d'un ton accusateur.

— Les deux, répond la policière.

Les sourcils d'Elsa se rejoignent.

— C'est lui qui est dangereux. Pas nous.

Les yeux verts sourient sans se réjouir.

— Quand j'étais petite, ta mamie disait qu'on ne choisit pas qui protéger quand on est policier. Il faut essayer de protéger tout le monde.

— Elle savait que tu voulais devenir policière ? demande Elsa.

— C'est elle qui m'en a donné envie.

— Pourquoi ?

Les yeux verts sourient. Pour de vrai, cette fois.

— Parce que tout me faisait peur quand j'étais petite. Alors elle m'a dit de faire ce qui m'effrayait le plus. Pour rire au nez des peurs.

Elsa hoche la tête, comme si cela confirmait ce qu'elle savait déjà.

— C'était toi et maman.

Les sourcils blonds des yeux verts se dressent presque imperceptiblement. Elsa désigne l'horizon entre les immeubles.

— Les chevaliers d'or qui ont sauvé la montagne des Contes du Dare-Dare et des peurs. Qui ont construit Miaudacas. C'était toi et maman.

Les yeux verts se promènent sur la neige, la rue et la façade de l'immeuble.

— Nous étions beaucoup de choses dans les histoires de ta mamie, je crois.

Elsa ouvre la porte, avance un pied, s'arrête.

— Tu as fait la connaissance de ma maman ou de ma mamie en premier ?

— De ta mamie.

— Tu es un des enfants au plafond de sa chambre, hein ?

Les yeux verts se tournent vers elle et sourient de toutes les vraies façons.

— Tu es futée. Elle disait toujours que tu es la petite fille la plus futée qu'elle ait jamais connue.

Elsa acquiesce. La porte se ferme dans son dos. C'est un beau réveillon. Malgré tout.

Elle cherche le worse à la cave et dans Renault, mais tous deux sont vides. Elle sait que l'armoire de mamie l'est aussi et le worse n'est certainement pas chez maman et George, car aucune personne saine d'esprit ne supporterait de se trouver dans leur appartement un matin de réveillon. Maman est encore plus efficace que d'habitude les matins de réveillon, l'efficacité de Noël est l'une de ses préférées et il faut savoir que maman a-d-o-r-e toutes les sortes d'efficacité.

C'est pour ça que maman commence à parler de cadeaux de Noël chaque année en mai. Elle dit qu'elle est « organisée », mamie rétorquait que c'était plutôt parce qu'elle est « bloquée au stade anal », et ensuite Elsa devait mettre ses écouteurs très longtemps. Cette année, maman avait décidé d'être un peu plus farfelue et avait attendu jusqu'au 1^er^ août pour s'enquérir de ce qu'Elsa voulait à Noël. Elle s'était mise très en colère quand elle avait refusé de répondre, bien qu'Elsa lui ait demandé si elle comprenait à quel point on change en six mois quand on a presque huit ans. Alors, maman avait fait ce qu'elle fait toujours : elle avait acheté un cadeau par elle-même. Et ça avait tourné comme ça tourne toujours : au vinaigre. Elsa le sait parce qu'elle a trouvé les cadeaux de Noël. On a largement le temps de chercher quand on a presque huit ans et une maman qui achète les cadeaux de Noël en août.

Alors cette année, Elsa recevra à la place trois livres aux sujets divers mais qui, d'une façon ou d'une autre, mentionnent des personnages de la série *Harry Potter*. Ils sont emballés dans un papier qu'elle aime énormément. Elle le sait parce que, après avoir informé maman, en octobre, que son premier cadeau était nul, elles s'étaient chamaillées un mois entier. Puis maman avait cédé et lui avait donné des sous pour qu'elle s'achète « ce qui lui faisait envie ! ». Ce qu'avait fait Elsa. Elle avait emballé les livres dans un papier qui lui plaisait beaucoup, puis elle avait rangé le paquet dans la cachette plus tout à fait secrète et félicité maman d'être si prévenante et perspicace qu'elle avait deviné ce qu'elle voulait cette année aussi. Maman l'avait alors traitée de « grinch ».

Elsa a commencé à s'attacher à cette tradition.

Elle sonne à la porte d'Alf une demi-douzaine de fois avant qu'il ouvre. Il porte une robe de chambre et son habituelle expression irritée. Et une tasse de café barrée d'un « Juventus ».

— Qu'est-ce qu'il y a ? demande-t-il sans dire bonjour.

— Bonjour ! lance Elsa sans répondre à la question.

— Je dormais, grogne-t-il.

— C'est le réveillon, l'informe Elsa.

— Je le sais bien.

— Alors pourquoi tu dormais ?

— Je me suis couché tard.

— Qu'est-ce que tu faisais ?

Alf boit une gorgée de café.

— Qu'est-ce que tu fiches ici ? se dérobe-t-il.

— J'ai demandé en premier, insiste Elsa.

— C'est moi qui sonne à ta porte en pleine nuit ou quoi ? grogne Alf.

— Ce n'est pas la nuit. Et c'est le réveillon ! explique Elsa.

— Ah ouais, fait Alf.

— Oui ! dit Elsa.

Il reprend du café. Elle donne un coup de pied irrité dans le tapis du couloir.

— Je ne trouve pas le worse.

— Je m'en doute, acquiesce calmement Alf.

— De quoi tu te doutes ? demande Elsa, absolument pas calme.

— Que tu ne le trouves pas.

— Pourquoi ?

— Parce qu'il est ici.

Les sourcils d'Elsa se dressent comme s'ils étaient montés sur ressorts.

— Le worse est ici ?

— Oui.

— Il fallait le dire.

— Je viens juste de le faire, merde.

— Pourquoi il est ici ?

— Parce que Kent est rentré à cinq heures du matin, alors il ne pouvait pas rester planté dans l'escalier. Kent aurait rameuté les flics s'il avait su qu'il était toujours dans l'immeuble.

Elsa regarde dans l'appartement d'Alf. Le worse lape le contenu d'un grand bol en métal posé par terre. Il y a écrit « Juventus » dessus aussi. C'est-à-dire, sur le bol.

— Comment tu savais à quelle heure Kent rentrerait ? reprend Elsa.

— J'étais dans le garage quand il est arrivé dans sa foutue BMW, dit impatiemment Alf.

— Pourquoi tu étais dans le garage à une heure pareille ? demande patiemment Elsa.

Alf la regarde comme si elle venait de poser une question incroyablement bête.

— Parce que je l'attendais.

Elsa regarde longuement Alf.

— Tu l'as attendu combien de temps ?

— Toute la nuit, jusqu'à cinq heures du matin, je viens de te le dire, grogne-t-il.

Elsa envisage de le serrer dans ses bras, mais renonce. Le worse lève le museau du bol, l'air infiniment satisfait. Un liquide noir lui goutte de la truffe. Elsa se tourne vers Alf.

— Alf… est-ce que tu as donné… du café au worse ?

— Oui, dit Alf, qui n'a pas l'air de voir le problème.

— C'est un ANIMAL ! Pourquoi tu lui as donné du CAFÉ ? crie Elsa.

Alf se gratte le crâne, ce qui, dans son cas, revient à se gratter les cheveux. Puis il resserre sa robe de chambre. Elsa aperçoit une grosse cicatrice sur sa poitrine. Alf remarque son regard et prend un air boudeur.

— Je voulais juste pas être grossier, bon sang, dit-il avec un signe de tête vers le worse et le café.

Le worse acquiesce.

Elsa se masse les tempes.

Alf disparaît dans sa chambre. Quand il en ressort, il porte sa veste en cuir avec son insigne de taxi. Alors que c'est le réveillon. Ils sont obligés d'emmener le worse se soulager dans le garage à cause de tous les policiers autour de l'immeuble et parce que même un worse ne peut pas se retenir très longtemps après avoir bu un bol de café.

Mamie aurait adoré. Un worse qui pisse dans le garage. Ça va rendre Britt-Marie complètement folle.

L'appartement de maman et George sent la meringue à la sauce au chocolat et le gratin de pâtes à la sauce béarnaise quand ils arrivent, parce que maman a décidé que tous les voisins fêteraient Noël ensemble. Personne ne l'a contredite, d'une part parce que c'est une bonne idée, d'autre part parce que personne ne contredit jamais maman. Puis George a proposé que chacun prépare son plat préféré pour organiser un buffet de réveillon. Il est très fort pour ce genre de choses, George, ce qui irrite d'autant plus Elsa.

Le plat préféré du garçon au syndrome est la coupe de meringue accompagnée de crème fouettée et de sauce au chocolat, alors sa maman lui en a préparé. Ou plutôt sa maman a sorti les ingrédients, Lennart a ramassé les meringues et Maud a ajouté la crème et le chocolat pendant que le garçon au syndrome et sa maman dansaient.

Puis Maud et Lennart ont décidé que la femme à la jupe noire devait absolument participer aussi, parce que Maud et Lennart sont forts dans ce domaine, alors ils lui ont demandé si elle voulait préparer quelque chose de spécial. Assise sur une chaise tout au bout de la pièce, la femme a répondu avec un profond embarras qu'elle n'avait pas cuisiné depuis des années.

« On ne cuisine pas beaucoup quand on est tout seul », a-t-elle dit.

Maud, l'air très triste, a demandé pardon de manquer à ce point de tact. La femme à la jupe noire a alors été si désolée pour Maud qu'elle a préparé un gratin de pâtes à la sauce béarnaise. Parce que c'était le plat préféré de ses garçons.

Ils mangent donc des coupes de meringue à la sauce au chocolat et du gratin de pâtes à la sauce béarnaise tous ensemble. Parce que c'est ce genre de Noël. Malgré tout.

Maud apporte deux seaux d'escargots au worse et George va chercher la vieille baignoire de bébé d'Elsa à la cave et la remplit de vin chaud aux épices. Une fois ravitaillé, le worse va se cacher une heure dans l'armoire de mamie, puis maman invite les policiers autour de l'immeuble à monter. Les yeux verts s'asseyent près de maman. Elles rient. Le policier saisonnier mange la plus grande partie des meringues et s'endort sur le canapé.

Samantha, qui, en bichon frisé qui se respecte, apprend à aimer certaines choses à une vitesse extrêmement civilisée, s'assure que personne ne la voit, puis va se glisser dans l'armoire de mamie. Pas nécessairement parce qu'elle s'est mise à apprécier le vin chaud.

La femme à la jupe noire est assise au coin de la table, silencieuse. Après le repas, alors que George lave la vaisselle, que Maud essuie la table et que Lennart, armé d'une tasse de café d'attente, siège sur un tabouret en face de la cafetière électrique pour être sûr qu'elle ne soit pas prise d'une idée farfelue, le garçon au syndrome va dans l'appartement de mamie. Quand il revient, il a des miettes d'escargots à la cannelle autour de la bouche et des poils de worse sur son pull, à croire qu'il a été invité à un bal costumé et a décidé de se déguiser en tapis. Il va chercher une couverture dans la chambre d'Elsa et se dirige vers la femme à la jupe noire. Il l'observe un long moment, puis il se dresse sur la pointe des pieds et lui attrape le bout du nez. La femme à la jupe noire sursaute, effrayée, et la maman du garçon laisse échapper le genre de cri que poussent les mamans lorsque leurs enfants se mettent à pincer le nez d'inconnus. Mais Maud la retient prudemment par le bras. Quand le garçon glisse le pouce entre l'index et le majeur en regardant la femme à la jupe noire, Maud explique gentiment :

— C'est un jeu. Il fait semblant de t'avoir chipé ton nez.

La femme à la jupe noire fixe Maud, le garçon au syndrome et enfin le nez. Puis elle attrape le nez du garçon. Il éclate d'un rire qui fait chanter les vitres.

Il s'endort sur ses genoux, enveloppé dans la couverture. Quand sa maman essaie de le soulever avec un sourire d'excuse en disant que « ça ne lui ressemble pas d'être aussi hardi », la femme à la jupe noire lui touche maladroitement la main et souffle :

— Si… si ça ne vous dérange pas… je… j'aimerais bien le porter encore un petit moment…

La maman du garçon pose les mains sur la sienne et acquiesce. La femme à la jupe noire appuie doucement le front sur les cheveux du garçon et murmure :

— Merci.

Puis George refait du vin chaud et tout est presque normal et presque pas horrible. Quand les policiers redescendent l'escalier en remerciant pour le repas, Maud lance un regard malheureux à Elsa et dit qu'elle comprend que toute cette histoire avec l'immeuble sous surveillance doit être terriblement effrayante pour un enfant. Mais Elsa lui prend la main et dit :

— Ne t'inquiète pas, Maud. C'est un conte de Noël. Ça finit toujours bien.

Elle voit que Maud y croit.

Parce qu'il faut croire.

## 30

# Parfum

Une seule personne est frappée d'une crise cardiaque le soir du réveillon. Mais deux cœurs se brisent. Et l'immeuble n'est plus jamais tout à fait le même.

Tout commence quand le garçon au syndrome se réveille affamé dans l'après-midi. Le worse et Samantha ressortent de l'armoire d'un air penaud parce qu'il n'y a plus de vin chaud. Elsa décrit une ronde autour d'Alf et clame en indiquant le garçon du menton :

— C'est peut-être le moment d'aller acheter le JOURNAL, Alf !

Celui-ci va chercher le costume de père Noël en grommelant. Elsa et le worse le suivent dans le garage. Alf s'assied au volant de Taxi. Quand Elsa ouvre la portière passager et lui demande pourquoi il démarre le moteur, il grogne :

— Si je dois me déguiser en père Noël, je veux au moins mon journal d'abord.

— Je ne crois pas que maman voudrait que je quitte l'immeuble, objecte Elsa.

— Personne ne t'a invitée, ferme cette foutue portière ! dit Alf en passant la marche arrière.

Elsa grimpe dans la voiture. Le worse aussi. Elsa s'aperçoit qu'il a des difficultés, peut-être à cause de courbatures, mais elle fait semblant de ne rien remarquer. Comme quand les personnes âgées n'entendent plus ce qu'on leur dit. A la fois parce qu'on ne veut pas leur rappeler leur âge, et parce qu'on ne veut pas se le rappeler soi-même.

Quand Alf tempête qu'on ne monte pas comme on veut dans les voitures des gens en espérant se faire conduire, Elsa argue que cette voiture est Taxi et que c'est exactement à ça qu'elle sert. Et lorsque Alf toque sur le taximètre d'un air maussade en rétorquant que les courses ne sont pas gratuites, Elsa lui dit qu'elle veut cette course pour Noël. Alf boude un long moment, puis ils se mettent en route en guise de cadeau de Noël pour Elsa.

Alf connaît un kiosque ouvert le jour du réveillon. Il s'achète un journal. Elsa prend deux glaces. Le worse mange la sienne et la moitié de celle d'Elsa. Ce qui, quand on sait à quel point les worses aiment la glace, est extrêmement généreux de sa part. Il en étale un peu sur la banquette arrière de Taxi, mais Alf ne crie contre lui qu'une dizaine de minutes. Ce qui, quand on sait à quel point Alf déteste les worses qui renversent de la glace sur la banquette arrière de Taxi, est extrêmement généreux de sa part.

— Je peux demander un truc ? dit Elsa, bien qu'elle sache que c'est en soi une question.

Alf se redresse sur le siège conducteur. Un peu à la manière d'une baleine qui se redresse dans un fauteuil au cinéma. Il ne répond pas.

— Pourquoi Britt-Marie n'a pas mouchardé ? l'interroge Elsa sans se soucier notablement de son silence.

Alf marmonne une réponse incompréhensible et fait avancer Taxi dans un croisement.

— Quoi ? fait Elsa.

— J'ai dit : c'est peut-être une vieille geignarde de temps en temps, répète Alf. Mais elle n'est pas mauvaise, merde.

— Pourtant elle déteste les chiens, s'entête Elsa.

— Bah, elle a juste peur d'eux. Ta mamie avait ramené plein de chiens errants quand elle a emménagé dans l'immeuble. On était juste des morveux à l'époque, Britt-Marie, Kent et moi. Un des clébards a mordu Britt-Marie et sa mère en a fait tout un plat, explique Alf dans un discours étonnamment long.

Taxi tourne au coin de la rue. Elsa pense à l'histoire de la princesse de Miploris.

— Alors tu es amoureux de Britt-Marie depuis que tu as dix ans ?

— Oui, répond Alf avec un naturel désarmant.

Elsa attend en le dévisageant, car elle comprend que seule la patience lui fera raconter toute l'histoire.

On sait ces choses quand on a presque huit ans.

Elle attend aussi longtemps qu'il le faut.

Deux feux rouges plus loin, Alf pousse un soupir résigné, comme quand on se prépare à raconter une histoire alors qu'on n'aime pas du tout raconter d'histoires. Puis il parle de l'enfance de Britt-Marie. Et de la sienne. Bien qu'il n'en ait peut-être pas eu l'intention.

Le récit contient pas mal de gros mots et Elsa fournit un gros effort pour se retenir de corriger les fautes de grammaire. Avec beaucoup de tergiversations et pas mal de « merde », Alf lui raconte comment Kent et lui grandirent auprès de leur mère dans l'appartement qu'il occupe aujourd'hui. Quand Alf avait dix ans, un couple emménagea à l'étage au-dessus, avec deux filles de l'âge d'Alf et de Kent. Leur mère était une chanteuse éminente et leur père portait des costumes et était toujours fourré au boulot. L'aînée, Ingrid, avait manifestement un don unique pour le chant, comprirent Alf et Kent. Elle deviendrait célèbre, expliqua sa maman à la mère d'Alf et de Kent. Elle ne parlait jamais de la cadette. Britt-Marie. Alf et Kent l'aperçurent quand même. Et il n'y eut plus rien à faire.

Personne ne se souvient exactement quand la jeune étudiante en médecine arriva dans l'immeuble. Un jour, elle était simplement là, dans l'énorme appartement qui occupait tout l'étage supérieur à l'époque. Quand la mère d'Alf et de Kent l'interrogea, l'étudiante en médecine répondit qu'elle l'avait « gagné au poker ». Elle n'y passait pas beaucoup de temps, bien sûr, et quand elle était là, elle ramenait toujours des amis étranges et, parfois, des chiens errants. Un soir, elle apporta un gros cabot noir qu'elle avait apparemment aussi remporté au poker, raconte Alf. Alf, Kent et les filles des voisins voulaient seulement jouer avec lui, ils n'avaient pas compris qu'il dormait. Alf est certain qu'il ne voulait pas mordre Britt-Marie, qu'il avait seulement eu peur. Elle aussi.

Le chien disparut après ça. La mère de Britt-Marie détesta quand même la jeune étudiante en médecine et rien ne la fit changer d'avis. Et l'accident se produisit. Dans la rue juste devant l'immeuble. La mère de Britt-Marie n'avait pas vu le camion. Le fracas secoua l'immeuble. La mère émergea de la voiture en chancelant, hébétée mais indemne en dehors de quelques écorchures, cependant personne ne descendit de la banquette arrière. La mère poussa le plus terrifiant des cris à la vue de tout le sang. La jeune étudiante en médecine se rua hors de l'immeuble, vêtue d'une simple nuisette et le visage couvert de miettes d'escargots à la cannelle, et découvrit les deux sœurs dans le véhicule. Elle n'avait pas de voiture et ne pouvait en porter qu'une. Elle arracha la portière, constata qu'une des fillettes respirait, l'autre non, alors elle souleva celle qui vivait encore et courut. Jusqu'à l'hôpital.

Alf se tait. Elsa lui demande ce que sont devenues les sœurs. Il garde le silence pendant trois feux rouges. Puis il dit d'une voix lourde d'amertume :

— C'est une saloperie terrible de perdre un enfant. Cette famille n'a jamais tout à fait guéri. Ce n'était pas la faute de leur mère. C'était un putain d'accident de voiture, ce n'est la faute de personne. Mais elle ne s'en est jamais complètement remise. Et elle n'a jamais pardonné à ta mamie.

— Pourquoi ?

— Parce qu'elle pensait que, des deux sœurs, ta mamie avait sauvé la mauvaise.

Le silence d'Elsa semble durer mille feux rouges.

— Kent était aussi amoureux de Britt-Marie ? s'enquiert-elle finalement.

— Nous sommes frères. Les frères sont rivaux, répond Alf.

— Et Kent a gagné ?

Alf émet un bruit de gorge dont Elsa ne sait pas trop si c'est une toux ou un rire.

— Oh que non. C'est moi qui ai gagné.

— Et qu'est-ce qui s'est passé ?

— Kent a déménagé. Il s'est marié, vachement trop jeune. Il a eu des enfants avec une bonne femme horrible. Des jumeaux, David et Pernilla. Il aime ses gosses, mais cette bonne femme lui a pourri la vie.

— Et toi et Britt-Marie, alors ?

Un feu rouge. Un deuxième.

— On était vachement jeunes. On est con quand on est jeune. Je suis parti. Elle est restée.

— Où est-ce que tu es parti ?

— A la guerre.

Elsa le dévisage.

— Tu étais aussi soldat ?

Alf passe la main dans son cheveu rare.

— Je suis vieux, Elsa. J'ai été tout un paquet de choses.

— Qu'est-ce qui s'est passé avec Britt-Marie, alors ?

Feu rouge.

— Je rentrais à la maison. Elle est venue pour me faire une surprise. Et elle m'a vu avec une autre femme.

— Tu avais une aventure ?

— Oui.

— Pourquoi ?

— Parce qu'on est con quand on est jeune.

Feu rouge.

— Qu'est-ce que tu as fait, après ? demande Elsa.

— Je suis reparti, répond-il.

— Combien de temps ?

— Vachement longtemps.

— Et Kent ?

— Il a divorcé, il est revenu vivre avec notre mère. Britt-Marie était encore là. Oui, merde, il avait toujours été amoureux d'elle. Alors quand ses parents sont morts, il a emménagé avec elle dans l'appartement de sa famille. Kent avait entendu dire que les propriétaires allaient peut-être vendre la baraque complète pour en faire une copropriété. Alors ils sont restés et ont attendu le pognon. Ils se sont mariés et Britt-Marie aurait voulu avoir des enfants, mais Kent trouvait que ceux qu'il avait étaient largement assez. Et voilà.

Elsa ouvre et referme la boîte à gants de Taxi.

— Pourquoi tu es revenu de la guerre, alors ?

— Certaines guerres prennent fin. Et ma mère était malade. Quelqu'un devait s'occuper d'elle.

— Kent ne pouvait pas le faire ?

Les ongles d'Alf se promènent sur son front comme s'ils creusaient dans sa mémoire et ouvraient des portes fermées volontairement.

— Kent s'est occupé de notre mère pendant qu'elle était en vie. C'est un idiot, mais il a toujours été un bon fils, il faut lui rendre justice, à ce con. Ma mère n'a jamais manqué de rien. Alors je me suis occupé d'elle avant sa mort.

— Et ensuite ?

Alf se gratte la tête. Il s'arrête à un feu rouge. Il ne semble pas connaître la réponse lui-même.

— Ensuite, je suis juste… resté.

Elsa le regarde avec gravité. Elle prend une profonde inspiration décisive, ce dont elle connaît parfaitement le sens, et dit :

— Je t'aime beaucoup, Alf. Mais tu t'es un peu comporté comme une ordure.

Alf tousse ou rit de nouveau.

Après un autre feu rouge, il murmure :

— Britt-Marie s'est occupée de ta maman à la mort de ton grand-père. A l'époque où ta mamie voyageait beaucoup, tu vois. Elle n'a pas toujours été une vieille geignarde pareille.

— Je sais, dit Elsa.

— Ta mamie te l'a raconté ?

Elsa a un petit sourire. Comme quand on ne sait pas vraiment comment se retenir de sourire.

— En quelque sorte. Elle racontait l'histoire d'une princesse dans un royaume de chagrin et de deux princes qui l'aimaient tellement qu'ils ont commencé à se haïr l'un l'autre. Et des worses, que les parents de la princesse ont chassés du royaume, mais que la princesse a ramenés quand la guerre a éclaté. Et d'une sorcière qui a volé le trésor de la princesse.

Elle se tait, croise les bras, puis se tourne vers Alf.

— Le trésor, c'était moi, hein ?

Alf soupire.

— Les contes, ce n'est pas trop mon truc.

— Tu pourrais faire un effort ! exige Elsa.

Il pousse un soupir encore plus profond.

— Britt-Marie a consacré sa vie entière à être aux petits soins pour un homme qui n'est jamais à la maison et à essayer de se faire aimer d'enfants qui ne sont pas les siens. Quand ton grand-père est mort et qu'elle a pu soutenir ta maman, ça a sans doute été la première fois qu'elle s'est sentie…

Il cherche le bon mot. Elsa le lui souffle :

— Nécessaire.

— Oui.

— Et ensuite, maman a grandi ?

— Elle est partie, a fait des études. L'immeuble est devenu vachement silencieux, vachement longtemps. Et puis, elle est revenue avec ton papa, et elle était enceinte.

— Je devais devenir toutes les autres chances de Britt-Marie, constate Elsa tout bas.

— Ensuite, ta mamie est revenue, dit Alf en s'arrêtant à un stop.

Ils n'en parlent plus. Peut-être parce qu'il n'y a plus grand-chose à dire. Alf porte vivement la main à sa poitrine, comme si ça le démangeait sous son manteau. Elsa regarde la fermeture Eclair.

— Tu as reçu cette cicatrice à la guerre ?

Le regard d'Alf se fait légèrement défensif. Elle hausse les épaules.

— Tu as une cicatrice vachement grande sur la poitrine. Je l'ai vue quand tu avais ta robe de chambre. Tu devrais vraiment t'acheter une nouvelle robe de chambre.

Alf rit ou tousse.

— Je n'ai jamais participé à cette sorte de guerre. Personne ne m'a jamais tiré dessus.

— C'est pour ça que tu n'es pas détraqué ?

— Détraqué comme qui ?

— Sam. Et Cœur-de-Loup.

Alf soupire par le nez, se gratte la racine des cheveux.

— Sam était détraqué avant de devenir soldat. Et tous les soldats ne sont pas comme ça, bon sang. Mais quand on a vu les merdes qu'ont vues ces garçons, on a besoin d'aide lorsqu'on revient. Ce pays est vachement disposé à dépenser des millions en armes et avions militaires, mais quand les gars rentrent à la maison après avoir vu les merdes qu'ils ont vues, il n'y a soudain plus personne pour écouter leur histoire cinq minutes.

Il regarde Elsa d'un air triste.

— Les gens ont besoin de raconter leur histoire, Elsa. Sinon, on étouffe.

Rond-point.

— Comment tu as eu cette cicatrice, alors ? reprend Elsa.

— C'est un pacemaker.

— Oh ! s'exclame-t-elle, enthousiasmée.

— Tu sais ce que c'est ? demande Alf, incrédule.

Elsa semble vexée.

— J'ai beaucoup de temps libre.

Alf acquiesce.

— Tu es vraiment une gamine pas ordinaire.

— C'est bien de ne pas être ordinaire.

— Je sais.

Ils s'engagent sur l'autoroute tandis qu'Elsa raconte à Alf qu'Iron Man, qui est un genre de super-héros, a une sorte de pacemaker. Bien que ça soit plutôt un électroaimant, parce que Iron Man a des éclats de grenade dans le cœur, et sans l'aimant les éclats le déchireraient et le tueraient. Alf n'a pas tout à fait l'air de voir la beauté de l'histoire, pourtant il écoute sans l'interrompre.

— Mais ils lui enlèvent l'aimant à la fin du troisième film ! poursuit Elsa, exaltée, avant de se racler la gorge et d'ajouter d'un air embarrassé : Spoiler. *Sorry*.

Alf n'a pas l'air de trouver ça très grave. Pour être honnête, il ne semble pas savoir ce que signifie « spoiler » si ce n'est pas une pièce de voiture.

La neige tombe de nouveau. Elsa décide que si les personnes qu'elle aime se sont comportées comme des ordures dans leur jeunesse, elle va juste devoir apprendre à les aimer quand même. Il ne reste plus beaucoup de monde si on disqualifie tous ceux qui se sont conduits en ordures à un moment ou un autre. Ça sera la morale de l'histoire. Les contes de Noël ont besoin d'une morale.

Le téléphone d'Alf sonne dans le compartiment entre les sièges. Alf constate que c'est le numéro de Kent qui s'affiche sur l'écran. Il ne répond pas. Le téléphone continue à sonner.

— Tu ne décroches pas ? s'étonne Elsa.

— C'est Kent. Il veut sûrement m'emmerder avec cette histoire d'expert-comptable et de copropriété, il ne pense qu'à ça. Il pourra me casser les pieds demain, marmonne Alf.

Le téléphone continue à sonner. Alf ne répond pas. Ça sonne toujours. Elsa attrape le portable, irritée, et décroche en ignorant les jurons d'Alf. Une voix de femme se fait entendre au bout du fil. Elle pleure. Elsa tend le téléphone vers Alf. L'appareil tremble contre son oreille. Le visage d'Alf devient transparent.

C'est le soir du réveillon. Taxi fait demi-tour. Ils vont à l'hôpital.

Alf ne s'arrête à aucun feu rouge.

Assise sur un banc dans un couloir, Elsa téléphone à maman pendant qu'Alf parle avec un médecin dans une chambre. Les infirmières croient qu'Elsa est la petite-fille du patient, alors elles lui disent que c'était une crise cardiaque mais que tout ira bien. Que Kent s'en sortira.

Une jeune femme attend devant la chambre. Elle pleure et elle est belle. Elle sent très fort le parfum. Elle sourit faiblement à Elsa, qui lui rend son sourire. Alf ressort de la chambre et lui adresse un signe de tête morose. La femme franchit la porte en évitant son regard.

Alf ne prononce pas un seul mot tandis qu'ils longent le couloir jusqu'à l'ascenseur. Il passe silencieusement les portes du bâtiment et traverse le parking, suivi d'Elsa. Ce n'est qu'à cet instant qu'Elsa aperçoit Britt-Marie. Immobile sur un banc, celle-ci ne porte que sa veste à fleurs malgré les températures négatives. Elle a oublié sa broche. La tache de peinture est très voyante. Britt-Marie a les joues bleues et elle fait tourner son alliance sur son doigt. Elle a une des chemises blanches de Kent sur les genoux, le tissu sent la lessive et est parfaitement repassé.

— Britt-Marie ? appelle Alf d'une voix rauque dans l'obscurité qui s'installe, s'arrêtant à un mètre d'elle.

Elle ne répond pas. Ses mains explorent lentement la chemise posée sur ses genoux. Elle enlève prudemment une poussière invisible au bord, plie soigneusement une manchette sous l'autre, lisse un pli qu'il n'y a jamais eu.

Puis elle redresse le menton. Elle paraît vieille. On dirait que les mots laissent des petites empreintes de pas sur son visage.

— J'ai toujours extrêmement bien su faire semblant, Alf ! souffle-t-elle avec fermeté.

Alf ne répond pas. Britt-Marie baisse les yeux vers la neige et fait tourner son alliance.

— Quand David et Pernilla étaient petits, ils disaient toujours que je ne savais pas inventer d'histoires. Je voulais leur lire des livres. Ils disaient toujours « Invente une histoire ! », mais je ne comprends pas l'intérêt quand il y a des livres où tout est écrit depuis le début. Je ne comprends vraiment pas. Ce n'est pas civilisé.

Elle a élevé la voix. Comme si elle essayait de convaincre quelqu'un. Alf respire lourdement.

— Britt-Marie… fait-il à voix basse.

Mais elle l'interrompt d'un ton froid :

— Kent disait aux enfants que je n'arrivais pas à inventer d'histoires parce que je n'avais pas d'imagination. Mais ce n'est pas vrai. Ce n'est pas vrai. J'ai une imagination excellente. Je fais très bien semblant !

Alf se passe les doigts sur la tête et cligne lentement des yeux. Britt-Marie caresse la chemise sur ses genoux comme un bébé en train de s'endormir.

— J'ai apporté une chemise propre. Je lui apporte toujours une chemise propre quand je vais le voir. Parce que je ne me parfume pas. Vraiment pas. Le parfum me donne de l'urticaire.

Sa voix sombre en elle, se noie.

— David et Pernilla ne sont pas venus au repas de réveillon. Ils ont dit qu'ils n'avaient pas le temps. Je sais parfaitement qu'ils sont occupés, ils le sont depuis des années, je comprends parfaitement. Ensuite, Kent a appelé pour dire qu'il restait quelques heures au travail, qu'il avait une conférence téléphonique avec l'Allemagne. Alors qu'en Allemagne aussi c'est le réveillon, vraiment. Mais il n'est pas rentré du tout. Alors je l'ai appelé parce que je voulais savoir quand je devais faire la purée. Mais il n'a pas répondu. J'ai appelé, appelé et appelé parce que j'avais besoin de savoir quand je devais faire le hachis !

Elle lance un regard accusateur à Alf. Il ne dit rien. Elle passe tendrement la main sur le col de la chemise sur ses genoux.

— Nous ne pouvons quand même pas manger de la purée froide. Nous ne sommes pas des sagouins.

Ses mains s'aplatissent sur la chemise.

— Et finalement, le téléphone a sonné, mais ce n'était pas Kent.

Sa lèvre tremble.

— Je ne mets pas de parfum, mais elle, oui. Alors je prépare toujours des chemises propres. C'est tout ce que je demande, qu'il mette sa chemise directement dans la machine à laver quand il rentre à la maison. C'est trop demander ?

— S'il te plaît, Britt-Marie..., commence Alf.

Elle déglutit péniblement et fait tourner son alliance.

— C'était une crise cardiaque. Je le sais parce qu'elle a appelé pour me prévenir, Alf. Elle m'a appelée. Parce que c'était trop dur pour elle, c'était trop. Elle a dit qu'elle ne pouvait pas attendre à l'hôpital en sachant que Kent risquait de mourir alors que moi je l'ignorais. Elle ne supportait pas cette idée, tout simplement. Alors elle a appelé pour que je le sache. Voilà ce qu'elle a fait.

Britt-Marie pose une main sur l'autre, ferme les yeux et ajoute d'une voix vacillante :

— J'ai une excellente imagination, en réalité. Une imagination exceptionnelle. Kent disait toujours qu'il avait un dîner avec l'Allemagne, que son avion avait du retard à cause de la neige ou qu'il passait rapidement au bureau. Et je faisais semblant de le croire. Je faisais si bien semblant que j'ai fini par y croire moi-même.

Elle se lève du banc, droite dans la neige, la chemise de Kent dans les mains. Le tissu est toujours parfaitement repassé. Pas une marque, pas un pli. Britt-Marie pose soigneusement la chemise sur le dossier du banc. Comme si, même maintenant, elle ne pouvait se résoudre à donner libre cours à ses sentiments sur un habit tout juste repassé.

— Je fais exceptionnellement bien semblant, souffle-t-elle.

— Je sais, chuchote Alf.

Puis ils rentrent à la maison, abandonnant la chemise sur le banc.

Il ne neige plus. Taxi s'arrête aux feux rouges. Ils ne prononcent pas un mot de tout le trajet. Maman vient à leur rencontre au pied de l'immeuble. Elle serre Elsa contre elle. Puis elle essaie de prendre Britt-Marie dans ses bras, mais celle-ci la repousse. Pas violemment, juste fermement.

— Je ne la détestais pas, Ulrica, dit-elle.

— Je sais, acquiesce lentement maman.

— Je ne la détestais pas et je ne déteste ni le chien ni la voiture, dit Britt-Marie.

Maman hoche la tête et lui prend la main. Britt-Marie ferme les yeux.

— Je ne déteste personne, Ulrica. Vraiment pas. Je voulais juste que vous m'écoutiez. C'est trop demander ? Je ne voulais pas que vous laissiez la voiture sur ma place au garage, c'est tout. Je ne voulais pas qu'après toute une vie vous laissiez quelqu'un d'autre prendre ma place.

Elle fait tourner son alliance et murmure :

— Ce n'est vraiment pas juste, Ulrica. C'est ma place. Vous ne pouvez pas simplement prendre ma place…

Maman l'entraîne dans l'escalier d'un bras fermement mais tendrement passé autour de la veste à fleurs. Alf n'arrive jamais à l'appartement, mais le père Noël leur rend visite. Les yeux du garçon au syndrome brillent comme les yeux des enfants lorsqu'on leur parle de glace, de feux d'artifice, d'escalade dans les arbres ou de flaques d'eau quand on porte des bottes trop grandes.

Maud ajoute un couvert à table et apporte plus de gratin. Lennart refait du café. George lave la vaisselle. Le garçon au syndrome et la femme à la jupe noire regardent *Cendrillon* après la distribution de cadeaux, installés par terre.

Britt-Marie est assise sur le canapé à côté d'Elsa, un chouïa mal à l'aise. Elles se jettent des regards en coin. Elles ne disent rien, mais c'est sans doute un cessez-le-feu, peut-être. Alors, quand maman ordonne à Elsa d'arrêter de manger des pères Noël en guimauve parce qu'ils vont lui donner mal au ventre, et qu'Elsa continue tout de même, Britt-Marie ne dit rien.

Et lorsque la marâtre de Cendrillon apparaît et que Britt-Marie se lève discrètement, lisse un pli de sa jupe et va pleurer dans le couloir, Elsa la suit.

Assises sur le coffre, elles mangent des pères Noël en guimauve.

Parce qu'on peut être triste alors qu'on mange des pères Noël en guimauve. Mais c'est beaucoup, beaucoup, beaucoup plus difficile.

## 31

## Cacahuètes

La cinquième lettre atterrit sur les genoux d'Elsa. Au sens littéral.

Elle se réveille dans l'armoire de mamie. Le garçon au syndrome dort, entouré de rêves, le laiteur dans les bras. Le worse a bavé un peu sur le pull d'Elsa et la salive a durci comme du ciment.

Elle reste un long moment étendue dans le noir, humant l'odeur de sciure. Elle pense à cette citation de Harry Potter que mamie a chipée pour une de ses histoires du Pays-Presqu'Eveillé. Elle est tirée de *Harry Potter et l'Ordre du Phénix*. Ce qui est plutôt ironique. Pour le comprendre, il faut bien sûr être versé, d'une part, dans les différences entre les livres de la série et les films et, d'autre part, dans la signification du mot « ironique ». Car *Harry Potter et l'Ordre du Phénix* est le film qu'Elsa aime le moins, bien qu'il contienne la citation de Harry Potter qu'Elsa aime le plus. C'est la scène où Harry dit que ses amis et lui ont un avantage sur Voldemort dans la guerre qui se prépare, car ils ont une chose que Voldemort n'a pas : « Celle qui vaut toutes les batailles. »

C'est ironique, car cette réplique n'est pas dans le livre, qu'Elsa aime beaucoup plus que le film, bien que le livre ne fasse pas partie de ses volumes préférés de *Harry Potter*. Maintenant qu'elle y pense, ce n'est peut-être pas ironique, après tout. C'est sans doute plutôt « complexe ». Il faut qu'elle vérifie sur Wikipédia, se dit-elle en s'asseyant. C'est à cet instant que la lettre lui atterrit sur les genoux, au sens littéral. Elle était scotchée au plafond de l'armoire. Elsa ignore depuis quand.

Mais telle est la logique des contes.

Alf est sur le pas de sa porte une minute plus tard. Il boit du café. On dirait qu'il n'a pas dormi de la nuit. Il regarde l'enveloppe. Elle porte simplement le nom « ALF », en caractères exagérément grands.

— Je l'ai trouvée dans l'armoire. C'est de la part de mamie. Je crois qu'elle veut demander pardon. Elle envoie tout un tas de lettres où elle demande pardon aux gens, explique Elsa.

Alf dit « chut » en indiquant la radio derrière lui. Elsa l'informe qu'elle n'apprécie pas qu'on la fasse taire et il lui signale de nouveau de se taire. Ce qu'elle n'apprécie pas du tout. La radio diffuse les infos trafic. Alf écoute jusqu'à la fin avant d'arrêter de la faire taire.

— Il y a eu un putain d'accident sur l'autoroute. La circulation en direction de la ville est complètement bloquée depuis plusieurs heures, dit-il comme si Elsa devrait s'y intéresser.

Ça ne l'intéresse pas.

Alf lit tout de même la lettre après avoir radoté un peu. Enfin, d'accord. Après avoir pas mal radoté, peut-être.

— Qu'est-ce que ça dit ? veut savoir Elsa quand il semble arrivé au bas de la lettre.

— Ça dit pardon.

— Oui, mais pour q-u-o-i ? insiste Elsa.

Alf soupire de la façon dont il soupire assez systématiquement avec Elsa ces derniers temps.

— C'est ma foutue lettre, non ?

— Est-ce qu'elle demande pardon parce qu'elle disait toujours que tu ne lèves pas les pieds en marchant et que c'est pour ça que tes chaussures sont usées ? s'enquiert Elsa, pleine de curiosité.

Alf la regarde comme si ce n'était pas écrit dans la lettre. Elsa se racle la gorge.

— Oh. Enfin… euh. Oublie ce que j'ai dit.

Alf n'a pas l'air d'oublier du tout.

— Qu'est-ce qui ne va pas avec mes chaussures ?

— Rien. Il n'y a aucun problème avec tes chaussures, marmonne Elsa.

Il baisse les yeux.

— Elles n'ont rien du tout, mes chaussures. Ça fait plus de cinq ans que je les ai !

— Elles sont très belles, ment Elsa.

Alf n'a pas l'air entièrement convaincu. Il regarde de nouveau la lettre, sceptique. Il soupire comme il s'est mis à le faire récemment.

— Ta mamie et moi, on a eu une grosse engueulade avant sa mort. Juste avant qu'elle soit hospitalisée. Elle m'avait emprunté mon tournevis et ne l'avait pas rendu, mais elle soutenait que bien sûr que si, elle me l'avait rendu, alors que je savais foutûment bien que ce n'était pas vrai.

Elsa soupire de la façon dont elle soupire assez systématiquement avec Alf ces derniers temps.

— Tu connais l'histoire de celui qui s'est étouffé à force de trop jurer ?

— Non, répond Alf comme si la question était sincère.

Elsa roule les yeux.

— Mais, S-e-i-g-n-e-u-r. Qu'est-ce que mamie écrit sur le tournevis ?

— Elle demande juste pardon, merde. Parce qu'elle l'a paumé.

Il replie la lettre et la fourre dans l'enveloppe. Elsa, obstinée, ne bouge pas.

— Et quoi d'autre ? J'ai bien vu que la lettre était assez longue. Je ne suis pas idiote !

Alf pose l'enveloppe sur l'étagère de l'entrée.

— Ça demandait pardon pour tout un tas d'autres choses.

— C'est compliqué ? fait Elsa.

— Il n'y avait pas le moindre truc qui ne soit pas compliqué dans la vie de ta mamie, répond Alf.

Elsa enfonce les mains plus loin dans ses poches. Elle regarde en biais l'emblème de Gryffondor de son écharpe sous son menton. Les sutures là où maman l'a recousu après que les filles de l'école l'ont déchiré. Maman croit toujours que c'est arrivé quand mamie a escaladé la grille du zoo.

— Tu crois à la vie après la mort ? demande-t-elle à Alf sans lever les yeux.

— J'en sais fichtrement rien, répond Alf, pas du tout désagréable et pas du tout agréable, juste très alfique.

— Nan, mais tu comprends, tu crois au… au paradis… genre, marmotte Elsa.

Alf boit son café en réfléchissant.

— Ça doit être vachement compliqué, marmonne-t-il enfin. Du point de vue logistique. Le paradis doit être plein à craquer d'un sacré tas de gens qui ne sont plus ici.

Elsa cogite un instant et mesure la vraisemblance de l'hypothèse. Pour Elsa, le paradis est l'endroit où se trouve mamie, mais pour Britt-Marie, ça dépend sans doute au plus haut point de l'absence de mamie.

— Tu es très philosophe, parfois, dit-elle à Alf.

Il boit son café, l'air de trouver qu'elle raconte quand même de drôles de trucs pour une petite fille qui n'a même pas huit ans.

Elsa veut lui poser d'autres questions sur la mort, mais l'occasion ne se présente jamais. Après coup, elle se dira que si elle avait fait un choix un peu différent juste après, alors ce jour n'aurait peut-être pas pris une tournure aussi terrible. Mais à ce moment, il sera déjà trop tard.

Papa arrive sur le palier derrière elle. Il est à bout de souffle. Ça ne lui ressemble pas du tout.

Les yeux d'Elsa s'écarquillent, rivés sur lui, puis tournés vers l'appartement d'Alf. Comme quand on a presque huit ans et qu'on se dit soudain que cette chamaillerie à propos de la radio ne se produit pas sans raison dans un conte. Il n'y a pas de hasard dans les contes. Un dramaturge russe a dit que si on montre un pistolet pendant le premier acte, il doit servir avant la fin du dernier. Elsa le sait. Et ceux qui se demandent toujours comment Elsa sait ce genre de choses sont vraiment des gros futés. Alors Elsa comprend que l'histoire de la radio et de l'accident sur l'autoroute doit avoir un rapport avec l'aventure dans laquelle ils se trouvent.

— C'est… maman ? avance-t-elle.

Papa acquiesce et lance un regard inquiet à Alf. Les lèvres d'Elsa tremblent.

— Elle est à l'hôpital ?

— Oui, elle a été appelée à une réunion ce matin, commence papa. Il y avait une espèce de crise…

Mais Elsa l'interrompt :

— Elle a été blessée dans l'accident de voiture ? Celui sur l'autoroute ?

Il lui lance un regard d'incompréhension spectaculaire.

— Quel accident de voiture ?

— L'accident de voiture ! répète Elsa, complètement hystérique.

Papa secoue fiévreusement la tête avant de prendre un air hésitant.

— Non… non.

Et il sourit.

— Tu es devenue grande sœur. Ta maman était en pleine réunion quand elle a perdu les eaux.

Elsa n'arrive pas à assimiler l'information, elle n'y arrive vraiment pas. Même si c'est pourtant évident. Elle est parfaitement au courant de ce qui arrive quand on perd les eaux.

— Mais… et l'accident de voiture ? Quel rapport avec l'accident de voiture ? murmure-t-elle.

Papa a l'air super-hésitant.

— Aucun, je crois. Enfin, je veux dire, comment ça ?

Elsa regarde Alf, puis papa. Elle réfléchit jusqu'à en avoir mal aux sinus.

— Où est George ? demande-t-elle.

— A l'hôpital, répond papa.

— Comment il y est allé ? Ils disent à la radio que la circulation est complètement coupée sur l'autoroute ! s'exclame Elsa.

— Il a couru, répond papa avec dans la voix une petite pointe de ce que ressentent les papas quand ils disent du bien des nouveaux maris des mamans.

Et c'est au tour d'Elsa de sourire.

— Il est fort pour ça, George, souffle-t-elle.

— Oui, concède papa.

La radio a peut-être mérité sa place dans l'histoire de cette façon, malgré tout, décide-t-elle. Avant de s'exclamer, inquiète :

— Mais comment est-ce qu'on va aller à l'hôpital si l'autoroute est bloquée ?

Papa hésite. Alf boit son café, vidant une tasse d'une seule gorgée.

— Vous n'avez qu'à prendre l'ancienne route, dit-il enfin avec impatience quand il s'aperçoit que papa ne veut pas émettre cette suggestion.

Papa et Elsa le regardent comme s'il inventait des mots. Alf soupire.

— L'ancienne route, merde. Le long de l'ancien abattoir. Là où il y avait l'usine où ils fabriquaient des échangeurs de chaleur avant que les salauds transfèrent tout en Asie. Vous n'avez qu'à passer par là pour aller à l'hôpital.

Papa toussote. Elsa se cure l'ongle du pouce. Alf vide le contenu de sa tasse de café, résigné.

— Ces jeunes, franchement, ils croient que le monde entier est une autoroute, marmonne-t-il en allant chercher les clés de Taxi.

Pendant un instant précis, Elsa pense prendre Taxi avec le worse. Mais ensuite, elle décide de monter plutôt dans Audi, parce qu'elle ne veut pas faire de peine à papa. Si elle n'avait pas changé d'avis, il est fort possible que cette journée n'aurait pas pris une tournure aussi ignoble et terrible qu'elle est sur le point de le faire. Parce que quand des choses terribles se produisent, on pense toujours « si seulement je n'avais pas… ». Et après coup, cet instant sera de ce genre.

Maud et Lennart les accompagnent à l'hôpital. Maud emporte des gâteaux. Quand il arrive sur le pas de la porte, Lennart décide d'emporter une cafetière, parce qu'il craint qu'il n'y en ait pas à l'hôpital. Et même s'il y en a une, il est certain que ce sera une de ces machines à café modernes avec plein de touches. La cafetière de Lennart n'a qu'un bouton. Lennart adore ce bouton.

Si papa n'avait pas proposé de remonter la chercher rapidement pour lui, ce qui arrive ensuite n'aurait peut-être pas eu lieu. Ce sera aussi un de ces instants, après coup. Un instant « si seulement ».

Le garçon au syndrome et sa maman viennent aussi. Et la femme au jean. Ils forment une équipe maintenant, ce qui plaît énormément à Elsa. Maman lui a dit hier qu'il y a désormais tant de monde dans l'appartement de mamie que l'immeuble ressemble un peu à cette maison dont elle parle tout le temps et où habitent tous les X-Men.

« Jean Grey School for Higher Learning », avait corrigé Elsa en roulant les yeux, irritée.

Un peu parce que maman a cru qu'Elsa était simplette au point de la trouver tout de suite méga-cool de faire référence aux X-Men, et un peu parce que ça a fonctionné.

Elsa sonne aussi à la porte de Britt-Marie. Mais personne n'ouvre. Après coup, Elsa se souviendra de s'être arrêtée un bref instant devant la poussette cadenassée dans l'escalier. La grille de mots croisés est toujours accrochée au-dessus. Quelqu'un l'a résolue. Toutes les cases sont remplies. Au crayon à papier.

Si Elsa s'était attardée pour y réfléchir un peu, tout aurait été différent. Mais elle poursuit son chemin. Alors rien ne change.

Il est possible que le worse ait hésité un instant devant la porte de Britt-Marie. Elsa aurait compris s'il l'avait fait, car elle suppose que les worses hésitent quand ils ne savent plus trop qui ils sont censés protéger dans le conte en question. Dans les contes normaux qui se respectent, les worses protègent en effet les princesses, et même au Pays-Presqu'Eveillé Elsa n'est jamais rien qu'un chevalier. Mais si le worse hésite, il n'en montre rien. Il suit Elsa. Parce qu'il est ce genre d'ami.

S'il ne l'avait pas suivie, peut-être que tout aurait été différent. Mais il l'accompagne. Alors rien ne change.

C'est Alf qui persuade les policiers de faire une ronde dans le quartier pour « vérifier que tout va bien ». Elsa ne saura jamais ce qu'il leur dit, mais Alf peut se montrer très persuasif quand il veut. Il raconte peut-être qu'il a vu des traces de pas dans la neige. Ou entendu quelqu'un dans l'immeuble d'en face dire quelque chose. Elsa ne sait pas, mais le policier saisonnier s'installe dans la voiture et la policière aux yeux verts l'imite, bien qu'elle hésite un long moment. Elsa croise son regard le temps d'une inspiration, et si elle avait dit la vérité aux yeux verts à propos du worse, peut-être que tout aurait été différent. Mais elle ne dit rien. Pour protéger le worse. Parce qu'elle est ce genre d'amie.

Alf va chercher Taxi dans le garage. Quand la voiture de police tourne au coin de l'immeuble, Elsa, le worse et le garçon au syndrome se faufilent par la porte et se dirigent vers Audi, garée de l'autre côté de la rue. L'enfant grimpe dedans le premier.

Le worse s'arrête en plein mouvement et hérisse le poil.

Cela ne dure sans doute que quelques secondes, mais elles font l'effet de pour toujours. Après coup, Elsa se souviendra d'avoir eu l'impression de penser un milliard de pensées et de ne pas penser du tout.

A son étonnement, une odeur dans l'habitacle d'Audi l'apaise. Elle ne sait pas trop quoi. Elle regarde le worse par la portière ouverte et, avant de comprendre ce qui est sur le point d'arriver, elle a le temps de songer qu'il ne veut peut-être pas monter dans la voiture à cause de la douleur. Elle sait qu'il a mal, comme mamie souffrait dans tout son corps à la fin.

Elsa glisse la main dans sa poche pour prendre un biscuit. Parce que aucune personne qui a un worse pour ami ne sortirait sans avoir au moins un gâteau dans la poche pour les situations d'urgence. Mais elle n'a pas le temps de l'attraper, car elle comprend ce qu'elle a senti dans Audi. De la fumée.

Il ne s'écoule pas une éternité après ça, pas même une seconde. Sam surgit des ombres de la banquette arrière et Elsa sent la main froide se plaquer sur sa bouche. Les muscles se contractent autour du dossier et de sa gorge, elle sent les poils du bras traverser comme des pierres pointues les mailles de l'écharpe Gryffondor, ou quand on s'écorche la plante des pieds sur des brindilles. Elle a le temps de penser rationnellement au froid contre ses lèvres, de se demander si le sang ne coule pas sous la peau de Sam, et en même temps elle n'a pas le temps de penser du tout.

Elle voit le bref trouble dans les yeux de Sam quand il remarque le garçon au syndrome. Quand il se rend compte qu'il pourchassait le mauvais enfant. Elle a le temps de comprendre que les ombres des contes ne voulaient pas tuer l'élu. Simplement l'enlever. Le garder pour elles. Et tuer toute autre personne présente dans la voiture.

Le worse ferme les mâchoires sur l'autre poignet de Sam à l'instant où il essaie d'attraper le garçon. Sam hurle. Elsa n'a qu'un clignement de seconde pour réagir quand il la lâche. Elle aperçoit le couteau dans le rétroviseur.

Et tout devient noir.

Elsa se voit courir, elle sent la main du garçon dans la sienne et sait qu'elle pense qu'il leur suffit d'atteindre la porte d'entrée. Qu'ils doivent juste avoir le temps de crier pour que papa et Alf les entendent.

Elsa voit ses pieds bouger, mais elle n'est pas aux commandes. Son corps bondit instinctivement. Elle croit qu'elle et le garçon ont fait une demi-douzaine de pas quand elle entend le worse pousser un terrifiant hurlement de douleur, et elle ignore qui, du garçon ou d'elle, desserre les doigts. Son pouls bat si fort dans ses oreilles qu'elle le sent jusque dans les yeux. Le garçon trébuche et tombe à terre. Elsa entend la portière d'Audi s'ouvrir et voit le couteau dans la main de Sam. Le sang sur la lame.

C'est peut-être toute une éternité de conte qui s'écoule ou juste un bref pour toujours. Elle l'ignore. Elle sait qu'ils n'arriveront jamais à s'enfuir, que tout est perdu. Mais elle fait ce qu'il faut faire. La seule chose possible. Elle soulève tous les garçons qu'elle peut porter et court de toutes ses forces.

Elle court très vite. Elle sait que ça ne suffira pas. Elle entend la respiration furieuse de Sam qui bondit vers le garçon, elle sent la secousse dans son épaule puis dans son cœur quand le garçon s'arrache à son étreinte. Elle ferme les yeux et ensuite elle ne se souvient que de la douleur au front. Et du cri de Maud. Et des mains de papa. Du sol du hall. Le monde pirouette et atterrit jambes par-dessus tête en chancelant devant elle, et elle songe que c'est sans doute l'effet que ça fait de mourir. Comme tomber en soi, sans savoir vers quoi.

Elle entend le fracas sans savoir d'où il vient. Puis l'écho. Echo, a-t-elle le temps de penser, et elle comprend qu'elle est dans l'immeuble. Ses pupilles lui brûlent comme si l'intérieur de ses paupières était tapissé de gravier. Elle entend les pieds lestes du garçon au syndrome grimper l'escalier comme seuls peuvent courir les pieds d'un garçon qui sait depuis des années que cela risquait d'arriver. Elle entend la voix terrifiée de la maman du garçon rester calme et méthodique quand elle court derrière lui, comme seule peut le faire une maman qui a l'habitude de vivre chaque jour avec la peur.

Ils verrouillent la porte de l'appartement de mamie derrière eux. Elsa sent que les mains de papa ne la relèvent pas mais la tiennent à distance. Elle ne sait pas de quoi. Jusqu'à ce qu'elle voie les ombres par la vitre de la porte. Et Sam de l'autre côté. Il est immobile. L'expression qui passe sur son visage lui correspond si peu qu'Elsa ne peut d'abord pas se défaire du sentiment qu'elle se l'est imaginée.

Sam a peur.

Un clignement d'yeux plus tard, une autre ombre se dresse au-dessus de lui, si immense que les ténèbres de Sam s'y noient. Les poings redoutables de Cœur-de-Loup pleuvent comme des flammes dévorantes, avec une violence et une noirceur qu'aucun conte ne peut décrire. Cœur-de-Loup ne frappe pas Sam, il le broie dans la neige. Pas pour neutraliser. Pas pour protéger.

Pour anéantir.

Le papa d'Elsa la soulève et grimpe l'escalier. Il la serre contre son manteau pour l'empêcher de regarder. Elle entend la porte s'ouvrir de l'intérieur et Maud et Lennart supplier Cœur-de-Loup d'arrêter de frapper, d'arrêter de frapper, d'arrêter de frapper. Mais elle comprend aux chocs sourds, comme quand on fait tomber une brique de lait sur le sol de la cuisine, qu'il n'arrête pas. Qu'il ne les entend même pas. Car dans les histoires Cœur-de-Loup s'était réfugié dans les forêts obscures bien avant la Guerre-Sans-Fin, parce qu'il savait de quoi il était capable.

Elsa se dégage des bras de papa et dévale l'escalier. Maud et Lennart arrêtent de crier avant qu'elle ait pu les rejoindre. La masse du poing de Cœur-de-Loup s'élève si haut au-dessus de Sam qu'elle effleure les doigts tendus des animaux-nuages, avant de s'abattre à nouveau.

C'est peut-être une éternité qui s'écoule. Elsa ne sait pas. Il est fort possible qu'elle doive trouver une meilleure façon de mesurer le temps en général, peut-être. Cette méthode ne convient pas. Elle ne fait que rendre les choses encore plus confuses, c'est manifeste.

Mais Cœur-de-Loup se fige en plein mouvement. Entre lui et l'homme au couteau étendu dans la neige se dresse une femme qui paraît si petite et fragile que le vent pourrait souffler à travers elle. Elle tient à la main une insignifiante boule de peluche bleue de sèche-linge, et un mince cercle blanc orne l'avant-dernier doigt, là où elle portait son alliance. Elle fixe Cœur-de-Loup comme si chacune de ses onces de bon sens lui hurlait de s'enfuir. Mais elle reste, avec cette sorte de regard indomptable que seules ont les personnes qui n'ont plus rien à perdre.

Elle roule la peluche bleue dans une main, qu'elle pose dans l'autre devant son ventre, regarde Cœur-de-Loup d'un air assuré et dit d'un ton autoritaire :

— On ne frappe pas les gens à mort dans cette copropriété.

Le poing de Cœur-de-Loup tremble encore en l'air. Sa poitrine se lève et s'abaisse. Mais son bras s'éloigne lentement d'elle et retombe le long de son corps.

D'une main, Britt-Marie balaie quelques flocons de neige égarés sur sa jupe et lisse un pli. Puis elle joint de nouveau les mains à hauteur des hanches et s'éclaircit la voix.

— Dans cet immeuble locatif. On ne frappe pas les gens à mort dans cet immeuble locatif. Ça ne se fait simplement pas. Nous ne nous comportons pas de cette manière. Ce n'est pas civilisé du tout.

Elle se dresse entre Cœur-de-Loup et Sam, entre le monstre et l'ombre, quand la voiture de police arrive en dérapant. La policière aux yeux verts est dehors, arme sortie, avant que le véhicule ne s'arrête. Cœur-de-Loup tombe à genoux dans la neige. Il tend les mains au ciel et ferme les yeux.

Elsa ouvre la porte à la volée et se rue à l'extérieur. Les policiers crient contre Cœur-de-Loup. Ils essaient de retenir Elsa, mais elle leur échappe comme de l'eau dans des mains en coupe. Pour une raison qu'elle ne comprendra pas avant de nombreuses années, elle a le temps de se souvenir que maman a dit ça un jour à George, alors qu'elle la croyait endormie. Que c'était ainsi, d'être la maman d'une fille qui était sur le point de grandir. Comme retenir de l'eau dans ses mains en coupe.

Le worse est immobile entre Audi et la porte. La neige est rouge. Il a essayé de la rejoindre. Il s'est traîné hors de la voiture et a rampé aussi loin que possible avant de s'écrouler. Elsa retire brutalement son manteau et son écharpe Gryffondor qu'elle étend sur le corps de l'animal, s'accroupit à côté de lui dans la neige et le serre fort, fort contre elle. Elle perçoit une odeur de gâteau à la cacahuète dans son haleine et elle lui souffle « N'aie pas peur, n'aie pas peur » encore et encore à l'oreille.

— N'aie pas peur, n'aie pas peur, Cœur-de-Loup a vaincu le dragon, et les contes ne finissent pas avant que le dragon soit vaincu.

Quand elle sent les mains douces de papa la soulever, elle crie fort pour que le worse l'entende même s'il est déjà à mi-chemin du Pays-Presqu'Eveillé :

— TU NE PEUX PAS MOURIR ! TU M'ENTENDS !? TU NE PEUX PAS MOURIR, PARCE QUE LES CONTES DE NOËL FINISSENT TOUJOURS BIEN !

## 32

## Glace

C'est dur de raisonner quand il s'agit de la mort. Dur de laisser partir quelqu'un qu'on aime.

Mamie et Elsa regardaient souvent le journal télévisé ensemble. De temps en temps, Elsa demandait à mamie pourquoi les adultes se comportaient constamment de façon aussi stupide. Celle-ci répondait que c'était parce que les adultes sont généralement des gens, et que les gens sont généralement des ordures. Elsa objectait que ce n'était pas cohérent, car les adultes sont aussi à l'origine de beaucoup de bonnes choses parmi toutes les bêtises. Les vols spatiaux, l'ONU, les vaccins et les rabots à fromage, par exemple. Mamie avait alors répondu que le truc avec la vie, c'est que presque personne n'est entièrement une ordure, et presque personne ne l'est entièrement pas. Le plus difficile avec la vie, c'est d'essayer de rester autant que possible du côté « pas une ordure ».

Un soir, après avoir regardé les informations ensemble, Elsa avait demandé pourquoi autant de non-ordures mouraient partout et pourquoi autant d'ordures ne mouraient pas. Et pourquoi, d'abord, des gens mouraient, qu'ils soient des ordures ou pas. Mamie avait essayé de distraire Elsa avec de la glace pour changer de sujet, parce que mamie préférait la glace à la mort. Mais étant donné qu'Elsa pouvait être une gamine vachement têtue, mamie avait finalement abandonné et dit qu'elle supposait que des gens devaient partir pour que d'autres puissent occuper leur place.

« Comme quand on cède sa place aux personnes âgées dans le bus ? » avait avancé Elsa.

Mamie lui avait alors demandé si elle accepterait de manger de la glace et de changer de sujet si elle répondait « oui ». Elsa avait répondu par l'affirmative. Et mamie avait lancé :

« Oui, oui, ouiiiii, c'est exactement ça ! »

Puis elles avaient mangé de la glace.

C'est dur de raisonner quand il s'agit de la mort. Dur de laisser partir quelqu'un qu'on aime. Mais les plus anciennes histoires de Miamas disent qu'un worse ne meurt que d'un cœur brisé. Qu'ils sont immortels sauf en ces occasions et que pour cette raison on ne peut tuer un worse que lorsqu'il pleure. On raconte que c'est pour cela qu'on pouvait les tuer après qu'ils avaient été chassés du Pays-Presqu'Eveillé parce que l'un d'eux avait mordu la princesse. Parce qu'ils avaient été chassés par ceux qu'ils protégeaient et aimaient.

« Voilà pourquoi on pouvait les tuer dans la dernière phase de la Guerre-Sans-Fin, racontait mamie, car des centaines de worses étaient morts lors de la dernière bataille. Tous les êtres vivants ont le cœur brisé quand une guerre éclate. »

Elsa pense à cette légende tandis qu'elle patiente dans la salle d'attente du vétérinaire. On pense à beaucoup de choses dans la salle d'attente d'un vétérinaire. Celle-là sent les graines pour les oiseaux. Britt-Marie est assise à côté d'elle, les mains jointes sur les genoux, et observe un cacatoès dans une cage à l'autre bout de la pièce. Britt-Marie n'a pas l'air de tellement aimer les cacatoès. Elsa n'est pas vraiment une spécialiste des expressions qu'arborent les perroquets, mais elle décide spontanément que le sentiment est des plus réciproques.

— Tu n'es pas obligée d'attendre avec moi, dit Elsa à Britt-Marie, la gorge serrée par le chagrin et la colère.

Britt-Marie chasse des graines invisibles de sa veste et répond sans détacher son regard de l'oiseau :

— Ça ne me dérange pas, ma petite Elsa. Ne t'en fais pas pour ça. Aucun problème.

Elsa comprend qu'elle ne dit pas ça méchamment. Les policiers questionnent papa et Alf sur les événements, et, Britt-Marie ayant été interrogée la première, elle a proposé de l'accompagner chez le vétérinaire et d'attendre avec elle des nouvelles du worse. Alors Elsa comprend qu'elle ne dit pas ça pour être désagréable. Britt-Marie a juste du mal à ne pas paraître désagréable.

— Tu sais que les gens se chamailleraient un peu moins souvent avec toi si tu essayais de dire les choses un peu plus gentiment ? Etre sympathique, c'est un choix, Britt-Marie ! dit Elsa en s'efforçant de ne pas être trop désagréable elle-même.

Mais ça ne marche pas très bien.

Elle se sèche les yeux du poignet. Elle tente de ne pas penser au worse et à la mort. Ça ne sert à rien.

Britt-Marie pince les lèvres et serre les mains sur ses genoux.

— Eh bien, eh bien, oui, je comprends que tu penses ça. Toutes les femmes de ta famille ont cette opinion de moi. Voilà ce que vous pensez.

Elsa soupire.

— Ce n'est pas ce que je voulais dire.

— Non, non, bien sûr. Ce n'est bien sûr jamais ce que vous voulez dire, dit Britt-Marie.

Elsa enroule l'écharpe Gryffondor autour de ses mains. Elle inspire profondément.

— C'était très courageux de ta part de t'interposer entre Cœur-de-Loup et Sam, admet-elle à voix basse.

Britt-Marie balaie de la main des graines ou peut-être de la poussière invisibles de la table devant elles. Elle garde la main fermée comme si elle cherchait une poubelle invisible où les jeter.

— On ne bat pas les gens à mort dans cet immeuble locatif, nous ne sommes pas des sagouins, chuchote-t-elle très vite pour qu'Elsa n'entende pas sa voix se briser.

Elles se taisent. Comme quand on fait la paix pour la deuxième fois en deux jours mais qu'on n'ose pas le dire tout haut à l'autre personne.

Britt-Marie secoue un coussin au bout de la banquette.

— Je ne détestais pas ta mamie, dit-elle sans regarder Elsa.

— Elle ne te détestait pas non plus, répond Elsa sans lever la tête.

Britt-Marie croise les mains et ferme presque les yeux.

— Et d'ailleurs, je n'ai jamais voulu que l'immeuble devienne une copropriété. C'est Kent qui veut et je veux que Kent soit heureux, mais son but est de rendre l'appartement pour toucher l'argent et déménager. Je ne veux pas déménager.

— Pourquoi ? demande Elsa.

— C'est ma maison, répond Britt-Marie.

C'est difficile de ne pas l'aimer pour ça quand on a presque huit ans.

— Pourquoi ma mamie et toi, vous vous disputiez tout le temps ? interroge Elsa, bien qu'elle connaisse la réponse.

— D'après elle, je suis une… vieille geignarde, répond Britt-Marie sans dire la vraie raison.

— Alors pourquoi tu es une vieille geignarde ? demande Elsa, qui pense à la princesse, à la sorcière et au trésor.

— Parce qu'il faut se soucier de quelque chose, Elsa. Vraiment ! Dès que quelqu'un se souciait de quelque chose, ta mamie le traitait de « geignard », mais si on ne s'intéresse à rien, on ne vit pas. On existe seulement…, répond Britt-Marie en geignant légèrement mais sans faire la vieille bique.

— Tu es très philosophe quand on te connaît, affirme Elsa.

— Merci, dit Britt-Marie en réprimant visiblement l'envie d'ôter une poussière invisible de la manche du manteau d'Elsa.

Elle se contente de secouer de nouveau le coussin, bien qu'il n'y ait plus grand-chose à remettre en forme dedans depuis des années. Elsa enroule son écharpe autour de chaque doigt et reprend :

— Il y a un genre de poème à propos d'un bonhomme qui dit que s'il ne peut pas être aimé, il veut être détesté à la place. Seulement, personne ne le voit, genre.

— *Docteur Glas*, acquiesce Britt-Marie.

— Wikipédia, corrige Elsa.

— C'est une citation de *Docteur Glas*, insiste Britt-Marie.

— C'est un site Internet ? s'enquiert Elsa.

— C'est une pièce de théâtre, répond Britt-Marie.

— Oh, fait Elsa.

— Qu'est-ce que c'est, Wikipédia ? demande Britt-Marie.

— Un site Internet, répond Elsa.

Britt-Marie pose les mains sur ses genoux.

— En fait, *Docteur Glas* est un roman, si j'ai bien compris. Je ne l'ai pas lu. Mais il a été adapté au théâtre, dit-elle maladroitement.

— Oh, répète Elsa.

— J'aime le théâtre, dit Britt-Marie.

— Moi aussi, dit Elsa.

Britt-Marie hoche la tête. Elsa l'imite.

— Docteur Glas aurait été un excellent nom de super-héros.

Elle songe que cela aurait été un bien meilleur nom d'ennemi de super-héros, mais, Britt-Marie ne semblant pas exactement lire souvent de la littérature de qualité, elle ne voudrait pas l'embrouiller.

Après avoir acquiescé, Britt-Marie cite tout haut :

— « On veut être aimé, faute de quoi on veut être admiré, faute de quoi on veut être craint, faute de quoi on veut être haï et méprisé. On veut inspirer aux hommes quelque sentiment. L'âme frémit face au vide et aspire au contact à n'importe quel prix. »

Elsa ne comprend pas trop ce que ça signifie, mais elle acquiesce quand même. Pour être équitable.

— Qu'est-ce que tu vas faire, alors ? demande-t-elle.

Les mains de Britt-Marie se déplacent légèrement sur ses genoux, mais sans chasser de poussières.

— C'est compliqué d'être adulte, parfois, Elsa, dit-elle d'un ton évasif.

— Ce n'est pas vachement simple non plus d'être un enfant, répond Elsa, opiniâtre.

Le bout des doigts de Britt-Marie caresse prudemment le cercle blanc sur son avant-dernier doigt.

— J'avais l'habitude de sortir sur le balcon, tôt le matin. Avant que Kent se réveille. Ta mamie le savait, c'est pour ça qu'elle a fait ces bonhommes de neige. Et que j'étais tellement en colère. Parce qu'elle connaissait mon secret et j'avais le sentiment que les bonshommes de neige et elle se moquaient de moi.

— Quel secret ? veut savoir Elsa.

Britt-Marie serre fort les mains.

— Je n'ai jamais été comme ta mamie. Je n'ai jamais voyagé. Je suis seulement restée ici. Mais parfois, j'aime bien sortir sur le balcon tôt le matin quand il y a du vent. C'est idiot, bien sûr, tout le monde pense que c'est idiot, bien sûr.

Elle pince les lèvres.

— Mais j'aime sentir le vent dans mes cheveux. J'aime ça.

Elsa se dit que malgré tout Britt-Marie n'est peut-être pas complètement une ordure. Elle est sans doute plus proche de « pas une ordure » ces derniers temps.

— Tu ne m'as pas répondu sur ce que tu vas faire, dit Elsa en faisant tournoyer son écharpe.

Le bout des doigts de Britt-Marie glisse avec hésitation sur sa jupe, comme quand on s'apprête à traverser une piste de danse pour inviter une personne qui nous plaît. Puis elle dit prudemment :

— Je veux qu'on se souvienne que j'existais. Je veux qu'on sache que j'étais là.

Malheureusement, Elsa n'entend pas ces derniers mots, car à cet instant le vétérinaire arrive dans la salle d'attente avec un regard qui ne laisse qu'un grondement continu dans sa tête. Elle le contourne en courant avant même qu'il ouvre la bouche. Elsa les entend crier contre elle comme elle se rue dans le couloir et ouvre violemment les portes les unes après les autres, telle une aveugle. Un infirmier se retourne et essaie de l'attraper, mais Elsa court. Elle ouvre d'autres portes. Elle n'arrête pas avant d'entendre le worse hurler. Comme s'il savait qu'elle s'approchait et qu'il l'appelait. Quand elle déboule dans la bonne pièce, il est étendu sur une couchette nue, le ventre entouré de bandages. Il y a du sang partout. Elle appuie le visage fort, fort, fort contre sa fourrure et murmure « Tu n'as pas le droit de mourir ! » encore et encore.

Britt-Marie est restée dans la salle d'attente. Seule. Même le cacatoès n'est plus là. Si Britt-Marie était partie, personne ne se serait sans doute souvenu de son passage. Elle semble y réfléchir un moment. Puis elle balaie une poussière invisible du bord de la table, lisse un pli de sa jupe et s'en va.

Le worse ferme les yeux. On dirait presque qu'il sourit. Elsa ne sait pas s'il l'entend. S'il sent les grosses larmes sur sa fourrure. C'est dur de laisser partir quelqu'un qu'on aime. C'est dur d'avoir presque huit ans et d'apprendre à accepter que tous ceux qu'on aime doivent partir tôt ou tard.

— Tu n'as pas le droit de mourir. Tu n'as pas le droit de mourir, parce que je suis là, maintenant. Et tu es mon ami. Un vrai ami ne meurt pas comme ça, tu m'entends ? Les amis ne s'abandonnent pas les uns les autres en mourant, chuchote Elsa pour se convaincre elle-même plus que le worse.

Il semble le savoir. Il essaie de lui sécher les joues avec son souffle chaud. Elsa est allongée à côté de lui, recroquevillée sur la couchette, comme à l'hôpital la nuit où mamie n'est pas revenue de Miamas.

Elle reste là pour toujours, l'écharpe Gryffondor enfouie dans la fourrure du worse.

La voix de la policière lui fait relever la tête alors que l'intervalle entre les respirations du worse s'allonge et que les coups sourds ralentissent sous l'épaisse fourrure noire. Les yeux verts observent la fillette et l'animal depuis la porte. Elsa la regarde. Les yeux verts contemplent le worse d'un air de regret, comme les yeux de personnes qui n'aiment pas parler de la mort.

— Nous devons emmener ton ami au poste de police, Elsa, dit-elle donc à la place.

Elsa sait qu'elle parle de Cœur-de-Loup.

— Vous n'avez pas le droit de le mettre en prison ! C'était de l'autodéfense ! crie-t-elle, si fort que les grosses gouttes de chagrin accumulées sur ses lèvres explosent dans la pièce comme un typhon.

Les yeux verts secouent la tête.

— Non, Elsa. Ce n'était pas de l'autodéfense. Il ne se défendait pas lui-même.

Puis elle recule dans le couloir. Elle regarde sa montre en feignant la distraction, comme si elle venait de se rappeler qu'elle avait des affaires d'une extrême importance à régler ailleurs, et que ça serait vraiment bête si la personne qu'elle avait reçu l'ordre absolu d'escorter au poste de police arrivait à échapper quelques minutes à sa surveillance pour parler à une enfant sur le point de perdre un worse. Ça serait trop bête, vraiment.

Puis elle disparaît. Et Cœur-de-Loup se dresse dans l'encadrement de la porte. Elsa se précipite vers lui et l'entoure de ses bras, elle se fiche complètement qu'il soit obligé de prendre un bain de gel désinfectant quand il rentrera.

— Le worse ne peut pas mourir ! Dis-lui qu'il n'a pas le droit de mourir ! souffle Elsa.

Cœur-de-Loup respire lentement. Il garde les mains en l'air, incertain, comme si on lui avait renversé de la soude caustique sur le pull. Elsa se souvient qu'elle a laissé son manteau à la maison.

— Tu peux récupérer ton manteau, maman l'a lavé bien comme il faut et l'a rangé dans une housse en plastique dans l'armoire, murmure-t-elle d'un ton d'excuse sans le lâcher.

Il la regarde comme s'il apprécierait vraiment qu'elle arrête. Elsa s'en fiche royalement.

— Mais tu n'as plus le droit de te battre ! ordonne-t-elle en enfouissant le visage dans son pull, avant de lever la tête et de s'essuyer les yeux du poignet. Je ne dis pas qu'il ne faut plus jamais se battre, parce que je n'ai pas complètement défini ma position sur cette question. D'un point de vue purement moral, enfin, genre. Mais on n'a pas le droit de se battre quand on se bat aussi bien que toi ! assène-t-elle.

A cet instant, Cœur-de-Loup a une réaction surprenante. Il la serre dans ses bras.

— Le worse. Très vieux. Très vieux worse, Elsa, grogne-t-il dans la langue secrète.

— J'en peux plus que tout le monde meure sans arrêt ! sanglote Elsa.

Cœur-de-Loup lui prend les mains, lui presse prudemment les index. Il tremble comme s'il tenait du fer chauffé à blanc, mais il ne lâche pas prise, car on ne lâche pas prise quand on comprend qu'il y a des choses plus importantes que la peur des bactéries d'enfant.

— Très vieux worse. Très fatigué maintenant, Elsa.

Comme Elsa secoue la tête d'un air hystérique et crie que ses proches n'ont plus le droit de mourir, il prend dans la poche de son pantalon un papier très froissé qu'il lui pose dans la main. C'est un dessin. On voit tout de suite que c'est mamie qui l'a fait, car elle dessinait à peu près aussi bien qu'elle écrivait.

— C'est une carte, halète Elsa en la dépliant, à la façon de quelqu'un qui n'a plus de larmes mais n'a pas fini de pleurer.

Cœur-de-Loup se malaxe prudemment les mains. Elsa passe les doigts sur l'encre.

— « Septième royaume », lit-elle à voix haute, plus pour elle-même que pour lui.

Elle se rallonge à côté du worse sur la couchette. Si près que la fourrure transperce son pull. Elle sent le souffle chaud du museau froid. Il dort. Elle espère qu'il dort. Elle lui embrasse le mufle, égarant quelques larmes dans ses moustaches.

Cœur-de-Loup s'éclaircit doucement la gorge.

— Dans la lettre. La lettre de mamie, dit-il dans la langue secrète en indiquant la carte.

Il regarde Elsa. Elle le fixe à travers une brume. Il désigne de nouveau la carte.

— Mipardonus. Septième royaume. Ta mamie et moi… nous allions le construire.

Elsa examine plus attentivement la carte, le papier dansant au rythme des respirations de plus en plus légères du sommeil du worse. La carte représente en fait tout le Pays-Presqu'Eveillé, mais dans des proportions complètement déséquilibrées, parce que les proportions n'ont jamais été le truc de mamie.

— Le « septième royaume » est sur les ruines de Mibatalos, remarque-t-elle.

Cœur-de-Loup se masse les mains.

— Peut construire Mipardonus seulement sur Mibatalos. L'idée de ta mamie.

— Qu'est-ce que ça veut dire, Mipardonus ? demande Elsa, la joue appuyée sur celle du worse.

— Langue de maman, répond Cœur-de-Loup. Veut dire « Je pardonne ».

Les larmes sur ses joues sont grosses comme des amandes. Sa large main se pose doucement sur la tête du worse, qui ouvre juste presque les yeux et le regarde.

— Très vieux, Elsa. Très, très fatigué, souffle Cœur-de-Loup.

Puis il pose tendrement les doigts sur la plaie laissée par le couteau de Sam à travers le pelage épais.

— Très mal maintenant, Elsa. Très, très mal.

C'est dur de laisser partir quelqu'un qu'on aime. Surtout quand on a presque huit ans.

Elsa se recroqueville à côté du worse et le serre fort, fort, fort. Il la regarde une dernière fois à travers ses paupières juste presque fermées. Elle sourit et chuchote « Tu es le meilleur premier ami que j'aie jamais eu » et il lui lèche lentement la figure. Il sent la pâte à génoise. Et elle rit tout haut, ses larmes pleuvant sur la couchette.

Quand les animaux-nuages atterrissent au Pays-Presqu'Eveillé, Elsa le serre de toutes ses forces et murmure :

— Tu as accompli ta mission, tu n'as plus besoin de protéger le château. Protège mamie, maintenant. Protège tous les contes !

Il lui lèche une dernière fois le visage.

Puis il court.

Quand Elsa se tourne vers Cœur-de-Loup, il plisse les yeux vers le soleil comme lorsqu'on n'est pas retourné au Pays-Presqu'Eveillé depuis de nombreuses éternités de contes. Elsa pointe du doigt les ruines de Mibatalos.

— On amènera Alf. Il construit plein de trucs vachement bien. Enfin, il construit bien les armoires, en tout cas. Et il va y avoir besoin d'armoires dans le septième royaume aussi, pas vrai ? Mamie attendra sur un banc à Miamas que nous ayons terminé. Comme le papi de Biscotin dans *Les Frères Cœur-de-Lion*. Il y a une histoire qui s'appelle comme ça, je l'ai lue à mamie, alors je sais qu'elle attendra sur un banc, parce que c'est tout à fait son genre de piquer des idées d'autres contes. Et elle sait que *Les Frères Cœur-de-Lion* est une de mes histoires préférées !

Elle pleure toujours. Cœur-de-Loup aussi. Mais ils font ce qu'il faut faire, ils font ce qu'ils peuvent. Ils construisent des mots de pardon sur les ruines des mots de guerre.

Le worse meurt le jour où le frère d'Elsa naît. Elsa songe qu'elle racontera cette histoire à son frère quand il sera un peu plus grand. Qu'elle lui parlera de son premier meilleur ami. Qu'elle lui expliquera que parfois des gens doivent partir pour que d'autres arrivent. Et que tout ça, c'est juste comme si le worse avait cédé sa place dans le bus à la Moitié.

Et elle se dit qu'elle ne devra pas oublier de préciser à la Moitié qu'il ne faut pas être triste ou avoir mauvaise conscience pour ça.

Parce que les worses détestent prendre le bus.

# 33

# Bébé

C'est difficile, la fin des histoires. Pas nécessairement parce qu'elles se terminent, évidemment, parce que tous les contes ont une fin. Certains ne se terminent pas assez vite, pour être honnête. Celui-ci, par exemple, selon toute vraisemblance et de nombreux observateurs expérimentés, aurait certainement dû être bouclé depuis longtemps. Mais le truc, c'est qu'à la fin des histoires tous les héros « vécurent heureux jusqu'à la fin de leurs jours ». Et ça va être un peu problématique, tout ça, d'un point de vue purement scénaristique. Car tous les héros de contes qui vécurent heureux jusqu'à la fin de leurs jours laissent d'autres personnes qui doivent à leur tour vivre sans eux jusqu'à la fin de leurs jours.

Et c'est dur de vivre seul. C'est très, très dur d'être celui qui doit rester seul.

Il fait sombre lorsqu'ils partent de chez le vétérinaire. La nuit avant le lendemain de Noël. Quand Elsa était petite et avait envie de s'amuser et que maman n'avait pas de monnaie ni n'était tout à fait sûre que leur assurance couvrait ça, ou quand elle n'en pouvait simplement plus, elle lui promettait toujours de le faire le lendemain.

Maman avait été très, très, très en colère contre mamie la fois où Elsa avait eu cinq ans le lendemain de Noël et que mamie avait lancé à Elsa que « le lendemain est ton grand jour ! ». Elle était très forte pour ça, mamie.

Et elles faisaient des anges de neige devant l'immeuble la nuit avant l'anniversaire d'Elsa. C'était la seule nuit de l'année où mamie ne disait pas du mal des anges. C'était l'une des traditions préférées d'Elsa.

Elle monte dans Taxi avec Alf. Pas parce qu'elle ne voulait pas rentrer avec papa, mais celui-ci lui a dit qu'Alf avait l'air très en colère contre lui-même que Taxi et lui se soient trouvés dans le garage quand l'incident avec Sam s'est produit. De ne pas avoir pu protéger Elsa. Il est très fort pour ça, papa, il peut être très résolu quand il le faut vraiment.

Alf et Elsa ne parlent pas beaucoup dans Taxi, bien sûr. Parfois, on ne parle pas tellement quand il n'y a pas grand-chose à dire. Et quand Elsa lance enfin qu'elle a un truc à faire à la maison, sur le chemin de l'hôpital, Alf ne pose pas de questions. Il conduit simplement. Il est très fort pour ça, Alf.

— Tu sais faire les anges de neige ? demande Elsa quand Taxi s'arrête devant l'immeuble.

— J'ai soixante-quatre ans, merde, grogne Alf.

— Ce n'est pas une réponse, rétorque Elsa.

Alors, Alf coupe le moteur de Taxi et descend en la rabrouant :

— J'ai soixante-quatre ans. Je ne suis pas né à soixante-quatre ans, bon sang ! Evidemment que je sais faire les anges de neige !

Ce qu'ils font. En quatre-vingt-dix-neuf exemplaires. Après ça, ils n'en reparlent pas tellement.

Parce que avec un certain genre d'amis on peut s'apprécier sans beaucoup parler.

La femme au jean les observe depuis son balcon. Elle rit. Elle commence à bien y arriver.

Papa les attend dans le hall de l'hôpital à leur arrivée. Ils croisent un médecin qu'Elsa croit vaguement reconnaître. Puis elle aperçoit George et traverse la salle d'attente en courant pour se jeter dans ses bras. Il porte un short sur des collants et tient un verre d'eau glacée pour maman.

— Merci d'avoir couru ! dit Elsa en l'enlaçant.

George la regarde avec surprise.

— Je cours plutôt bien, dit-il prudemment.

Elsa acquiesce.

— Je sais. C'est pour ça que tu es différent.

Puis elle va voir maman, suivie de papa. George reste planté là si longtemps que le verre d'eau glacée tiédit.

Papa regarde Elsa. Il est jaloux, mais il essaie de le cacher. Il est fort pour ça. Aussi.

L'infirmière devant la chambre ne veut d'abord pas laisser entrer Elsa, parce que maman a eu un accouchement compliqué. Voilà comment l'infirmière s'exprime. D'un ton très ferme, en prononçant distinctement le « p » de « compliqué ». Elsa hoche la tête. Papa aussi.

— Est-ce que vous êtes nouvelle, par hasard ? demande humblement papa.

— Quel rapport ? fait l'infirmière en reniflant comme s'ils étaient en pleine saison grippale.

— Aucun rapport du tout, répond simplement papa bien qu'il y ait un rapport.

— Pas de visites aujourd'hui ! affirme l'infirmière avec aplomb, avant de tourner les talons et d'entrer dans la chambre de maman.

Papa et Elsa hochent la tête et attendent patiemment, parce qu'ils ont le sentiment que ça va s'arranger. Maman a beau être maman, elle est aussi la fille de mamie, tout de même. Papa et Elsa pensent à l'épisode de l'homme à la voiture argentée, juste avant la naissance d'Elsa. On ne cherche pas d'ennuis à maman quand elle met un enfant au monde.

Trente ou peut-être quarante secondes s'écoulent avant que le hurlement fasse vibrer les tableaux du couloir comme s'ils voulaient sauter de leurs attaches :

— MAINTENANT TU M'AMÈNES MA FILLE AVANT QUE JE T'ÉTRANGLE AVEC TON STÉTHOSCOPE ET QUE J'ENVOIE VALDINGUER L'HÔPITAL, TU M'ENTENDS ?

Ces trente ou quarante secondes dépassent tout de même largement l'imagination d'Elsa et papa. Mais maman ne met peut-être que trois ou quatre secondes avant de poursuivre :

— J'EN AI RIEN À FOUTRE ! JE VAIS METTRE LA MAIN SUR UN STÉTHOSCOPE DANS L'HÔPITAL ET JE VAIS T'ÉTRANGLER AVEC !

L'infirmière ressort. Elle n'a plus l'air aussi assurée. Le médecin qu'Elsa connaît surgit dans son dos et dit aimablement qu'ils peuvent bien « faire une exception pour cette fois ». Il sourit à Elsa, qui prend une inspiration résolue et franchit la porte.

Maman a des tuyaux partout. Elles s'embrassent aussi fort qu'Elsa l'ose sans les arracher, songeant que l'un d'eux est peut-être un câble électrique et que maman s'éteindrait comme une lampe. Celle-ci lui caresse les cheveux encore et encore.

— Je suis vraiment, vraiment, vraiment désolée pour ton ami le worse, dit-elle.

Elsa reste assise en silence au bord du lit jusqu'à ce que ses joues sèchent, et elle a le temps de penser qu'elle doit trouver une nouvelle façon de mesurer le temps. Le système avec les éternités et les éternités de contes commence vraiment à l'embrouiller un peu. Elle devrait utiliser quelque chose de moins compliqué. Comme les clignements de paupières. Ou les battements d'ailes de colibri. Quelqu'un a sûrement déjà réfléchi à la question. Elle consultera Wikipédia dès qu'elle rentrera.

Elle regarde maman. Celle-ci a l'air heureuse. Elsa lui caresse la main. Maman retient ses doigts.

— Je sais que je ne suis pas une maman parfaite, ma chérie.

Elsa appuie le front contre le sien.

— Tout ne doit pas être parfait, maman.

Elles sont si proches que les larmes de maman coulent au bout du nez d'Elsa.

— Je travaille tellement, ma chérie. J'étais si en colère après ta mamie parce qu'elle n'était jamais à la maison, et voilà que je fais exactement pareil…

Elsa sèche le bout de leurs nez avec son écharpe Gryffondor.

— Les super-héros ne sont pas parfaits, maman. Ce n'est rien.

Maman sourit. Elsa aussi.

— Je peux demander un truc ? lâche-t-elle soudain.

— Bien sûr.

— Qu'est-ce que je tiens de papi ?

Maman hésite. Comme le font les mamans habituées à toujours deviner les questions de leurs filles quand elles se trompent soudain. Elsa hausse les épaules.

— Je suis différente comme mamie. Je suis une Je-Sais-Tout comme papa. Et je sais que je suis une Mlle Je-Sais-Tout parce que j'ai vérifié sur Wikipédia et je tiens ça aussi de papa. Il vérifie toujours tout. Et je me dispute avec tout le monde et je tiens ça aussi de mamie. Alors qu'est-ce que je tiens de papi ?

Maman ne sait pas trop quoi répondre. Elsa respire péniblement par le nez.

— Mamie ne racontait jamais d'histoires sur papi…

Maman lui prend le visage entre les mains et Elsa lui sèche les joues avec son écharpe Gryffondor.

— Je crois qu'elle parlait de ton papi sans que tu t'en aperçoives, souffle maman.

— Alors qu'est-ce que je tiens de lui ?

— Tu as son rire.

Elsa remonte ses mains dans les manches de son pull. Elle fait osciller doucement le bout des manches devant elle.

— Il riait beaucoup ?

— Toujours. Toujours, toujours, toujours. C'est pour ça qu'il aimait ta mamie. Parce qu'elle le faisait rire de tout son cœur. De toute son âme.

Elsa grimpe dans le lit de maman et reste étendue contre elle au moins un milliard de battements d'ailes de colibri. Elle ne peut pas dire avec certitude combien de temps ça représente. Ça dépend peut-être du colibri.

— Mamie n'était pas complètement une ordure, déclare-t-elle. C'est juste qu'elle n'était pas complètement pas une ordure non plus.

Maman rit tout haut. Elsa aussi. Le rire de papi. Puis elles parlent très longtemps de super-héros. Maman dit que maintenant qu'Elsa est devenue grande sœur elle doit se rappeler que les grandes sœurs sont toujours des idoles pour leurs cadets. C'est une grande force. Un grand pouvoir.

— Et de grands pouvoirs impliquent de grandes responsabilités, remarque maman.

Elsa s'assied tout droit dans le lit.

— Tu as lu *Spider-Man* !?

— J'ai regardé sur Google, répond maman en souriant avec fierté.

Puis la culpabilité envahit son visage. Comme quand les mamans comprennent que le moment est venu de révéler un grand secret.

— Elsa… ma chérie… la première lettre de mamie. Ce n'est pas toi qui l'as reçue. Il y avait une autre lettre avant celle-là. Mamie me l'a donnée. Le jour d'avant sa mort…

Maman la fixe avec l'expression d'une personne qui doit sauter dans un lac super-froid alors qu'elle n'en a aucune envie, mais qui ne peut plus se dégonfler maintenant qu'elle est sur le pont et que tout le monde regarde. C'est une expression spéciale. Peut-être faut-il avoir passé pas mal de temps sur différents ponts pour comprendre.

Mais Elsa acquiesce simplement et hausse les épaules d'un air incomparablement insouciant. Elle ne lui signale même pas qu'on ne dit pas « d'avant ». Puis elle lui caresse la joue d'un air indulgent, comme lorsqu'un enfant a fait une bêtise parce qu'il ne comprend pas ses actes.

— Je sais, maman. Je sais.

Maman cligne gauchement des yeux.

— Quoi ? Tu le sais ? Comment ?

Elsa soupire avec patience.

— Bon, d'accord, j'ai mis un moment à comprendre. Mais c'était pas non plus de la physique quantique, genre. D'une, mamie n'aurait pas été assez irresponsable pour m'envoyer dans une chasse au trésor sans t'en parler avant. Et de deux, nous sommes les seules à savoir piloter Renault, parce qu'il est un peu spécial. Il m'arrivait de le conduire quand mamie mangeait un kebab et il t'arrivait de le conduire quand mamie était ivre. Alors c'était forcément l'une de nous deux qui l'avait garé sur la place de Britt-Marie. Il se trouve que ce n'était pas moi. Et je ne suis pas idiote. Je sais compter, genre.

Maman rit si fort, si longtemps qu'Elsa commence à se faire de sérieux soucis pour le colibri.

— Tu es la personne la plus astucieuse que je connaisse, tu le sais ? dit maman.

— Oui, maman. Je sais, gémit Elsa.

Et elle songe que c'est bien beau tout ça, mais que maman devrait vraiment sortir de temps en temps.

— Qu'est-ce que mamie t'a écrit dans la lettre ? s'enquiert-elle.

Les lèvres de maman se fondent en une seule.

— Elle demande pardon.

— D'avoir été une mauvaise maman ?

— Oui.

— Tu lui as pardonné ?

Maman sourit et Elsa lui sèche de nouveau les joues avec son écharpe Gryffondor.

— J'essaie de nous pardonner à toutes les deux, je crois, souffle maman. Je suis comme Renault. J'ai une longue distance de freinage.

Elsa la serre dans ses bras jusqu'à ce que le colibri abandonne et aille voir ailleurs s'il y est.

— Ta mamie a sauvé des enfants parce qu'elle aussi a été sauvée quand elle était petite, ma chérie, reprend maman. Je n'en savais rien du tout, mais elle l'a écrit dans la lettre. Elle aussi était orpheline.

— Comme les X-Men.

— Tu sais déjà par où est cachée la lettre suivante, je suppose, avance maman en souriant.

— On dit « où », fait Elsa, qui ne peut pas se retenir.

Mais elle sait. Bien sûr qu'elle sait. Elle le sait depuis le début. Ce n'est pas exactement le genre de conte dont la plus grande qualité est d'être méga-imprévisible. Et Elsa n'est vraiment pas idiote.

Maman rit de nouveau. Elle rit tant que l'infirmière qui prononce si nettement les « p » entre à grands pas et déclare qu'il faut arrêter de rire maintenant, parce que ce n'est pas bon à cause des câbles. Comme nous le disions, elle est nouvelle, l'infirmière.

Elsa se lève. Maman lui embrasse la main.

— Nous avons choisi un prénom pour la Moitié. Ça ne sera pas Elvir. C'est un autre prénom. George et moi avons décidé dès que nous l'avons vu. Je crois que tu vas l'aimer.

Elle a raison. Elsa l'aime. Elle l'aime beaucoup.

Quelques minutes plus tard, dans une petite pièce, elle l'observe à travers une vitre. Il est installé dans une petite boîte en plastique. Ou bien une très grosse boîte à repas. Difficile à dire. Il a aussi des tuyaux partout, ses lèvres sont bleues et on croirait à son visage qu'il court contre un vent super-violent, mais les infirmiers disent à Elsa que ce n'est rien de grave. Elle n'aime pas ça du tout. C'est la meilleure façon de lui faire savoir que c'est sérieux.

Elle pose les mains en rond contre la vitre pour qu'il l'entende :

— N'aie pas peur, la Moitié. Tu as une sœur maintenant. Et tout ira mieux. Tout ira bien.

Puis elle poursuit dans la langue secrète :

— Je vais essayer de ne pas être jalouse de toi. J'ai été longtemps jalouse, mais j'ai un copain qui s'appelle Alf, et lui et son petit frère ont été fâchés, genre, des siècles. Je ne veux pas que toi et moi, nous soyons fâchés pendant des siècles. Alors je crois qu'il faut apprendre à nous aimer dès le début, tu comprends ?

La Moitié semble comprendre. Elsa appuie le front contre la vitre.

— Tu as aussi une mamie. C'est une super-héroïne. Je te raconterai tout sur elle quand nous rentrerons à la maison. J'ai donné le laiteur à un garçon avec un syndrome, mais je vais t'en construire un nouveau. Et je t'emmènerai au Pays-Presqu'Eveillé, nous mangerons des rêves, nous danserons, nous rirons, nous pleurerons, nous oserons, nous pardonnerons, et nous volerons sur le dos des animaux-nuages, et mamie nous attendra à Miamas en fumant sur un banc. Et un jour, papi passera nous voir. Nous l'entendrons venir de loin, parce qu'il rit de tout son cœur. Il rit tellement que nous devrons sans doute fonder un huitième royaume pour lui. Je vais demander à Cœur-de-Loup comment on dit « je ris » dans la langue de sa maman. Tu vas adorer le worse. Il n'y a pas de meilleur ami qu'un worse !

La Moitié la fixe depuis sa boîte en plastique. Elsa sèche la vitre avec son écharpe Gryffondor.

— Et tu as reçu un bon prénom. Le plus beau des prénoms. Je te raconterai tout sur le garçon dont tu as reçu le nom. Tu vas l'adorer.

Elle reste face à la vitre jusqu'à ce qu'elle s'aperçoive que le système avec les colibris est tout simplement une mauvaise idée, malgré tout. Elle va s'en tenir encore un moment aux éternités et aux éternités de contes. Pour faire simple. Et peut-être parce que ça lui rappelle mamie. Ça retient mamie ici.

Avant de partir, elle souffle à la Moitié entre ses mains, dans la langue secrète :

— Ça va être une aventure fantastique de t'avoir pour frère, Harry. La plus fantastique de toutes les aventures !

Tout ira comme le disait mamie. Tout ira mieux. Tout ira bien.

Le médecin qu'Elsa a cru reconnaître est debout à côté du lit de maman quand elle revient dans la chambre. Il attend sans bouger, sachant peut-être qu'elle va mettre un moment à le situer. Et quand le jeton roule enfin dans sa mémoire, elle sourit comme s'il n'y avait jamais eu d'autre option.

— Vous êtes l'expert-comptable ! s'exclame Elsa, méfiante. Et le pasteur. A l'église. Je vous ai vu à l'enterrement de mamie et vous étiez habillé en pasteur !

— Je suis beaucoup de choses, répond le médecin avec une expression paisible que nul n'arborait jamais quand mamie était dans les parages.

— Médecin aussi ? demande Elsa.

— Médecin avant tout, répond le médecin en lui serrant la main. Marcel. J'étais un bon ami de ta mamie.

— Elsa, dit Elsa.

— C'est ce que j'avais cru comprendre, dit Marcel avec un sourire.

— Vous étiez le notaire de mamie, constate-t-elle du ton de celle qui se souvient de la conversation téléphonique au début de l'histoire, à la fin du deuxième chapitre, par exemple.

— Je suis beaucoup de choses, répète Marcel en lui tendant une feuille de papier.

C'est fait à l'ordinateur et correctement orthographié, alors Elsa sait que c'est Marcel qui a écrit. Mais c'est le style de mamie du début à la fin. Marcel joint les mains devant son ventre, rappelant un peu la manie de Britt-Marie.

— L'immeuble où vous habitez appartenait à ta mamie. Tu l'avais peut-être deviné.

Elsa acquiesce. Elle n'est pas idiote, cette petite, vraiment pas. Marcel désigne le papier.

— Elle disait qu'elle l'avait gagné au poker, je ne suis pas tout à fait sûr que ça soit la vérité.

Elsa parcourt la feuille. Elle fait la moue.

— Et maintenant ? Il est à moi ? Tout l'immeuble ?

— Ta maman va le gérer jusqu'à tes dix-huit ans. Mais ta mamie a veillé à ce que tu puisses en faire ce qui te plaît. Si tu veux vendre les appartements pour en faire une copropriété, libre à toi. Si tu n'en as pas envie, rien ne t'y force.

La racine des cheveux d'Elsa glisse dans une mince ride causée par le gros effort que doit fournir un enfant de presque huit ans pour plisser le front.

— Alors pourquoi vous avez dit que l'immeuble deviendrait une copropriété si tout le monde se mettait d'accord ?

Marcel écarte doucement les paumes.

— Si tu refuses, d'un point de vue purement technique, la question ne fait pas l'unanimité. Ta mamie était certaine que tu te rangerais à la volonté des voisins s'ils étaient tous du même avis, mais elle était aussi convaincue que tu ne ferais rien qui puisse nuire aux habitants. C'est pour ça qu'elle a tout planifié de sorte que tu apprennes à connaître tes voisins avant de voir le testament.

Il lui pose une main sur l'épaule.

— C'est une lourde responsabilité, mais ta mamie m'a interdit de la confier à un autre que toi. Elle affirmait que tu es « plus futée que tous ces autres idiots réunis ». Et qu'un royaume est la somme des personnes qui y vivent. Elle disait que tu comprendrais.

Elsa caresse du bout des doigts la signature de mamie tout en bas du papier.

— Je comprends.

— Je peux éplucher les détails avec toi, c'est un contrat très compliqué, dit Marcel, serviable.

Elsa écarte des cheveux de son front.

— Mamie n'était pas exactement quelqu'un de simple.

Marcel se marre. Il n'y a pas d'autre mot. Il se marre. C'est beaucoup trop bruyant pour un simple rire. Elsa adore ça. Impossible de faire autrement.

— Est-ce que mamie et toi, vous aviez une aventure ? demande-t-elle, allant droit au but.

— ELSA ! s'écrie maman, si terrifiée que les câbles manquent de se décrocher.

Elsa écarte les bras, offensée.

— Mais euh ! J'ai bien le droit de DEMANDER !

Elle se tourne vers Marcel, le regard impérieux.

— Vous aviez une aventure ou pas ?

Il joint les mains et hoche la tête, triste mais heureux. Un peu comme quand on vient de manger une énorme glace et qu'on constate que le pot est vide.

— C'était le grand amour de ma vie, Elsa. Elle était le grand amour de la vie de beaucoup d'hommes. De beaucoup de femmes aussi, d'ailleurs.

— Et tu étais le sien ? s'enquiert Elsa.

Alors, Marcel n'a pas l'air fâché. Pas amer. Seulement jaloux. Puis il dit :

— Non. C'était toi. Ça a toujours été toi, ma chère Elsa.

Il lui caresse tendrement la joue, comme lorsqu'on retrouve une personne qu'on a aimée dans les yeux de sa petite-fille. Puis il s'en va.

Elsa, maman et la lettre savourent le silence quelques secondes, des éternités et des battements d'ailes de colibri. Puis maman effleure la main d'Elsa et essaie de parler avec désinvolture, comme si la question venait juste de lui passer par la tête :

— Qu'est-ce que tu tiens de moi ?

Elsa garde le silence. Maman prend un air malheureux.

— C'est juste que je… oui, tu comprends. Tu dis que tu as hérité certaines choses de ta mamie et de ton papa, alors je pensais juste… oui, tu comprends…

Elle se tait. Elle est embarrassée, comme toutes les mamans qui se rendent compte qu'elles ont atteint le moment de leur vie où elles veulent tenir plus de choses de leurs filles que leurs filles ne veulent en tenir de leurs mamans. Elsa lui prend doucement le visage entre les mains et répond doucement :

— Juste tout le reste, maman. Je tiens juste tout le reste de toi.

Papa ramène Elsa à la maison. Il éteint l'autoradio d'Audi pour ne pas lui infliger sa musique et il passe la nuit dans l'appartement de mamie. Ils dorment dans l'armoire, qui sent la sciure et est juste assez grande pour que papa touche les parois en étirant les doigts et les orteils. Elle est forte pour ça, l'armoire.

Quand papa s'est endormi, Elsa se faufile dans l'escalier et s'arrête devant la poussette toujours cadenassée dans le hall. Elle contemple la grille de mots croisés accrochée au mur. Celle que quelqu'un a remplie au crayon à papier. Dans chaque mot, il y a une lettre qui relie quatre mots plus longs. Et dans chacun des quatre autres mots, un caractère est inscrit dans une case aux contours plus épais que ses voisines.

E. L. S. A.

Elsa examine le cadenas sur la poussette. C'est un cadenas à combinaison, mais les quatre viroles n'arborent pas de chiffres. Elles portent des lettres.

Elsa compose son prénom, décroche le cadenas et écarte la poussette. Et c'est là qu'elle trouve la lettre que mamie a écrite à Britt-Marie.

Bien sûr qu'elle le savait depuis le début, Elsa. Elle n'est vraiment pas idiote, cette petite.

## 34

## Mamie

On ne dit jamais au revoir au Pays-Presqu'Eveillé. Seulement « à bientôt ». C'est très important pour les habitants du Pays-Presqu'Eveillé, car ils sont de l'avis que rien ne meurt jamais tout à fait. Les disparus deviennent juste des histoires, cela fait une petite différence grammaticale, le présent fait place au passé. On adore les temps au Pays-Presqu'Eveillé. Dans les contes, ces dimensions sont aussi importantes que la magie et les épées.

C'est pour cela qu'à Miamas un enterrement dure des semaines, car très peu d'événements sont aussi propices aux histoires. Le premier jour, on parle bien sûr surtout de chagrin et d'absence, mais à mesure que la journée avance, on raconte des histoires qu'il est impossible de dire sans se gondoler. Celle où l'explorateur de dimensions a lu l'instruction « appliquer sur le visage en évitant le contour des yeux » sur l'emballage d'une crème pour la peau et a téléphoné au fabricant pour signaler, horriblement indigné, que c'est justement là que se trouve le visage, bon sang. Ou bien celle où le voyageur a engagé un dragon pour caraméliser des ramequins de crème brûlée pour la grande fête qu'il organisait dans son château, mais ne s'était pas assuré au préalable que le dragon n'était pas enrhumé. Ou bien celle où l'aventurier des dimensions a tiré sur des gens depuis son balcon avec un lanceur de paintball, sa robe de chambre dénouée.

Ce genre d'histoires.

Et les Miamasiens se marrent si fort que les histoires flottent comme des lanternes autour de la tombe. Jusqu'à ce que toutes les anecdotes s'amalgament et que tous les temps n'en fassent plus qu'un. Ils rigolent jusqu'à ce que nul ne puisse oublier que c'est ce que nous laissons après nous quand nous partons.

Les tranches de rigolade.

— La Moitié est un garçon. Il s'appellera Harry ! explique fièrement Elsa en balayant la neige de la pierre. Alf dit que c'est une chance parce que les « bonnes femmes » de notre famille « tournent aussi rond qu'une roue carrée », ajoute-t-elle avec un petit rire en dessinant des guillemets ironiques en l'air et en imitant la démarche de chasse-neige d'Alf.

Le froid lui mord les joues. Elle lui donne un coup de dent. Papa déblaie la neige et racle la première couche de terre avec la pelle. Elsa resserre son écharpe Gryffondor autour de son cou. Elle répand les cendres du worse sur la tombe de mamie et les tapisse généreusement d'escargots à la cannelle.

Puis elle enlace la pierre tombale fort, fort, fort et souffle :

— A bientôt !

Elle va raconter toutes leurs histoires. Elle suit papa vers Audi. Il lui tient la main tandis qu'elle entame les premières. Et papa écoute. Il baisse le volume de l'autoradio avant qu'Elsa ne s'installe. Celle-ci le regarde longuement.

— Tu étais triste quand j'ai fait un câlin à George à l'hôpital ? demande-t-elle.

— Non, répond papa.

— Je ne veux pas que tu aies de la peine, dit Elsa.

— Je n'aurai pas de peine, dit papa.

— Pas même un petit peu ? fait Elsa, offensée.

— Je devrais être triste ? hésite papa.

— Tu peux l'être un petit peu, marmonne Elsa.

— Je suis un peu triste, avance papa, qui a effectivement l'air un peu peiné.

— C'est trop triste, ça, dit Elsa.

— Pardon, dit papa, qui commence à avoir l'air un peu nerveux.

— Il ne faut pas être si triste que j'aie mauvaise conscience. Juste assez triste pour que je n'aie pas l'impression que tu t'en fiches ! explique Elsa.

— Je suis triste jusqu'à ce point, répond papa.

— Maintenant tu n'as plus l'air triste du tout !

— Je suis peut-être triste au fond de moi ?

Elsa le jauge avec une grande attention avant de convenir :

— *Deal.*

Papa acquiesce, incertain, et se retient de lui dire de ne pas utiliser l'anglais quand il y a d'excellentes expressions dans leur propre langue. Audi s'engage sur l'autoroute. Elsa ouvre et ferme la boîte à gants.

— Il est bien. George, je veux dire.

— Oui, fait papa.

— Je sais que tu ne le penses pas, proteste Elsa.

— George est bien, acquiesce papa comme s'il le pensait vraiment.

— Pourquoi on ne fête pas Noël tous ensemble alors ? marmotte Elsa, irritée.

— Comment ça ?

— Je croyais que Lisette et toi, vous ne veniez pas nous voir à Noël parce que tu n'aimais pas George.

— Je n'ai absolument rien contre George.

— Mais ?

— Mais ?

— Mais il y a un mais, pas vrai ? On dirait qu'il y a un mais, grommelle Elsa.

Papa soupire.

— Mais… George et moi sommes plutôt différents en ce qui concerne nos… personnalités, peut-être. Il est très…

— Drôle ?

Papa semble de nouveau nerveux.

— J'allais dire qu'il paraît extrêmement extraverti.

— Et tu es extrêmement introverti ?

Papa pianote sur le volant, indécis.

— Pourquoi ça ne serait pas la faute de ta maman ? hasarde-t-il.

— Quoi ? fait Elsa.

— Ça pourrait très bien être parce que ta maman n'aime pas Lisette que nous ne venons pas à Noël.

— C'est le cas ?

Papa soupire.

— Non.

— Tout le monde adore Lisette, l'informe Elsa.

— J'en ai conscience, soupire papa, résigné, à la façon de celui qui trouve ce trait de caractère extrêmement irritant chez son partenaire.

Elsa l'observe longtemps avant de demander :

— C'est pour ça que Lisette t'aime ? Parce que tu es introverti ?

Papa sourit.

— Je ne sais pas pourquoi elle m'aime, pour tout te dire.

— Tu l'aimes ? s'enquiert Elsa.

— Infiniment, répond-il d'un ton résolu.

Mais un instant plus tard, il hésite tout de même.

— Tu vas me demander pourquoi ta maman et moi avons arrêté de nous aimer ?

— J'allais plutôt demander pourquoi vous avez commencé.

— Notre mariage était si terrible, d'après toi ?

Elsa hausse les épaules.

— Eh bien, vous êtes très différents, c'est tout. Genre, elle n'aime pas Apple. Et tu n'aimes pas *Star Wars*, genre.

— Il y a sûrement beaucoup de gens qui n'aiment pas *Star Wars*.

— Papa, il n'y a PERSONNE qui n'aime pas *Star Wars* à part toi !

Il hoche la tête, résigné.

— Lisette et moi sommes très différents aussi.

— Elle aime *Star Wars* ?

— J'avoue que je ne lui ai jamais posé la question.

— Comment tu peux ne PAS lui demander !?

Papa frotte ses pouces sur le pourtour du volant, hésitant.

— Nous sommes différents d'une autre façon. J'en suis presque certain.

— Pourquoi vous êtes ensemble, alors ?

— Parce que nous nous acceptons tels que nous sommes.

— Et maman et toi avez essayé de vous changer l'un l'autre ?

Il l'embrasse sur le front.

— Je m'inquiète de te voir si intelligente parfois, ma chérie.

Elsa cligne fort des yeux. Elle inspire profondément, rassemble son courage et se lance :

— Le SMS de maman que tu as reçu le dernier jour avant les vacances de Noël, qui disait que tu n'avais pas besoin de venir me chercher… tu sais, que maman le ferait… c'est moi qui l'ai écrit. J'ai menti pour aller porter une des lettres de mamie…

— Je m'en suis aperçu, dit papa en passant doucement les doigts dans les cheveux d'Elsa.

Elle plisse les yeux, soupçonneuse. Il sourit.

— Il était correctement orthographié. Alors je m'en suis aperçu.

Il neige toujours. C'est l'un de ces hivers de conte où la neige ne semble jamais s'interrompre. Quand Audi s'arrête devant chez maman, Elsa se tourne vers papa, l'air grave.

— Je veux venir chez toi et Lisette plus souvent qu'un week-end sur deux. Même si vous ne voulez pas.

— Tu… ma chérie… je… tu peux venir chez nous aussi souvent que tu en as envie ! accepte papa, contrit.

— Non. Juste un week-end sur deux. Et je comprends que c'est parce que je suis différente et que j'écorche votre « harmonie familiale ». Mais maman et George ont la Moitié, maintenant. Et maman ne peut vraiment pas s'occuper de tout, parce que personne ne peut être parfait tout le temps. Pas même maman !

— Où… « harmonie familiale »… où est-ce que tu es allée pêcher ça ? s'étonne papa.

— Je lis pas mal, dit Elsa.

Papa respire comme tout parent qui parle de son divorce avec son enfant, peu importe combien de temps s'est écoulé depuis. Il halète, semblant presque à court d'oxygène.

— Nous ne voulions pas t'éloigner de l'immeuble, souffle-t-il.

— Parce que tu ne voulais pas m'enlever à maman ? demande-t-elle.

— Parce que personne ne voulait t'enlever à ta mamie, répond-il.

Les derniers mots se dissolvent dans l'air sans laisser de traces. Les flocons de neige qui tombent vers le pare-brise d'Audi sont si compacts qu'ils évoquent un voile devant un ventilateur.

Elsa prend la main de papa. Papa serre fort la main d'Elsa.

— C'est difficile pour un parent d'accepter qu'on ne puisse pas protéger son enfant de tout.

— C'est difficile à accepter pour un enfant aussi, répond Elsa en lui caressant la joue.

Il retient ses doigts.

— Je suis quelqu'un d'ambigu, j'ai conscience que ça fait de moi un mauvais père. Je crains avoir espéré mettre un peu d'ordre dans ma vie et dans ma tête avant que tu viennes habiter chez nous pendant de plus longues périodes. Je pensais que c'était pour ton bien. C'est ainsi quand on est parent, je crois. On se convainc qu'on agit dans l'intérêt de son enfant. C'est trop douloureux d'admettre que les enfants n'arrêtent pas de grandir juste parce que leurs parents sont pris ailleurs…

Ses paupières se ferment vite, puis se relèvent lentement. Le front d'Elsa repose dans sa paume quand elle chuchote :

— Tu n'as pas besoin d'être un papa parfait, papa. Mais tu dois être mon papa. Et il ne faut pas laisser maman être plus parent que toi juste parce que c'est une super-héroïne.

Il cache son nez dans les cheveux d'Elsa.

— Nous ne voulions simplement pas que tu sois un de ces enfants qui « ont deux maisons mais se sentent partout de passage », confesse-t-il.

— Qui est-ce qui vous a fait gober ça ? lance Elsa avec dédain.

— Nous lisons pas mal, remarque papa.

— Pour des parents aussi intelligents que maman et toi, vous pouvez être très bêtes par moments, constate Elsa avant d'ajouter avec un sourire : Mais ne t'inquiète pas pour notre cohabitation, papa. Je te promets que nous trouverons des passe-temps ennuyeux !

Il acquiesce et essaie de ne pas trop hésiter quand Elsa annonce qu'ils vont fêter son anniversaire aujourd'hui chez Lisette et lui, parce que maman, George et la Moitié sont toujours à l'hôpital. Il s'efforce de cacher sa nervosité en entendant Elsa expliquer qu'elle a déjà tout arrangé avec Lisette. Mais il se détend un peu lorsqu'elle lui propose de faire les invitations. Papa commence sur-le-champ à réfléchir à une police d'écriture convenable. Les polices d'écriture ont un effet très apaisant sur papa.

— Elles doivent être prêtes pour cet après-midi ! dit Elsa.

Et il promet qu'elles le seront.

Elles ne seront terminées qu'à la mi-mars. Mais ceci est une autre histoire.

Elsa s'apprête à descendre de voiture. Mais puisque papa est un peu plus hésitant et nerveux que d'habitude, elle se dit qu'il irait mieux s'il pouvait écouter sa musique pourrave. Elle monte le volume de la stéréo d'Audi. Mais celle-ci ne diffuse pas de musique. Elsa met deux ou trois bonnes pages à reconnaître ce qui en sort.

— C'est le dernier chapitre de *Harry Potter à l'école des sorciers*, lâche-t-elle finalement.

— C'est un livre audio, avoue papa, embarrassé.

Elsa fixe l'autoradio. Papa serre le volant, très concentré, bien qu'Audi ne bouge pas d'un pouce.

— Quand tu étais petite, nous lisions beaucoup ensemble. Je savais toujours à quel chapitre nous en étions dans chaque livre. Mais tu lis si vite, maintenant. Je ne comprends plus tout ce que tu aimes. *Harry Potter* semble très important pour toi et je veux comprendre les choses auxquelles tu attaches de l'importance, dit-il au Klaxon, les joues rouges.

Elsa garde le silence. Papa s'éclaircit la gorge.

— C'est un peu dommage que tu t'entendes si bien avec Britt-Marie maintenant, parce qu'en écoutant le livre je me suis dit que je pourrais l'appeler à l'occasion « Celle-Dont-On-Ne-Doit-Pas-Prononcer-Le-Nom ». Je pensais que ça t'aurait fait rire…

Et c'est vraiment un peu dommage, songe Elsa. Parce que papa n'a jamais rien dit de plus drôle.

Enhardi, il poursuit sur sa lancée et désigne l'autoradio avec joie, d'une façon qui lui ressemble invraisemblablement peu :

— Il y a un film sur Harry Potter, tu le savais ?

Elsa lui caresse la joue avec indulgence.

— Papa. Je t'aime. Je t'aime vraiment. Mais tu vis dans une grotte ou quoi ?

— Tu le savais ? demande-t-il, un peu surpris.

— Tout le monde le sait, papa.

Il hoche la tête. Mais il ne semble pas nerveux. Presque calme, en fait.

— Je ne suis pas un grand amateur de films. Mais nous pourrions regarder *Harry Potter* à l'occasion, toi et moi ? Ça dure longtemps ?

— Il y a sept livres, papa. Et huit films, dit prudemment Elsa.

Alors, papa semble de nouveau très, très, très nerveux.

Elsa le serre dans ses bras et descend d'Audi. Le soleil fait des ricochets sur la neige. Alf glisse sur ses chaussures usées devant la porte d'entrée, une pelle à neige au poing. Elsa pense à la tradition du Pays-Presqu'Eveillé qui veut qu'on offre des cadeaux le jour de son anniversaire, et elle décide que l'année prochaine Alf recevra des chaussures de sa part. Pas cette année, parce que cette fois elle va lui offrir un tournevis.

La porte de Britt-Marie est ouverte. Elle a enfilé sa veste à fleurs. Mis sa broche. Dans le miroir, Elsa la voit faire le lit. Deux valises sont posées dans le couloir. Britt-Marie lisse un dernier pli de l'édredon, pousse un long soupir et sort dans le couloir.

Elle regarde Elsa et Elsa la regarde, aucune d'elles n'osant prendre la parole. Puis elles s'exclament d'une même voix :

— J'ai une lettre pour toi !

Alors, Elsa lance « Quoi ? » et Britt-Marie dit « Comment ? » exactement au même instant. La situation est légèrement confuse après ça.

— J'ai une lettre pour toi, de la part de mamie ! dit Elsa. Elle était scotchée par terre sous la poussette dans le hall !

— Eh bien. Eh bien. J'ai une lettre pour toi, moi aussi, dit Britt-Marie. Elle était dans le filtre du sèche-linge dans la buanderie.

Elsa penche la tête sur le côté et observe les valises.

— Tu pars en voyage ?

Britt-Marie joint les mains devant son ventre avec un soupçon de nervosité. Elle voudrait visiblement ôter une poussière invisible de la manche du manteau d'Elsa.

— Oui.

— Où ça ? s'enquiert Elsa.

— Je ne sais pas, avoue Britt-Marie.

— Qu'est-ce que tu faisais dans la buanderie ? s'étonne Elsa.

Britt-Marie pince les lèvres.

— On ne part tout de même pas en voyage sans faire les lits et nettoyer le filtre du sèche-linge d'abord, Elsa. Ça ne se fait vraiment pas. Imagine qu'il m'arrive quelque chose pendant mon absence. Je ne vais tout de même pas laisser les gens croire que j'étais une espèce de rustre qui ne faisait pas les lits, je ne peux pas faire ça !

Elsa a un petit sourire. Britt-Marie ne se déride pas, mais Elsa se dit qu'elle sourit peut-être intérieurement.

— C'est toi qui chantais à chaque fois que l'alcoolique criait dans l'escalier en pleine nuit, hein ?

— Pardon ? s'exclame Britt-Marie.

Elsa hausse les épaules.

— A chaque fois que l'alcoolique chahutait dans l'escalier, j'entendais un air, puis l'alcoolique se calmait et allait se coucher. Et ta maman était professeur de chant. Je ne crois pas que l'alcoolique chante aussi bien. Alors j'ai réfléchi un peu. Je ne suis pas idiote, genre.

Britt-Marie serre les mains plus fort. Elle frotte nerveusement le cercle blanc où se trouvait son alliance.

— On ne peut tout de même pas laisser des locataires traîner dans l'escalier la nuit, Elsa. Ce n'est vraiment pas civilisé. Et David et Pernilla aimaient que je leur chante cette berceuse quand ils étaient petits. Bien sûr, ils ne s'en souviennent plus, mais ils aimaient vraiment que je chante, ils aimaient vraiment ça.

— Tu n'es pas complètement une ordure, Britt-Marie, dit Elsa avec un sourire.

— Merci, répond Britt-Marie avec hésitation comme si c'était une question piège.

Puis elles échangent leurs lettres. Celle d'Elsa dit « ELSA » et celle de Britt-Marie dit « LA VIEILLE BIQUE ». Britt-Marie lit la sienne à voix haute sans qu'Elsa le lui demande. Elle est forte pour ça, Britt-Marie.

La lettre est plutôt longue, bien sûr. Mamie avait de nombreuses raisons de présenter ses excuses aux gens en général, et personne en général n'avait autant de raisons d'attendre des excuses que Britt-Marie en avait accumulé au fil des années. Elle demande pardon pour le bonhomme de neige. Pardon pour les bouloches dans le filtre du sèche-linge. Pardon de lui avoir tiré dessus avec le lanceur de paintball qu'elle venait d'acheter et voulait « essayer » sur son balcon. Une fois, elle l'avait atteinte aux fesses alors qu'elle portait sa plus belle jupe, et Britt-Marie ne peut tout de même pas cacher une tache sur les fesses avec une broche. Ce n'est pas civilisé de s'accrocher une broche sur les fesses. Mamie écrit qu'elle comprend maintenant.

Mais les plus profondes excuses arrivent à la fin de la lettre. Alors qu'elle s'apprête à dire ces mots, la voix de Britt-Marie s'étrangle et Elsa doit lire le message elle-même.

*Pardon de ne t'avoir jamé dit que tu mérite bien mieu que Kent ! Parce que c'et la vérité ! Même si tu es une vieille bique !*

Britt-Marie replie soigneusement la lettre et essaie de sourire à Elsa comme une personne normale.

— Elle n'écrivait pas exactement bien, ta mamie, pas exactement bien.

— Elle écrivait comme un pied, oui, répond Elsa. A cet instant, Britt-Marie arrive vraiment à sourire presque comme une personne tout à fait normale. Elsa lui tapote le bras.

— Mamie savait que tu résoudrais les mots croisés dans le hall.

Britt-Marie tripote la lettre de mamie d'un air égaré.

— Comment as-tu su que c'était moi ?

— La grille était remplie au crayon à papier. Mamie disait toujours que tu es si anxieuse que tu dois absolument faire tous les lits avant de partir en vacances et que tu aurais besoin de deux verres de vin avant de résoudre des mots croisés à l'encre. Et je ne t'ai jamais vue boire de vin.

Britt-Marie chasse des poussières invisibles de l'enveloppe et répond, farouche :

— Il y a parfois besoin de gommer. Nous ne sommes pas des sagouins.

— Non, vraiment pas, dit Elsa avec un sourire.

Puis elle tend l'index vers l'enveloppe. Il y a autre chose à l'intérieur. Quelque chose qui cliquette. Britt-Marie amène l'ouverture de l'enveloppe à hauteur de ses yeux, apparemment certaine que mamie elle-même va en surgir en criant : « OUAAAAAH ! »

Puis elle lève la main et prend les clés de la voiture de mamie.

Elsa et Alf l'aident à porter ses valises. Renault démarre dès la première tentative. Britt-Marie inspire plus profondément qu'Elsa n'a jamais vu qui que ce soit inspirer. Celle-ci passe la tête par la portière côté passager et hurle pour couvrir le bruit du moteur :

— J'adore les sucettes et les revues de BD !

Britt-Marie semble vouloir répondre, mais a la gorge trop serrée. Alors Elsa sourit en haussant les épaules.

— Je dis juste ça comme ça. Si jamais tu en as dont tu ne sais pas quoi faire.

Britt-Marie balaie des scintillements humides de sa veste à fleurs. Elsa referme la portière et Britt-Marie se met en route. Elle ne sait pas pour quelle destination.

Mais elle verra le monde et sentira le vent dans ses cheveux. Et elle résoudra ses mots croisés à l'encre.

Mais ceci, comme dans tous les contes, est une autre histoire.

Alf s'attarde dans le garage et regarde dans sa direction longtemps après qu'elle a disparu au loin. Il déblaie la neige toute la soirée et une grande partie de la matinée suivante.

Elsa est assise dans l'armoire de mamie. Le meuble a l'odeur de mamie. Tout l'immeuble a l'odeur de mamie. C'est spécial, l'immeuble d'une mamie, même si dix, vingt ou trente ans s'écoulent, on se souvient toujours de l'odeur. Et l'enveloppe avec la dernière lettre de mamie a la même odeur que l'immeuble. Une odeur de tabac, de singe, de café, de bière, de lys, de détergent, de cuir, de caoutchouc, de savon, d'alcool, de PowerBar, de menthe, de vin, de chique, de sciure, de poussière, de cannelle, de fumée, de génoise, de tissu, de stéarine, d'O'boy, d'éponge, de rêves, de sapin, de pizza, d'épices, de purée, de meringue, de parfum, de cacahuètes, de glace et de bébé. L'odeur de mamie. L'odeur de tout ce qu'on aime le plus chez une personne qui était folle dans le meilleur sens du terme.

Le nom d'Elsa est tracé en caractères presque soignés sur l'enveloppe. Mamie a visiblement fait de son mieux pour écrire correctement. Ça n'a pas très bien réussi.

Mais les premiers mots sont : « Pardon d'avoir du mourir. »

C'est ce jour-là qu'Elsa pardonne à mamie.

# Epilogue

## (Ceux qui ne savent pas ce que signifie « épilogue » pourront regarder sur Wikipédia)

*Pour le chevalier Elsa.*

*Pardon d'avoir du mourir. Pardon d'ètre morte. Pardon d'avoir vielli. Pardon de t'avoir abandoné et pardon pour ce foutu cancer. Pardon d'avoir été parfoi plus une ordure que pas une ordure. Je t'ème pour 10 000 éternités de contes. Raconte toutes les histoires à la Moitié ! Et protège le chatau !! Protège tes amis et ils te protègeront. Le chatau est à toi, maintenant. Il n'y a pas plus courageu, plus futé ou plus fort que toi. Tu es la meilleure de nous tous. Grandi, sois différente et ne laisse persone t'en empêcher, parce que tous les super-héros sont différents ! Et s'ils t'emmerdent, vise leur interupteur !! Vis, ris, rêve et apporte de nouvelles histoires à Myamas. Je t'attens là-bas. Papi aussi, peut-être. J'en sais que dalle. Mais ça va ètre une aventure fantastique. Pardon d'avoir été folle. Je t'ème. Tonnerre de Zeus, comme je t'ème !!*

Elle écrivait vraiment comme un pied, mamie.

Et les épilogues des contes sont difficiles. Vraiment. Car les épilogues sont censés apporter des réponses, mais si la personne qui raconte l'histoire n'est pas assez bon conteur, ou bien, par exemple, si elle est un peu fatiguée ou a faim, alors l'épilogue peut engendrer tout un tas de questions. Car d'une part on peut dire que le sort des gens après la fin de l'histoire est très compliqué, mais d'autre part ce n'est pas compliqué du tout. Puisque la vie est très compliquée et très simple à la fois. C'est pour ça qu'il y a les statuts Facebook.

Elsa fête son huitième anniversaire chez papa et Lisette. Papa boit trois verres de vin chaud aux épices et exécute la danse des sapins. Enfin, oui. Il « danse ». Lisette et Elsa regardent *Star Wars*. Lisette connaît toutes les répliques par cœur. Le garçon au syndrome et sa maman sont là aussi et rient beaucoup, parce que c'est de cette façon qu'on vainc ses peurs. Maud fait des gâteaux, Alf est de mauvaise humeur et Lennart offre à Lisette et papa une nouvelle cafetière. Car Lennart a remarqué que la machine à café de Lisette et papa a beaucoup de touches et celle de Lennart est mieux, parce qu'elle n'en a qu'une. Papa apprécie énormément le geste.

Et tout va mieux. Tout va bien.

Harry est baptisé dans la petite chapelle du cimetière où sont enterrés mamie et le worse. Maman insiste pour laisser les portes ouvertes malgré les températures négatives. Pour que tout le monde voie.

— Quel nom avez-vous choisi pour l'enfant ? demande le pasteur qui est même expert-comptable qui est même notaire qui est même médecin et même, est-il apparu, un chouïa bibliothécaire.

— Harry, dit maman.

Le pasteur acquiesce en lançant un clin d'œil à Elsa.

— L'enfant aura-t-il un parrain ou une marraine ?

Elsa a une exclamation de dédain.

— Il n'a pas besoin de parrain ni de marraine ! Il a une grande sœur !

Elle sait que les habitants du vrai monde ne comprennent pas ces choses. A Miamas, ce n'est pas un parrain qu'on reçoit à la naissance, mais un rieur. Après les parents et la mamie de l'enfant, et quelques autres personnes que la mamie d'Elsa ne trouvait pas des plus essentielles quand elle avait raconté l'histoire, le rieur est la personne la plus importante dans la vie d'un enfant. Le rieur n'est naturellement pas choisi par les parents, car c'est une tâche bien trop importante pour être laissée à la responsabilité de saboteurs pareils, mais par l'enfant lui-même. Quand un bébé naît à Miamas, les amis de la famille se rassemblent autour de son berceau et racontent des histoires, font des grimaces, dansent, chantent et plaisantent, et la première personne qui arrive à le faire rire est choisie comme rieur. A Miamas, le rire d'un enfant est considéré comme infaillible et le rieur est personnellement chargé d'en provoquer des éclats aussi souvent, aussi bruyamment et dans des situations aussi embarrassantes pour les parents que possible. C'est une tâche prise très au sérieux.

Elsa sait naturellement que tous lui diront que Harry est trop petit pour comprendre qu'il a une grande sœur. Mais quand elle le regarde, dans ses bras, elle et lui savent parfaitement que c'est la première fois qu'il rit.

Ils rentrent à l'immeuble et les gens qui l'occupent vivent leurs vies. Toutes les deux semaines, Alf s'assied dans Taxi et emmène Maud et Lennart dans un grand bâtiment où ils doivent patienter très longtemps dans une petite pièce. Et quand Sam entre par une petite porte, flanqué de deux gardiens imposants, Lennart sort du café et Maud déballe des gâteaux. Car les gâteaux sont essentiels.

Il y a sans doute des tas de gens qui pensent que Maud et Lennart ne devraient pas faire ça. Ne devraient pas être là. Des gens qui pensent qu'une personne comme Sam ne mérite pas de vivre et encore moins de manger des gâteaux. Et ces gens ont sûrement raison. Et sûrement tort. Ce n'est pas très facile à juger. Mais Maud dit qu'elle est grand-mère avant tout, belle-mère ensuite et mère finalement, et que c'est ce que font les grand-mères, les belles-mères et les mères. Elles luttent pour ce qui est bon. Lennart approuve en buvant son café et, si Samantha est dans la pièce, il parle toujours de sa « boisson pour adultes ». Et Maud prépare des rêves, car quand les ténèbres sont plus profondes qu'on ne peut le supporter et quand trop de choses se sont brisées de trop de façons pour pouvoir être réparées, elle ne sait pas quelles armes utiliser en dehors des rêves.

Alors elle s'y attelle. Un jour à la fois. Un rêve à la fois. On peut penser qu'elle a raison et on peut penser qu'elle a tort. Et on a sans doute raison quand même. Car la vie est à la fois simple et compliquée.

C'est pour ça qu'il y a des gâteaux.

Cœur-de-Loup rentre à l'immeuble la veille du Nouvel An. La police a décidé que c'était de l'autodéfense, bien que tout le monde sache qu'il ne se défendait pas lui-même. C'est peut-être vrai et faux, ça aussi.

Il habite toujours dans son appartement et la femme au jean dans le sien. Et ils font ce qu'on fait, du mieux qu'ils peuvent. Ils apprennent à vivre face à eux-mêmes, ils essaient de vivre au lieu de simplement exister. Ils vont aux réunions. Ils racontent leurs histoires. Parce que sinon on étouffe. Personne ne sait si cette voie leur permettra de réparer tout ce qui est détraqué en eux, mais c'est tout de même une voie. Ils viennent dîner chez Elsa, Harry, maman et George tous les dimanches. Avec tous les voisins. Parfois, la policière aux yeux verts se joint à eux. Elle raconte étonnamment bien les histoires. Le garçon au syndrome ne parle toujours pas, mais il leur apprend à tous une danse merveilleuse.

Alf, un matin, se réveille assoiffé. Il boit un café et s'apprête à retourner se coucher quand on frappe à la porte. Il ouvre, prend une grande gorgée et observe longuement son petit frère. Kent lui fait face, appuyé sur une béquille.

— Je me suis conduit comme une espèce d'abruti complet, grommelle Kent.

— Oui, marmonne Alf.

La main de Kent se resserre sur sa béquille.

— La boîte a fait faillite il y a six mois.

Ils observent un silence aride avec toute une vie de conflits entre eux. Comme beaucoup de frères.

— Un café, ça te dit ? grogne ensuite Alf.

— Si tu en as tout prêt, ronchonne Kent.

Puis ils prennent le café. Comme beaucoup de frères. Assis dans la cuisine d'Alf, ils comparent les cartes postales de Britt-Marie. Elle leur écrit à tous les deux chaque semaine. Comme toutes les femmes du genre de Britt-Marie.

Les habitants de l'immeuble continuent à se retrouver une fois par mois dans la salle de réunion au rez-de-chaussée. Ils se disputent toujours à chaque fois. Puisque c'est un immeuble normal. En grande partie. Et ni mamie ni Elsa n'auraient voulu qu'il en soit autrement.

Les vacances de Noël prennent fin et Elsa retourne à l'école. Elle lace ses chaussures de sport étroitement et resserre fermement les bretelles de son sac à dos, comme tous les enfants comme Elsa après les vacances de Noël. Mais Alex arrive dans sa classe ce jour-là et Alex est différent aussi. Ils deviennent meilleurs amis aussi instantanément que peuvent le devenir des enfants de tout juste huit ans, et ils n'ont plus jamais à courir. Quand ils sont convoqués chez le directeur pour la première fois ce semestre, Elsa a un œil au beurre noir et Alex des griffures au visage. Lorsque le directeur soupire et dit qu'Alex « doit vraiment changer d'attitude », maman essaie de lui lancer le globe terrestre. Mais la maman d'Elsa la bat de vitesse.

Elsa l'aimera toujours pour ça.

Quelques jours passent. Peut-être quelques semaines. L'un après l'autre, les enfants différents se rassemblent autour d'Alex et d'Elsa à la récréation et dans les couloirs. Jusqu'à ce qu'ils soient si nombreux que plus personne n'ose les poursuivre. Jusqu'à ce qu'ils aient leur propre armée. Parce que s'il y a suffisamment de gens différents, plus personne n'est obligé d'être normal.

L'automne suivant, le garçon au syndrome entre à l'école. Au carnaval, il se déguise en princesse. Un groupe de garçons plus grands se moque de lui jusqu'à le faire pleurer. Elsa et Alex l'emmènent sur le parking et Elsa appelle papa, qui arrive avec un sac de vêtements.

Quand ils retournent dans l'école, Elsa et Alex sont aussi déguisés en princesses. Des princesses Spider-Man.

C'est ce jour-là qu'ils deviennent les super-héros du garçon au syndrome.

Car, à sept ans, les enfants ont tous besoin de super-héros.

Il n'y a que les idiots qui ne soient pas de cet avis.

# L'auteur remercie

*Neda*. Encore une fois, c'est toujours pour te faire rire. Ne l'oublie jamais. (Je suis désolé pour les serviettes mouillées par terre dans la salle de bains.) *Asheghetam*.

*Ma grand-mère*. Qui n'est absolument pas folle mais qui a toujours fait les meilleurs gâteaux dont on puisse rêver à sept ans.

*Mon grand-père*. Qui a toujours cru en moi plus que nul autre.

*Ma sœur*. Qui est plus forte qu'un lion.

*Ma mère*. Qui m'a appris à lire.

*Astrid Lindgren*. Qui m'a appris à aimer lire.

*Tous les bibliothécaires de mon enfance*. Qui ont vu un garçon qui avait peur de l'altitude et lui ont prêté des ailes.

*Ainsi que :*

Mon Obi-Wan, Niklas Natt och Dag. Mon rédacteur John Häggblom. Mon agent Jonas Axelsson. La force d'intervention linguistique Vanja Vinter. Fredrik Söderlund (pour m'avoir prêté le Dare-Dare). Johan Zillén (qui a compris le premier). Kersti Forsberg (pour avoir un jour donné sa chance à un type).

Nils Olsson (pour deux couvertures fantastiques). Tous ceux qui ont été impliqués dans la création du présent livre ainsi que de *La Vie selon Ove* chez Forum, Månpocket, Bonnier Audio, Bonnier Agency, Tre Vänner et Partners in Stories. Un merci tout particulier par avance aux incollables linguistes qui ne manqueront pas de trouver les erreurs grammaticales dans les noms des sept royaumes (*high five* temporel).

*Et plus que tout :*

Merci à toi, lecteur, sans le jugement des plus douteux de qui je serais selon toute vraisemblance forcé de chercher un vrai travail.

Composition et mise en pages
Nord Compo à Villeneuve-d'Ascq

Imprimé en France par

MAURY IMPRIMEUR
à Malesherbes (Loiret)
en février 2017

POCKET – 12, avenue d'Italie – 75627 Paris Cedex 13

N° d'impression : 215602
Dépôt légal : mars 2017
S26892/01